Sabotage

ARTURO
PÉREZ-REVERTE

Sabotage

roman

TRADUIT DE L'ESPAGNOL
PAR GABRIEL IACULLI

ÉDITIONS DU SEUIL
57, rue Gaston-Tessier, Paris XIXe

Titre original : *Sabotaje*
Éditeur original : Alfaguara, Penguin Random House Grupo Editorial
ISBN original : 978-84-204-3245-8

ISBN 978-2-02-142796-7

www.seuil.com

À Lorenzo Pérez-Reverte, soldat de la République,
qui partit à la guerre quand il avait seize ans,
en revint à dix-neuf et mourut avant
d'en avoir eu vingt-deux.

Il y a des héros en mal comme en bien.

La Rochefoucauld, *Maximes*

Un tableau est la somme de ses destructions.

Pablo Picasso

Bien que fondé sur des faits réels, Sabotage *est un roman dont la trame et les personnages sont en grande partie imaginaires. Comme le sont aussi les actes parfois attribués à des personnages réels. L'auteur a altéré certains faits historiques selon les besoins de la fiction.*

1
LES NUITS DE BIARRITZ

Sous la pergola de la terrasse, on voyait cinq taches blanches et un point rouge. Les taches étaient celles du plastron et du col d'une chemise, de deux poignets amidonnés et d'une pochette qui pointait de la poche de poitrine d'un veston de smoking. Le point rouge était la braise d'une cigarette entre les lèvres de l'homme qui restait immobile dans l'obscurité.

De l'intérieur venait une rumeur étouffée de voix et de musique. Il y avait un croissant de lune, déclinante, qui abrasait la mer noire et argentée face à la plage, entre les éclats du phare situé sur la droite et la partie haute de la vieille ville faiblement éclairée sur la gauche.

C'était une nuit calme et chaude, sans même de brise. À près de la mi-mai.

Lorenzo Falcó tira une dernière bouffée de sa cigarette, avant de laisser tomber celle-ci par terre et de l'écraser sous la semelle de sa chaussure. Il dirigea son regard vers la partie la plus obscure de la plage, dans l'ombre, où quelqu'un allumait et éteignait trois fois, à ce moment-là, une lampe torche. Le signal reçu, il retourna à l'intérieur en traversant le salon désert, au décor de chrome et de laque carmin, où entre les appliques Art déco les grands miroirs reflétaient le passage de sa silhouette élancée, élégante et flegmatique.

Il y avait de l'animation dans la salle de jeu, et Falcó lança un regard en direction de ceux qui se groupaient autour des dix-huit tables. Ces derniers temps, la clientèle du casino municipal avait changé. Des années trépidantes des voitures rapides et de la frénésie du jazz, des Grands d'Espagne et des millionnaires anglo-saxons, des *cocottes**[1] de luxe et des aristocrates russes en exil, Biarritz ne retenait pas grand-chose. En France, le Front populaire était au pouvoir, les ouvriers avaient leurs congés payés, et ceux qui mordillaient un havane ou celles qui tendaient un cou entouré de perles, suspendus au *chemin de fer** ou au *trente et quarante**, appartenaient à la classe moyenne supérieure et coudoyaient les restes d'une autre époque. Nul ne parlait plus de la saison à Longchamp, de l'hiver à Saint-Moritz ou de la dernière folie de Schiaparelli, mais de la guerre d'Espagne, des menaces d'Hitler contre la Tchécoslovaquie, des patrons couture de *Marie Claire* ou de l'augmentation subite du prix de la viande.

Falcó localisa facilement l'homme qu'il cherchait, parce que celui-ci n'avait pas bougé de la table de baccara : corpulent, avec d'abondants cheveux gris, il était vêtu d'un smoking de très bonne coupe. Il restait à côté de la même femme – son épouse –, vers laquelle il s'inclinait pour converser à voix basse en jouant avec les jetons empilés sur le tapis vert. Il semblait perdre plutôt que gagner, mais Falcó savait que cet individu pouvait se le permettre. En fait, il pouvait presque tout se permettre, parce qu'il s'appelait Tasio Sologastúa et était l'un des hommes les plus riches de Neguri, le quartier huppé et nanti de Bilbao, cœur de la haute bourgeoisie basque.

Falcó porta son regard sur la table voisine. De là, debout parmi les curieux, Malena Eizaguirre surveillait de loin le

1. Les mots en italique suivis d'un astérisque sont en français dans le texte.

couple. Le regard de Falcó croisa le sien, il toucha d'un geste discret la montre à son poignet gauche, et elle acquiesça légèrement. L'air détaché, il alla se placer à côté d'elle. Avec ses cheveux courts ondulés à la mode et ses grands yeux noirs, Malena était attirante, sans excès – un peu enveloppée, la trentaine, des traits réguliers –, même si sa robe du soir, une Madame Grès de mousseline drapée, lui donnait une agréable apparence classique aux réminiscences grecques.

– Ils n'ont pas bougé de là, dit-elle.

– Je vois... La femme a perdu beaucoup ?

– Comme d'habitude. Des jetons de quinze mille francs, l'un après l'autre.

Falcó prit une expression amusée. Edurne Lambarri de Sologastúa ne pouvait se passer du baccara, des bijoux, des manteaux de vison et de tout ce qui exige des gaspillages d'argent. Comme ses deux filles qui, à l'heure qu'il était, devaient danser sur la piste du Miramar, conformément à leur habitude : Izaskun et Arancha, deux jolis et frivoles tendrons basques. Il consulta de nouveau sa montre. Onze heures vingt.

– Je crois qu'ils ne vont pas beaucoup tarder à s'en aller, conclut-il.

– Tout est prêt ?

– J'ai téléphoné il y a un moment, et je viens de voir le signal, dit-il en promenant lentement un regard tout autour de lui. Tu as repéré les gardes du corps ?

Malena montra d'un mouvement du menton un type brun, costaud, au front serré et au nez de pugiliste, engoncé dans un smoking trop étroit à la taille. Il se tenait un peu à l'écart de la table de baccara, le dos appuyé contre une colonne, et il fixait Sologastúa d'un regard de mâtin fidèle.

– Il n'y a que lui. L'autre doit être dehors, avec le chauffeur.

– Deux voitures, comme d'habitude ?

– Oui.

– Tant mieux. Plus on est de fous…

Il la vit sourire légèrement, nerfs solides, bien contrôlés.

– Tu es toujours aussi garnement ? Tu prends tout comme ça ?

– Pas toujours.

Le sourire de Malena, tendue mais déterminée, s'élargit. La mort de son père et de son frère, assassinés par les rouges pendant le massacre du 25 septembre à bord du bateau prison *Cabo Quilates* dans l'estuaire de Bilbao, avait quelque chose à voir avec cette fermeté. Issue d'une famille en vue de tradition carliste, elle avait œuvré avec beaucoup de courage pour le camp rebelle au cours du soulèvement militaire en portant des messages secrets du général Mola entre Pampelune et Saint-Sébastien. Après ce qui était arrivé à son père et à son frère, elle avait demandé de passer à l'action directe. Elle travaillait avec Falcó depuis quelque temps, pour monter l'opération. C'est une brave fille, se disait-il. De confiance, sérieuse et vaillante.

– Ils se lèvent, dit-elle.

Falcó lança un regard en direction de la table de baccara. Tasio Sologastúa et sa femme, maintenant debout, se dirigeaient vers la caisse pour changer leurs jetons. C'était le moment où le couple, après leur dîner habituel au Petit Vatel et leur passage au casino, regagnait habituellement sa villa de Garakoitz. Détachant son dos de la colonne, le garde du corps les suivit, détendu. Falcó frôla de deux doigts, avec douceur, la main de Malena.

– À nous de jouer, dit-il.

Elle prit son bras et ils allèrent, l'air de rien, jusqu'au vestiaire.

– Ils sont réglés comme du papier à musique, remarqua-t-elle, en couvrant d'un châle en laine bordeaux ses épaules nues. C'est comme ça tous les soirs à la même heure.

Malena semblait satisfaite de voir que tout se déroulait exactement comme prévu. Quand Falcó était revenu à Biarritz après une brève parenthèse clandestine en Catalogne – une mission d'urgence dont l'avait chargé l'Amiral –, il y avait un mois qu'elle surveillait les Sologastúa. Les époux avaient passé la frontière avec leurs enfants l'année précédente, alors que les troupes nationales étaient sur le point de s'emparer du passage frontalier d'Irún. Tasio Sologastúa, membre éminent du PNV – le parti nationaliste basque, catholique et conservateur, toutefois allié pour des raisons d'opportunité à la République –, était l'un des principaux appuis à l'étranger du gouvernement autonome d'Euzkadi. De cet exil doré, où un triste menu coûtait trois fois le prix d'un repas au champagne dans n'importe quel bon restaurant de l'Espagne franquiste, son influence se faisait sentir dans les cercles nationalistes du sud-ouest de la France, et ses avoirs dans des banques de Grande-Bretagne et de Suisse finançaient d'importants chargements d'armes à destination des ports basques. D'après des informations confirmées par Falcó grâce à ses vieux contacts de contrebandier – le passé ne s'efface jamais tout à fait –, Sologastúa avait équipé les gudaris basques de huit canons, dix-sept mortiers, vingt-deux mitrailleuses, cinq mille huit cents fusils et un demi-million de cartouches, et de plus affrété deux bateaux de pêche armés pour la marine auxiliaire basque. Ce qui ne revenait pas exactement à collectionner des soldats de plomb. C'était en tout cas une raison plus que suffisante pour que les services secrets franquistes aient le plus grand intérêt à l'enlever ou à le supprimer. Tel était l'ordre des priorités de la mission confiée à Lorenzo Falcó.

Ils s'arrêtèrent sous les lumières de la grande marquise de l'entrée pendant que le voiturier amenait leur automobile. De là, ils virent comment une de celles de Sologastúa, une élégante Lincoln Zephyr, arrivait du parking pendant que l'autre, une Ford d'apparence plus modeste, attendait sur l'esplanade phares allumés et moteur en marche. Le couple s'assit sur le siège arrière du premier véhicule, et le garde du corps en smoking, après avoir aidé le chauffeur à fermer les portières, se dirigea vers la Ford. Les voitures démarrèrent l'une après l'autre en faisant crisser le gravier sous leurs roues, la Lincoln la première, au moment même où l'employé arrêtait devant l'entrée la Peugeot 301 de Malena et Falcó, une berline spacieuse et puissante, spécialement choisie pour l'opération. Avec le plus grand naturel, Malena se mit au volant pendant que Falcó donnait un pourboire au voiturier et au portier, s'asseyait sur le siège à côté de la conductrice et fermait la portière.

– Prête à l'action ? demanda-t-il.

Une main sur le volant, elle passait en première. À la lumière extérieure de la marquise, Falcó put voir qu'elle s'était déchaussée et avait relevé sa robe longue jusqu'à ses cuisses pour conduire plus commodément.

– Absolument, répondit-elle.

Falcó regarda un moment encore ses jambes avant d'approuver, amusé.

– Eh bien, alors, partons en chasse.

Ils démarrèrent, et il eut encore le temps de voir Malena sourire, tendue, avant que les lumières du casino ne s'effacent, derrière eux. Ils suivaient de loin les feux arrière de la Ford, dont l'éclat des phares éclairait dans les tournants la Lincoln qu'elle escortait. Ils montèrent ainsi les rues désertes et peu éclairées jusqu'à l'Atalaye et la place Clemenceau, puis descendirent vers la route de la côte en direction de Saint-Jean-de-Luz.

– Parfait, remarqua Falcó. Comme chaque soir.

– Oui, fit Malena, dont le profil se dessinait dans l'ombre quand la lumière des phares de la Peugeot tombait sur un mur proche. Nous, les Basques, nous n'aimons guère les changements de routine.

– Car les routines tuent.

– Oui, fit-elle en riant tout bas. On le dirait bien.

Sa voix, constata Falcó, semblait sereine. Elle conduisait avec assurance et adresse, en gardant la distance suffisante pour ne pas voir sa proie lui échapper, sans trop s'en approcher pour ne pas lui donner l'éveil. Ils avaient laissé la ville derrière eux et roulaient sur une route rectiligne bordée de pins, la mer éclairée par la lune sur leur droite.

– Plus que deux kilomètres, annonça Malena.

Falcó ouvrit le couvercle de la boîte à gants et en sortit une lourde enveloppe. En l'ouvrant, il toucha le métal froid d'un Browning FN 9 mm et le long tube du suppresseur de son Heissefeldt. À tâtons, sur ses genoux, il sortit le chargeur du pistolet, s'assura qu'il était plein, le remit en place jusqu'au déclic, logea une balle dans la chambre sans ôter la sûreté. Puis il vissa le silencieux sur la bouche du canon.

– Voilà la déviation, là, à droite, et après le pont de Garakoitz, dit Malena.

Cette fois, il y avait de la crispation dans sa voix. Elle avait levé le pied de l'accélérateur, et la Peugeot roulait maintenant tout doucement. Devant eux, à quelques centaines de mètres, les feux rouges arrière des deux autres automobiles indiquaient qu'elles étaient arrêtées.

– Contrôle de police, annonça Falcó, l'arme sur ses genoux. Stoppe en douceur.

Ils s'approchèrent lentement des voitures derrière lesquelles ils se placèrent. Les feux avant de la première éclairaient une barrière mobile posée sur des béquilles, devant un pont de pierre, avec le mot *Gendarmerie** dans un cercle blanc, bleu et rouge. Il y avait deux agents en uniforme sombre près de la Lincoln, un grand et un petit, de part et d'autre de la voiture. Le petit se penchait vers la vitre côté conducteur. Sur l'éclat des phares se découpaient les silhouettes des gardes du corps assis sur le siège avant de la Ford.

– Ne coupe pas le moteur, dit Falcó.

Il ouvrit la portière, descendit pistolet au poing, mais avec le bras pendant le long du corps de façon à dissimuler l'arme. Après avoir respiré trois fois profondément en ôtant d'un coup de pouce le cran de sûreté, il passa sans hâte entre les deux voitures pour aller de l'autre côté de la route, où il se dirigea vers le conducteur de la Ford. Bien qu'attentif à cet homme et à son compagnon, il surveillait du coin de l'œil les gendarmes. En arrivant à la hauteur de la portière, il frappa doucement à la vitre avec l'articulation des phalanges de la main gauche. Son sourire naturel était celui de quelqu'un qui va demander un renseignement. Le conducteur baissa la vite, et alors Falcó lui tira en plein visage.

Le Browning n'avait pas beaucoup de recul, mais il sauta cependant dans sa main comme un serpent qui viendrait de mordre. Ce fut pourquoi il dut le baisser de nouveau pour viser le second garde du corps, celui au nez écrasé, qui se démenait, désespéré – son compagnon s'était affaissé contre son épaule –, cherchant ce qui ne pouvait être qu'une arme sous le veston de son smoking.

– Non ! l'entendit-il implorer. Non !

Dans l'éclat des phares, Falcó eut encore le temps d'entrevoir les yeux grand ouverts et épouvantés qui regardaient le cylindre métallique du silencieux avant que le pistolet ne saute de nouveau dans sa main, ouvrant une déchirure de la dimension d'une pièce de monnaie dans le col de la chemise de l'homme. Qui s'agita encore un peu, pour tenter d'ouvrir la portière. Il venait d'y parvenir quand Falcó appuya une nouvelle fois sur la détente, et le garde du corps resta accroché au siège, une partie de son corps à l'extérieur.

Quand Falcó regarda en direction de la Lincoln, la situation avait quelque peu changé. La porte avant gauche était ouverte, et le plus petit des gendarmes tirait le chauffeur hors du véhicule. L'autre, une torche électrique dans une main et un pistolet dans l'autre, pointait l'arme sur le siège arrière, où Tasio Sologastúa et sa femme, enlacés, contemplaient la scène avec horreur. Falcó alla jusqu'à la Lincoln, ouvrit une portière arrière et plaqua la bouche du silencieux sur la tête de l'homme.

– Sortez de la voiture... Vous seul. Elle reste là.

La torche du grand gendarme éclairait tout très nettement : le visage crispé du financier basque, l'expression terrifiée de sa femme. Tout à coup, celle-ci poussa un hurlement. Un grand cri aigu. Vibrant. Sans cesser de viser le mari, se penchant au-dessus de lui, Falcó décocha de la main gauche un tel coup de poing sur la tempe de la femme qu'il l'envoya, inconsciente, sur la portière opposée.

– Sortez, redit-il à Sologastúa, calmement. Ou nous lui réglons son compte à elle aussi.

Le financier obéit. Quand Falcó l'appuya contre la voiture pour lui fouiller les poches, il le sentit trembler. À ce moment-là, l'automobile conduite par Malena manœuvrait pour faire demi-tour. La lumière des phares permit à Falcó de voir, un instant, le cadavre du chauffeur, qui se vidait de son sang sur la berme du fossé, la gorge ouverte de part en part.

– Que se passe-t-il ? parvint enfin à demander Sologastúa.

– Vous êtes prisonnier des nationaux.

Le financier mit un moment à avaler le morceau. Quand il l'eut fait, son indignation fut presque plus grande que sa peur.

– C'est un attentat, dit-il. Nous sommes en France.

– En Iparralde, oui, admit Falcó. Pays basque nord.

– Que voulez-vous de moi ?

– Que vous fassiez un petit voyage.

– Où ?

– Ah... Surprise.

Il l'attrapa par le revers de la veste et le poussa en direction de la Peugeot. Derrière lui, au volant des deux autres voitures, les gendarmes éloignaient les véhicules de la route pour les conduire sous le couvert des pins.

– Et mon épouse ? demanda Sologastúa.

– Ne vous inquiétez pas pour elle. Aucun mal ne lui sera fait.

Sonné, le financier se laissait faire. Mais quand il vit le coffre de la Peugeot – Malena venait de l'ouvrir –, il s'arrêta brusquement.

– Enfants de pute, dit-il.

Falcó le fit avancer d'une violente poussée. Malena avait sorti du coffre un rouleau de sparadrap large, avec lequel ils attachèrent les mains de Sologastúa dans le dos et lui immobilisèrent les jambes. Le financier commença par se débattre, de manière telle que Falcó le frappa au plexus solaire, sans acharnement, et le fit tomber à genoux.

– Si c'est une question d'argent, je peux..., dit-il quand il reprit son souffle.

Malena interrompit la phrase avec deux tours de sparadrap qui lui fermèrent la bouche. À deux, Falcó et elle le soulevèrent et le mirent dans le coffre. Alors Malena alla à l'avant et en revint avec un flacon de chloroforme et un gros tampon de coton hydrophile, qu'elle imbiba en se retenant de respirer, la tête de côté, et appliqua sur le nez du prisonnier. Une demi-minute plus tard, Sologastúa avait cessé de bouger. Quand Falcó eut caché le corps sous des couvertures, une mallette et un panier de pique-nique, puis refermé le coffre, Malena s'était remise au volant. Alors, Falcó se tourna vers les gendarmes qui venaient d'enlever les cadavres de la berme et de cacher la barrière de contrôle routier.

– Et Madame Millions ? demanda-t-il en espagnol.

Dans la pénombre, sous la clarté du croissant de lune, Falcó vit les gendarmes se dépouiller de leurs uniformes et les jeter parmi les arbustes.

– Elle est toujours inconsciente, dit le plus petit.

Falcó approuva, satisfait.

– Quand elle se réveillera, si elle ne sait pas conduire, une longue promenade l'attend.

Le rire de son interlocuteur retentit.

– Il faudra qu'elle marche, de toute façon, parce que nous avons rendu le moteur des voitures inopérant et crevé leurs pneus... Qu'en dis-tu ?

– Formidable.

– Quand elle arrivera chez elle ou trouvera un téléphone, nous serons déjà à Irún.

Falcó sortit l'étui et le Parker Beacon en argent et alluma une cigarette.

– Beau travail, reconnut-il en soufflant la fumée.

L'agent tomba d'accord.

– Ta petite collègue s'est bien comportée, dit-il.

– Oui.

– Vraiment très bien.

S'aidant du briquet, Falcó regarda l'heure à son bracelet-montre. Il se faisait tard.

– Il faut filer, maintenant, remarqua-t-il. Vous avez besoin de quelque chose ?

– Non, tout va bien.

– Eh bien alors, bon voyage.

– À vous aussi, trésor.

Avant d'éteindre la flamme et de se diriger vers la Peugeot, Falcó eut le temps de voir les yeux de batracien et le sourire cruel de Paquito Araña.

Il y avait douze kilomètres jusqu'à la frontière. Après Saint-Jean-de-Luz, la route serpentait entre pinèdes et falaises, sous lesquelles la mer noir et argent luisait comme du jais. Falcó et Malena Eizaguirre n'avaient pas dit un mot depuis le pont. Il alluma une Player's et la glissa entre les lèvres de la conductrice, puis en alluma une autre pour lui.

– Tu veux que je prenne le volant un moment ?

– Non, ça va.

La clarté des phares se réverbérait sur le profil de la jeune femme, cigarette entre les lèvres, les deux mains sur le volant.

– Je n'avais jamais vu tuer personne, dit-elle.

Ils restèrent un moment silencieux. Falcó fumait et regardait la route éclairée par les phares. La lumière faisait défiler, sur la droite, les bandes de peinture rouge et blanche des garde-corps et des bornes.

– Je n'ai jamais imaginé que ça pouvait se passer de cette façon, ajouta-t-elle.

Il la regarda avec curiosité.

– De quelle façon ?

– Aussi naturellement, je veux dire. J'ai toujours pensé que c'était accompagné de passion ou de fureur. Ce qui vient de se produire était presque bureaucratique.

Elle rétrograda avec désinvolture en abordant un virage très serré. Les pneus grincèrent, et Falcó se dit que Sologastúa devait être rudement secoué dans le coffre. Mieux valait pour lui qu'il fût endormi.

– Tu m'as semblé si serein, si... Tu t'y prends toujours comme ça ?

– Pas toujours.

– Je ne crois pas que mon père et Íñigo, mon frère, aient été tués de la même façon. J'imagine plutôt une racaille déchaînée. Les hordes communistes. Tu vois ce que je veux dire.

– C'est possible, admit Falcó. Il y a de nombreuses façons de tuer.

– À te voir, n'importe qui dirait que tu les connais toutes.

Là-dessus, un nouveau silence suivit. Tourné vers elle, Falcó l'observait, curieux.

– Tu l'aurais fait, s'il l'avait fallu ? Tu aurais appuyé sur la détente ?

– J'imagine que oui, répondit-elle en haussant les épaules, sous son châle. Après tout, je suis une Requeté… Une carliste.

Ils se turent encore une fois.

– Cette République de fous et d'assassins était un chaos et une aberration, ajouta-t-elle enfin. Les marxistes préparaient leur révolution, et nous les avons doublés avec la nôtre… Où étais-tu le 18 juillet ?

– Je ne me rappelle pas. Dans le coin.

Ce fut alors Malena qui se tourna pour l'examiner, savoir à quel point il était sérieux ou sarcastique. Puis elle reporta son attention sur la route, ralentit juste avant un nouveau tournant et, une nouvelle fois, les pneus grincèrent. Encore heureux, ils sont neufs, se dit Falcó en s'accrochant d'une main à la poignée du toit. Des Michelin installés pour l'occasion.

– Je suis un soldat de cette guerre, énonça-t-elle. Comme toi… Comme ces deux collègues déguisés en gendarmes.

Falcó sourit en lui-même. Appeler *collègue* quelqu'un comme Paquito Araña, c'était mal connaître le personnage. Et c'était tout aussi mal le connaître, lui. Le tueur à l'odeur de pommade pour les cheveux et d'eau de rose était arrivé du sud-ouest de la France une semaine auparavant, pour la phase finale de l'opération, sans poser d'autres questions que celles relatives à la mission, tout disposé à obéir aux ordres.

– Mon tour viendra peut-être un de ces jours, dit Malena au bout d'un moment, pensive.

– De tuer ?

Il l'entendit rire doucement, tandis qu'elle changeait de vitesse. Maintenant, elle tenait la cigarette entre deux doigts de la main droite appuyée sur le volant.

– De mourir.

Falcó aspira une longue bouffée de fumée. La jeune femme le regardait de temps en temps, sans cesser de surveiller la route. Qui descendait, à présent, et devenait plus droite. Ils avaient dépassé les falaises, et les phares repoussaient l'ombre des pins découpée par le clair de lune.

– Je ne milite pas par vengeance, murmura-t-elle à la suite d'un long silence.

Après avoir tourné la manivelle de la portière pour baisser la vitre, elle jeta la cigarette à l'extérieur, et l'air du dehors fit entrer dans le véhicule des scintillements de braise.

– J'étais de ceux qui ont préparé le soulèvement, ajouta-t-elle, bien avant l'assassinat de mon père et de mon frère… Ce qui m'anime, c'est la croisade contre le marxisme et le séparatisme.

Falcó approuva, équanime. On apercevait les premières maisons d'Hendaye. Les phares éclairèrent un panneau qui portait le nom de la localité.

– L'intention de faire mal est une assez bonne béquille, dit-il sur un ton égal, comme si la formule résumait tout.

– L'intention de faire mal, répéta Malena en donnant un coup du plat de la main sur le volant. J'aime bien ça. On a des remords quand on tue, ou quand on tue à l'excès ? Peut-on tuer à l'excès ?

Il garda le silence pendant quelques secondes, comme s'il réfléchissait. En fait, il n'avait pas besoin d'y réfléchir.

– C'est possible, dit-il.

– Et ça laisse des souvenirs cuisants ?

– Parfois.

– Je me demande comment tu te sens, avec tous ces morts.

Falcó écrasa sa cigarette dans le cendrier, baissa la vitre et jeta le mégot.

– Je me sens bien.

Malena mit un moment à reprendre la parole.

– Tu es quelqu'un d'étrange, tu sais ? fit-elle en un soupir. Ou plutôt d'inquiétant. Je crois que je préférerais ne plus travailler avec toi.

– D'ici là, il te reste encore une procédure délicate à suivre.

– Que veux-tu dire ?

Falcó montra un écriteau que les phares éclairaient à ce moment-là : *Douane française*. Après quoi, il sortit le Browning de la boîte à gants, s'assura qu'une balle était bien engagée dans la chambre avant de le remettre où il l'avait pris.

– On arrive.

La guérite de la gendarmerie, accolée à une lanterne allumée, était à gauche de la route. De l'autre côté, une lanterne jumelle éclairait l'édifice blanc de la douane. Par-delà la barrière peinte de bandes rouges et blanches, baissée pour interdire le passage aux véhicules, s'étirait le pont international, droit et sombre, au bout duquel on pouvait apercevoir les lumières lointaines de la douane espagnole.

– Ne coupe le moteur que si je t'en donne l'ordre, et ne sors pas de la voiture, dit Falcó. En cas de difficulté, accélère, enfonce la barrière et file jusqu'à l'autre côté sans regarder en arrière.

– Et toi ?

– Ne t'inquiète pas de ça. Si l'affaire tourne mal, fais ce que je t'ai dit. Avec ou sans moi… Compris ?

– Oui.

Elle avait arrêté l'automobile à une dizaine de mètres du barrage, sur l'indication d'un gendarme qui balançait une lampe torche près de la guérite. Falcó en compta trois autres visibles. Un à la barrière et deux autres à la porte de la douane.

– Éteins les phares et baisse la vitre.

Malena obtempéra, en laissant le moteur tourner. Le gendarme qui tenait la torche s'approcha du côté du conducteur. Avant que les phares ne s'éteignent, Falcó put voir ses galons de sergent.

– Bonsoir, leur dit-il en français. Vos papiers, s'il vous plaît.

S'inclinant par-dessus Malena, Falcó lui tendit les deux passeports. Faux noms, fausses adresses à Saint-Sébastien, vraies photos d'eux-mêmes. Usagés, leurs papiers portaient des visas et avaient un aspect innocent. Mme et M. Urrutia. Un couple bourgeois respectable, bien vêtu, dans une bonne voiture. Qui n'a rien à cacher.

– Il est un peu tard, remarqua le gendarme, en espagnol, cette fois, tandis qu'il examinait les passeports à la lumière de la lampe torche. D'où venez-vous à cette heure ?

– Du casino de Biarritz, répondit Falcó sur un ton égal.

À la clarté de la torche électrique, il aperçut un regard pénétrant sous la visière du képi.

– Vous avez eu de la chance ? demanda le gendarme.

Son espagnol avait un accent marqué, qui calait sur la prononciation des *r* roulés. Falcó haussa les épaules.

– La chance est une chose relative, comme dirait Einstein.

– Einstein vous intéresse ?

– Moins que Danièle Darrieux.

L'échange s'était déroulé à peu près comme il l'avait prévu, constata-t-il avec soulagement. Un instant, la lampe éclaira les jambes de Malena, le bas de la robe du soir remonté au-dessus des genoux, puis balaya l'intérieur du véhicule avant de s'arrêter sur le visage de Falcó.

– Avez-vous quelque chose à déclarer ?

Falcó remua la tête, en un geste naturel de dénégation.

– Un panier de pique-nique et une mallette avec quelques effets personnels.

– C'est tout ?

– Oui.

– Arrêtez le moteur.

Malena coupa le contact et la douce trépidation de la Peugeot cessa.

– Ouvrez le coffre, s'il vous plaît.

Le ton du gendarme avait paru sérieux, impersonnel. Ignorant le regard inquiet de Malena, Falcó ouvrit la portière, descendit de l'automobile et releva le col de son veston. Un froid humide montait de la Bidassoa et de la mer proche.

Même si tout se déroulait comme prévu, il restait sur le qui-vive. Tendu et prêt à se battre, ou à fuir, ou à l'une de ces choses après l'autre. Les gendarmes de garde devant la porte de la douane semblaient aussi somnolents et détendus que celui de la barrière, comme il s'en avisa d'un bref regard tactique. Mais ils avaient le fusil à l'épaule. Si quelque chose tournait mal et que Malena filait avec la voiture comme elle en avait reçu l'ordre, il n'allait avoir que peu de chances d'atteindre le côté espagnol du pont. Même s'il se mettait à courir, les gendarmes pouvaient lui tirer dessus et le toucher dans le dos à mi-chemin, malgré le peu de lumière d'un côté et de l'autre. Le diable guide les balles.

Il regarda, dans la pénombre, le parapet métallique du pont et les ombres des arbres qui s'étendaient sur sa gauche, derrière la guérite. Il avait étudié tout ça à la lumière du jour. Ses possibilités d'y trouver refuge étaient réduites. Il pouvait aussi se laisser tout simplement arrêter et attendre la suite. Si Malena atteignait l'autre côté du pont, les Français n'auraient presque rien contre lui : un incident mineur, peu clair, routinier de cette guerre d'Espagne si proche. Rien que ne pourraient débrouiller le consulat national et un peu d'argent bien réparti.

S'arrêtant devant l'arrière de la voiture, le gendarme à côté de lui, il fit tourner la poignée du coffre, leva lentement le couvercle et sentit le sang battre à ses tempes, tandis qu'il calculait froidement où et comment taper sur le représentant de l'ordre si les choses prenaient mauvaise tournure.

Le faisceau de lumière éclaira le panier, la mallette et les couvertures immobiles. Falcó constata avec soulagement que Sologastúa ne bougeait pas et ne ronflait pas. Comme s'il n'était pas là-dessous. Le chloroforme faisait encore son effet avantageux.

– Très bien, dit le gendarme en éteignant la lampe torche.

Il ne fit même pas le geste de toucher quoi que ce soit. Falcó referma le coffre en douceur, pendant que son pouls recouvrait son rythme normal. Il regarda les autres gardes, qui n'avaient pas bougé de leur place. Tout se déroulait comme prévu. Les cinquante mille francs déposés par Falcó quelques jours plus tôt à la préfecture d'Hendaye avaient efficacement graissé les rouages. Et le fait qu'il y eût parmi les gardes mobiles d'anciens membres des Croix-de-Feu, une association politique française d'idéologie fasciste, facilitait les choses.

– Pouvons-vous repartir ? demanda-t-il.

Le gendarme lui mit en main les deux passeports, donna un coup de sifflet et celui qui était près du pont leva la barrière.

– Bien sûr, monsieur. Faites bon voyage.

L'automobile s'engagea sur le pont, en zone neutre, à vitesse modérée.

– Nous avons réussi, dit Malena, admirative, sans pouvoir encore y croire.

Falcó ne dit rien. Tête appuyée contre la vitre froide de la fenêtre, il laissait l'adrénaline accumulée pendant les dernières minutes se diluer doucement dans son sang. Il n'était pas facile, ni rapide, ni même commode de passer d'un état à un autre. De la tension d'avant la lutte au calme des moments qui s'ensuivent. Au reflux.

– Ça s'est passé comme un rien, insista Malena.

Falcó regarda sur sa droite, au-delà des ponts ferroviaires, l'embouchure du fleuve, où le clair de lune plantait un coin d'argent entre les deux rives. Les lumières d'Irún – très clairsemées, parce que les rouges avaient incendié la ville quelques mois auparavant – ponctuaient, isolées et par intermittence, la rive obscure.

– Nous voilà presque en Espagne, fit remarquer Malena.

Il y avait de l'émotion dans sa voix. Ardeur patriotique, estima Falcó. Pour Dieu, pour la patrie et le roi. Une fille courageuse qui savourait la victoire. Cette nuit, son père et son frère avaient été en partie vengés.

– Tu t'es bien débrouillée, dit-il.

– Et toi, très bien.

La Peugeot était au milieu du pont. Ses phares éclairaient au loin le baraquement blanc de la douane espagnole.

– Donne le signal, suggéra Falcó. Qu'ils sachent que c'est nous.

Malena alluma et éteignit deux fois les feux.

– Après ça, nous allons nous séparer, je suppose, fit-elle.

– Évidemment.

Elle hésita un moment, changea de vitesse pour ralentir.

– Ç'a été un honneur de travailler avec toi... J'ai bien aimé être Mme Urrutia.

– L'honneur a été pour moi.

Elle hésita encore un instant.

– Tu es l'un des rares hommes à ne pas m'avoir fait du gringue depuis que je suis mêlée à ça, dit-elle enfin. Et les occasions ne t'ont pas manqué.

– J'espère que tu ne le prends pas comme une offense.

– Mon Dieu, non, lança-t-elle en riant. Au contraire : c'est le plus grand compliment que tu pouvais me faire. Me traiter comme une collègue.

– C'est ce que tu as été.

– Oui... C'est ce que j'ai essayé d'être.

Ils parcouraient les derniers mètres du pont. *España*, indiquait un panneau. Les phares illuminèrent la barrière, maintenant très proche, entre deux colonnes de pierre qui marquaient le territoire national. Plusieurs personnes attendaient de l'autre côté, immobiles, sous la vague lumière d'un réverbère.

– Je ne sais quoi dire de plus, ajouta-t-elle.

– Peut-être à un autre moment.

Elle hésita un peu avant de répondre.

– Peut-être.

La barrière se leva et l'automobile parcourut une courte distance avant de s'arrêter devant les piliers du porche de la douane. Ceux qui l'avaient attendue s'approchèrent et l'entourèrent : uniformes, gabardines, cuir vernis des tricornes. Falcó baissa la vitre, le pinceau lumineux d'une torche électrique l'éblouit et lui fit détourner les yeux.

– Tu arrives en retard, comme toujours, grogna la voix sèche et rude de l'Amiral.

2

LES APPARENCES NE SONT PAS TROMPEUSES

C'était le milieu de la matinée à Saint-Sébastien, et le soleil qui entrait par les fenêtres de l'hôtel María Cristina éclairait les meubles bien vernis, les bottes lustrées, les uniformes, les buffleteries et les vêtements de prix. Pleine de militaires et de réfugiés prospères, cosmopolite et élégante, la ville avait l'avantage d'être loin des lignes de front. La rumeur des conversations dans le bar était encore plus pesante que la fumée de tabac qui plombait l'atmosphère. Derrière le comptoir, entre les bouteilles alignées sur les tablettes, il y avait une photographie encadrée de Sainte-Marie-du-Chœur, un drapeau aux couleurs de l'Espagne nationale et un poste à galène d'où venait la voix de Concha Piquer, en train de chanter *Ojos verdes*.

Sous le regard désolé du barman, Lorenzo Falcó – veste en tweed marron et pantalon de flanelle beige – laissa intact le cocktail qu'il n'avait pas eu le temps de goûter, posa trois pesetas sur le comptoir, rajusta son nœud de cravate, prit son chapeau posé sur le tabouret voisin et se dirigea vers la porte, où venait d'apparaître l'Amiral.

– Écoute, dit son chef en levant un doigt quand Falcó l'eut rejoint.

Déconcerté, celui-ci cilla, en regardant autour de lui.

– Que se passe-t-il ?

L'Amiral gardait son doigt levé. Sourcil courroucé.

– Concha Piquer.

– Qu'arrive-t-il à Concha Piquer ?

– Tu n'entends pas les paroles ? Elle vient de chanter : *Apoyá en la puerta / de mi casa un día*[1].

– Et alors ?

– Alors, ça a toujours été : *Apoyá en el quicio / de la mancebía*[2].

Falcó sourit, narquois.

– L'Espagne se moralise, monsieur. Les putes ne sont plus mises en musique.

– Aïe, Seigneur... Parfois, je me demande s'il est vraiment bon que nous gagnions la guerre.

Le chef du SNIO, le Service national du renseignement et des opérations, était habillé en civil, selon son habitude : costume gris, parapluie, chapeau. Bien qu'il fût de Betanzos, sa moustache couleur cendre et son parapluie lui donnaient l'air d'un Anglais. Il prit la température du bar en jetant un regard par-dessus l'épaule de Falcó, puis montra le vestibule.

– Allons faire un tour.

– Je ne crois pas que vous ayez besoin de ça aujourd'hui, dit Falcó en montrant le parapluie. Il fait un temps splendide.

L'Amiral eut un geste d'indifférence.

– Je suis galicien, ce qui veut dire qu'il ne faut même pas se fier à son propre père. Une précaution de plus, c'est une surprise de moins. Et par les temps qui courent, inutile de te faire un dessin... Tu saisis ?

– Je saisis.

L'œil de verre et l'œil indemne de l'Amiral convergèrent sur Falcó, critiques.

---

1. Viens un jour sonner / à la porte de chez moi
2. Viens heurter le marteau / de la maison de passe.

– Il manque à ta réponse un mot protocolaire, mon garçon.

– Je saisis, monsieur.

– J'aime mieux ça. Et maintenant, remue-toi, et plus vite que ça. Allons prendre l'air.

Ils sortirent et, sous la marquise, le portier se découvrit pour saluer Falcó.

– Je suis dans cet hôtel depuis deux semaines, et cet idiot ne me reconnaît même pas, se plaignit l'Amiral. Toi, tu es là depuis deux jours, et il baisse sa casquette jusqu'à terre.

– C'est qu'on sait se faire aimer, monsieur. Et que je suis sympathique de nature.

– Ce sont aussi tes pourboires monstrueux.

– Oui… Ça aussi.

– Résultat, quand le comptable voit tes notes de frais, il pousse des hauts cris. Et lâche les chiens sur moi.

– Expliquez-lui que j'investis dans les relations publiques. Je mets de l'huile dans les efficaces rouages de la patrie… Voyez-le vous aussi sous cet angle.

– Sous cet angle ou sous un autre, tout ce que je vois, c'est ta tête de maquereau. Et, dans ton cas, les apparences ne sont pas trompeuses.

Ils s'éloignaient de l'hôtel en longeant la rive gauche de l'Urumea. Au-dessus d'une affiche placardée sur une palissade – *Une Patrie, un État, un Caudillo* –, le ciel était d'un bleu presque phalangiste. C'est un de ces jours, se dit Falcó, sarcastique, où il prend envie à Dieu de manifester de quel côté Il est.

– Que raconte Sologastúa ? voulut-il savoir.

L'Amiral, qui le regardait du coin de l'œil, avança encore de quelques pas sans rien dire et finit par faire une grimace ambiguë.

– Il coopère.

– En bon garçon ?

– Exactement. Il a d'abord commencé par faire des difficultés. Il ne répondait qu'en basque, *Euskal gudari naiz*[1] et tout le saint-frusquin, refusait de parler chrétien...

Falcó prit une expression exempte de compassion.

– Mais maintenant, il doit le parler à merveille.

L'Amiral souriait, malveillant.

– Il le parle avec une fluidité étonnante, oui... Et c'est très bien, parce qu'il a encore beaucoup de choses à nous dire. On en est donc là, et nous ne sommes pas pressés... Ensuite, quand nous en aurons fini avec ces conversations intimes, nous le livrerons au bras séculier.

– Conseil de guerre ?

– Sans aucun doute. Le bonhomme a cru que ses petits jeux transfrontaliers allaient rester impunis. Il ne s'est pas avisé que ces affaires d'espionnage et de contre-espionnage sont comme les parcs de loisirs : l'entrée ne coûte presque rien, mais les attractions sont chères.

– Ce n'est pas à moi qu'il faut dire ça, les attractions, ça me connaît.

L'Amiral imprima un balancement à son parapluie.

– Il faut faire un exemple, dit-il, de façon qu'ils sachent, à Bilbao, ce qui les attend quand leur système de fortifications, leur fameuse Ceinture de fer, aura foiré. Ces abrutis de séparatistes vont devoir payer les massacres de janvier.

Ils firent un bout de chemin en silence. Le SNIO savait que le 4 janvier, après un bombardement national sur Bilbao, le gouvernement autonome de l'Euskadi avait laissé la situation lui échapper. Les milices rouges et noires de l'UGT[2] et de la CNT[3], envoyées dans les prisons pour assurer la protection des détenus, avaient massacré, en présence des forces basques – gudaris et ertzainas – restées passives,

1. Je suis un combattant basque.
2. Union nationale des travailleurs.
3. Confédération nationale du travail.

deux cents prisonniers à seulement dix minutes du siège du gouvernement régional.

– Pour le moment, reprit l'Amiral, nous avons passé par les armes quelques prêtres nationalistes basques, pour leur faire savoir de quoi il retourne.

La nouvelle fit sourire Falcó.

– Qu'on n'aille pas croire, au Vatican, remarqua-t-il, amusé, que l'assassinat des curés est le monopole des rouges.

– C'est cela même. Tu n'es pas si bête, quand tu y mets du tien.

Ils firent encore quelques pas, en contemplant l'embouchure du fleuve et, sur la rive opposée, l'édifice du Kursaal devenu temporairement le quartier général des Requetés.

– Cette carliste, Malena, s'en est bien sortie à Biarritz, estima l'Amiral.

– Très bien, confirma Falcó. Elle est courageuse et responsable. Un bon agent actif pour le Grupo Lucero.

– Je sais. J'en tiendrai compte, même si les experts affirment que les femmes ne valent rien sur le terrain. Ils affirment que sous pression elles se révèlent trop émotives, dit l'Amiral, et son œil indemne jeta un regard de côté sur Falcó. Mais tu sais bien que sur les questions importantes les experts n'ont jamais raison.

– Elle est encore en ville ?

– Nous l'avons logée à l'Excelsior.

– Celui de la calle Guetaria ?

– Oui.

– Hum. Un hôtel de seconde catégorie.

– Naturellement. Ce n'est pas une vedette comme toi. De plus, avec la guerre, les logements se font rares. Il ne me semblait pas prudent, non plus, de l'installer près de toi.

Ils avancèrent encore un peu, en silence. L'Amiral continuait de l'observer du coin de l'œil.

– Il n'y a rien eu entre elle et toi, j'espère, dit-il enfin.

Falcó posa sa main droite à la hauteur de son cœur.

– Je vous en prie, monsieur, protesta-t-il. Nous étions en mission. Ma conscience professionnelle...

– Ne me fais pas rire, je ne voudrais pas avaler ma moustache. Pour ce qui est de ta conscience, je n'en donne pas cher.

– Je pensais à la professionnelle.

– Pas plus de celle-là que de l'autre. Pour toi, il n'y a que deux types de femmes : celles avec lesquelles tu couches et celles avec lesquelles tu peux coucher. Ton sourire de rufian leur fait croire qu'elles sont des princesses ou des actrices de cinéma, alors qu'en fait tu ne t'intéresses qu'à ce qu'elles ont au-dessous de la ceinture.

– Voilà encore une offense, Amiral. Je m'intéresse aussi à ce qu'elles ont au-dessus de la ceinture.

– Oui, jusqu'aux seins... Va servir tes craques à quelqu'un d'autre.

Aux terrasses des cafés, tout n'était qu'uniformes, luxe et femmes. Au Guria, quelques Allemands avec à leurs calots l'étoile d'officier de la Légion Condor parlaient entre eux. Falcó, curieux, se tourna à demi vers l'Amiral.

– C'est vrai, ce bruit qui court sur Guernica ?

– Quel bruit ?

– Que ce ne sont pas les rouges qui l'ont détruite, mais nous qui l'avons bombardée, enfin... – Il montra les Allemands. – Eux, concrètement. Ces jolis garçons blonds.

L'Amiral promena un regard inexpressif sur les militaires. Comme s'il ne les voyait pas et s'attendait que tout le monde en fît autant.

– Ne crois pas aux bruits qui courent par ici, et moins encore à ceux que répandent les agents secrets comme nous, pour qui mentir est un art.

– Ce n'est pas dans mes habitudes. Mais on parle de victimes par milliers et d'avions allemands.

L'Amiral haussa les épaules.

– On en rajoute. Quand nos troupes sont entrées dans la ville, elles n'y ont trouvé qu'une centaine de morts. Confirmés... À mettre sur le compte des poseurs de bombes asturiens.

Falcó jeta encore un rapide regard sur les Allemands qu'ils venaient de dépasser. Puis il fit claquer sa langue.

– Encore un coup de ces brutes marxistes, dit-il.

L'intention narquoise n'échappa point à l'Amiral. Il foudroya Falcó du regard.

– Il te faut ton content de chair, au gramme près, c'est ça ? Comme à Shylock.

– Shylock Holmes ?

– Tu es vraiment stupide, tu sais. Ferme ton clapet.

Falcó porta deux doigts au bord de son chapeau. Sous le feutre, ses yeux d'un gris de limaille d'acier souriaient.

– À vos ordres.

– Ce n'est pas le moment. Tu me suis ?

– Affirmatif, monsieur.

– Dans cette guerre, tout n'est pas aussi simple que d'assassiner et d'enlever des gens, comme tu le fais. Ou de coucher avec des morues... Il faut bien que certains d'entre nous réfléchissent.

Ils tournèrent le dos au pont et au fleuve, prenant à gauche, en direction de la Alameda qui, depuis que les nationaux avaient pris la ville, s'appelait Alameda Calvo Sotelo. L'Amiral, l'air grave, balançait son parapluie, qu'il finit par appuyer contre son épaule comme il l'aurait fait s'il s'était agi d'un sabre ou d'un fusil.

– Ce n'est pas non plus la première fois que les rouges perpètrent une chose pareille à celle de Guernica, dit-il soudain tandis qu'ils s'arrêtaient pour laisser passer un tramway. Souviens-toi d'Irún... ou des églises brûlées avec curé et sacristain à l'intérieur. Ce sont des barbares. Et bien sûr que ce sont eux qui l'ont fait.

– Si vous le dites...

– Et comment que je le dis, fit l'Amiral qui parut se plonger un moment dans ses réflexions, en réimprimant un balancement à son parapluie. Ce qui n'empêche pas que, tout à l'heure, si ça me semble approprié, je te dise le contraire.

Falcó se remit à l'examiner avec attention. L'œil indemne de son interlocuteur luisait, maléfique. Il reconnaissait les symptômes. Quelque chose se tramait là, à quoi il n'était ou n'allait bientôt pas être étranger.

– Je comprends, fit-il, prudent.

– Que peux-tu y comprendre, bordel ? lança l'Amiral avec un soupir d'exaspération. Tu n'y comprends foutre rien.

Ils laissèrent derrière eux le parc Alderdi-Eder, où un kiosque à journaux affichait *La Voz de España* et *El Diario Vasco* avec le même gros titre : *Les rouges reculent dans le Nord*. Le soleil resplendissait sur la baie de La Concha, où la marée basse découvrait le sable doré et mouillé aux reflets de nacre. De hauts bâtiments bordaient le demi-cercle de la rive le long de l'élégante promenade du bord de mer, avec la vieille ville à droite, tassée au bas du mont Urgull. Des enfants jouaient sur la plage, familles et oisifs se promenaient comme si la guerre n'existait pas. L'Amiral leur jeta un sec regard censeur.

– Des dactylos qui lisent Guido da Verona et des employés de commerce qui envoient des lettres d'amour à Claudette Colbert, cracha-t-il avec un petit rire amer, entre ses dents. Ils croient que la vie est divertissante, ces crétins de première. Ils ignorent qu'elle ne l'est que pour les êtres sans scrupules comme toi.

Falcó regardait les gens sur la plage, pensif.

– Ce qui m'étonne, dit-il, ce n'est pas le désordre, mais l'ordre.

L'Amiral eut un rire retors.

– C'est pareil pour moi... Mais ces gens ignorent tout de l'ironie.

Il avait pendu son parapluie à une balustrade et allumait sa pipe. Il ne reparla plus, jusqu'aux premières bouffées de fumée.

– Je n'ai pas encore reçu ton compte rendu écrit sur l'opération de Biarritz... Et pas davantage celui sur Barcelone.

Falcó sourit intérieurement. *Sur Barcelone* était une façon comme une autre d'être concis. Une semaine et demie plus tôt, il avait dû interrompre pendant quatre jours la mission de Biarritz sur un ordre exprès de l'Amiral : aller de toute urgence à Barcelone via Perpignan pour s'assurer, pendant que les gardes d'assaut et les milices communistes affrontaient, en quelques jours de combats de rue, les anarchistes et les trotskistes du POUM[1], que deux activistes libertaires italiens, Camillo Berneri et Francesco Barbieri, disparaîtraient de la scène dans la confusion du moment. Il s'agissait d'une demande des services secrets italiens, et l'Amiral désirait marquer des points avec ses collègues de l'OVRA[2] fasciste. Voilà comment Falcó, pourvu d'un imperméable en cuir, d'une motocyclette Norton et de faux papiers qui faisaient de lui un policier de haut rang de la Généralité, était arrivé dans la capitale catalane et, après avoir feint une arrestation domiciliaire avec l'aide de deux complices payés en espèces, avait tiré à bout portant dans le dos et la tête des Italiens à l'instant où ceux-ci étaient sortis dans la rue. Douze heures après, il était de nouveau en sécurité de l'autre côté de la frontière française, après une infiltration d'une journée et demie seulement. La mort des deux Italiens était allée grossir le compte des centaines d'anarchistes et de poumistes arrêtés, torturés et exécutés

1. Parti ouvrier d'unification marxiste.
2. Organisation pour la surveillance et la répression de l'antifascisme.

dans les tchékas catalanes au cours de ces cinq journées de troubles.

– Manque de temps, monsieur… Il faut le taper à la machine et tout ce qui s'ensuit. Vous savez : en faisant très attention à ce que l'on écrit et à ce qu'il ne faut pas dire.

– Oui, je sais, grogna l'Amiral en lui lançant un nouveau regard courroucé. C'est toujours pareil avec toi. La partie bureaucratique n'est pas ton fort.

– Dès que j'aurai un moment, je m'y mettrai. Parole d'honneur.

– D'honneur, dis-tu.

– Oui… Mon honneur immaculé.

– On peut dire que tu n'as vraiment honte de rien. Tu as réussi ce que bien peu obtiennent dans la vie : sembler être exactement ce que tu es et passer pour ce que tu sembles être.

Ils restèrent un moment silencieux. Le chef du SNIO paraissait plus intéressé par sa pipe que par la conversation.

– Est-ce que le nom de Léo Bayard te dit quelque chose ? demanda-t-il soudainement.

Falcó le regarda, intrigué, avant d'acquiescer. « Bien sûr qu'il me dit quelque chose », confirma-t-il. Bayard était un intellectuel communiste dont le nom apparaissait souvent dans les journaux. Français, homme du monde, écrivain à succès, aviateur et aventurier. Partisan de la République.

– Il combat en Espagne, non ? À la tête d'une escadrille de volontaires et de mercenaires recrutés par ses soins et qu'il finance en partie.

– Pour ce qui est de combattre, tu devrais employer le passé, remarqua l'Amiral en tirant sur sa pipe. Bayard n'est plus en Espagne.

– Ah. Je ne savais pas.

– C'est tout récent. Sa dernière action a été de bombarder nos troupes lors de la prise de Málaga… L'escadrille jouissait d'une grande autonomie et opérait presque pour son compte ; mais, ces derniers temps, sur ordre de Moscou, les communistes tentent de mettre un peu d'ordre dans la pagaille. Gagnons d'abord la guerre, disent-ils, la révolution viendra ensuite, ou pas. En tout cas, c'en est fini du style Pancho Villa. C'est pourquoi ils vont à la chasse aux trotskistes et aux anarchistes, d'une poigne de fer.

– Je croyais que Bayard était communiste.

– Sympathisant, seulement. Il n'est pas inscrit au Parti, que nous sachions. C'est un compagnon de route, comme ils disent... Ami très intime, mais qui ne pousse pas jusqu'au baiser profond. Il pense que la solution à tous les maux de l'Europe s'appelle Joseph Staline.

– Et pourquoi est-il parti ?

– C'est un intellectuel distingué et arrogant, lettré et tout le tremblement. Un hâbleur vaniteux fasciné par l'action... L'Espagne est son aventure et l'escadrille sa guerre privée. C'est ainsi que la perspective d'être bientôt sous le commandement direct d'un autre Français, André Marty, le rend malade. Ce qui l'a fait renoncer à diriger son escadrille et retourner en France.

Le nom que l'Amiral venait de mentionner fit hausser les sourcils de Falcó.

– Ce Marty, c'est bien l'inspecteur général des Brigades internationales ?

– Lui-même, oui. Une fripouille et un criminel, de ceux qui voient des fascistes partout, et qui a fait exécuter plus de gens de son côté que du nôtre. Un peu comme notre colonel Lisardo Queralt, mais version rouge. Il est de ces indésirables qui adorent venir ici fumer notre tabac, brûler nos meubles et se livrer aux massacres. Ils pourraient le faire chez eux, mais non, chez nous, c'est plus facile... Nous sommes le festin de l'Europe.

– Les Italiens et les Allemands y mettent aussi leur grain de sel.

L'Amiral foudroya Falcó du regard.

– Ne joue pas au plus malin avec moi.

– Je n'en ai pas l'intention.

– Ceux-là sont les croisés de notre noble cause... C'est clair ?

Falcó, que ne trompait pas le ton de son interlocuteur, l'admit. Sous cet apparent cynisme, l'Amiral voilait le souvenir douloureux de son fils, assassiné par les rouges lors des hécatombes navales de l'été précédent.

– Très clair, monsieur.

– Les Fritz et les Ritals sont les camarades du renouveau de l'Espagne. Et au ciel, les étoiles de ce nouveau matin.

– Vous me l'ôtez de la bouche.

L'Amiral le regarda avec sévérité.

– Tu crois en quelque chose, gamin ?

– Je crois qu'aucun tourniquet ne peut rien contre une entaille à l'aine sur l'artère fémorale.

L'amiral secoua la tête, pour esquiver le sourire qui lui venait aux lèvres.

– Jusqu'à quand comptes-tu mener une vie pareille ?

– Jusqu'à ce que ma carcasse n'en puisse plus.

Le rire étouffé de l'Amiral sonna comme un grognement.

– Je ne connais pas beaucoup d'espions ni d'aventuriers qui, à la cinquantaine, n'auraient pas préféré être apothicaires de village ou fonctionnaires municipaux.

– J'ai encore treize ans de marge. Je vous préviendrai, monsieur, quand j'en serai là.

– Je doute que tu puisses un jour me le dire. Tu finiras fusillé, quels que soient ceux qui le feront... Eux ou les nôtres.

Falcó l'admit également.

– Où est-il actuellement, Léo Bayard ?

L'Amiral l'étudia encore un moment, l'œil rivé sur lui, avant de répondre.

– À Paris, dit-il enfin.

– Et à quel titre ?

– Celui de héros de guerre. Il donne des conférences, écrit des articles et se pavane drapé dans son passé récent de combattant de la liberté... Il prépare un livre et un film sur son expérience espagnole et fait pression sur le gouvernement Blum pour que la France cesse de rester sur la réserve et soutienne la République.

Falcó médita un moment.

– Quelle carte suis-je supposé jouer là ?

– Celle que tu joues toujours... Bayard cherche à nous baiser, mais c'est toi qui vas l'avoir.

– Et comment ?

– Il y a longtemps que nous lui préparons un tour à la Fu Manchu.

L'Amiral reprit son parapluie et ils longèrent la balustrade. Falcó savait que son chef préférait discuter des affaires délicates à l'air libre, loin des bureaux accessibles aux oreilles indiscrètes. Ses amis de l'Abwehr le tenaient bien informé sur les nouvelles techniques d'écoute avec des micros cachés. Même à l'extérieur, le chef du SNIO évitait de traiter entièrement une question au même endroit. Comme il aimait à le dire à Falcó, une cible mobile est toujours moins facile à atteindre qu'une cible fixe. Et ils devaient souvent se méfier davantage des amis que des ennemis.

– L'idée m'en est venue l'an dernier, quand j'ai appris que Bayard voulait acheter quelques avions Dewoitine pour escorter ses bombardiers Potez, qui sont trop lents et vulnérables... Il a réuni des fonds en France, puis est allé négocier avec un intermédiaire qui travaillait également pour nous.

– Je le connais, cet intermédiaire ?

– Oui, c'est Paul Hoffman. Tu as travaillé avec lui pendant tes années d'escroc, quand tu trafiquais des armes pour le compte de Basil Zaharoff. Si ma mémoire est bonne, vous avez vendu cinq mille rifles polonais et deux cents mitrailleuses. Je suppose que tu te souviens de lui.

– Bien sûr… Un type douteux, amateur de putes de luxe.
– À peu près comme toi, putes incluses.
– Mais qu'a-t-il à voir, Hoffman, dans tout ça ?
– C'est par là que j'ai commencé à tailler le linceul de Bayard, répondit l'Amiral, avant de s'interrompre pour pointer sur la poitrine de Falcó le bec de sa pipe. Et c'est toi qui vas le lui coudre.

Ils restèrent un moment immobiles à regarder la baie. La journée était toujours aussi agréable. Près de l'île de Santa Clara, la silhouette grise d'un chalutier armé se déplaçait lentement, drapeau national à la poupe. L'Amiral tirait sur sa pipe et Falcó avait ôté son chapeau, laissant le soleil lui caresser le visage.
– Demain, tu prends l'express Hendaye-Paris, dit l'Amiral. Dès à présent, tu t'appelles Ignacio Gazán et tu es un fils de bonne famille espagnole établie à La Havane et pleine aux as. Tu es aussi un sympathisant de la République, collectionneur d'art et d'autres choses dont je te parlerai après.
Falcó cilla, surpris.
– D'art ?
– C'est ça.
– Tout ce que je sais de l'art peut tenir en dix minutes de conversation. Et encore.
– Avec une femme, oui, je sais… Mais nous pouvons arranger ça. Le monde est plein de millionnaires amateurs d'art qui n'ont pas la moindre idée de qui est Kandinsky.
– Et qui est Kandinsky ?
Maintenant, il arborait un sourire insolent. L'Amiral lui lança un regard assassin.
– Il n'est ignorance qui tienne à l'abri d'un chéquier. Et tu vas en emporter un pourvu d'une coquette somme.
Le sourire de Falcó s'élargit.
– Cette musique est douce à mes oreilles… Je sens que cette mission va me plaire.

– Eh bien, tâche qu'elle ne te plaise pas trop. Tes dépenses seront contrôlées jusqu'au moindre franc.

Falcó mit son chapeau, légèrement sur le côté, selon son habitude.

– Pourquoi collectionneur d'art ? Quel rapport avec Bayard ?

– Parce que ta mission à Paris va être double. D'une part, tu devras te rapprocher de lui jusqu'à ce que tu puisses pénétrer dans le cercle de ses intimes, répondit l'Amiral, qui l'examina de nouveau, d'un œil critique, de la tête aux pieds. Ce qui, avec ton apparence de maquereau distingué, ton peu de vergogne et l'argent que tu pourras distribuer, te sera on ne peut plus facile.

– Et de combien de temps vais-je disposer pour ça ?

– D'une quinzaine de jours.

Falcó réfléchit posément. Avec l'expérience du métier.

– Je vais devoir le tuer ?

– Pas exactement.

L'Amiral resta quelque temps silencieux, à contempler un navire, au loin. Puis il tapota sa pipe contre la balustrade, en vida le fourneau, et la glissa dans sa poche.

– En fait, tu vas devoir le faire assassiner.

– Obtenir que d'autres que nous s'en chargent, vous voulez dire ?

– Oui.

– Et comment ?

– Avec charme et talent. Et ça, tu en as plus qu'il n'en faut.

Ils se remirent en marche, sans hâte. Près des bains de La Perla, sous une affiche qui annonçait le film *Les Trois Lanciers du Bengale*, ils croisèrent quelques officiers phalangistes : blouson de cuir, chemise bleue et béret rouge. Ils donnaient le bras à des jeunes filles vêtues de la tenue bleue du service de santé des armées. Un des officiers marchait en s'appuyant sur une canne et un autre avait le bras en écharpe. L'offensive dans le Nord exigeait largement des troupes nationales son dû de sang.

– Il leur en a coûté de porter le béret, remarqua l'Amiral. D'abord, ils s'y sont refusés : carlistes d'un côté, phalangistes de l'autre, et tous ne connaissant que les leurs... Pour eux, le décret qui les a regroupés dans la Phalange espagnole traditionaliste et des JONS[1] a été un coup de pied où je pense.

– C'est vrai que « Phalangistes Requetés » fait un ensemble disparate...

– Je ne te le fais pas dire, confirma l'Amiral en baissant la voix, bien qu'il n'y eût personne aux alentours immédiats. Réunir monarchistes et tenants du joug et des flèches, c'est vouloir mélanger l'huile et l'eau. De plus, avoir rendu le salut bras levé obligatoire depuis le mois dernier ne convient à personne, excepté aux phalangistes. Mais le Caudillo ne s'en émeut pas, parce qu'il n'en a que faire. Surtout à présent, avec José Antonio enterré à Alicante... Les rouges qui traitent Franco de fasciste n'ont aucune idée de ce qu'il est. Qu'il mette une chemise bleue ou la tunique de Jésus de Nazareth, il n'est qu'un militaire pur, dépourvu d'imagination : ce qu'il veut, c'est gagner la guerre, assurer son pouvoir personnel, sous lequel tous devront marcher droit. Il l'a dit clairement, et il ne reviendra pas là-dessus. Qui ne l'accepte pas va tout droit au poteau d'exécution. Tu saisis ?

– Affirmatif, monsieur.

– Eh bien, tiens-t'en là. Tu n'as pas le choix. Nous non plus. Et n'oublie pas le salut bras levé.

– On fera ce qu'on peut, monsieur.

– Ça vaudra mieux pour toi. Ici, tout le monde rivalise de zèle exterminateur. Sur le pont de fer d'Amara et dans les terrains vagues proches de l'usine à gaz, on exécute toujours beaucoup à l'aube.

---

1. Juntes d'offensive nationale-syndicaliste.

– Eh bien, ils pourraient lever un peu le pied, non ? Au point où nous en sommes.

– Tout au contraire, mon garçon. Les pelotons d'opportunistes inscrits à la Phalange pour gommer leur passé ou faire leur beurre, de même que les gardes civils de notre estimé Queralt n'arrêtent pas... C'est une sorte de compétition, pour voir qui a le plus de mérite dans le crime. Le mot à la mode est *épuration*. Il est interdit aux familles des exécutés de porter le deuil. Pour que les liquidations soient moins visibles, bien entendu.

Martial, il balançait son parapluie au rythme de son pas. Il se retourna un moment pour regarder les militaires s'éloigner.

– De l'autre côté, les communistes prétendent en faire autant : unifier, bien que, dans ce camp, on pousse plus loin la barbarie. Quand ils ne sont pas en train d'exécuter des fascistes réels ou imaginaires, ils s'abattent entre eux du mieux du monde. Regarde ceux du POUM, que l'on extermine à qui mieux mieux comme des rats dans les tchékas, sur ordre de Staline. C'est pourquoi, si les rouges ne se dégourdissent pas un peu, nous gagnerons la partie ; nous y allons lentement mais sûrement.

Une des mouettes qui tournoyaient au-dessus de la plage passa près d'eux, les frôlant presque, et l'Amiral la suivit des yeux.

– La colère des idiots gagne le monde, ajouta-t-il, courroucé. Et notre guerre est une répétition générale exemplaire. Un prologue aux grandes hécatombes qui s'annoncent.

Falcó regardait les mouettes avec ressentiment. Il ne les trouvait pas sympathiques depuis que, lors d'un voyage à New York sur le *Berengaria*, l'une d'elles avait failli sous ses yeux arracher d'un coup de bec la main du maître-coq qui nettoyait quelques poissons sur le pont. Trop avides, à son goût. Trop humaines.

– Vous m'avez dit tout à l'heure que la mission allait être double, monsieur... Ce que je dois faire à Paris.

– Oui, c'est ce que j'ai dit. Double comme un double six.

– Et qu'est-elle, cette autre partie ? Ou plutôt, vous connaissant comme je vous connais, quel est le côté le moins plaisant de l'affaire ?

– Plaisant, il l'est, mon gars. Il se peut même qu'il te plaise encore plus que l'autre, parce qu'il convient à ton côté canaille.

– Je suis tout ouïe.

L'Amiral sortit sa montre du gousset.

– Je t'en parlerai ce soir, quand j'aurai dîné. Ou, plus exactement, on t'en parlera.

– Où ?

– Au Club Náutico, répondit l'Amiral en montrant du bout de son parapluie la partie de la promenade qu'ils avaient laissée derrière eux. Dans le salon particulier. À onze heures pile.

Il s'arrêta de nouveau pour ranger sa montre. L'œil de verre et l'œil indemne s'alignèrent en un regard sardonique. Il leva son parapluie et donna avec la poignée quelques petits coups sur le bras de Falcó.

– Au fait, puisqu'on en est à t'affranchir, prends garde au barman du María Cristina.

– Le rouquin ?

– Lui-même.

– Il s'appelle Blas, et il prépare des hupa-hupa passables... Pourquoi dois-je m'en méfier ?

L'œil sain lui adressa un clignement malicieux.

– C'est un confident de la police, à laquelle il a déjà raconté que, quand le Caudillo prend la parole à la radio, tu ne te lèves pas comme tout le monde... Et que c'était déjà le cas lors de tes précédents séjours ici.

– Tout barman a bonne mémoire.

– Celui-là, c'est certain. On est venu me le rapporter ce matin.

– Et qu'avez-vous dit ?

– J'ai invité ces gens à aller se faire reluire ailleurs.

Falcó sortit son étui à cigarettes, y prit une Player's dont il tapota doucement une extrémité sur l'écaille polie. Il plissa les yeux, et son regard fut celui, redoutable, du faucon qui repère une proie.

– Quel monde de merde, Amiral.

– À qui le dis-tu.

Tête penchée, flamme du briquet à l'abri du creux de sa main, Falcó alluma sa cigarette.

– On ne peut même plus se fier au barman, fit-il en exhalant la fumée.

3
DES LOUPS ET DES AGNEAUX

Une douce bruine vernissait de reflets mouillés la ville obscurcie pour prévenir d'éventuelles attaques aériennes. Sous la statue de l'amiral Oquendo, à côté de l'hôtel María Cristina, Falcó remonta le col de son trench-coat et regarda, par-dessous le bord de son chapeau, se détacher d'entre les ombres de la rue voisine quelque chose de légèrement plus clair qui se déplaçait à grand bruit et se rapprochait en lançant des étincelles avant de s'arrêter devant la place.

– Salut, beauté.

Paquito Araña était descendu du tramway en se dirigeant vers l'endroit où Falcó attendait. Alors que le véhicule faisait retentir son coup de timbre et se remettait en marche, la petite silhouette assurée du sicaire acquit des contours plus précis, et l'air humide apporta son odeur très caractéristique de pommade capillaire et d'eau de rose.

– Merci d'avoir répondu à mon appel, dit Araña.

Ils restèrent l'un près de l'autre dans la semi-obscurité. C'est là, se dit Falcó fugitivement, un échantillon de l'étrange rapport qu'ils entretenaient : celui des compagnons d'aventure du Grupo Lucero – même si Araña était à un niveau hiérarchique bien inférieur au sien : la plus grande partie de ce qu'ils vivaient ensemble se déroulait dans des milieux troubles, en rencontres furtives, parmi de redoutables personnages de l'ombre. Ils passaient ensemble moins de temps pendant le jour que pendant la nuit.

– Je t'écoute, dit Falcó.

– Oui, j'y viens, fit Araña qui s'interrompit brièvement, dans l'expectative. Veux-tu que nous allions dans un café ou un autre endroit... discret ?

Falcó regarda en direction de l'hôtel, sortit un briquet de sa poche et à la lueur de la flamme consulta sa montre-bracelet. La luminosité rougeoyante éclaira les yeux saillants du tueur sous le bord étroit d'un élégant petit chapeau anglais. Et aussi la naissance de ses sourcils épilés et sa petite bouche carminée et cruelle. Il avait comme à son habitude les mains dans les poches d'un manteau, d'où l'on ne savait jamais quel objet menaçant il pouvait tirer.

– J'ai quelque chose à faire dans un moment, dit Falcó en éteignant le briquet. Parlons plutôt ici.

– Comme tu voudras... On fait quelques pas vers le fleuve ?

– Ça peut aller.

Ils traversèrent la place jusqu'à l'avenue proche de l'Urumea. Tout était éteint sur l'autre rive. À gauche, du côté de l'embouchure, le pont et l'édifice du Kursaal se découpaient sur le ciel assombri, encore indécis, du jour qui se mourait.

– J'aime les villes en guerre, fit Araña. Pas toi ?

Falcó allumait une cigarette.

– Sans plus.

– Eh bien, moi, elles me ravissent, trésor. Avec leurs ténèbres si favorables au crime et au péché.

Pendant un moment, ils ne dirent rien, tandis qu'ils contemplaient le feston noir du fleuve. La rumeur de la marée clapotait sur les roches, au-dessous d'eux.

– Tout s'est bien terminé, à Biarritz, d'après ce que j'ai entendu, dit Araña.

– Ça dépend pour qui.

Une espèce de doux ronflement sifflant se fit entendre. C'était le sicaire qui riait entre ses dents.

– On a effacé toute trace et rendu les voitures inutilisables, dit-il. Quand nous sommes partis, la femme de ce type n'avait pas encore tout à fait repris ses esprits… Elle a dû s'offrir une sacrée trotte.

– Tout s'est parfaitement bien passé.

– À l'heure qu'il est, ils doivent lui avoir fait cracher jusqu'à son premier biberon.

– Je suppose.

– Et comment va la fille ?

– Quelle fille ?

– Celle qui t'accompagnait, mec. La belle rondouillette.

– Oh ! bien. Elle va bien… Elle est dans le coin.

Le rire léger du sicaire siffla de nouveau.

– J'espère que le Sanglier est satisfait. Les félicitations ne descendent jamais jusqu'à moi.

– Il l'est.

– Formidable.

Un nouveau silence suivit, pendant lequel ils regardèrent tomber la nuit. Une automobile passa derrière eux et l'éclat de ses feux de position projeta leurs ombres sur le sol. Celle d'Araña arrivait à la hauteur des épaules de celle de Falcó. Puis l'obscurité et le silence revinrent.

– J'ai un service à te demander, mon beau.

– De quel ordre ?

– Un ami a des problèmes.

– Politiques ?

– Oui.

– Et c'est un ami proche ?

– Très proche.

L'humidité détrempait la cigarette que Falcó tenait entre ses doigts. Il la porta à ses lèvres, en tira une dernière bouffée et la jeta dans le fleuve. Pendant ce temps, Araña expliquait l'affaire : un gars agréable, jeune, de belle prestance, compositeur-typographe, folies de jeunesse à une époque de désordres, carnet de l'UGT et quelques interventions politiques mineures, de simple orateur. Le soulèvement l'avait surpris en zone nationale, et il s'était débrouillé pour s'affilier à un groupe de la Phalange pour ne pas finir abattu contre un mur de cimetière. Il était même monté au front, à Somosierra, *bing, bang,* pour y tirailler. Mais quelqu'un l'avait reconnu et la suite était prévisible. Il allait sans doute être invité à aller faire un de ces tours dont ne revenaient que ceux qui tenaient les fusils.

– Où est-il détenu ?

– À la prison municipale de Burgos... Peux-tu faire quelque chose ?

– Peut-être.

– Moi, à mon niveau, je n'ai droit à aucune faveur. Je ne présente aucun autre intérêt que de tailler dans le vif. De plus, c'est une affaire plutôt... intime, tu vois.

– Bien sûr.

– C'est un garçon superbe.

– Je n'en doute pas.

– Moi, personne ne va m'écouter, comme je te le disais. Petites histoires de pédales. Ce qui est très mal vu dans la Nouvelle Espagne, si virile et si machiste... Mais toi, tu baises les marquises et au-delà. Tu es une vedette de l'espionnage patriotique et l'œil droit du Sanglier. Il te suffit de sourire pour que tous se mettent à mouiller.

Falcó réfléchit. Il avait fait jouer la molette du briquet pour jeter un nouveau regard à sa montre.

– Je vais voir ce qu'on peut faire.

– Je t'en remercie, mon petit barbeau... Mes ordres me rappellent à Salamanque. Tu as là le nom et quelques précisions.

Il tendit un papier replié à Falcó, que celui-ci glissa dans sa poche. Puis ils se détournèrent du fleuve et repartirent en direction de la place.

– J'ai un truc à régler, dit Falcó.

Il laissa Araña en plan dans l'obscurité, sans un au revoir, et fila vers la masse sombre de l'hôtel.

Il n'eut pas à attendre longtemps, ayant déjà repéré les lieux, et il resta un moment dans la loge vitrée du couloir d'où le gardien pouvait surveiller la sortie à l'arrière du María Cristina.

Grâce à quelques cigarettes anglaises et à un brin de conversation – la guerre, les temps si durs, les clients qui à des époques plus heureuses venaient visiter la ville –, le cerbère, un garde d'assaut à la retraite, avait accepté avec plaisir la compagnie de Falcó, dix minutes de bavardage à la lueur d'une applique et une blague sur Remigio, le milicien rouge prodige de guerre que l'on reconnaissait immédiatement dans un sous-marin parce qu'il était le seul à avoir pris la précaution de mettre son parachute, ha, ha, ha. Un type élégant et beau parleur, dirait le gardien si on l'interrogeait. Avec des airs de fils à papa un peu marlou et très sympathique. Il n'aurait rien d'autre à dire de lui, sauf que, au moment où Blas le Rouquin, l'un des barmen du bar américain, traversait le couloir avec manteau et béret après ses heures de service pour quitter l'hôtel et rentrer chez lui, ce type si avenant l'avait quitté avec le sourire et une tape sur l'épaule, puis s'était éloigné en marchant sur les pas du barman. Par pur hasard, sans doute.

Falcó suivit la masse obscure de l'homme à distance adéquate pour éviter de se laisser semer et ne pas l'alarmer. Le barman marchait d'un pas vif, avec une envie évidente d'arriver chez lui au plus vite après dix heures passées à préparer des mélanges, servir cafés et fines à l'eau. Ils avancèrent ainsi, l'un derrière l'autre, jusqu'au pont de Santa Catalina, qu'ils traversèrent. Par une déchirure des nuages qui assombrissaient le ciel passa un éclat de lumière lunaire qui fit surgir des reflets à la surface de l'embouchure, sur laquelle se découpèrent le tablier mouillé du pont et la silhouette sombre qui allait par-devant.

Après avoir traversé la place de Vasconia, le barman prit la première rue sur la droite. Elle était étroite et l'ombre y devenait épaisse dans les recoins. Alors Falcó déboutonna son trench-coat pour avoir plus de liberté de mouvement, pressa le pas en posant d'abord les talons à terre pour ne pas faire de bruit et rattrapa l'homme.

– Bonsoir, dit-il.

Le barman, qui ne l'avait pas entendu s'approcher, sursauta. Le peu de clarté que la lune dardait entre les avant-toits laissa voir sa bouche grand ouverte, blême de terreur. Falcó sortit le briquet de sa poche, de la main gauche, et éclaira d'un bref déclic incandescent son sourire. Qui devait ressembler à celui de certains requins.

– Je suis celui qui ne se lève pas quand le Caudillo parle à la radio.

– Je ne sais pas ce que vous voulez dire.

Falcó rangea son briquet.

– Je m'en doutais, fit-il.

Puis il frappa de la main droite, sans trop de hargne. Un coup sec et froid, qui tenait plus de la gifle que du coup de poing. En fait, son intention n'était pas tant de faire mal que de provoquer, de susciter une réaction de colère. Il avait son pistolet à la ceinture, mais n'y pensait même pas. Pas plus qu'il n'avait l'intention de massacrer un type surpris et sans défense dans la semi-obscurité. Sauf en cas de nécessité. En définitive, il n'était pas là en mission, mais pour le plaisir.

– Vous êtes fou, bredouillait le barman. Je ne sais pas de quoi...

Falcó le frappa de nouveau, et cette fois, ce fut davantage un coup de poing qu'une gifle. L'homme était plus petit que lui, mais large d'épaules, avec de fortes mains. Il les avait remarquées en le voyant secouer le shaker de l'autre côté du comptoir. Le tout était de l'échauffer jusqu'à ce qu'il s'emporte vraiment. Alors, oui. Gare à la casse.

– Que voulez-vous de moi ?

Sa voix tremblait, mais un rien de colère montée du fond de lui s'ouvrait maintenant passage. Motivé, Falcó frappa de nouveau : un seul coup de poing, ni trop fort, ni trop doux. Qui fit cloc. L'homme en souffla de douleur et, enfin, furieux, se jeta sur lui.

– Fumier !

C'est bon de se battre de temps en temps, se dit Falcó. Ça purge le sang. Puis il cessa de penser pour se concentrer sur les gestes automatiques, les réflexes acquis avec l'entraînement et la pratique. Sur la chorégraphie extrême de la violence. Il y avait un rituel occulte, primitif, en cette succession d'horions : *toump, toump, toump*, de pauses, de recherche instinctive d'endroits vulnérables, dans la ténacité à s'en tenir là, dans une respiration qui assourdissait les tympans et le halètement de l'adversaire, senti plus qu'entendu, si proche, si sauvage, si animal. Comme dans les cris de douleur et les coups de poing que le barman, incapable de coordonner attaque et défense, envoyait à l'aveuglette et encaissait par contre exactement aux endroits visés. Tout était en réalité très simple, oscillait, d'une part, entre la volonté de faire mal, la violence assumée comme règle utile, naturelle, et, d'autre part, l'incapacité de le faire admettre par la raison comme allant de soi. Et la plupart des êtres humains n'en sont effectivement pas capables. Des épaules larges et des mains comme des battoirs ne servent pas à grand-chose quand dans la pratique on est un agneau et pas un loup.

Falcó recula de deux pas, prit une inspiration profonde, impétueuse, et mit fin à ce round d'un coup de pied entre les jambes qui jeta le barman contre un mur, plié en deux de douleur, puis il le rejoignit, à terre, et s'accroupit alors à côté de lui. Avec une curiosité presque scientifique, il écouta son râle de douleur, les ahanements qu'il poussait en essayant de reprendre son souffle. Il lui donna quelques tapes sur le visage et, ce faisant, remarqua que sa main était poisseuse de sang tiède. L'homme à terre avait le nez cassé.

– J'ai une femme... Des enfants, bafouillait-il. Je vous en prie... J'ai trois enfants...

Falcó, toujours accroupi, hocha la tête, compréhensif. Nous avons tous une arrière-garde quelque part, se dit-il, quelque chose qui nous rend vulnérables, ou infâmes. Ou ce qui se présente. Brusquement, il ressentit la fatigue de l'effort récent dans tout son corps. Il avait mal aux poings, aux bras et à la poitrine, ressentait une lassitude soudaine et profonde.

– Oui, fit-il.

Il s'assit près de l'homme à terre, dans l'ombre, dos au mur. Tandis que son pouls recouvrait une cadence normale – il sentait pourtant un cognement gênant à sa tempe droite –, il respira avec délectation l'air humide et frais de la nuit. Puis il leva le visage et contempla la vague clarté de la lune entre les toits. Sans consulter sa montre, il calcula l'heure qu'il devait être.

– Oui, répéta-t-il d'une voix très basse.

Il entrouvrit son imperméable et sa veste, sortit l'étui à cigarettes, y prit deux Player's, en mit une entre les lèvres du barman, avant de tirer son briquet de sa poche.

– Tu sais ce qui est le pire de tout, mon vieux ? Tes cocktails sont vraiment merdiques.

Si tu es espagnol, parle espagnol, enjoignait une pancarte aux couleurs nationales pendue dans le vestibule.

C'est le seul détail de mauvais goût, estima Falcó. Pour le reste, le Club Náutico de Saint-Sébastien faisait honneur à son nom distingué. Il était meublé selon les dernières tendances de la conception fonctionnelle : surfaces lisses, tables carrées, fauteuils tubulaires de rotin et d'acier. Le salon particulier se trouvait derrière le bar et était séparé du reste de la salle par une paroi coulissante de verre opaque. Quand il y entra, les serveurs s'étaient retirés après avoir desservi, et sur la nappe ne restaient plus que des tasses à café, des verres, un siphon d'eau de Seltz, un seau à glace, une bouteille de White Label et deux cendriers à l'emblème du club. Il y avait également là le vieux portefeuille en cuir de l'Amiral, que Falcó avait appris à redouter. Comme un prestidigitateur malveillant, le Sanglier n'en sortait jamais rien de bon.

– Voici mon agent, dit l'Amiral pour faire les présentations. Monsieur s'appelle Hubert Küssen.

Il ne dit rien du second homme. Parce qu'ils étaient deux en compagnie du chef du SNIO : l'un était brun, l'autre avait les cheveux blancs. Le brun s'était levé pour serrer la main de Falcó en claquant légèrement des talons. Vêtu d'un costume gris de bonne coupe, il était rondouillard, d'une apparence plutôt balkanique. Il arborait une petite moustache taillée à l'anglaise. Un de ces types, se dit Falcó, que l'on imagine aisément jouer au golf à Lausanne ou chasser le daim au Tyrol avec un fusil Purdey tout en faisant des affaires louches en plusieurs langues. Rien que de plus conventionnel, n'était-ce la partie inférieure de son visage : du menton à la nuque, la peau était parcheminée et parcourue de vilaines rides, comme celle d'un vieillard.

– Vous pouvez m'appeler Hupsi, dit-il dans un espagnol passable. Tous le font. Hupsi Küssen, pour vous servir.

Falcó remarqua son accent.

– Allemand ?

– Mon Dieu, non, fit l'individu, avec un sourire onctueux et travaillé. Autrichien.

Falcó regarda l'autre homme, celui aux cheveux blancs, qui restait silencieux dans le coin le plus écarté de la table. Bien qu'il fût assis, il semblait de petite taille. Vêtu d'un costume croisé sombre agrémenté d'une cravate rayée, il observait Falcó avec un intérêt flegmatique.

– Veux-tu un scotch ? demanda l'Amiral quand tous furent assis.

Falcó déclina l'offre en sortant de sa poche un tube de Cafiaspirina – la tension de l'incident avec le barman laissait encore des traces. Il se servit un jet d'eau de Seltz dans un verre et avala un comprimé après l'avoir un peu mâché. Son estomac le tolérait mieux ainsi.

– Je saute le prologue, dit l'Amiral. Ces messieurs savent déjà qui tu es.

Falcó regardait de temps en temps l'homme aux cheveux blancs, mais celui-ci restait immobile et muet, à l'observer. Il avait des yeux clairs et des traits agréables, avec même une certaine douceur. Quelque chose, en lui, titillait la mémoire de Falcó, mais il était incapable de le situer.

– On m'a dit beaucoup de bien de vous, dit le brun.

Il souriait, obséquieux. Presque séducteur. D'un sourire de souk, comme si celui auquel il appartenait se préparait à lui vendre un tapis.

– Vous n'avez pas l'air autrichien, lui dit Falcó.

Le sourire de l'homme s'élargit.

– L'Autriche était très grande, jadis.

– Je vois.

Après avoir calé son dos contre le dossier de sa chaise, Falcó rajusta son nœud de cravate et croisa les jambes en essayant de ne pas trop défaire le pli de son pantalon. De l'autre côté de la table, l'homme aux cheveux blancs ne le quittait pas des yeux et son visage conservait une expression d'aimable curiosité. Falcó se tourna vers le brun en examinant sans dissimulation l'horrible cicatrice de son visage. Il en avait déjà vu de similaires. Sans doute habitué à de semblables regards, le dénommé Küssen hocha lentement la tête, pour confirmer le soupçon de Falcó.

– Août 18, bataille d'Arras, dit-il sur un ton égal.
– Grenade ?
– Lance-flamme.
– Eh bien. Vous avez eu de la chance.
– Oui... De tous ceux qui étaient dans le bunker, j'ai été le seul chanceux.

Ils restèrent un moment à se regarder pendant que Falcó jaugeait l'individu. En dépit de son embonpoint et de son air tranquille, le brun avait un regard dur, sagace. Intelligent.

– L'affaire Bayard, dont je t'ai parlé ce matin, a ses ramifications, dit l'Amiral. Et c'est pour nous en occuper que nous sommes ici.

Il avait sorti sa blague d'une de ses poches et remplissait avec soin le fourneau de sa pipe en tassant le tabac avec son pouce. Il resta un moment sans rien dire, tout entier à cette tâche, puis finit par parler sans lever les yeux.

– M. Küssen est marchand d'art. Il a de bonnes relations, qui s'étendent au cercle de Léo Bayard à Paris. Entre autres choses, il commercialise les œuvres d'une photographe britannique appelée Edith Mayo... Ça te dit quelque chose ?

Falcó fouilla sa mémoire.

– Elle a publié un reportage sur la défense de Madrid dans le magazine *Life* ?
– Oui. C'est elle.
– Les intimes l'appellent Eddie, dit Küssen. Elle a naguère été mannequin chez Chanel, puis maîtresse de l'artiste photographe Man Ray.
– Maintenant, elle est celle de Léo Bayard. Très rouge, très à gauche, ajouta l'Amiral.
– Et aussi très belle, ajouta Küssen.
– Il se sont rencontrés il y a six mois en Espagne.
– Et nous sommes de bons amis, tous les trois, dit l'Autrichien.

Falcó le regarda avec un regain d'intérêt.

– Comment ça ?

– Nous nous fréquentons, à Paris.

– Ce monsieur, intervint l'Amiral, te présentera à ces gens. Ce qui rendra les choses plus faciles.

Falcó était loin de comprendre ce dont il était question.

– Faciles.

– C'est bien ça.

Il jeta un regard sur l'homme aux cheveux blancs, qui gardait le silence, en essayant de retrouver dans sa mémoire qui il pouvait bien être.

– Et que fait Herr Küssen dans cette affaire ?

– Hupsi, je vous en prie, insista le brun avec un aimable sourire.

– Que fait Hupsi là-dedans ?

L'Amiral sortit une boîte d'allumettes de sa poche, en craqua une et la tint par-dessus le fourneau de sa pipe.

– M. Küssen est un antifasciste connu dans toute l'Europe, dit-il en tirant quelques bouffées de fumée. Un démocrate irréprochable… Il a fui l'Autriche il y a peu de temps. C'est aussi un homme fortuné et philanthrope, qui aide ceux qui fuient l'Allemagne nazie. On soupçonne qu'il a quelques gouttes de sang juif et qu'il est dans la ligne de mire de la Gestapo.

Ce fut peut-être à cause de la migraine, mais le mot *Gestapo* assombrit l'humeur de Falcó. Il ne pouvait oublier les cours de techniques policières qu'il avait suivis à Berlin l'année précédente, sur ordre de l'Amiral. En trois semaines, il en avait obtenu des enseignements et des contacts utiles, ainsi qu'une large expérience des interrogatoires et de l'exécution des détenus, cette matière première qui ne faisait pas défaut dans les sous-sols de la police de la capitale du Reich. Comparés aux bouchers de la Prinz-Albrecht-Straße, les instructeurs qu'il avait connus dans le camp d'entraînement roumain de Târgu Mureş semblaient n'être que de braves bêtes.

– Ce portrait m'échappe, conclut-il, déconcerté. Que fait ici un philanthrope antifasciste ?

Küssen demeura impassible, souriant, et ne desserra pas les lèvres. De leur côté, l'Amiral et l'homme aux cheveux blancs échangèrent un regard. Enfin, l'Amiral présenta à Falcó une physionomie qui, chez quelqu'un d'autre que lui, aurait pu passer pour aimable.

– C'est une couverture, clarifia-t-il. Très efficace, indubitablement... En réalité, ce monsieur est depuis longtemps lié aux services secrets allemands.

Falcó haussa les sourcils. La pupille de ses iris gris et froids, circonspects, s'était contractée.

– Le SD ?

– Non, grands dieux, fit Küssen avant de regarder l'homme aux cheveux blancs et d'éclater d'un rire si jovial qu'il semblait forcé. Le service de renseignement de la SS et moi ne sommes pas sur la même longueur d'onde.

– Il collabore avec l'Abwehr, précisa l'Amiral.

– Il collabore ou il travaille pour l'état-major ? Parce que ce n'est pas la même chose.

L'Amiral et l'homme aux cheveux blancs échangèrent un nouveau regard.

– Il collabore fréquemment.

Falcó rattacha une information à l'autre. Cela signifiait que l'on pouvait se fier à Küssen. Les services secrets germaniques présentaient une garantie suffisante. Ils jouaient un rôle capital dans l'appui que l'Allemagne prêtait à la cause nationale.

Tout à coup, il lui sembla que la mémoire lui revenait. Il regarda une nouvelle fois l'individu aux cheveux blancs et le reconnut sans l'ombre d'un doute. Leurs chemins s'étaient croisés pendant une dizaine de secondes lors de son avant-dernier séjour à Berlin, dans un couloir de la Tirpitzufer où tout le monde se mettait au garde-à-vous au passage de cet homme. Il était alors en uniforme et devant lui couraillaient deux teckels.

C'était l'amiral Wilhelm Canaris, bien sûr. Le chef de l'Abwehr. Falcó se garda pourtant de montrer qu'il l'avait reconnu.

– J'achète des œuvres d'art, en particulier à des juifs et à des opposants politiques du Reich, disait Küssen. J'apporte aussi un large soutien aux organisations qui les aident à s'exiler d'Allemagne et d'Autriche. Ce qui me vaut contacts et influence. Et, bien entendu, des renseignements de grande valeur... Je canalise l'argent vers la Suisse et les informations vers Berlin.

– Une affaire bien ficelée, dit Falcó, admiratif. Doublement payante.

L'Autrichien souriait comme s'il venait d'en entendre une bien bonne. Il jeta un regard sur l'homme aux cheveux blancs, avant de tapoter le côté gauche de sa veste, à la hauteur de la poitrine.

– Bien entendu. Je n'ai pas à me plaindre.

Celui en qui Falcó avait maintenant reconnu Canaris gardait le silence et écoutait. À ce moment-là, Falcó avait eu le temps de faire d'autres recoupements. Le marin allemand respecté par Hitler, véritable légende dans le monde des services secrets, avait effectué des opérations d'espionnage en Espagne pendant la Grande Guerre, et y avait noué de solides amitiés. L'Amiral était l'une d'elles, tout comme les frères Francisco et Nicolás Franco. D'après ce que Falcó avait appris, ce lien personnel avait servi les militaires qui s'étaient soulevés le 18 juillet, et il restait étroit. On savait que Canaris se rendait fréquemment en zone nationale.

– Pour cette opération Bayard, les amis de M. Küssen nous ont apporté un soutien important, reconnut l'Amiral.

Maintenant, c'est lui-même qui va t'épauler pour la phase ultime, la plus délicate.

– Et de quelle manière ?

– Avec son aval, tu pourras approcher ta cible de plus près. Rappelle-toi qu'Ignacio Gazán, le personnage que tu vas interpréter à Paris, est un Espagnol établi à La Havane, qui a beaucoup d'argent. Tu investis dans l'art et M. Küssen te conseille.

– Par exemple ?

– Quelques photos de cette Eddie Mayo, qui sont exposées dans une galerie. Tu vas les trouver très intéressantes et en acheter une ou deux.

– Surréal-transexualistes, comme elle les appelle, précisa Küssen.

Falcó se gratta une oreille, amusé.

– Tiens, tiens... Ça promet.

– Ne fais pas le pitre, fit l'Amiral, grognon. L'heure tourne, et ce n'est pas le moment.

– Je pensais à ce *surréal*, monsieur.

– Boucle-la.

– À vos ordres.

Ils restèrent tous les quatre silencieux. On n'entendait que le léger bruit que faisait l'Amiral en tirant sur sa pipe. Au bout d'un moment, celui-ci s'adressa à Canaris, en montrant Falcó comme s'il cherchait son approbation.

– Qu'en dites-vous ?

Les yeux bleus de l'Allemand se posèrent sur Falcó, bienveillants.

– Je crois que oui, répondit-il en espagnol. Ça ira.

Il avait une voix posée, très courtoise. Un bon accent. De son côté, l'Amiral pointait sur Falcó son œil droit, avec une indifférence méthodique.

– J'ai une certaine faiblesse perverse pour lui, peut-être parce qu'il ne cherche jamais à faire croire que ses motifs sont honorables. Et l'avantage, c'est qu'il plaît aussi bien aux hommes qu'aux femmes... Comme vous pouvez le voir, il a ce côté sans cœur, un peu crapule, du collégien sympathique.

Canaris renouvela son approbation d'un sourire, appuyé par l'apparente candeur de ses yeux bleus. Une apparence tactique très utile, se dit Falcó. Pour celui qui était en définitive l'un des trois ou quatre hommes les plus puissants de l'Allemagne nazie. Les tentacules de son réseau d'espionnage couvraient le monde entier.

– On dirait bien, admit-il.

L'Amiral souffla la fumée, regarda sourcils froncés le fourneau de sa pipe pour s'assurer que la combustion était bonne, puis montra Falcó de l'embout du tuyau.

– Quand ils finiront par deviner et comprendre la manœuvre, ils seront foutus ou sur le point de l'être.

– Foutus ? demanda Canaris, en clignant des yeux, intrigué.

– *Kaputt*.

– Ah. Je comprends.

– Il est aussi professionnel qu'une mère maquerelle.

Falcó les regardait, l'un après l'autre, comme s'il assistait à un match de tennis.

– Puis-je dire quelque chose ?

– Non, bordel. Tu ne peux pas.

Il se fit une pause. Canaris, Küssen et l'Amiral regardaient encore Falcó. Celui-ci se mit à compter les anneaux qui tenaient le rideau, pour rester impassible pendant ce temps. C'était une vieille ruse. Comme il arrivait au quatorzième, l'Amiral ôta la pipe de sa bouche.

– Quand tu feras la connaissance de Bayard, dit-il, ce sera toi qui tomberas sous son charme ; prêt à lui signer quelques chèques pour la noble cause du peuple espagnol, et tout à l'avenant... Aucun paladin de la liberté n'y résiste. Le petit couple t'accueillera bras ouverts.

– Et après ?

Après, reprit l'Amiral, Falcó couronnerait le tour joué au personnage, que l'on était de train de peaufiner dans la dentelle : manipulations de divers groupes pour discréditer l'héroïque aviateur et, si possible, obtenir que ses propres camarades le liquident. Quand il se tut, le chef du Snio ouvrit le portefeuille et en tira une grande enveloppe de papier kraft bien pleine.

– Tu as ici toutes les indications, dans un dossier que tu détruiras une fois que tu l'auras lu, précisa-t-il, et il poussa l'enveloppe en direction de Falcó en la faisant glisser sur la table. Tout le reste est également là : documents, chéquiers et quelques autres choses nécessaires. À Paris, il faudra que tu mettes tout ça à l'abri, en lieu sûr, parce que tu en auras besoin le moment venu... Ce sont là les clous du cercueil de Bayard.

– Quelle clef devrai-je utiliser ?

– La Soria 8, qui est nouvelle, et que ne possèdent pas encore les rouges. Le livre de code est *La bolchevique enamorada* de Chaves Nogales... C'est un roman court des années trente. Tu en as là un exemplaire. Tu l'as lu ?

– Non.

– Eh bien, tu y trouveras de quoi te distraire.

Falcó jeta un coup d'œil au livre : c'était une édition courante, bon marché. Il se demanda quelle était la part du hasard et celle d'une intention de l'Amiral dans le choix de ce titre, après l'intervention d'Eva Neretva dans l'épisode de Tanger. L'œil indemne et l'œil de verre convergèrent pour lui adresser un regard entendu, et il crut y déceler un éclat malveillant.

– Il y a aussi un billet pour demain dans un wagon-lits de première classe pour Paris.

Falcó regarda Canaris. Puis il se tourna vers Küssen tout en remettant le roman dans l'enveloppe.

– Nous ferons le voyage ensemble ?

L'Autrichien hocha la tête en signe de dénégation.

– J'y vais par avion, un vol de la Lufthansa. C'est à Paris que nous nous reverrons.

– Dois-je aller dans tel ou tel hôtel ?

– On vous a réservé la meilleure chambre du Madison, boulevard Saint-Germain, dit Canaris. Petit, mais commode et très élégant.

– Celui que choisirait un millionnaire de La Havane qui aurait bon goût, précisa Küssen.

– Et pas du tout bon marché, grogna l'Amiral. Quatre-vingts satanés francs par jour.

Küssen souriait à Falcó. Il avait toujours sa physionomie avenante, mondaine, qui contrastait avec l'horrible cicatrice de sa mâchoire.

– Ça vous paraît correct ?

– Ça me paraît parfait. Mais si je dois me montrer ici et là dans les endroits publics de Paris, il est possible qu'un agent républicain me reconnaisse.

Canaris fronça les sourcils. Il semblait soudain inquiet.

– Vous êtes-vous beaucoup exposé, ces derniers temps ?

– À peine.

– Peut-on savoir où ?

– Non.

– Ah. Je vois.

– Je mène une vie discrète, mais on ne sait jamais.

L'Allemand resta pensif.

– Si le cas se présente, vous agirez en conséquence.

Il regardait maintenant l'Amiral comme s'il lui en confiait la responsabilité.

– Il est habitué au risque, observa ce dernier, caustique. Si on jette notre homme à la mer, il en ressort avec des branchies et des nageoires.

Canaris approuva d'un hochement de tête, apparemment convaincu. Comme si, après avoir étudié Falcó, il ne pouvait en douter.

– Küssen a déjà arrêté un plan, dit-il.

– Effectivement, confirma le brun. Nous nous rencontrerons comme par hasard au restaurant Michaud, qui est tout près de l'hôtel Madison, dans deux jours... Je serai en train de déjeuner avec Bayard et Eddie Mayo. À une heure, le restaurant est plein, et il faut attendre qu'une table se libère ; nous nous saluerons comme de vieilles connaissances et je l'inviterai à se joindre à nous. À partir de là, ce sera à lui de jouer, mais je resterai là, à veiller au grain.

– Une question ? demanda l'Amiral.

– Non, rien pour le moment.

Cette fois, sous la moustache grise de l'Amiral, ce fut un rictus qui parut sardonique. Le chef du SNIO tendit à Falcó le siphon d'eau de Seltz.

– Tiens, prends une autre aspirine, mon garçon, tu vas en avoir besoin... Parce que nous allons maintenant te raconter la seconde partie de cette belle histoire.

Il faisait chaud. Après avoir éteint la lumière, ils ouvrirent une fenêtre et restèrent là tous les quatre, quasi immobiles et debout, à goûter la brise nocturne. Au-delà du demi-cercle de sable plongé dans l'ombre, la baie n'était qu'un désert obscur où le vent et la lune combinaient de doux reflets d'argent.

– Une ville élégante, dit Canaris.

Küssen et lui fumaient avec plaisir des havanes à l'odeur agréable. Insensible au paysage, l'Amiral s'était tourné vers Falcó et le regardait.

– Sais-tu quelque chose de l'Exposition internationale des Arts et des Techniques de Paris ? s'enquit-il brusquement.

– Pas grand-chose.

– Elle ouvrira début juin, et les rouges désirent que la République soit mise à l'honneur... Ils ont confié le pavillon de l'Espagne à deux architectes de leur bord, et ils veulent qu'il y ait là un grand tableau, en faveur de la lutte du noble peuple espagnol contre le fascisme, etc.

Après avoir refermé les rideaux, ils rallumèrent la lumière et regagnèrent la table.

– Ils ont demandé à Picasso de peindre le tableau, souligna l'Amiral.

Falcó le regarda, surpris. Quand il se tourna vers Canaris pour en obtenir confirmation, celui-ci opina du chef, imperturbable. Küssen souriait comme un chat sur le point de croquer une souris et l'Amiral mordillait, irrité, le bec de sa pipe.

– Je ne comprends pas ce que l'on peut bien trouver à ce Picasso, grommela-t-il, mais c'est une célébrité mondiale.

Canaris ne lâchait plus Falcó du regard.

– Et ce n'est que justice… Aimez-vous Picasso ?

– Comme ci comme ça, fit Falcó du bout des lèvres, indifférent. L'art n'est pas mon fort.

– Et parmi ce que vous avez vu de lui ?

– Certaines choses plus que d'autres. Mais oui… Il est original.

L'Amiral faillit en sursauter.

– Original, ce fils de pute rouge ?

– Chacun ses goûts, monsieur.

– En effet, concéda Canaris.

– Eh bien, ça ne vous fait pas honneur… Mais laissons ça pour le moment.

Falcó s'appuya de nouveau sur le dossier de la chaise. Le comprimé de Cafiaspirina avait fait son effet bénéfique et il se sentait soulagé et vaguement euphorique. L'aventure de la vie frappait une nouvelle fois doucement à la porte. Maintenant, oui, il était en pleine forme.

– Comme tu le sais, poursuivait l'Amiral, et si tu ne le sais pas je te l'apprends, ce barbouilleur de Picasso est à Paris. Il y a un de ses ateliers. Ses sympathies pour la République sont connues, comme le sont ses amitiés, aussi ne vais-je pas m'étendre sur ce sujet. Ce qui importe, c'est qu'il a accepté cette commande, et qu'il y travaille depuis des jours.

– Et quel en est le sujet ?

– Voilà la bonne question, que diable ! Le sujet.

L'Amiral regardait maintenant sa pipe. Comme elle s'était éteinte, il prit sa boîte d'allumettes, en craqua une et approcha la flamme du fourneau.

– Le sujet, on dirait bien, est le bombardement de Guernica.

Cela dit, il posa sur Falcó un regard pénétrant à travers la fumée. De l'autre côté de la table, Canaris appuyait posément le propos d'un mouvement de tête, pendant que Falcó tentait d'assimiler la chose. Sans encore voir où il mettait les pieds.

– Ah.

– Eh bien oui, ah, fit l'Amiral. Et tu ne connais pas la meilleure. Ce pitre de Dalí s'est lui aussi offert de peindre l'œuvre monumentale, en arguant que l'an dernier il a fait je ne sais quoi en faveur de la République... Comme tu le vois, c'est à qui aura sa part du gâteau. Staline n'a pas fait main basse sur tout l'or de l'Espagne.

– *Construction molle avec haricots bouillis*, dit tout à coup Küssen.

Falcó cilla, déconcerté.

– Pardon ?

– C'est le nom que Dalí a donné à son tableau, avec en sous-titre : *Prémonition de la Guerre civile*... Mais l'ambassade préfère Picasso, poursuivit-il avant de lâcher un rond de fumée oscillant. Son renom est plus grand.

L'Amiral fit claquer sa langue.

– Les rouges se servent de cette histoire pour battre le rappel, et ils vont le battre beaucoup plus fort. L'inventeur du cubisme, rien de moins, manifestant de cette manière son appui à la cause républicaine... Tu imagines ?

Falcó opina de la tête. Il pouvait imaginer.

– Magazines, bulletins d'informations, et mille cinq cents morts pour faire leur propagande, grommela le chef du SNIO en s'agitant sur sa chaise, de mauvais poil. Ça va faire couler beaucoup d'encre, et pas à notre avantage.

– De toute façon, vous l'avez dit ce matin, monsieur, Guernica a été détruite par les poseurs de bombes asturiens, de la même manière qu'à Irún, dit Falcó, en regardant Canaris avant d'ajouter : Ou pas ?

L'Allemand afficha un sourire ambigu. Ses yeux clairs semblaient transparents.

– Il se peut qu'il y ait une autre version des faits, dit-il doucement, comme si l'idée venait de lui traverser l'esprit.

Falcó pensait aux aviateurs qu'il avait vus le matin même à la terrasse du café Guria, aux Junkers et aux Savoia avec la croix nationale peinte sur le gouvernail de direction, à la queue de l'appareil. L'Espagne, il n'était pas difficile de le deviner, devenait une répétition générale de quelque chose d'encore plus énorme et terrible. De nombreux autres pays allaient finir par danser sur cette musique sinistre.

– Qu'en pensez-vous ? voulut savoir Canaris.

– De quoi ?

– De cette affaire de Guernica.

Falcó y réfléchit encore un peu.

– Ça dépend de qui l'a fait.

– Puisque nous en sommes à imaginer, supposez un moment que c'est l'aviation nationale espagnole.

– L'allemande et l'italienne, voulez-vous dire.

De son œil indemne, l'Amiral foudroya Falcó.

– Ne dépasse pas les bornes, mon garçon.

Celui-ci réfléchissait encore.

– Les bombes sont un signe de civilisation, je suppose, dit-il enfin, en s'adressant à Canaris. La preuve en est que personne ne vous bombarde, vous qui êtes déjà civilisés.

L'Allemand se mit à rire, de nouveau bon enfant. Il était aimable et encaissait bien. Ou en avait l'air.

– J'aime le sens de l'humour espagnol. Quand vous plaisantez, c'est vraiment drôle... Un peuple tragique comme le vôtre ne rit pas de n'importe quelle bêtise.

Et il continua de considérer Falcó avec curiosité.

– Vous voulez dire que c'est nous qui l'imposons aux autres ? demanda-t-il enfin.

– Du moins pour le moment, oui.

– Vous-mêmes n'étiez pas en reste dans le Rif... Gaz moutarde inclus.

– Nous étions civilisés, à l'époque. Comme le sont à présent les Italiens en Abyssinie.

De son côté, le havane entre les dents, Küssen hochait la tête, réprobateur.

– Nul ne bombardera jamais le Reich, dit-il.

Falcó haussa les épaules.

– Je vous prends au mot... Parions un repas au Horcher de Berlin.

Le brun sourit, satisfait, presque espiègle, en se prenant au jeu.

– *Canard à la rouennaise** et mouton-rothschild 1932 ?

– 1935.

– Tenu.

Falcó regarda Canaris, qui les écoutait, l'air amusé.

– Même si l'on finira aussi par bombarder le Horcher.

Tout à coup sérieux, l'Allemand scruta Falcó. Peu après, il éclata de rire.

– Il me plaît, votre homme, cher Amiral. Il n'a pas froid aux yeux.

– C'est ce qu'on dit... Et votre approbation me réjouit, parce que lui et votre agent vont travailler ensemble, répliqua l'Amiral qui, se tournant vers Küssen, ajouta : Si l'on ne perd pas de vue son épouse ou sa fiancée, tout peut aller pour le mieux.

Le brun se mit lui aussi à rire.

– Je suis célibataire et sans attache, mais je m'en souviendrai.

– Pour ce qui est de Guernica, reprit l'Amiral, peu nous importent les versions qui circulent. Ce qui compte, c'est que Picasso est en train de peindre sa saloperie pour cette exposition, poursuivit-il en pointant l'embout de sa pipe sur Falcó. Et pour ça nous comptons sur toi.

– Sur moi ?

– Oui. Et ce monsieur, là, va te dire une bonne fois pourquoi.

Et le monsieur, ou quoi que fût Küssen, obtempéra. Il était un ami de Picasso et avait vu les premières ébauches de la peinture. L'artiste y travaillait depuis le début du mois de mai. Ce serait une grande toile, destinée au pavillon de l'Espagne. D'après des renseignements dignes de foi, l'attaché culturel de l'ambassade d'Espagne, un certain Aub, avait déjà versé à Picasso cent cinquante mille francs au moment de la commande. On payait également une de ses maîtresses, Dora Markovitch, alias Dora Maar, pour photographier la progression de l'œuvre. Tout devait être terminé pour les premiers jours de juin.

– La chose devient sérieuse, comme tu le vois, intervint l'Amiral.

Falcó hochait la tête, assimilant ce qu'il entendait.

– Oui... Ce que je ne vois toujours pas, c'est ce que je viens faire là-dedans.

– Picasso et Bayard sont de grands amis, expliqua Küssen. Ils se voient souvent, et Eddie Mayo a même posé pour un des tableaux du peintre.

Falcó attendait encore la suite.

– Et ?

– Je vais vous introduire dans leur cercle, ce qui veut dire vous permettre d'approcher facilement Picasso... Cela vous convient ?

– Bien sûr. Je suis enchanté que vous m'introduisiez dans des cercles.

– En tant que collectionneur, vous désirerez qu'il vous vende quelque chose : n'importe quelle sottise que vous paierez un prix exorbitant. L'argent que vous serez supposé avoir vous ouvrira toutes les portes… vous permettra de rester en contact étroit avec ces gens, dont vous gagnerez la confiance.

Falcó sortit son étui à cigarettes d'une de ses poches. Ce qu'il fit très lentement, en réfléchissant à l'objectif de tout ceci.

– Je ne comprends toujours pas ce que je viens faire dans ce tableau.

L'Amiral donna un petit coup impatient sur la table.

– C'est pourtant clair, bon sang. On dirait que tu es bête… Ta mission à Paris est double : en plus de faire passer Bayard pour un agent fasciste et d'obtenir que ses camarades le liquident, tu devras saboter le tableau de Picasso.

Falcó, qui tenait ouvert l'étui dans lequel il venait de prendre une cigarette pour la porter à ses lèvres, arrêta son geste à mi-chemin. Il posa son regard sur eux, l'un après l'autre, en dernier lieu sur Canaris, qui souriait avec flegme.

– Pardon ?

– Tu m'as bien entendu, merde, grogna l'Amiral. Le saboter, le mettre en pièces, le brûler, le taillader à coups de couteau, ce qui te viendra à l'esprit. Le tout, c'est de donner une leçon aux rouges… De détruire cette fichue saloperie avant qu'on ne la transporte à l'Exposition.

4
COMMUNISTE ET TORERO

Avec leur combinaison de promiscuité et de mobilité, les trains, se dit Falcó, sont un terrain aussi favorable au chasseur que redoutable pour le gibier. Pour ceux de son douteux métier, y sauver sa peau implique le respect de certaines règles. Il est impérieux de rester sur ses gardes et d'avoir l'œil vigilant et alerte. Bien des choses désagréables peuvent vous arriver entre deux gares, dans l'obscurité soudaine des tunnels ou la solitude nocturne d'un couloir, mais vous pouvez évidemment tout aussi bien y réserver de mauvaises surprises aux autres. En tout cas, opérer dans les trains ne s'improvise pas, entraînement et technique sont tout aussi indispensables qu'une connaissance précise des horaires, trajets et gares ; de la durée des arrêts et du parcours de l'un à l'autre ; de la composition du train ; des particularités propres aux employés du chemin de fer et des habitudes et routines des voyageurs : de tous les inconvénients et avantages.

Tel était le cours de sa pensée tandis qu'il nouait, devant le miroir du lavabo de son compartiment, une cravate de soie signée au revers *Charvet-Paris*. Il épingla les pointes du col d'une chemise blanc cassé, boutonna le gilet, excepté le denier bouton, et enfila la veste du costume de tweed Donegal dans les chevrons duquel prédominaient les tons ocre, puis il passa les mains sur ses cheveux coiffés en arrière avec un fixatif, la raie à gauche, très haut, lissant les tempes, mit la mallette dans le filet du porte-bagages, s'assura que le pistolet et les documents étaient bien cachés dans un creux sous le lavabo et sortit dans le couloir alors que le conducteur des wagons-lits y passait en agitant sa clochette pour annoncer le premier service du restaurant.

Le panorama de la campagne française, étendue et verte, défilait de l'autre côté des fenêtres de la voiture, ponctué par les poteaux téléphoniques qui filaient très vite. En arrivant à la plateforme et au soufflet qui précédaient le wagon-restaurant, le bruit du train et le martèlement des bogies, qui pouvaient couvrir un cri ou même un coup de feu, lui firent promener un regard prudent sur les portes fermées, la cabine déserte du conducteur, et le couloir d'où il venait. Mais tout semblait tranquille, sans présence hostile ni menaces visibles. Alors, il jugula l'instinct professionnel et son visage prit une expression aimable, sereine, tandis qu'il poussait la porte du restaurant.

Trente-cinq minutes plus tard, quand un serveur retira la dernière assiette vide, Falcó alluma une cigarette et jeta un regard distrait par la fenêtre – ponts, fleuves et bois ; la France est décidément une terre fortunée –, avant de consacrer un moment à l'exemplaire de *La Presse* posé, plié, sur la nappe. Puis il leva les yeux pour observer avec curiosité les deux femmes qui, à voix trop haute, conversaient à la table voisine. Ce qu'elles faisaient en anglais, avec un accent américain.

Si elles avaient à peine goûté à la *Poularde Valois**, remarqua Falcó, elles vidaient à ce moment-là une seconde bouteille de bordeaux. Leur apparence était à n'en pas douter celle de touristes venues explorer l'Europe. L'une, blonde et plutôt bien en chair, avec un visage rond, ni belle ni laide, avait de belles dents, des yeux vifs d'un bleu pâle et des cheveux courts ondulés à la mode, avec la raie au milieu. Elle était vêtue avec goût – tailleur sur mesure commode et presque masculin –, et son rang de perles, sur le col d'un chemisier largement échancré, semblait de valeur. Sa compagne, mince, brune, dégingandée plus que svelte, ses cheveux ramassés en tresse, tournait le dos à Falcó.

– C'est absurde, ma chérie… Cette situation est tout à fait absurde.

La blonde donnait le ton. Un ton qui laissait percevoir la réussite sociale et l'argent. Elle était de celles qui font le désespoir du personnel des grands hôtels, des capitaines de transatlantiques et des secrétaires de leur mari, quand ils en ont, conclut Falcó. L'autre se contentait d'acquiescer, de faire écho au discours qui courait sur l'impossibilité d'obtenir une chambre au Ritz, ce qui les forçait à se contenter du George-V.

À ce moment-là, les yeux pâles de la blonde se posèrent par hasard sur Falcó, qui la regardait. Il sourit instinctivement, parce qu'il possédait le don le plus précieux du nomade et de l'aventurier : une facilité à engager la conversation avec n'importe quel étranger, tout particulièrement s'il est du sexe opposé.

– Le George-V n'est pas si mal, dit-il en anglais avec le plus grand naturel, en regardant les verres de vin des deux femmes sur la nappe. C'est un hôtel moderne de style jazz, voyez-vous ? Le grand chef, Monfaucon, est un amour, le premier cuisinier prépare un koulibiac extraordinaire et la cave a une formidable provision de haut-brion et de chambertin.

– On dirait un guide de voyage.

– Vous avez mis dans le mille, repartit Falcó avec un léger hochement de tête, en se présentant : – Luis Colomer, rédacteur du Guide Michelin, pour vous servir.

– Ça alors. Quel hasard.

– Oui… Un heureux hasard.

Elles lui prêtaient une soudaine attention, à la fois intriguées et amusées. La brune à la tresse s'était retournée pour regarder Falcó : elle portait des lunettes rondes en acier qui lui donnaient l'apparence d'une institutrice de province aux traits quelconques, à première vue. Chandail en cachemire et jupe grise. D'un vif coup d'œil d'expert, il s'aperçut qu'elle regardait ses mains, alors que les yeux de sa compagne étaient fixés sur ses lèvres. Ce fut donc à la blonde qu'il adressa un nouveau sourire.

– Nelly, dit-elle. Et Maggie, ajouta-t-elle en montrant sa compagne.

Falcó hocha de nouveau la tête, courtois.

– C'est votre premier voyage en Europe ?

– Non, pas du tout, fit la dénommée Nelly, menant toujours le jeu. Nous avons suivi la côte pendant une quinzaine de jours, de Brest à Bordeaux et, maintenant, nous retournons à Paris.

– Vous faites du tourisme, si je comprends bien.

– Vous comprenez parfaitement bien, dit la blonde qui l'examinait encore, d'un œil appréciateur, et ce qu'elle voyait ne semblait pas lui déplaire. Finalement, elle ouvrit son sac, en sortit un tube de *rouge** et montra la place libre à côté d'elle. Voulez-vous vous joindre à nous pour prendre le café ?

– Bien volontiers.

Il alla s'asseoir à son côté, en face de la brune. Qui avait des traits plutôt durs, fatigués, semblait-il. Proche de la quarantaine, elle devait être plus âgée que sa compagne. Sans doute avait-elle été belle, jeune, avant que le temps ou la vie ne l'eussent flétrie. La blonde était plus vive et plus pulpeuse, bavarde, dynamique, désinvolte, avec l'aplomb effronté des voyageuses américaines de bonne famille. L'odeur des dollars familiaux couvrait les senteurs de Max Factor : étés en Nouvelle-Angleterre et hivers sur la Côte d'Azur, avec entre les deux une cabine de première classe sur le *Queen Mary*. L'autre avait l'odeur de l'amie pauvre, de la dame de compagnie. Avec un livre à portée de la main sur la nappe. Aucune des deux n'avait d'alliance.

– Êtes-vous vraiment rédacteur du Guide Michelin ?

Le sourire de Falcó atteignit les trente-huit degrés Celsius.

– Non… Je vous ai menti comme un vaurien. En réalité, je suis un hidalgo espagnol. Torero à mes heures.

– Torero ?

Il opina de la tête, impassible.

– Et communiste aussi ?

– Bien entendu. Communiste et torero… Nous le sommes tous, dans mon pays, quand nous n'avons pas une guerre pour nous distraire.

– Vous êtes fou, fit Nelly en riant.

La brune à la tresse, Maggie, le regardait avec gravité derrière les verres de ses lunettes. Cernes mélancoliques. Falcó n'aurait pas été surpris s'il avait appris qu'elle écrivait des poèmes pendant ses moments de solitude. Elle est de ce genre-là, supputa-t-il. Plus ou moins. Il regarda du coin de l'œil le titre du livre : *Grand Hôtel*.

– C'est terrible, ce qui se passe en Espagne, dit-elle avec gravité.

Falcó fit un signe au serveur, sortit l'étui en écaille, l'ouvrit et offrit des cigarettes aux deux femmes.

– Oui, dit-il.

Il regagna son sleeping une heure plus tard, après un aimable entretien et un flirt superficiel avec Nelly – façon comme une autre de tenir les fers au feu – qui l'avaient aidé à passer un agréable moment. Il suspendit sa veste sur un cintre, ôta ses boutons de manchette, retroussa les manches de sa chemise et se rafraîchit le visage dans le lavabo après s'être assuré que le pistolet était toujours dans la cachette et que rien n'avait été déplacé. Il baissa ensuite la tablette amovible, y posa les cigarettes, le briquet, et se mit à lire le rapport sur Léo Bayard.

Le Français avait quarante-deux ans. Officier pendant la Grande Guerre, journaliste et écrivain à succès, ses deux livres, *Rien à dire* et *La Tranchée oubliée* – ce dernier lauréat du prix Goncourt –, avaient forgé son image d'intellectuel de gauche. Admirateur de l'Union soviétique, il avait fait un discours enthousiaste devant le présidium de l'Union des écrivains qui lui avait valu la consécration. De l'avis du rédacteur anonyme du dossier que Falcó avait en main, Bayard n'était pas un communiste théorique mais un sympathisant pratique : homme d'action, fougueux et énergique, il éprouvait une vive admiration pour le régime stalinien, dont il rejetait toutes les ombres et ne proclamait que les mérites. Passionné d'aviation, il avait eu l'idée, dès les premiers moments de la guerre d'Espagne, de recruter une force aérienne pour la mettre au service de la République. Ainsi, jusqu'à ce que l'escadrille Bayard ait été intégrée, six mois plus tard, à l'Armée populaire, il avait employé quinze pilotes et huit mécaniciens de diverses nationalités et fait voler une douzaine d'appareils. Sa participation à des missions de combat étayait sa légende. Maintenant, à Paris, Bayard savourait la gloire acquise, écrivait des articles influents en faveur de la cause républicaine et se voyait bien ministre de la Culture dans le prochain gouvernement Front populaire de Léon Blum.

Falcó trouva aussi des photographies dans le dossier et les étudia en prenant son temps. L'une montrait Bayard sur une tribune, en train de prononcer son discours devant les écrivains de Moscou. Une autre avait été prise à la terrasse des Deux Magots, où il était attablé en compagnie du cinéaste soviétique Sergueï Eisenstein. Une troisième, prise sur une base aérienne espagnole, montrait Bayard en pied, mince et grand, mains dans les poches de son pantalon et blouson de pilote sur les épaules. Cigarette au bec, cheveux au vent, il affichait une expression d'aristocratique dédain pour le photographe ou le monde dans son ensemble. Si bien que, en regardant cette photo, Falcó esquissa un sourire après s'être rappelé les mots choisis par l'Amiral pour définir le paladin aérien de la République : hâbleur vaniteux.

Il y avait encore d'autres documents utiles qu'il étudia minutieusement. Puis il en brûla quelques-uns au-dessus du lavabo, les fit disparaître dans le système d'évacuation, et il garda le reste. De l'autre côté de la fenêtre, l'obscurité s'était faite, et dans le fracas du train défilaient des ombres et des lumières lointaines reflétées par la sombre étendue de la Loire. Le garçon de service du wagon-restaurant était passé en agitant la clochette du premier service, mais Falcó n'avait pas faim. Il remit sa veste et sortit se dégourdir les jambes pendant que le steward de cabine relevait la banquette du compartiment et lui faisait le lit.

Il fumait accoudé à la barre devant la fenêtre qu'il avait ouverte, et l'air traversé d'escarbilles lui rafraîchissait le visage quand un homme s'approcha dans le couloir. Il était de taille moyenne et tête nue. La lumière faible éclaira une moustache taillée, des cheveux noirs frisés et rares. D'instinct, Falcó se mit en position défensive, corps tendu, ventre tourné de côté pour éviter un éventuel coup de couteau, bras droit libre prêt à frapper – quelques années auparavant il avait eu une mauvaise expérience de ce genre dans l'express Paris-Bucarest ; mais l'homme se contenta de lui demander du feu en français et poursuivit son chemin après que Falcó eut approché la flamme de son briquet de la cigarette que l'inconnu avait aux lèvres.

Il allait regagner son compartiment quand apparurent les deux Américaines. Elles venaient du wagon-restaurant en bavardant et riant, et elles parurent contentes de le trouver là. Surtout la blonde Nelly.

– Vous nous avez manqué pendant le dîner.

– J'en suis navré… Je n'avais pas faim.

Il sortit ses cigarettes et ils fumèrent tous les trois. Les deux femmes sentaient l'excellent vin qu'elles venaient de boire. Le regard de Nelly, en particulier, étincelait, heureux.

– Au déjeuner, se souvint-elle, vous nous avez dit que vous aviez une bouteille d'authentique bourbon du Kentucky dans votre cabine.

À ces mots, Falcó sourit avec beaucoup de sang-froid.

– J'ai menti. C'était une ruse.

– Nous adorons les ruses… N'est-ce pas, Maggie ?

Ils se regardèrent, Falcó amusé, Nelly dans l'attente de la suite et Maggie sérieuse.

– Mais nous pouvons arranger ça, aventura-t-il.

– Ce serait parfait. Nous aimons beaucoup le bourbon.

– Nous sommes en Europe, vous savez… Vous contenteriez-vous d'un whisky écossais ?

– Ça pourrait aller.

Falcó leva un doigt pour les prier de l'attendre, ouvrit la porte de son compartiment et appuya sur le timbre pour appeler le steward de cabine, qui se présenta aussitôt. Dix minutes plus tard, il était de retour avec une bouteille d'Old Angus, un siphon d'eau de Seltz et trois verres. Quand il eut tout disposé sur la table pliante, Falcó lui glissa vingt francs dans une poche et invita les deux femmes à entrer.

– On a déjà fait votre lit, protesta doucement Nelly.

– Ne vous inquiétez pas pour ça, dit-il en fermant la porte au loquet. Nous pouvons nous y asseoir tous les trois.

– Je crains que nous ne le froissions.

Un sourire de loup exquis ferma à demi les yeux gris acier de Falcó. Il avait ouvert la bouteille, versé du whisky dans les trois verres et ajouté trois courts jets d'eau de Seltz.

– J'aime les lits froissés, dit-il pendant que les deux femmes commençaient à s'embrasser.

Falcó n'était pas de ces hommes qui se contentent de regarder. Cela n'entrait pas dans son caractère, ni dans sa vision du monde et de la vie. Deux femmes à demi nues qui se caressent dans la pénombre d'une cabine n'avait pour lui de sens que s'il contribuait de manière active à faire prendre aux choses le cours adéquat.

Par ailleurs, il était évident, du moins du côté de Nelly, que c'était ce que l'on attendait de lui. Ainsi, sans nulle hâte, après avoir jeté sur elles un bref regard flegmatique pour tout situer efficacement – tendances, soumissions, dominances et autres détails utiles –, il but tranquillement une gorgée de l'Old Angus légèrement allongé d'eau, posa le verre sur la tablette, ôta la montre-bracelet de son poignet gauche et s'agenouilla près du bord du lit, dans la position adéquate pour baiser la bouche que Nelly, poitrine maintenant dénudée et jupe relevée jusqu'aux cuisses, lui offrait avec une certaine avidité, tandis que sa compagne s'occupait d'affaires plus intimes.

– Porc, dit l'Américaine.

En fait, elle le dit en anglais. *Dirty pig* fut l'expression qu'elle employa. C'est donc ce genre de fille, en conclut Falcó. Une de ces filles portées sur les incitations techniques. Résigné, en amant qui se prête volontiers au jeu, vigilant en bon torero communiste, il s'appliqua aussitôt à faire ce qu'après le court prologue il supposa que l'on attendait de lui. Sans tarder. Nelly offrait des attraits qu'il n'avait pas encore pu voir jusqu'alors : beaux galbes, chair chaude et vulnérable, que le plaisir hérissait et faisait frémir. Et le *Dirty pig* était une indication sans équivoque sur la façon de s'y prendre.

– *Zorra*[1].

Il le lui murmura tout bas, à l'oreille. En bon espagnol châtié, ignorant si elle comprenait ce mot ou pas, mais sur un ton sans équivoque, parce qu'elle cilla avec violence, souffle coupé, et lâcha une ruade qui la secoua de haut

1. Pute, salope, garce, etc.

en bas, au point que Maggie, l'amie, leva le visage d'entre les cuisses entrouvertes pour les observer l'un et l'autre, surprise, et se demander, semblait-il, si elle était l'auteur de cette heureuse péripétie.

– *Zorras*, répéta Falcó, mais cette fois au pluriel, par courtoisie élémentaire.

Maggie le regardait encore avec curiosité. Ses lunettes avaient disparu, sa tresse s'était peu à peu défaite. Des yeux fumeux, des lèvres juteuses et mouillées conféraient un attrait inattendu à la sécheresse de son visage. L'humanisaient d'une drôle de façon. De plus, ce qui apparaissait de turgescent dans l'ouverture de son chemisier déboutonné était très attirant. Qui l'eût cru ? se dit Falcó en se la rappelant dégingandée, plutôt froide, dans le wagon-restaurant. Qui aurait pu s'y attendre ? Il se sentit tout à coup en pleine forme, heureux d'être en vie et que nul ne l'eût encore liquidé. Avec de nombreux kilomètres de train en perspective. Encore à genoux sur le tapis devant la couchette, il se dévêtit lentement et, avec un calme souverain, tendu et prêt au combat, il se coula près du corps chaud de Nelly, qu'il caressa longuement avant de tendre la main vers Maggie, qui se recula un peu avant de s'allonger contre la cloison, bercée par les cahots du train et le fracas rythmique des boggies, tout en lui offrant, obscurs, entrouverts et abandonnés entre les bas noirs, ses secrets insondables.

– Superbe, fit-il.

La nuit va être longue, se dit-il, amusé. Et le lit étroit.

À Paris, les châtaigniers étaient en fleur, la température agréable et il ne pleuvait pas, constata-t-il, satisfait, quand il quitta l'hôtel, traversa le boulevard, passa devant la façade médiévale de Saint-Germain-des-Prés, puis suivit la rue Jacob jusqu'au carrefour avec la rue des Saints-Pères.

Il était juste une heure quand il arriva au Michaud ; des gens patientaient devant la porte, près de la carte encadrée, et d'autres étaient également debout dans le vestibule. L'air de rien, chapeau à la main, il se glissa entre ceux qui attendaient une table pour jeter un coup d'œil à l'intérieur. Hupsi Küssen était dans le fond de la salle, près de la fenêtre, en train de déjeuner avec deux autres personnes : un homme brun et une femme blonde. En le voyant, l'Autrichien leva la main. Il feignait la surprise et l'empressement. Ses commensaux se tournèrent pour voir à qui il faisait signe ; Falcó traversa la salle en ignorant le coup d'œil réprobateur du chef de rang et alla sans hésiter jusqu'à la table. Posant sa serviette sur la nappe, Küssen s'était levé pour l'accueillir.

– Nacho Gazán ! Quelle surprise ! Que fais-tu à Paris ? Permettez-moi de vous présenter : Léo Bayard, Eddie Mayo... Tu cherches une table ? Tu es seul ? Pourquoi ne t'assieds-tu pas avec nous ?

Avec beaucoup de faconde et tout autant d'aplomb, Küssen le dépeignit, de la manière prévue, comme un vieil ami espagnol installé à La Havane. Falcó serra la main de Bayard, qui s'était levé, et salua la femme d'un hochement de tête tandis que les serveurs lui approchaient une chaise.

– Quelle surprise ! reprenait Küssen, parfait dans son rôle. Quelle heureuse surprise !

Léo Bayard – Falcó, fidèle à son habitude, examinait les autres à des fins opérationnelles – était grand, très svelte et désinvolte. Vêtu avec élégance. Ses traits anguleux, attrayants, étaient un rien ascétiques : il avait le nez hardi et aquilin, et une mèche de cheveux, sans doute étudiée, rajeunissait son ample front patricien. Un homme distingué, en somme. De bonne souche. Quant à Eddie Mayo, c'était une belle Anglaise blonde, aux yeux bleus froids et aux traits délicats. Elle portait un pull-over d'homme et une ample jupe bleue ; sa coiffure en forme de casque, dans le style

Louise Brooks de dix ou quinze ans auparavant, semblait sur une femme comme elle tout à fait d'avant-garde.

– Vous vous prénommez Ignacio ? s'enquit Bayard, encore sèchement formel.

– Je vous en prie, répondit Falcó en déployant son sourire de merveilleux garçon, mes amis m'appellent Nacho.

– Oui, confirma Küssen, jovial, mais sans en rajouter. Nous l'appelons tous comme ça.

On ne leur avait pas encore servi le plat principal, aussi Falcó les rattrapa-t-il en commandant au maître d'hôtel une entrecôte sauce béarnaise après avoir accepté un verre de château-latour 1924, de la bouteille ouverte sur la table.

– Venez-vous d'Espagne ?

– Non, pensez-vous ! répondit Falcó avec dédain, en souriant, son verre au bord des lèvres. Cette guerre n'est pas la mienne... Je viens de Lisbonne et de Biarritz.

Bayard l'étudiait avec une attention pensive. Son regard inquiet virevoltait d'un endroit à l'autre comme celui d'un oiseau indécis, jusqu'à l'instant où il s'arrêtait fixement sur quelqu'un ou quelque chose.

– Ce n'est pas votre guerre, disiez-vous ? demanda-t-il enfin.

– Pas vraiment, répondit Falcó. – Satisfait d'entrer aussi vite en matière, il appuya ses poignets amidonnés sur la nappe et se pencha légèrement en avant, un peu comme s'il allait faire une confidence. – Je vis à La Havane depuis huit ans.

– Pour affaires ?

– Oui, familiales. Cigares de Vuelta Abajo.

– Les meilleurs de Cuba, spécifia Küssen, veillant à la manœuvre. Nacho et sa famille sont de grands amateurs d'art. De bons acheteurs... J'ai servi d'intermédiaire pour certaines de leurs acquisitions récentes.

Bayard regarda Falcó avec un intérêt renouvelé.

– Lesquelles ?

– Quelques Foujita érotiques formidables. Nous sommes justement intéressés par les travaux photographiques de Man Ray, précisa Küssen en lissant sa moustache et, comme si l'idée venait de se présenter à lui, il se tourna vers Eddie Mayo. Ce serait peut-être le bon moment pour que Nacho aille découvrir ton exposition.

Pour la première fois, Falcó sentit sur lui le regard direct de la photographe. Une beauté tranquille, estima-t-il. En l'observant ainsi de près, il put se faire une idée plus précise de son visage, qu'il avait découvert quelques années auparavant sur des couvertures de magazines de mode, quand elle était mannequin de haute couture. Plus jeune. Plus innocente ou fragile, peut-être. Maintenant, elle devait avoir trente et quelques années, et sa beauté était plus affirmée. Plus faite, plus profonde.

– Vous exposez ? demanda-t-il avec amabilité.

– Oui... à la galerie Hénaff.

– C'est à deux pas d'ici, indiqua Küssen, serviable.

– Peintre ?

– Photographe, répondit-elle d'un ton égal.

Convaincant, Küssen continuait à feindre l'agréable surprise. Son expression tendait la peau de l'horrible cicatrice à son menton.

– Tu ne connais pas les photographies d'Eddie ?

– Je n'en ai pas eu l'occasion, dit Falcó, souriant. Et je le regrette.

– Eh bien, elles vont t'enchanter.

– J'en suis sûr.

– Nous pourrions y aller dès cet après-midi, proposa l'Autrichien avec aplomb. Elle est merveilleusement hardie... Comparé au sien, le travail de Foujita va te donner l'impression d'être un divertissement de nonne.

– J'aimerais aussi obtenir quelque chose de Picasso, risqua Falcó.

Küssen, aux vifs réflexes, vit s'ouvrir la brèche et s'y aventura aussitôt.

– Bien sûr. Tu m'en as déjà parlé la dernière fois.

– Voilà de bien grands mots, fit Bayard en riant. Picasso est autrement plus cher qu'Eddie.

Les plats venaient d'être servis. Tout en jouant du couteau et de la fourchette, Bayard ne cessait d'observer Falcó. Au bout d'un moment, il se pencha vers lui d'un air affable, de ceux qui précèdent la confidence.

– Puis-je vous poser une question personnelle, monsieur Gazán ?

– Nacho, je vous en prie.

– Nacho, oui, merci... Puis-je ?

– Je vous en prie.

Bayard hésita un instant. Un vague étonnement voilait son front aristocratique, sous la mèche rebelle.

– Comment pouvez-vous être espagnol et dire que cette guerre n'est pas la vôtre ? Vous sentir étranger à ce qui se passe là-bas ?

Toujours prêt à parer le coup, Küssen intervint.

– Léo était en Espagne, expliqua-t-il. Pendant un temps, il a financé...

– Je sais très bien ce que monsieur a fait, l'interrompit Falcó. J'achète les journaux, comme tout le monde. Et je trouve ça admirable, fit-il en s'adressant à Bayard. Avez-vous vraiment participé à des missions de combat ?

Son interlocuteur leva une main en un geste très français, pour signifier que ça n'avait guère d'importance.

– Ça m'est arrivé.

– Risqué, bien sûr, commenta Falcó, sourcils froncés. Très dangereux.

Le regard condescendant de Bayard le contemplait de hauteurs olympiennes.

– La vie est dangereuse, trancha-t-il, laconique.

– Bien entendu… Et je vous admire d'œuvrer de son côté le moins confortable… Laissez-moi vous confier quelque chose : j'ai toujours envié les hommes d'action.

Bayard reçut, impassible, la nouvelle flatterie, même si un coup de chaleur atténuait l'arrogance de son regard.

– À certains moments de l'Histoire, la passivité est un crime.

– Je suis d'accord, et votre effort vous vaut toute ma sympathie… Mais chacun a ses raisons de voir les choses à sa manière.

– Et quelle est la vôtre ?

Falcó posa couteau et fourchette sur le bord de son assiette et se renversa légèrement sur son siège. Il donna l'impression de choisir ses paroles avec le plus grand soin.

– Mon cœur penche pour la République, dit-il bientôt. Mais je ne me fais aucune illusion sur mes compatriotes. Ils ont détruit une première république et une monarchie, et ils détruiront de même la république actuelle… Pour parler à cœur ouvert, j'ai aussi peur des Marocains de Franco et des mercenaires de la Légion Condor que de l'analphabétisme criminel des milices anarchistes et communistes. Dans les deux camps on a fusillé certains de mes parents et de mes amis.

– Êtes-vous allé en Espagne depuis le soulèvement fasciste ? s'enquit Bayard.

– Non.

– Bien des erreurs sont en passe d'être corrigées.

– Eh bien, quand elles l'auront été, mon point de vue ne sera plus le même… Pour le moment, je préfère voir ça de loin.

– Il y a quelque chose que Nacho ne dit pas, lança Küssen, improvisant avec beaucoup de présence d'esprit. Il est plus impliqué qu'il ne paraît l'être.

Falcó lui adressa un geste censeur tout aussi convaincant.

– Le sujet n'est pas là, Hupsi.

– Mais évidemment qu'il l'est. Il n'en dit rien parce que ce n'est pas dans sa nature, mais il a contribué, il y a quelques semaines, et très généreusement, à la cause républicaine.

– Arrête, laisse tomber.

– Des ambulances, dit Küssen, triomphant, comme si ce mot résolvait tout. Il a fait un don important pour l'achat d'ambulances.

Bayard lança vers Falcó un regard de subite approbation. Il semblait favorablement surpris.

– Ah. C'est tout à votre honneur, dit-il, et il se tourna vers Eddie Mayo, qui contemplait Falcó, songeuse. Tu ne trouves pas, chérie ?

– Sans doute.

Falcó avait saisi son verre et le levait en direction de Bayard.

– Comme je viens de le dire, je sais ce que vous avez fait. La fameuse escadrille et sa contribution héroïque à la cause du peuple espagnol… Et il faut que je vous en remercie du fond du cœur. J'espère que nous aurons l'occasion d'en parler.

– Ce sera avec plaisir.

– Si je pouvais vous être utile, j'en serais ravi.

Falcó but, sensible au coup d'œil approbateur de Küssen, et tous firent de même.

– Très bien, conclut l'Autrichien en tapotant son gilet. Cet après-midi, nous pouvons aller voir les photographies d'Eddie… Qui sont belles, scandaleuses et incroyables.

Falcó regardait maintenant la photographe. Elle restait silencieuse et ses yeux bleus l'étudiaient encore, sans expression. Il devinait en eux une curieuse réserve.

– Je n'en doute pas.

Falcó aimait la luminosité de la Seine au printemps, ses quais avec leurs passants oisifs, les femmes qui marchaient en faisant danser les premières robes claires de l'année, sous les feuilles tendres des platanes. Après s'être séparé du groupe – le rendez-vous était fixé à six heures du soir, à la galerie Hénaff – et promené un moment dans l'animation de la rive gauche, près des boîtes à livres des bouquinistes, leurs vieilles revues, leurs occasions et leurs gravures anciennes, il consulta sa montre, entra dans un bar-tabac, demanda un jeton d'un franc à la caissière et passa un appel téléphonique.

– Pourrais-je parler à M. Gibert, s'il vous plaît ?

– Vous vous trompez de numéro.

– Nous devions nous joindre à quatre heures et demie, insista Falcó.

– Je vous répète que vous faites erreur.

– Excusez-moi.

Il raccrocha, consulta de nouveau sa montre, sortit et se dirigea sans se presser vers un café au coin de la rue de la Huchette, près de la librairie Gibert Jeune. Avant d'atteindre sa destination, il changea deux fois de trottoir, descendit dans la station de métro Saint-Michel, en remonta et revint sur ses pas pour s'assurer que personne ne le suivait. Il arriva enfin au café, peu animé, où il s'assit à un guéridon de la terrasse, dans le fond, sous la bâche, dos tourné du côté du mur. De là, on voyait très bien la rue et les passants.

Le contact se présenta à l'heure convenue : quatre heures dix – les rendez-vous que donnait Falcó n'étaient jamais pour l'heure dite, mais vingt minutes plus tôt. Il s'agissait d'un individu d'âge moyen, à l'air las, avec une moustache fine et des cheveux coiffés en arrière qui découvraient des golfes profonds. Ses yeux rougis brillaient. Quelque chose dans ses manières lui donnait un air d'élégance plus grand que celui des vêtements qu'il portait : costume croisé de couleur marron, chiffonné ; un foulard au cou au lieu d'une cravate, et pas de chapeau. On aurait dit un petit employé de bureau inactif. Il prit place sur une chaise cannée, près de

Falcó, commanda un café et étira les jambes. Leurs épaules se touchaient presque. Aux terrasses des bistrots parisiens, les tables proches les unes des autres facilitaient le contact.

– Vous fumez des Gauloises ? demanda Falcó.

– Non... Des Gitanes.

– Comment préférez-vous que je vous appelle ?

– Sánchez fera l'affaire.

– Bien.

Le dénommé Sánchez avait posé un paquet bleu et une boîte d'allumettes sur la table. Les doigts de sa main gauche étaient jaunis par la nicotine. Falcó prit une cigarette, l'alluma et glissa les allumettes dans sa poche. Il regardait les gens passer dans la rue. Au bout d'un moment, l'homme se mit à parler à voix basse.

– Vous avez là les numéros de téléphone et les adresses des contacts. On m'a également donné l'ordre de mettre à votre disposition quelques hommes d'action, qui doivent être français.

– La demande est conforme, se contenta de dire Falcó.

– Et pourquoi pas espagnols, si ma curiosité est admissible ? Nous avons ici de bons gars de chez nous. Des jeunes auxquels on peut se fier.

– Nous devons faire en sorte que nul ne puisse faire le lien entre les nationaux et ça.

– Et quoi ? Je ne sais pas ce que vous faites ici. Non que je m'en plaigne, comprenons-nous bien. J'accomplis les missions que l'on me confie. Tout simplement dit, je ne suis pas devin.

– Je comprends. Mais je ne vais pas pouvoir vous fournir plus d'informations avant deux jours.

Son interlocuteur prit quelques instants de réflexion.

– Il y a quelqu'un qui pourrait convenir, je crois... Un ex-combattant de la Grande Guerre, qui se fait appeler commandant Verdier. Il dirige la branche parisienne de la Cagoule.

Falcó hocha la tête.

– J'ai entendu parler de lui.

– Alors, vous savez.

Falcó savait, en effet : la Cagoule était une organisation clandestine d'extrême droite, antisémite et radicale. Constituée de gens violents qui n'hésitaient pas à employer des moyens criminels. Ils détestaient le Front populaire français et la République espagnole de toute leur âme.

– Verdier peut nous prêter main-forte, le cas échéant, ajouta Sánchez. Il l'a déjà fait. Et tout restera entre franchouillards, plus ou moins. Ils porteront le chapeau, pour ainsi dire… Tout ce qu'ils nous demandent, c'est de ne pas les compromettre à l'excès.

– Comment payons-nous cette aide ?

– Avec des armes italiennes que nous faisons transiter par Marseille… Si nécessaire, nous pouvons leur faire une offre raisonnable. Ils savent que nous tenons toujours nos engagements.

Ils se turent pendant que le serveur approchait avec le plateau : café au lait et un verre d'eau pour le prétendu Sánchez, une bouteille d'eau minérale pour Falcó.

– Comment vont les choses, ici ? demanda celui-ci quand le serveur se fut éloigné.

L'agent allait dire quelque chose, mais il eut un accès de toux, porta un mouchoir à sa bouche, qu'il rangea immédiatement. Trop vite, nota Falcó.

– Assez bien pour nous, dit enfin Sánchez. Le transfert du gouvernement républicain à Valencia a entraîné la démission de leur ambassadeur et de ses gens de confiance. Tout l'appareil parisien des services secrets rouges est allé à vau-l'eau.

La cigarette française avait un goût trop âcre pour Falcó. Il l'écrasa dans un cendrier en métal sur lequel figurait une réclame de Dubonnet.

– Mettront-ils longtemps à le rétablir ?

– Je crois. De toute façon, avant, c'était déjà un désastre.

– Je n'en doute pas.

– Maintenant, c'est encore pire, précisa Sánchez. L'ambassadeur sortant s'en va en laissant un trou de cent mille francs et sans avoir payé les collaborateurs français et espagnols. Les services de sécurité diplomatique ont jeté allègrement par les fenêtres les ressources du roi ou de la République. En payant des fortunes pour des informations qu'ils auraient pu trouver dans n'importe quel journal de quatre sous. Toutes les fripouilles d'Europe pullulent autour de l'ambassade, offrant renseignements volatils et chargements d'armes illusoires, pour se tailler leur part de gâteau sur les fonds de réserve.

– Vous n'allez pas le croire... Ces derniers temps, l'ambassade a déboursé une somme considérable pour le dossier d'un expert dans les affaires tchécoslovaques, poursuivit-il en lui lançant un regard moqueur du coin de l'œil. Je vous laisse imaginer l'intérêt que peut avoir la Tchécoslovaquie pour la République.

– Fascinant, fit Falcó, avec un demi-sourire.

– Vous voyez le tableau.

– Ce n'était pas tout, ajouta Sánchez. Il y avait aussi ceux qui en tiraient ouvertement profit, et ils n'étaient pas rares. Par exemple, quelques policiers relevant de la Généralité de Catalogne venaient d'ouvrir une boutique d'achat et vente de bijoux derrière la gare d'Orsay, avec l'argent qu'ils avaient tiré de la zone rouge et des objets dérobés aux victimes de leurs tchékas.

– Et, à ce jeu, ceux qui ne courent pas volent, conclut-il entre deux gorgées de café. Même le fils de Negrín[1] est dans le coin, à la tête d'une partie de l'or soustrait aux réserves de la Banque d'Espagne, et titulaire d'un compte

1. Juan Negrín, président du gouvernement des dernières années de la Seconde République espagnole, de 1937 à 1945.

que son père lui a ouvert à Londres... La France est pleine de prétendus exilés qui vivent de subventions en prenant la défense de la République dans les cafés.

Falcó promena un regard autour de lui : bourgeois plongés dans la lecture de leur quotidien, vieilles dames avec un petit chien à leurs pieds, touristes américains aux chaussures jaunes et chaussettes multicolores. Toute guerre imaginable était à mille lieues d'ici. Ou, du moins, ajouta-t-il pour lui-même avec une sinistre grimace intérieure, c'est ce que croient ces gens.

– Et de notre côté ?

Son contact fit un geste ambigu.

– Nous nous renforçons peu à peu, avec des gens du Deuxième Bureau et des organisations politiques de droite. Notre cabinet de l'hôtel Meurice délivre des passeports, et les antennes du sud de la France fonctionnent bien... Nous avons moins d'argent que les rouges, et la guerre nous coûte six millions de pesetas par jour ; c'est pourquoi nous investissons plus judicieusement. En ce moment, nous portons des coups très durs au trafic d'armes et de volontaires de la République.

Une nouvelle quinte de toux l'interrompit. Cette fois, en le voyant ranger son mouchoir, Falcó y aperçut de petites éclaboussures de salive rose. Il comprit alors pourquoi, malgré le paquet de cigarettes utilisé pour établir le contact, l'agent national ne fumait pas.

– Il y a une semaine, reprit Sánchez, nous avons intercepté une estafette qui revenait à Paris avec une nouvelle clef de chiffrement. Figurez-vous que les gens de l'ambassade l'avaient perdue, et qu'ils ont dû en demander une copie au consulat de Marseille.

– Ils l'ont obtenue, cette clef ?

– Bien entendu. Mais nous l'avions déjà... Une clef italienne, vieille de six mois, aussi éculée qu'un roman de Joaquín Belda.

– On peut dire que les communications ne sont pas sûres, alors.

– Et pas plus de notre côté que du leur. Mais ça s'améliore pour les nationaux. Nous avons une machine de chiffrement Clave Norte, nous disposons d'une ligne téléphonique sûre... Sur ce point comme sur d'autres, et en dépit de leurs moyens plus importants que les nôtres, les rouges sont semés.

Sánchez but alors son verre d'eau et fit claquer sa langue, comme s'il était découragé par l'incompétence de l'ennemi. Il souriait, lointain, avec sa tête de *voyeur** triste. On l'aurait cru témoin d'une scène déprimante et lubrique.

– Parfois, on croirait avoir affaire à des arriérés mentaux, dit-il soudain. Si incroyable que ce soit, ici, ils s'espionnent les uns les autres et nous refilent même des renseignements à seule fin de se contrecarrer entre eux. Et vous n'imaginez pas combien de leurs intellectuels viennent frimer ici, loin de l'Espagne et des canons... Des fils à papa et des gredins opportunistes qui se détestent et ne cherchent qu'à se faire reluire. Vous avez vu ce qu'ont fait les anarchistes à Barcelone, il y a quelques jours.

– Oui. J'ai vu ça.

L'agent le regarda.

– Vous le dites comme si vous y aviez vraiment assisté.

En une seconde, Falcó se remémora le chaos dans les rues, les fusillades. Les deux Italiens auxquels il était allé régler leur compte. L'expression de l'un et de l'autre quand ils avaient compris que ce n'étaient pas des policiers qui visaient leur nuque.

– Même pas de loin, fit-il.

– Sans les Russes et ceux qui font vraiment face avec leur fusil, leur bleu de travail et leurs espadrilles, le toit leur serait déjà tombé sur la tête.

Deux jeunes grisettes vinrent s'asseoir à une table proche et commandèrent de la limonade. Elles avaient de belles jambes, portaient des bas de piètre qualité et des chaussures bon marché ; de temps en temps, elles ouvraient leur sac pour retoucher leur maquillage. Elles regardaient les hommes avec un mélange d'expectative et d'attente songeuse, sans cesser de s'entretenir avec animation. En attendant le peintre qui leur demanderait de poser nue ou le *coup de chance** qui les détacherait du comptoir d'une boutique. Falcó les contemplait, distrait. Dans cette ville, contrairement à ce qui se passait dans d'autres, la demande était toujours inférieure à l'offre.

– J'ai besoin de quelques photographies, dit-il.

– De quoi ?

– Je vais rencontrer quelqu'un pendant quelques jours. Je voudrais qu'on me photographie avec lui sans qu'il s'en rende compte.

– Ce n'est pas difficile. De qui s'agit-il ?

– De Léo Bayard.

Sánchez fit entendre un sifflement.

– Mazette !

– Eh oui… Ça pose un problème ?

L'agent réfléchit.

– Aucun. On s'en occupera.

Il resta encore pensif un moment, comme s'il hésitait à ajouter quelque chose. Finalement, il parut se décider.

– Vous allez fréquenter Bayard, disiez-vous.

– J'en ai l'intention, oui.

– Tout à l'heure, je vous ai parlé de Verdier, le type de la Cagoule.

– Qu'en est-il de lui ?

– Je pense que des complications pourraient se présenter de ce côté-là. Les gens de Verdier surveillent Bayard depuis que celui-ci est revenu d'Espagne… Si vous vous montrez avec lui, ils vont vous cataloguer vous aussi.

– C'est possible.

– Ce sont des types dangereux, je vous l'ai dit. Il faudrait les avertir.

Falcó réfléchit posément.

– Négatif, conclut-il. Nous ne pouvons courir le risque d'une fuite.

– Comme vous voudrez. C'est vous qui décidez.

– Il ne s'agit que de quelques jours.

– N'empêche. Soyez prudent. Au moindre signe, prévenez-moi. Dans la boîte d'allumettes sont notés le protocole et le numéro de téléphone, pour chacune des éventualités.

Falcó, sans rien dire, regarda les gens qui passaient devant le café.

– Il y a une seconde affaire, finit-il par ajouter. Que pouvez-vous me dire de l'Exposition internationale des Arts et des Techniques ?

Sánchez le considéra avec une curiosité stupéfaite.

– Ça vous intéresse ?

– C'est évident, non ?

– Eh bien, les choses prennent un tour nouveau, ici. On veut que le pavillon de l'Espagne devienne un plaidoyer en faveur de la République. Et aussi un blanchissage de son image, destiné à faire oublier les massacres de curés et de religieux. On va exposer des fleurs du patrimoine ecclésiastique et des photos de miliciens protecteurs de cathédrales et de monuments historiques... Le tout très émouvant, comme vous pourrez vous en rendre compte.

– Et Picasso ?

Sánchez continuait de l'observer, curieux. Au bout d'un moment, il se gratta le nez, avec ses doigts jaunes.

– Si vous posez cette question, c'est que vous savez qu'on lui a commandé une peinture monumentale.

– Oui, je le sais.

– Il s'agit d'un grand tableau, revendicatif. Il le peint dans un atelier que la République a acheté sans regarder à la dépense, au numéro 7 de la rue des Grands-Augustins... Et qui a coûté un million de francs, soit dit en passant.

– Pas mal.

– Comme vous le voyez, ils ne reculent pas devant la dépense.

– Des paniers percés.

– Et comment. On s'aperçoit tout de suite qu'ils sont pleins aux as et ne se font pas de bile… Vous permettez ?

Il montrait l'eau minérale, à laquelle Falcó n'avait pas touché. Son verre était encore vide, avec sa rondelle de citron au fond.

– Je vous en prie.

Sánchez remplit le verre et le but d'un trait, presque sans reprendre souffle. Puis il se renversa sur sa chaise. Il tripota le paquet de Gitanes. Finalement, il le mit dans sa poche.

– L'inauguration du pavillon de l'Espagne était prévue pour ce mois-ci, mais ce ne sera pas possible. L'Exposition elle-même, qui devrait déjà être ouverte, a du retard.

– Beaucoup ?

– Trop. Le gouvernement français, critiqué par la droite, veut obtenir une adhésion populaire fondée sur son soutien à la culture. Il espérait une ouverture officielle le 1er mai, mais il n'y a pas eu moyen. Sur les quarante-quatre pays invités, il n'y a guère d'achevés que les pavillons de l'URSS, de l'Allemagne, de l'Italie et je ne sais plus quel autre. Il n'y a pas encore d'éclairage, les rues ne sont pas pavées… C'est du bricolage. Alors, Picasso aura tout le temps qu'il lui faut, j'imagine.

– Si rien ne l'en empêche.

– Bien entendu, fit le contact en lui lançant un nouveau regard intrigué. Si rien ne l'en empêche.

5
ROMANS ET ESPIONS

La galerie Hénaff se trouvait dans la rue de Fürstenberg ; elle était petite et coquette, avec une grande vitrine qui permettait d'en voir presque tout l'intérieur. Une vingtaine de photographies d'Eddie Mayo, sous verre, étaient accrochées aux cimaises. C'étaient, jugea Falcó, des premiers plans d'une beauté brutale, composés de lumière crue, de raccourcis, d'ombres et de contrastes, qui pouvaient se résumer en deux mots : sexe et chair.

– Formidable, fit-il.

Il avait des idées très élémentaires sur l'art de la photographie et l'art en général : de celles que l'on peut se faire en feuilletant les magazines illustrés. Mais ces images montraient le corps humain pareil à un labyrinthe suggestif de recoins à visiter et d'énigmes à résoudre et poussaient à faire une chose et l'autre. Falcó ignorait en quoi consistait un don de ce genre, mais l'artiste était indéniablement talentueuse. Il se tourna vers elle et rencontra le calme de ses iris bleus, fixés sur lui, comme si pendant tout ce temps elle avait guetté sa réaction.

– Surréal-transexualisme, fit Küssen, satisfait, sur le ton d'un vendeur qui vante les mérites d'un produit.

Falcó opina de la tête, sans cesser de soutenir le regard d'Eddie Mayo. Ces yeux-là voient les choses ainsi, se dit-il. Ils sont les intermédiaires entre une réalité physique qui palpite et respire et ces images figées dans le sel d'argent.

Toutefois, elle ou son regard en rendent l'intimité de la chair. Tellement stimulante.

– Je les aime beaucoup, dit-il.

Eddie Mayo continua de l'observer sans tenir compte de la flatterie, et Falcó se dit que sa froideur arctique contrastait étrangement avec la chaleur intense de ses photos. Elle finit par baisser légèrement la tête, avec une expression qui tenait à la fois de la reconnaissance et de l'ironie. Bayard semblait être le plus content d'entre eux. Presque fier.

– C'est une femme extraordinaire. Ces photos en sont la preuve.

Dans sa bouche, l'éloge avait quelque chose de professoral et de condescendant. Il avait posé son bras sur les épaules d'Eddie, en l'attirant vers lui, et elle lui abandonna mollement sa tête blonde, le laissant faire. Elle semblait plus indifférente que soumise et, en les observant, Falcó en déduisit qu'il y avait peut-être aussi dans cette apparence d'amour quelque chose d'une acquisition sociale mutuelle, d'un triomphe mondain.

– Personne n'a un pareil regard, ajouta Bayard, catégorique, comme si tout cela était son œuvre.

– Aucun homme, sans doute, vouliez-vous dire, nuança Falcó.

Bayard le toisa avec un intérêt hautain, en écartant du bout des doigts la mèche de son front. Être contredit n'était pas dans ses habitudes.

– Pardon ?

– Ce regard, toutes l'ont... mais qu'elles soient capables de l'exprimer est une autre affaire, répondit-il en montrant la photographe. Eddie le peut.

– Sur quoi fondez-vous cette affirmation ?

Falcó haussa les épaules avec simplicité. Son sourire sympathique, mille fois mis à contribution, ôtait toute transcendance à ses paroles.

– Sur des siècles de silence. Aucun homme ne maîtrise le silence comme elles le font… De par leur rôle biologique, je suppose. Ce qui éduque leur regard.

– Intéressant, concéda Bayard.

Le bleu arctique s'était de nouveau arrêté sur Falcó. Eddie Mayo écarta sa tête de l'épaule de Bayard.

– Il semble que vous sachiez quelque chose des silences de la femme, dit-elle.

– Peu de chose.

– Que vous exprimez assez bien.

– Simple question de bon sens, dit-il, sur quoi il parut réfléchir un peu. Je me mets simplement devant, et je regarde.

– Vous vous mettez devant ?

– Oui.

– Et vous regardez.

– C'est ça.

L'azur des yeux rivés sur lui parut se dégeler légèrement.

– Vous contentez-vous toujours de regarder ?

– Pas toujours. Parfois, il m'arrive aussi de sourire.

– Vous regardez, et vous souriez.

– Oui.

Elle montra l'une des photographies.

– Et que voyez-vous dans cette image, par exemple ?

Falcó se tourna vers la photo. En gros plan, une bouche de femme mordait un quartier d'orange. La pulpe se déchirait entre les dents et le jus coulait en gouttant jusqu'au menton.

– Vous avez travaillé avec Man Ray, d'après ce que j'ai entendu dire.

– Oui. J'ai été son modèle et sa maîtresse, répondit-elle sans ambages.

– Ah.

– C'est avec lui que j'ai appris la photographie.

– Évidemment.

– Mais cela n'a rien à voir avec ce que je vous ai demandé, dit Eddie en montrant l'image de la bouche de la femme. Que voyez-vous dans cette photo ?

– Le sexe.

– Ça, ce n'est pas difficile. Qu'y voyez-vous d'autre ?

– Défi. Conviction... Danger.

– Quelle sorte de danger ?

– Celui de s'approcher de trop près de cette bouche, et de ce qui pourrait s'ensuivre... D'oublier, ne serait-ce qu'un instant, que le monde est un endroit hostile.

– Et cela aussi vous fait sourire ?

– Parfois.

Une bouffée de malice vint aux lèvres d'Eddie.

– Peut-être parce que vous avez de l'argent, que vous vivez à Cuba, entouré de plantations de tabac et de havanes, loin de tout endroit hostile ?

– Peut-être.

– Et c'est vrai ?

– Pardon... À quoi pensez-vous ?

– Au monde. Vous avez bien dit : un endroit hostile, non ? Une scène dangereuse.

Bayard et Küssen assistaient avec curiosité à cet échange, sans dire un mot. Falcó regarda Eddie, sans répondre. Il allait trop loin, comprit-il. Elle lui jetait des amorces, et il était sur le point de toutes les avaler. Pour une raison ou une autre, elle se défiait de lui. Toutefois, sa réticence n'était pas agressive. Elle se bornait à garder ses distances et à le soumettre à une sorte d'examen précautionneux. Falcó ignorait ce qui la motivait à agir de la sorte. Quoi qu'il en fût, ce n'était pas favorable à la manœuvre. Même Küssen semblait s'en rendre compte. Les yeux inquiets de l'Autrichien ne cessaient de lui envoyer des signaux d'alerte.

– Je comprends ce qu'il veut dire, lança Bayard à l'improviste.

Il était resté un trop long moment sans se manifester, et Falcó accueillit son intervention avec soulagement. Küssen en profita.

– Tu devrais t'offrir une de ces photographies, mon cher. Je crois que tu n'as aucune excuse pour ne pas le faire.

– Tu as raison.

Falcó regarda tout autour de lui et ses yeux s'arrêtèrent de nouveau sur la bouche qui mordait dans la pulpe de l'orange.

– Je crois que je vais acheter celle-ci, dit-il en se tournant vers Eddie. Si elle n'est pas déjà vendue.

Elle montra le point rouge collé sur le cadre.

– Elle l'est, mais peu importe. Je peux arranger ça... Vous l'avez méritée.

Eddie avait parlé sans sourire, inexpressive, comme si peu lui importait que cet Ignacio Gazán, cet Espagnol qui vivait à La Havane, achète ou pas une de ses photographies.

– Très bien, fit Küssen. Mais il va t'en coûter deux mille francs.

– Diable.

– C'est pour ainsi dire donné. Je te l'assure.

Sans autre commentaire, Falcó sortit de la poche intérieure de sa veste son Sheaffer Balance vert jade et le carnet de chèques du Crédit Lyonnais que l'Amiral lui avait donné à Saint-Sébastien. Puis d'un geste détaché il prit appui sur le bureau pour en signer un.

– C'est magnifique ! s'exclama Küssen, l'air heureux, en agitant le chèque pour en sécher l'encre. Maintenant, nous devrions tous aller prendre un verre, pour fêter ça.

En sortant, Falcó remarqua que quelqu'un les suivait de près, sans chercher à se dissimuler : un petit type râblé avec un nez de boxeur, une cravate à pois et un bonnet en laine. Bayard, qui le vit se retourner, le rassura, souriant.

– Ne vous inquiétez pas. C'est Petit Pierre, mon chauffeur.

– Et son garde du corps, ajouta Eddie.

– Il était avec moi en Espagne, comme mécanicien de l'escadrille. Avant, il a servi dans les bataillons d'Afrique. C'est un brave homme, fidèle comme un molosse.

– Beaucoup trop, fit Eddie.

Ils se rendirent à Montparnasse, au Dôme. La terrasse pleine de monde semblait aussi bouillonnante qu'une friture de pommes de terre, si bien qu'ils allèrent à l'intérieur s'installer au comptoir, où ils commandèrent des Boston flips, fumèrent et bavardèrent avec animation pendant que Petit Pierre veillait à la porte. Autour d'eux, on parlait diverses langues, et Falcó se dit que, par ces temps troublés, cette Babel semblait organisée par une agence de relations publiques américaine dépourvue de complexes raciaux ou politiques. Tels des galets roulés par un torrent, des réfugiés et des fugitifs de toute l'Europe, temporairement loin des barbelés, des frontières incertaines et des fusils, se mêlaient ici aux touristes. Falcó aimait l'atmosphère bigarrée des cafés de Paris, où l'on pouvait tout aussi bien passer inaperçu que, la minute d'après, saluer tout le monde. Il admirait aussi l'élégante rigueur des serveurs français, avec leurs dignes tabliers longs et leur art de veiller aux apparences.

– Je ne sais presque rien des havanes, reconnut Bayard. J'en fume seulement de temps en temps… Vos parents ont une grande exploitation ?

– Assez importante, répondit Falcó avec aplomb. C'est une de celles que nous appelons là-bas les *vegas finas*, les meilleurs terrains, près de San Luis. Au sud-ouest de La Havane.

– La nature du sol doit beaucoup compter, j'imagine ?

– Bien entendu. La plante est au cigare ce que la vigne est au vin.

Bayard semblait réellement intéressé.

– Votre marque est connue ?

– Nous n'avons pas de bagues propres, répondit Falcó et, sentant le regard inquiet de Küssen, il sourit tranquillement. Nous sommes associés avec la famille Menéndez, des parents proches, pour la marque Montecristo.

L'Autrichien cillait, sans savoir sur quel pied danser, en envoyant des messages d'alarme. Inquiet de voir Falcó s'aventurer sur ce terrain, il fit quelques tentatives pour changer de conversation, mais Bayard s'intéressait encore aux cigares. Ou à Nacho Gazán.

– Quels cigares me recommanderiez-vous ?

– Ceux de notre maison, sans doute un *cosacos B* ou un *pirámide* numéro deux, repartit Falcó qui, sans se démonter et sous le regard empreint d'un étonnement reconnaissant de Küssen, glissa la main dans la poche intérieure de sa veste et en sortit un gros cylindre de tabac, qu'il offrit à Bayard. Comme celui-ci. Qui a un *cepo* respectable.

– Un *cepo* ?

– Son calibre. Et le nom de *pirámide* lui vient de cette pointe effilée.

Bayard accepta avec distinction, en rangeant le cigare dans la poche supérieure de sa veste sans le sentir ni le tâter. Falcó s'était tourné vers Eddie Mayo.

– Vous en fumez ?

– Ça m'arrive.

– Il ne faut pas en avaler la fumée, comme vous le savez. Ce n'est qu'une question de goût et de parfum.

– Bien sûr.

Falcó sortit un autre cigare. Un *cosacos B*.

– Peut-être aimerez-vous celui-ci, poursuivit-il en le lui offrant, après en avoir percé la tête avec un cure-dents qu'il prit sur le comptoir. Son goût est doux, et sa taille raisonnable.

Cigare aux lèvres, sans le remercier, elle s'était penchée sur la flamme qu'il lui tendait.

– Est-il vrai que ce sont des femmes qui les préparent pendant que l'une d'elles lit à haute voix ? demanda-t-elle après avoir tiré les premières bouffées de fumée.

Falcó souriait, en rangeant son briquet sous l'œil admiratif d'un Küssen réduit au silence.

– Les deux choses sont exactes.

– Et qu'elles les roulent sur leurs cuisses nues, comme la Carmen de Mérimée ?

– Je crains que ce ne soit là une légende.

– Ah.

– De toute façon, toutes les cuisses ne sont pas intéressantes.

– Non ?

– Absolument pas… Parmi nos employées, il y a de nombreuses personnes âgées. De plus de cinquante ans.

Eddie l'examina quelques secondes de plus que nécessaire.

– Quelle désillusion.

– Oui.

Elle contemplait entre ses doigts le havane fumant.

– Qui ôte de son charme au fait de les fumer.

– J'en ai peur, convint Falcó. Quoi qu'il en soit, on peut toujours imaginer la femme qui nous convient.

– Et quelles femmes imaginez-vous ?

– Mon imagination est limitée, fit-il en prenant une expression mesurée. J'ai vu rouler trop de cigares.

Après cela, Falcó but une gorgée de son cocktail et se tourna vers Bayard. Il est temps, se dit-il, de pousser une attaque sur ce front. De se rapprocher un peu de la cible.

– Je trouve que ce que vous avez fait en Espagne est formidable.

– Merci.

– Comment vous est venue l'idée d'aller là-bas ?

Son interlocuteur accueillit la question avec une indifférence feinte, adossé au comptoir, verre à la main. Hautain et distingué. Il avait appris, dit-il au bout d'un moment, que des aviateurs mercenaires italiens et allemands épaulaient les troupes de Franco. Alors, il s'était décidé à faire comme eux, pour soutenir le gouvernement légitime. Les bonnes relations qu'il entretenait au ministère de l'Air du cabinet Blum ne pouvaient intervenir de façon officielle, mais lui, rien ne l'en empêchait. Il avait fait jouer certaines ficelles, obtenu de l'argent, recruté des volontaires français, anglais, une poignée de Russes et d'Allemands.

– Certains antifascistes convaincus, d'autres seulement motivés par l'argent... Et je dois reconnaître que nous nous sommes assez bien organisés.

Falcó écoutait, immobile, bouche légèrement entrouverte. Très attentif. Son expression était celle de l'admiration quasi dévote.

– Est-il vrai que vous avez été descendu ?

– Oui, une fois. À bord d'un Potez. Un avion de chasse fasciste nous a mitraillés, le moteur du Vickers s'est enrayé et nous avons dû nous poser en catastrophe à Gredos.

– Mon Dieu.

– Il a été blessé, ajouta Eddie.

Bayard retira toute importance au fait d'un geste stoïque qui ne faisait, plutôt, que la souligner.

– Presque rien... Je m'en suis tiré avec une contusion au genou. Mais notre mitrailleur est mort, un Italien, Giacopini.

– Je suis désolé, dit Falcó, compatissant.

– Ce sont les risques du métier... Les Espagnols qui nous ont aidés se sont conduits magnifiquement. Des humbles, qui n'avaient rien et nous ont tout donné. Il s'interrompit, regarda Eddie et ajouta : Ces gens sont formidables, n'est-ce pas ?

– Ils le sont, fit-elle en tirant sur le havane.

– Il aurait fallu voir ça, quand on a enterré Giacopini : les femmes qui pleuraient, et tous ces paysans qui levaient le poing... C'était émouvant.

– Sans doute, fit Küssen, ému comme il le fallait.

– Eddie et vous vous êtes connus en Espagne ? demanda Falcó.

– Elle faisait des photos pour *Life*. Nous nous sommes rencontrés lors d'un dîner à l'hôtel Regina d'Albacete, où se trouvait notre base. Elle revenait du front de la sierra de Guadarrama.

– Vraiment ? C'était comment ? s'enquit Falcó en regardant Eddie.

– Dur et froid, répondit-elle simplement.

– Elle a fait un reportage sur notre formation, et à partir de là ne s'est jamais trop éloignée du groupe, dit Bayard. Elle allait et venait, et a fini par rester avec nous... On parlait de la guerre et de la politique, de la nouvelle société que chacun imagine à sa manière.

Falcó continuait de regarder Eddie.

– Avez-vous pu voler ?

Elle hocha la tête d'un côté à l'autre.

– Non. J'ai photographié des aviateurs. Ensuite, je me suis rendue un peu sur les fronts... Nous nous retrouvions à Madrid, ou à Valencia, ou à la base de l'escadrille.

– Elle vivait sa vie, dit Bayard. Et elle le fait toujours.

Eddie avait ouvert son sac, un *haut à courroies** en cuir marron souple. Elle en tira un album pleine peau et posa une photo sur le comptoir, à côté du verre de Falcó. Sur l'instantané aux bords dentelés posaient devant un avion sept hommes et elle, en pantalon, blouson de cuir et bonnet de laine. Tous étaient vêtus en partie en civil, en partie en tenue de vol ; l'un des hommes, le plus grand, était Bayard, cigarette aux lèvres, l'air désinvolte et ironique. Il avait les mains dans les poches de sa capote, et sa casquette à visière portait l'emblème de l'aviation républicaine, avec deux étoiles de lieutenant-colonel.

– Là, à gauche, c'est Giacopini, dit-elle en montrant un jeune homme aux cheveux frisés et au sourire franc. Deux autres de ces hommes sont morts.

– Oui, fit Bayard en les désignant sur la photo. Ici, c'est Uborevich, abattu au-dessus de Teruel ; et là, Moussinac, descendu près de Madrid.

Havane entre les dents, plissant les yeux à cause de la fumée, Eddie rangea la photographie.

– Des hommes courageux, dit-elle, sèchement.

– Pensez-vous retourner en Espagne ? lui demanda Falcó. Un autre reportage ?

– Peut-être, fit-elle avec une expression ambiguë. Pour le moment, je collabore avec Léo sur ses projets actuels... Et, comme vous l'avez vu à la galerie, je poursuis mon travail de photographe. Je vis ma vie.

– Vos sympathies allaient à la gauche avant votre rencontre ?

Elle tira sur le cigare et lâcha doucement la fumée.

– Disons que je n'avais pas analysé en profondeur certains aspects du monde et de la vie. Léo m'a fait voir des choses que je n'avais pas remarquées jusqu'alors.

– C'est vrai, confirma Bayard, souriant. Nous avons commencé par parler de Dostoïevski, de Faulkner...

– Et de Cervantès. C'est lui qui m'a fait lire *Don Quichotte*.

– Qui l'a fascinée, bien évidemment. L'ingénieux hidalgo est devenu son héros littéraire favori.

– Pas seulement littéraire... Léo a quelque chose du Quichotte. C'est ce qui m'a attirée en lui. Mais il n'a jamais été un guerrier triste, comme tant d'autres. Il savait rire ; il plaisantait tout le temps et il insufflait à ses hommes une sorte d'enthousiasme juvénile, presque potache. Cet esprit de camaraderie, de fraternité dans le combat m'a plu.

– Eddie était un diamant brut, pour ainsi dire. Une très belle fille gâtée de famille conservatrice, une rebelle, un modèle, une muse des artistes... Un tempérament en quête d'une cause digne pour laquelle se battre. Et elle l'a trouvée en Espagne.

– Vous n'êtes pas une militante communiste... Ou je me trompe ?

– Non, fit-elle, et l'azur de ses yeux redevint froid. Seulement sympathisante. Et lui non plus.

– Pour sûr, fit Bayard en riant. Je n'ai pas le carnet du Parti. Je suis trop libre pour ça. Mais je reconnais que Staline est le seul à vraiment aider la République. Qui ne peut être sauvée que par la main de fer des communistes.

– Vos rapports avec les Soviétiques sont bons, alors, dit Falcó.

– Mieux encore. Ils sont optimaux, rétorqua Bayard, avant de réfléchir à ce qu'il venait de dire comme s'il se repentait de son emphase. Fondés, bien entendu, sur le respect mutuel, ajouta-t-il.

Ils s'interrompirent pour reprendre une gorgée de boisson. Eddie Mayo fumait le havane avec le plus grand naturel et Küssen, onctueux et bonasse, veillait à entretenir un climat favorable. À un certain moment, il orienta la conversation sur le terrain de l'art et glissa le nom de Picasso. Falcó manifesta une nouvelle fois son intérêt à visiter l'atelier du peintre.

– Rien de plus facile, dit Eddie. C'est un de nos bons amis.

Bayard éclata de rire.

– Surtout le tien. Ce satyre ne te lâche pas des yeux depuis des siècles.

– Ne fais pas l'idiot.

– C'est vrai, insista Bayard en lançant un clin d'œil à Falcó. Pablo aime beaucoup les femmes, et Eddie en est un spécimen superbe.

– Quel butor tu fais.

– Toujours à flirter avec elle. Il ne perd pas espoir. Alors même que nous connaissons bien sa femme actuelle. Marie-Thérèse.

– Et sa maîtresse actuelle, Dora, ajouta Eddie.

Küssen profita de l'occasion. L'air décidé, il posa un coude sur le comptoir et prit son menton aux lésions cicatricielles dans sa paume, comme s'il réfléchissait.

– Nous pouvons tous aller à l'atelier, dit-il en donnant l'impression que la possibilité venait de se présenter à lui. Je vais l'appeler pour voir s'il a un moment libre.

– Bonne idée, renchérit Falcó.

– Demain après-midi, proposa Eddie.

Bayard hocha la tête.

– Je ne peux pas. J'ai une réunion importante avec Gide et Mauriac.

– Tant pis. Nous l'accompagnerons, Hupsi et moi, fit Eddie en se tournant vers Falcó, l'air interrogateur. Ça vous convient ?

– Très bien.

– Ensuite, on pourrait aller dîner et prendre un verre. Léo, tu te joindras à nous.

Bayard plongea le nez dans son verre en levant sur Falcó un regard railleur.

– Prenez garde à Picasso et Hupsi... Réunis, ils ne pardonnent pas... Ils vont vous presser comme un citron.

– Je ne le permettrai pas, dit Eddie.

Ils commandèrent une nouvelle tournée. Le sourire amical faussement étourdi que Falcó adressait à Bayard déguisait une vive curiosité professionnelle. Il était là pour détruire cet homme, et plus il en saurait sur son compte, mieux cela vaudrait. Après tout, Picasso et son tableau destiné à l'Exposition ne représentaient que cinquante pour cent de la mission. Il ne perdait jamais de vue qu'elle était double. Et chaque chose devait venir en son temps.

– Pourquoi en êtes-vous parti ?

Bayard le regarda, interloqué.

– À quoi pensez-vous ?

– À l'Espagne, bien sûr.

La cible contempla son verre, but une nouvelle gorgée, puis regarda Eddie et fit une mimique de résignation.

– Vos compatriotes sont suspicieux, fit-il un instant plus tard. Les officiers de l'armée de l'air considéraient notre troupe avec dédain, parce qu'elle était trop grassement payée à leur goût. Finalement, il y a eu trop d'ingérences, et j'ai décidé de laisser tomber… Comme je vous le disais tout à l'heure, je ne suis pas fait pour recevoir des ordres. Je continue de me battre à ma manière.

– Il prépare un film, intervint Küssen, toujours prêt à pousser le taureau vers le picador.

– En effet… Il s'intitulera *Ciels d'Espagne*. Il repose sur mon expérience personnelle, bien entendu. Je veux y dénoncer que, par peur d'affronter Hitler et Mussolini, les démocraties européennes sont en train d'abandonner la République.

Eddie laissa tomber la cendre de son cigare.

– La politique de non-intervention, dit-elle, est une infamie cosmique.

– Totalement immorale, fit Küssen, enfonçant le clou avec beaucoup de conviction.

– C'est certain, ajouta Bayard sur un ton péremptoire. Ils sont loin de comprendre qu'ils font le lit d'une autre guerre, à plus grande échelle, beaucoup plus terrible.

– Quoi qu'il en soit, dit Eddie, tu n'as jamais réalisé un film.

– Et alors ? Je n'avais jamais piloté un avion, et j'ai été chef d'escadrille. Ce serait plus difficile de faire du cinéma que la guerre dans les airs ?

– *Ciels d'Espagne* peut être un échec.

– J'en doute. En tout cas, ce sera un échec brillant. De ceux qui valent la peine.

Il posa sur Falcó un regard condescendant. Voire magnanime.

– Participer à la production du film pourrait peut-être vous intéresser, dit-il lentement.

Falcó acquiesça, prudent, sans trop d'enthousiasme. Tout devait venir à son heure. C'était ce qu'on appelle l'approche indirecte. Tendre le piège mine de rien, laisser les autres faire le premier pas.

– C'est envisageable, dit-il.

– Vous parlez sérieusement ?

– Bien sûr.

– Épatant.

Bayard frappa du plat de la main sur le comptoir, comme si l'affaire était entendue. Il semblait satisfait.

– Ce qui se passe en Espagne me rappelle souvent une phrase de Somerset Maugham, qui a écrit : Il est étonnant que les êtres humains, dont la vie est si courte, s'efforcent de s'infliger autant de douleurs, se remémora-t-il, un peu histrion. Vous avez lu quelque chose de Maugham ?

– Quelque chose, oui. J'ai même fait un jour sa connaissance en jouant aux cartes, au cours d'un voyage en bateau. Il m'a offert un de ses romans, dédicacé.

– Vraiment ? Ça alors.

– Mais je l'ai perdu.

– Non.

– C'était un roman d'espionnage. Qui ne m'a pas donné l'impression de valoir grand-chose.

« Tu aimes le risque, lui faisait entendre le regard craintif de Küssen. Maudit salaud de bellâtre. L'Amiral me l'avait bien dit. » De son côté, Bayard cillait, intrigué.

– Vous lisez des romans d'espionnage ?

– Pas du tout, répondit Falcó en prenant une gorgée de Boston flip. Ils sont trop compliqués.

À ce moment-là, Eddie Mayo regarda en direction de la porte, par-delà les consommateurs.

– En parlant d'Espagne et de romans, devinez qui vient d'entrer.

Bayard regarda dans la même direction et fronça les sourcils sous sa mèche rebelle.

– Oh ! non, zut… C'est ce chieur de Gatewood.

Le personnage disait quelque chose à Falcó. Américain, journaliste, écrivain. Quand il aperçut Eddie et Bayard, le nouveau venu s'approcha pour les saluer, en écartant les gens sur son passage sans autre forme de procès. Grand, débraillé et fort, il avait des cheveux noirs aussi touffus que sa moustache.

– Salut, les gars, fit-il avec simplicité en prenant appui contre le comptoir.

– Salut, Gat, dit Eddie.

Bayard s'était contenté d'émettre un grognement peu convaincant. Le journaliste ignora Küssen et regarda Falcó avec suspicion. Il portait des lunettes à monture en acier, arborait un large sourire, avait de grandes mains, des épaules de boxeur sous un blazer en toile grise et un pantalon de flanelle fripé. Sa chemise sans cravate était tachée de vin.

– Je prendrais bien un brandy, dit-il.

– Tu prends ce que tu veux, répliqua Bayard.

L'Américain s'adressa au barman comme s'il le connaissait depuis toujours. Après quoi, il jeta un coup d'œil de côté sur Eddie, en train de fumer son havane, avant de poser un nouveau regard, qui se voulait sagace, sur Falcó et, plus particulièrement, sur sa cravate.

– Life Guards britanniques ?

– Marinella… Naples.

Le journaliste fit la grimace et se tourna vers Bayard et Eddie.

– Je ne connais pas votre ami.

Le ton n'était pas amène et son haleine sentait l'alcool. Bayard fit les présentations du bout des lèvres.

– Hupsi Küssen, Ignacio Gazán.

Gatewood serra la main de Falcó avec une force excessive. Une effusion outrée. Il lui fit presque mal.

– Espagnol ? Je reviens d'Espagne. Avant de rentrer aux États-Unis pour écrire un roman. J'ai un billet de passage sur le *Normandie*, mais je vais rester encore quelques jours à Paris. Interviews et tout ça, vous savez.

– Et où en sont les choses, en Espagne ? demanda Bayard.

– Elles se sont un peu améliorées depuis ton départ. J'ai appris, pour ton escadrille... Tu n'es pas content qu'on t'en ait retiré le commandement, pas vrai ?

– On ne m'a rien retiré du tout. Il y a eu une réorganisation, et l'affaire s'arrête là.

– Oui, fit l'Américain en souriant avec malice. En tout cas, un peu de discipline ne fera pas de mal. Quand on voit la rouste que viennent de prendre les trotskistes et les anarchistes à Barcelone.

Bayard hochait la tête, pour marquer son accord.

– Ils l'ont bien cherchée, admit-il. Avant de passer à la révolution, il faut d'abord gagner la guerre.

– Je ne te le fais pas dire... Tu penses y retourner ?

– Oui. Nous allons y tourner un film... Tu as vu quelque chose d'intéressant, ces derniers jours ?

– Rien de trop nouveau. Madrid résiste bien, et nous avons enfin pris Santa María de la Cabeza.

– Nous ?

– Oui, nous, merde.

Bayard lui lança un regard moqueur.

– Tu t'en es chargé, toi, en personne ?

– Tu sais très bien ce que je veux dire.

– Sans doute.

Gatewood lampa son cognac en deux rapides gorgées et en commanda un autre.

– Tout fascistes qu'ils sont, ces gardes civils se sont bien battus, dit-il. Ils ne se sont pas rendus, tu sais ? Un par un, ils se sont fait canarder jusqu'au dernier. Avec leurs familles dans les caves. Ils ont une sacrée paire de couilles.

Cette fois, il avait parlé en s'adressant surtout à Falcó, tout en continuant de l'examiner de pied en cap, et le résultat ne semblait pas lui convenir. Il se tourna alors vers Eddie Mayo.

– Une bombe a touché l'hôtel Florida et a failli tuer Dos Pasos et quelqu'un d'autre… C'est là que nous nous sommes vus, la dernière fois… Tu t'en souviens ?

– Bien sûr. Je ne l'oublie pas. Tu as insisté pour me faire entrer dans ta chambre.

– Normal, fit l'Américain en riant. Tu étais la plus belle de la fête.

– Et ta petite amie blonde, la nouvelle ? Comment s'appelait-elle, déjà ?

– Elle n'était pas là, alors.

Eddie fronça les sourcils. Ses yeux bleus lançaient des esquilles de glace.

– Tu as toujours été une merde, Gat, fit-elle en lui soufflant la fumée du cigare en pleine figure. Un fanfaron de merde.

Gatewood s'était tourné vers Bayard pour obtenir son soutien.

– Ta poulette est en train de m'insulter, Léo.

– Elle doit avoir ses raisons, fit le Français, rigolant en douce. Je ne suis pas le gardien d'Eddie. Elle est libre d'insulter qui lui plaît.

– Elle m'a appelé fanfaron de merde.

– J'ai entendu.

Le regard de Gatewood se posa de nouveau sur Falcó. Le deuxième cognac avait alors déjà disparu au fond de son gosier. Il avait ôté ses lunettes et les nettoyait avec un mouchoir croûteux.

– Vous croyez vous aussi que je suis un fanfaron, *amigo* ?

Ils parlaient en français, mais il avait dit le dernier mot en espagnol. Falcó lui fit face, tout tranquillement. Amusé.

– Je ne sais rien de vous.

– Merde. Quarante-cinq jours de guerre d'affilée, c'est tout de même quelque chose.

– Je suppose que vous avez participé à de nombreux combats.

Gatewood remit ses lunettes et commanda un troisième cognac.

– À quelques-uns, bien sûr.

– Il adore les combats, fit Eddie, sarcastique. Il n'en rate pas un. Il passe sa vie à chercher toutes sortes de bagarres.

L'Américain la regarda, irrité.

– Pourquoi dis-tu ça à ce type ?

– Parce qu'il ne te connaît pas... Même si tu trouves ça bizarre, Gat, il y a dans le monde des gens qui ne te connaissent pas.

Gatewood regarda Falcó comme s'il le voyait pour la première fois.

– Vous êtes espagnol, non, Pedro ?

– Nacho.

– Bon, d'accord. J'avais entendu Pedro. C'est que vous êtes nombreux à vous appeler comme ça.

– Je suis espagnol, mais je ne vis pas en Espagne.

– Les Espagnols sont admirables, fit l'Américain en faisant claquer sa langue. Je n'ai jamais vu des gens aussi courageux... C'est vrai, il y en a beaucoup qui ne savent pas se servir d'une arme. J'ai dû appendre pas mal de choses à bon nombre d'entre eux.

– Que serait la République sans toi, fit Eddie.

Elle avait de nouveau dirigé la fumée de son cigare sur le visage de Gatewood, mais il put cette fois l'esquiver.

– Dis, Léo, qu'est-ce qui lui arrive, à ta poulette ? Elle a ses ragnagnas ces jours-ci ?

– Va te faire foutre, Gat, dit-elle.

Bayard éclata de rire.

– Tu l'as entendue. Pas de ragnagnas. C'est seulement ta tête qui ne lui revient pas.

– Je me demande ce qu'elle a bien pu te trouver, camarade… Tu n'es même pas un vrai communiste.

– Je suis plus grand que toi.

– Et plus beau et plus élégant, ajouta Eddie.

– De plus, j'écris mieux que toi, fit Bayard.

– Loin de là, bordel, rétorqua Gatewood.

– Il écrit mieux que toi, soutint Eddie.

L'Américain sortit une nouvelle fois son mouchoir dans lequel il se moucha. Il regarda de nouveau Falcó.

– Et vous, qu'en pensez-vous, *amigo* ? Qui écrit le mieux, de nous deux ?

– Je n'en ai pas la moindre idée. Je préfère aller au cinéma.

– Quoi qu'il en soit, je suis plus connu que lui.

– Pas en France, lança Eddie.

Provocant, Gatewood approcha son visage de celui de Bayard. La capacité d'encaisser l'alcool qu'a ce type est incroyable, se dit Falcó. Seuls ses yeux, derrière le verre de ses lunettes, dévoilaient l'éclat éthylique.

– Ce que tu as fait avec tes petits avions, c'est un truc de chochotte, Léo. Les vrais hommes se battent dans la boue, corps à corps.

– J'en tiendrai compte la prochaine fois que je me battrai, repartit Bayard en se tournant vers Eddie, ironique. Rappelle-le-moi, chérie.

– Je n'y manquerai pas.

– Et voilà, les femmes sont folles des aviateurs, marmonna Gatewood. Je les connais, ces garces.

– Qui te baisent, dit Eddie.

– Du calme, conseilla Bayard.

– Je suis on ne peut plus calme, répliqua l'Américain.

Il poussa un profond soupir, promena son regard autour de lui, et finit par l'arrêter sur Küssen.

– Et vous, vous êtes d'où, dites-moi ? Vous m'avez l'air turc. Je n'aime pas les Turcs.

Küssen claqua légèrement des talons.

– Je suis autrichien.

– Autrichien, comme ça ? Sans blague.

– Oui, monsieur. Pour vous servir.

– Savez-vous combien de fragments de mitraille autrichienne on m'a sorti du corps, en Italie ?

– Deux cents, dit Eddie avec lassitude. Tu as raconté ça mille fois, Gat.

– Deux cent vingt-sept.

L'Américain se tapa sur une jambe avec un de ses battoirs comme si elle lui faisait encore mal.

– La bataille de Guadalajara a été la plus décisive de la guerre d'Espagne, ajouta-t-il, évocateur. J'y étais. Tous ces Italiens morts, pathétiques, éparpillés sur la neige... On l'étudiera dans les écoles militaires, vous verrez... Pour les Italiens, ç'a été un désastre comparable à celui de Caporetto, poursuivit-il en adressant à Falcó un regard chargé de violence. J'y étais, à Caporetto.

– Tu étais partout, toi, remarqua Eddie, dédaigneuse, en écrasant le reste du havane dans un cendrier.

– Je ne comprends pas comment un Espagnol peut se trouver hors d'Espagne, au lieu d'être en train de s'y battre.

Falcó souriait, conciliant.

– Nous ne sommes pas tous des héros, vous savez ?

– Je vois ça.

– Fiche-lui la paix, dit Eddie.

– Tous les Espagnols devraient être des héros. Il y a des moments, dans l'Histoire, où être un héros est obligatoire... Si j'étais espagnol, j'aurais honte d'être à Paris, au comptoir d'un bar.

Il regardait autour de lui avec contrariété, regrettant apparemment de se voir au Dôme et pas dans une tranchée, à Madrid, couvert de poux et entouré de miliciens hirsutes.

– Demain, je donne une conférence à la librairie de Sylvia. Vous viendrez ?

– Nous avons une obligation.

Gatewood commanda un autre cognac. Puis il s'adressa à Falcó.

– Vous devriez venir, Pedro. À la conférence. Vous apprendriez quelque chose sur l'Espagne.

6
L'ANTIQUAIRE DE LA RUE MONDÉTOUR

Les persécutions, l'émigration, la faim, la loterie de la mort sur les barricades, la férocité des guérillas, l'extirpation inhumaine de sa féminité et, finalement, l'œuvre épuisante, obsédante, de la reconstruction soviétique, de la création patiente du monde nouveau...

En manches de chemise et bretelles, nœud de cravate relâché et cigarette fumante à la bouche, Lorenzo Falcó lut pour la cinquième fois le dernier paragraphe qu'il devait encore étudier en tenant compte des signes au crayon placés sur les mots adéquats. Ensuite, minutieusement, il transcrivit le résultat au stylo à encre – une succession de lettres et de chiffres codés – sur la feuille de papier à l'en-tête de l'hôtel disposée sur la table, procéda à une dernière vérification et, satisfait, effaça avec une gomme toute trace de crayon. Pour finir, il sépara avec un couteau suisse l'en-tête du reste de la feuille de papier et relut une dernière fois le message.

H3A11B4W-Y5TR709-R4E-94T3S9M3-2OAS-D3P85I1OE

Tout semblait correct. En ordre et prêt à être transmis au siège du Snio à Salamanque, où l'Amiral attendait de ses nouvelles. Falcó éteignit sa cigarette dans un cendrier où il y avait déjà cinq mégots, se leva et massa ses reins endoloris. Comme un cognement gênant harcelait depuis un moment sa tempe droite, il se dirigea vers la commode, sur laquelle il prit le tube de Cafiaspirina qui se trouvait juste à côté du Browning et du portefeuille ; il mâcha un comprimé, avala avec un verre d'eau la pâte amère et resta un moment immobile, debout mains dans les poches, à regarder le livre posé près du message, sur la table. C'était le texte source du chiffrement qu'il utilisait pour cette mission. Y penser fit venir à ses lèvres un sourire à la fois amusé et résigné.

Maudit Amiral, avec sa hargne extravagante et son sens de l'humour si corrosif, si personnel, si galicien, se dit-il. L'impitoyable salaud.

La Bolchévique amoureuse (L'Amour dans la Russie rouge) était un petit roman de gare, de moins d'une centaine de pages, et Falcó était certain que son chef ne l'avait pas choisi par hasard. Le Sanglier ne faisait jamais rien sans arrière-pensée. Sur la couverture, près de l'image d'un couple de Russes enlacés devant un paysage campagnard, un visage de femme en gros plan regardait le lecteur : blonde, cheveux courts et grands yeux, elle ressemblait étonnamment à une autre bolchévique, réelle, de chair et de sang, qu'il connaissait bien : Eva Neretva. En fait, c'en était presque le portrait fidèle et, si le roman n'avait pas été publié sept ans auparavant, on aurait pu croire qu'elle avait posé pour l'artiste auteur du dessin.

Il rangea le livre et le message chiffré dans un tiroir de la commode et regarda par la fenêtre tandis qu'il remontait sa montre, en espérant que l'analgésique allait agir avant qu'il ne se brosse les dents et ne se mette au lit. Sous la rampe de fer du balcon, la statue en bronze d'un philosophe ou d'un écrivain français, érigée devant l'hôtel – un certain Diderot, que Falcó n'avait jamais lu – faisait une ombre entre les feuilles endormies des arbres ; plus loin, de l'autre côté du boulevard, la lumière indécise d'un réverbère dessinait dans la pénombre le clocher de l'église de

Saint-Germain-des-Prés, dont la longue flèche pyramidale se perdait dans l'obscurité.

Falcó pensait à Eva Neretva, alias Luisa Gómez, alias Eva Rengel, alias Dieu ou le diable sait qui. Cette époque, à la différence d'autres encore récentes, était celle où les femmes les plus dures, les plus intelligentes et les plus tenaces tiraient leur épingle du jeu. Elles se distinguaient en affrontant des difficultés nouvelles. L'Histoire, accélérée par la modernité, imposait une sélection naturelle de laquelle ces femmes émergeaient indiscutablement comme les héroïnes du siècle. Elles faisaient ce qu'elles n'avaient encore jamais fait, en affrontant le changement avec plus de discipline, plus de conviction et parfois même plus de cruauté que les hommes, peut-être parce qu'elles n'avaient pas eu le temps de se construire une arrière-garde – ce qu'elles savaient. Pour elles, dans cette phase encore dangereuse, une défaite équivalait à un anéantissement. La faiblesse et la pitié étaient des luxes qu'elles ne pouvaient se permettre. Et peut-être les survivantes, celles qui verraient se lever le jour après la nuit noire qui s'étendait sur l'Europe et l'ancien monde seraient-elles, en définitive, la race supérieure. L'avenir.

Il imagina ce qu'auraient été les commentaires de l'Amiral s'il avait pu l'entendre brasser de pareilles idées, et il ne put s'empêcher de rire, en son for intérieur. Une expression cynique durcit le gris de ses yeux. Pour lui, avait dit son chef à Saint-Sébastien, il n'y avait que deux types de femmes : celles avec lesquelles il couchait, et celles avec lesquelles il pouvait coucher. Mais le Sanglier se trompait sur ce point. Il y en avait un troisième type, que Falcó étudiait depuis un certain temps.

Mal à l'aise, toujours immobile devant la fenêtre, il conclut qu'il ignorait la réponse à de trop nombreuses questions : il se demandait si Eva Neretva était vivante ou morte après l'échec de sa mission à Tanger et la perte du

Mount Castle ; si elle avait répondu à l'appel de Moscou et affronté son destin ; si les purges de Staline décimaient les services secrets soviétiques, y compris leurs agents infiltrés en Espagne, et si elles l'avaient atteinte ; si son chef, Pavel Kovalenko, l'utilisait pour sauver sa tête ; si le NKVD avait été compréhensif vis-à-vis d'elle, ou s'il lui avait réglé son compte en l'envoyant dans un camp de travail en Sibérie ou dans un sous-sol de la Loubianka. Entre autres possibilités.

Ce sont trop d'inconnues pour cette heure de la nuit, se dit-il, résigné. La migraine s'était dissipée, et il put poser son pyjama sur le lit et commencer à dénouer sa cravate. Le téléphone sonna à ce moment-là.

– Allô ?

Il n'entendit rien à l'autre bout du fil. Seulement le clic qui interrompit l'appel. Il appela le standard, et la téléphoniste lui dit que l'appel venait de l'extérieur. Une voix d'homme avait demandé Ignacio Gazán. Il ne s'était pas nommé.

– Merci.

Pensif, il reposa doucement le combiné sur sa fourche et regarda en direction de la rue. Ensuite, par réflexe professionnel, il éteignit les lumières de la chambre, alla jusqu'à la fenêtre et scruta l'avenue. Il n'y vit rien de suspect. Entre les frondaisons des arbres on distinguait deux voitures garées et les feux de quelques autres qui roulaient sur le boulevard. Bien que tout parût normal, son instinct aiguisé dans la clandestinité pour flairer le danger était en alerte. Il venait de pénétrer en terrain incertain, tôt ou tard hostile et, pendant quelques minutes il analysa froidement les risques possibles et probables, les hypothèses admissibles et les dangers éventuels.

La partie commence vraiment, pensa-t-il. Ou, du moins, je ne joue plus seul.

Après s'être assuré que la porte était bien fermée à clef, il alla jusqu'à la commode, prit le pistolet et, tirant à lui la culasse, engagea une balle dans la chambre. Puis il ouvrit le tiroir dans lequel il avait rangé le livre de code et le message chiffré, qu'il cacha dans le double fond de sa mallette, où il y avait déjà la boîte d'allumettes que lui avait remise Sánchez, une enveloppe avec de l'argent et le silencieux Heissefeldt. Ensuite, il alluma une cigarette et resta assis sur le lit, à fumer dans l'obscurité. En tournant et retournant dans son esprit le signal d'alarme qui y clignotait. Il tendait l'oreille au moindre bruit en provenance du couloir, mais il n'entendait que le tic-tac du réveil de la table de nuit. Au bout d'un moment, il se leva, alla à la salle de bain, se lava les dents et se gargarisa à la Listerine. Puis il retourna jusqu'au lit, sur lequel il se coucha tout habillé, sans ôter ses chaussures, le pistolet glissé sous l'oreiller.

Il entendit le bruit des pas avant qu'on ne frappe à la porte. Il était déjà debout, tendu, prêt à passer à l'action. Avec les contrevents de la fenêtre ouverts et toute lumière éteinte dans la chambre, ses yeux accoutumés à l'obscurité distinguaient nettement les formes. Du pouce, il ôta la sûreté du Browning et alla se placer à l'endroit et dans l'angle adéquats, pesant d'abord sur ses talons en marchant, pour ne pas faire de bruit, prêt à tout.

– Qui est là ?

– Police.

– Une minute, s'il vous plaît.

Il réfléchit rapidement. Si c'était vraiment la police, sa présence changeait la donne. Mais ce pouvait tout aussi bien ne pas être vrai. Toute visite nocturne annonçait des surprises désagréables. Dans le premier cas, le pistolet était de trop et allait donner lieu à des situations embarrassantes. Dans le second, il n'était pas dépourvu d'autres ressources. Après avoir réenclenché la sûreté, il cacha le pistolet sous le matelas et dévissa le capuchon du stylo à plume posé sur la commode. Dans ses mains, plantée avec rapidité comme un stylet dans une oreille, un œil, ou dans la gorge, la plume en or pointue pouvait être une arme aussi mortifère qu'une autre. De même que tant d'autres objets apparemment inoffensifs : il suffisait, en fait, de vouloir les utiliser pour blesser. Même la clef de la porte pouvait rendre un service adéquat. Voilà pourquoi, quand il l'eût tournée dans la serrure il l'en dégagea et la tint dans sa main droite, entre ses doigts serrés, anneau dans le creux de sa paume, museau pointé vers l'extérieur.

– Que désirez-vous ?

Deux hommes, chapeautés. L'un couvert d'un long imperméable noir, l'autre pas. Celui-ci devant la porte, l'autre plus loin, dans le couloir, dos appuyé contre le mur. Détendus. Leurs attitudes ne semblaient pas menaçantes, en principe.

– Pourriez-vous nous accompagner ? demanda le plus proche.

– Pourquoi ?

– Une simple formalité, répondit-il. Une procédure de routine.

L'autre regarda la clef dans la main de Falcó puis jeta par-dessus son épaule un coup d'œil rapide à la chambre plongée dans la pénombre.

– À cette heure-ci ?

– Ce n'est pas sans raison.

Le ton était aimable. Le type – brun, petit, barbu – avait plongé la main dans la poche de sa veste et en tirait une pièce d'identité ; ce n'était pas un policier mais un agent du Deuxième Bureau. Falcó connaissait bien les cartes des services secrets français, avec leur bandeau tricolore et leur cachet particulier dans un angle. Il en avait utilisé une – fausse, à l'occasion. Celle qu'on lui présentait maintenant semblait authentique, bien qu'il ne pût en être certain.

– Nous vous demandons de nous accompagner.

– Où ?

– À l'un de nos bureaux, dans les Halles.

Il n'avait pas dit commissariat, mais bureau. Falcó le regardait encore avec curiosité.

– Pour quoi faire ?

– Une simple conversation... Dans notre intérêt mutuel.

L'agent ne s'était pas départi de son ton aimable. Falcó jeta un vif coup d'œil sur celui qui était resté dans le couloir, adossé au mur, mains dans les poches de son imperméable. Il semblait aussi détendu que son acolyte et, à moins qu'il n'eût sur lui un pistolet discret, rien dans son attitude ne devenait menaçant.

– Nous avons une voiture, en bas, ajouta le petit barbu. Nous vous emmènerons avec nous et vous reconduirons ici avec plaisir. Ça ne prendra pas plus d'une heure... Une heure et demie au grand maximum.

Falcó, en son tréfonds, poussa un soupir. Il n'avait pas le choix. Se retournant, il alluma la lumière, alla enfiler son gilet et sa veste, ajusta son nœud de cravate et, avec d'autres objets personnels, glissa le stylographe dans une de ses poches après avoir remis le capuchon. Dans le couloir, les deux types le regardaient faire, sans entrer.

– Je suis à votre disposition, dit-il.

En sortant, avant de fermer la porte, il prit son chapeau, s'assurant du bout des doigts, avant de le mettre, que la lame à raser Gillette était bien cachée dans la basane. Il n'oublia pas non plus le tube de Cafiaspirina. Peut-être allait-il encore en avoir besoin cette nuit.

L'humidité du fleuve – une légère brume flottait entre les quais – faisait luire l'asphalte et auréolait l'éclat jaune des réverbères quand ils traversèrent la Seine sur le Pont-Neuf dans une Citroën 7 conduite par l'homme à l'imperméable, auprès duquel l'autre s'était assis. Falcó, à l'arrière, était libre de ses mouvements, ce qui le rassurait beaucoup, même s'il restait sur le qui-vive.

– Une cigarette ? lui proposa celui qui, monté à côté du conducteur, s'était à moitié tourné vers lui.

– Non, merci.

– Ce sont des Caporal.

– Raison de plus... C'est un tabac pour les hommes plus hommes que les hommes.

L'agent rit, amusé, et en grattant une allumette alluma sa cigarette.

– Tu as entendu, Marcel ? Monsieur a de l'esprit.

– Oui.

Une odeur forte et commune emplit l'automobile. Falcó regardait par la fenêtre. À cette heure, il y avait peu de circulation, mais elle augmentait à mesure qu'ils se rapprochaient des Halles. Là commençaient à se regrouper, venues des environs, des voitures à chevaux et des camionnettes chargées des viandes, des fruits, des légumes et des autres produits qui dès l'aube venaient remplir l'immense ventre de Paris.

– Nous sommes arrivés, dit l'homme qui fumait.

La voiture s'était arrêtée. Ils n'étaient plus dans le quartier élégant mais dans une rue de caractère populaire. Pendus aux façades, d'anciens réverbères à gaz, en fer, éclairaient maintenant de leur faible lumière électrique des enseignes à peine lisibles : Auberge du Beau Noir, Viandes en gros, Le Petit Bistrot. Il y avait là des restes de légumes et d'emballages laissés par terre, des échoppes fermées avec des planches et des amoncellements de sacs et de cageots. Et les odeurs qui allaient avec. À l'arrière d'un camion arrêté devant un magasin, une douzaine de portefaix couverts de surtouts tachés de sang déchargeaient des quartiers de bœuf en les calant sur leur dos. Devant la porte d'un bar, un gendarme moustachu, cape sur les épaules et pouces enfoncés sous le ceinturon, discutait avec une prostituée aux cheveux roux et à la poitrine proéminente.

Ils traversèrent la chaussée. Les deux agents précédaient Falcó, apparemment sans trop se soucier de lui. Il les suivit jusqu'à une maison d'angle et, par prudence machinale, chercha à lire le nom de la rue sur la plaque qui y était apposée : *Rue Mondétour*, crut-il déchiffrer. Les deux hommes s'étaient arrêtés devant une boutique dont l'enseigne, sur le linteau, ne portait qu'un mot : *Antiquités*. Le rideau métallique était levé et ils l'invitèrent à entrer.

De bureau, point. Ou, plus exactement, pas du genre qu'ils lui avaient laissé entendre. Ce fut ainsi que Falcó, stoïque de nature et de profession, ôta son chapeau, respira profondément, toucha des doigts la lame à rasoir cachée sous la basane et pénétra dans la boutique, tendu, comme prêt à encaisser un coup de couteau.

La première chose qu'il vit, ce fut une impressionnante collection de presse-papiers en verre, de toutes les formes et de toutes les couleurs imaginables. Il y en avait des douzaines, peut-être une centaine, disposés sur une table placée contre un miroir qui semblait les multiplier à l'infini. Il y avait aussi à côté une lampe sur pied *Art déco** allumée, dont la lumière créait un tel effet d'éclats et de reflets que l'on aurait cru voir un étrange trésor dans un coffre ouvert.

– Bonsoir, dit un homme assis dans un fauteuil près de la lampe.

Chapeau à la main, Falcó le regardait, sans répondre. Celui qui venait de parler avait un visage émacié et des cheveux coupés à ras, *en brosse**, comme on dit en France. Ce qui lui donnait un certain style militaire. Il devait avoir une bonne cinquantaine d'années. Vêtu d'une veste en laine ouverte sur une chemise à col rigide, avec une cravate au gros nœud large, et d'un pantalon de velours noir un peu râpé, il était chaussé de pantoufles de laine. Près desquelles somnolait un chat roux.

– Asseyez-vous, je vous en prie.

D'une main osseuse, il montrait un fauteuil à bascule. Falcó regarda autour de lui. Les deux hommes qui l'avaient conduit ici n'étaient plus visibles nulle part. Dans la pénombre que créait la lampe, on pouvait voir des tableaux anciens, des statues de pierre et de marbre, des vases, des porcelaines, des bronzes et toutes sortes de menus objets sur des étagères et dans des vitrines. Un poste de radio Philips, incongrument moderne dans cet endroit, diffusait de la musique classique, une mélodie lente, solennelle, qui pouvait être de Beethoven, se dit Falcó. Ou de Wagner. En tout cas, d'un de ces musiciens allemands.

– Vous pouvez fumer ; si vous le désirez.

Falcó avait sorti son étui à cigarettes quand il entendit la respiration sifflante de son interlocuteur. Elle ne datait pas d'hier et était sèche. L'homme semblait s'y être fait. Il remarqua que Falcó avait interrompu son geste, et, d'un mouvement de main, l'invita à continuer.

– Ne vous inquiétez pas, allez-y. Ça ne me gêne pas.

Falcó le regarda, surpris. Il savait faire la différence entre le souffle d'un asthmatique ou d'un tuberculeux et la trace que laisse dans les poumons le gaz moutarde. Ce n'était pas la première fois qu'il entendait ce genre de respiration entrecoupée. Elle était fréquente chez les vétérans des tranchées de la Grande Guerre. Ceux qui avaient survécu, bien sûr. Il y avait longtemps que les autres, moins chanceux, ne respiraient plus du tout.

– Je ne vais pas y aller par quatre chemins, monsieur.

– Vous ne savez pas à quel point je vous en sais gré.

– Nous savons comment vous vous appelez et ce que vous êtes venu faire à Paris. Ce que nous ignorons, c'est pourquoi et pour le compte de qui.

Falcó s'assit, en prenant son temps, et alluma une cigarette. Prudent. Il essayait de deviner ce qu'il faisait là, en si intéressante compagnie. De prendre toute la mesure de la situation.

– Vous le savez, dites-vous ? Et peut-on savoir ce que recouvre ce pluriel ?

– Peu importe, dit l'homme, qui l'observait avec une fixité désagréable. Vous êtes de nationalité espagnole et vous semblez arriver de La Havane. Ou c'est du moins ce que vous soutenez.

Quand il se tut, le militaire continua de le regarder en silence, comme s'il attendait une confirmation formelle, mais Falcó resta muet et impassible. Il y avait une table à sa gauche, avec un cendrier en albâtre, une bouteille de Courvoisier et un verre. Le vieil homme lui montra le cognac d'un geste engageant, mais Falcó fit un geste de refus.

– Nous savons aussi que vous êtes en relation avec des indésirables.

Une crête du mystère ainsi dévoilée, Falcó s'offrit un premier sourire.

– Indésirables ? Pour qui ?

– Pour la dignité de la France.

– N'en rajoutez pas.

– Vous êtes communiste ?

Il aurait été stupide de répondre à cette question. Avec une grimace sceptique, Falcó porta la cigarette à ses lèvres, attendant la suite. Le vieil homme plissa la bouche.

– Je sens en vous l'haleine fétide du peuple.

Le sourire de Falcó, nullement impressionné, se mua en éclat de rire.

– Vous m'avez fait venir ici pour me parler de l'hygiène des gueux ?

Un nouveau sifflement altéra la respiration de son interlocuteur. Comme s'il s'était agi d'un signal, le chat s'écarta de ses pantoufles et vint frotter son échine au revers du pantalon de Falcó.

– Léo Bayard est un dangereux bolchévique, sans scrupules. Avec sa bande de mercenaires, il a tué certains de vos compatriotes, des Espagnols… Et voilà que maintenant vous le fréquentez. À peine arrivé à Paris, vous l'avez rencontré.

Falcó hocha la tête, flegmatique.

– Parmi d'autres.

– Nous sommes au courant… Un marchand autrichien, qui répond au nom de Küssen. Celui-là, tôt ou tard, nous lui réglerons son compte. C'est un de ces réfugiés qui profitent de la complicité criminelle du gouvernement français.

– Je m'adresse à lui parce que je suis collectionneur d'art.

– D'art dégénéré, oui, enchaîna le militaire, sur le visage osseux duquel la lampe et ses reflets dessinaient des angles menaçants. D'infâmes perversions juives.

Falcó s'offrit un nouveau rire, mais amer, cette fois. Celui de quelqu'un à bout de patience.

– La petite amie de Bayard n'a rien de juif.

L'homme allait dire quelque chose, mais un nouveau sifflement l'arrêta. Le chat le regardait, quasi solidaire.

– Je ne vous ai pas fait venir pour parler de cette Anglaise rouge, dit-il enfin aigrement quand il eut repris son souffle. C'est Bayard qui nous intéresse, et ce que vous manigancez avec lui. Nous ignorons vos intentions.

Le terrain n'est pas commode, conclut Falcó. Ce qui le décida à jouer la carte de l'indignation. Il devenait opportun de manifester un peu de colère innocente.

– Écoutez, qui que vous soyez…

– Vous pouvez m'appeler commandant, si vous voulez.

– Je ne vais pas vous appeler comme ça, ni autrement, répliqua Falcó, exaspéré, en repoussant le chat du pied. Je n'ai aucune raison de vous fournir des explications. À moins que vous ne justifiez la carte du Deuxième Bureau que m'a montrée un de vos hommes il y a un moment. Cette carte annonce du sérieux… Et en réalité…

– Nous sommes présents en bien des endroits, l'interrompit l'autre.

– Je vois que vous continuez à employer le pluriel.

– C'est une façon de parler comme une autre.

– Hum, fit Falcó, en regardant avec agacement le chat, revenu à la charge. Mais, de toute évidence, ceci n'a rien d'officiel. C'est une initiative privée, et dans ce cas, bonsoir.

Il se leva brusquement, effrayant le chat, avec l'intention apparente de s'en aller. En fait, il voulait voir ce qui allait s'ensuivre. Mais le militaire resta assis, sans broncher.

– Nous avons des contacts parmi les représentants de Franco à Paris, dit-il. Avec des patriotes espagnols. Et nous leur avons demandé ce qu'ils savaient à votre sujet.

Falcó restait debout, chapeau dans une main, cigarette dans l'autre, en le regardant avec un étonnement qui n'était pas entièrement feint. Tout à coup, comme si une lumière s'était allumée dans son esprit, il comprit tout. Ce fut une certitude subite, et il pesta de pouvoir parfois être aussi borné. Le supposé Sánchez, l'agent national espagnol, l'avait pourtant averti, au café sur le boulevard Saint-Michel : c'était la Cagoule, bien sûr. L'organisation fasciste française clandestine. Il était prêt à parier gros qu'il se trouvait en présence du commandant Verdier, chef de la section parisienne et vétéran de la Grande Guerre.

– Vous vous êtes renseigné sur mon compte ?

– Effectivement. Et la réponse de nos amis a été surprenante.

– Ah bon ? Elle va être tout aussi surprenante pour moi, dit Falcó, et il se rassit lentement. Je grille d'en savoir plus.

– Ils nous ont dit de vous oublier, de ne pas intervenir.

– Ils ont dit ça ?

– Mot pour mot. « Laissez-le tranquille. » Telle a été leur réponse.

– Vous avez dû vous adresser à des gens dignes de confiance, je suppose.

– Tout à fait.

Falcó feignait maintenant l'ahurissement, bien que sans la moindre raison de feindre.

– Dans ce cas, pouvez-vous me dire ce que je fais ici cette nuit ?

– Je me demande pourquoi il faut vous laisser tranquille... ou, plus exactement, je vous le demande.

– On ne vous l'a pas dit ?

– Non, répondit le militaire, en se remettant à siffler. On nous a simplement demandé de nous tenir à l'écart.

– Sans doute parce qu'on sait que je suis inoffensif.

– Ou le contraire.

Falcó essayait de trouver à toute vitesse une parade sans perdre son calme. La cigarette, qu'il avait oubliée, lui brûlait les doigts. Il l'éteignit dans le cendrier.

– Et ? fit-il pour gagner du temps.

– Je compte sur vous pour me le dire.

– Je regrette de ne pas pouvoir vous aider sur ce point, prétendit-il en regardant le chat, qui réattaquait de plus belle. Je ne sais pas quelles raisons peuvent avoir vos amis et ceux de Franco pour dire une chose pareille. J'ignorais même qu'ils connaissaient mon existence... Pourquoi ne vous renseignez-vous pas aussi auprès des autres, ceux du côté du gouvernement ?

– Nous n'avons avec eux ni les mêmes liens ni les mêmes affinités.

– Je suis d'origine espagnole, mais avec un passeport cubain en règle.

– Oui, nous nous en sommes assurés. Ça paraît vrai.

– J'ai de l'argent, et je suis respectable, poursuivit Falcó en haussant le ton, jouant l'offensé. Et je me réserve aussi le droit de fréquenter qui bon me semble... Je suis venu régler des affaires privées, ce que je pense faire en dépit de vos cartes des services secrets, de votre collection de presse-papiers et de votre maudit chat, qui remplit de poils mon pantalon.

Verdier, si c'était bien lui, regarda le chat et fit claquer deux de ses doigts aussi secs que des griffes.

– Viens ici, Poilu.

Après avoir adressé un regard de rancœur à Falcó, en courbant l'échine, le félin alla retrouver les pantoufles de son maître.

– Et ce qui se passe en Espagne, demanda alors celui-ci, ça ne vous fait rien ?

Falcó haussa les épaules.

– Ce qui se passe là-bas n'a rien à voir avec la raison de ma présence à Paris. Comme je vous l'ai dit, j'achète des œuvres d'art. Et je fabrique des havanes.

– Mais Bayard…

– Bayard est un type célèbre et intéressant. Et son amie une artiste reconnue. Ils me plaisent. J'aime aller prendre un verre avec eux. J'ai ainsi fait la connaissance d'un certain Gatewood.

– Le journaliste nord-américain ?

– Oui.

– Encore une saloperie de rouge.

– Amateur de cognac français, comme j'ai pu le constater.

Son interlocuteur le regardait, incrédule. Scandalisé.

– Vous appréciez vraiment ces fumiers marxistes ?

– Certains plus que d'autres. Ils sont amusants et intelligents. Et Eddie Mayo est très belle.

Le commandant secoua la tête avec répugnance. L'ardeur patriotique flambait dans son regard. Fanatique et dangereuse.

– La France est au bord de l'abîme, comprenez-vous ? Nous avons un gouvernement de gauche stupide et démagogue, une société apathique, lâche, incapable de réagir. Seule la force des idées nouvelles pourrait régénérer l'Europe. Les démocraties sont pourries. Discipline, poigne de fer et cautérisation des parties malades : c'est le seul remède. En Allemagne, en Italie et en Espagne, on l'applique déjà.

– Peu m'importe.

– Avez-vous lu Spengler ?

– J'ignore jusqu'à son nom.

– Aux moments critiques de l'Histoire il se trouve toujours un peloton de soldats pour sauver la civilisation occidentale.

– Bon, admettons. Je m'en réjouis, mais je ne m'en mêle pas. Je suis apolitique et, ajouta-t-il, décidé à s'en tirer par une pirouette, je me fiche pas mal de ce Spencer.

– Spengler.

– Quel que soit son nom.

Un sifflement. Une interruption irritée. Un autre sifflement.

– Votre argent vous met à l'abri, c'est ça ? L'art et les havanes, disiez-vous.

– Vous êtes fou, lança Falcó en se levant, l'air excédé. Allez au diable.

– Votre leurre ne nous trompe pas. Nous découvrirons qui vous êtes et ce que vous voulez faire. Je vous le promets.

La menace semblait sérieuse. Feignant l'indifférence, Falcó mit son chapeau, en l'enfonçant légèrement de côté, au-dessus du sourcil droit. Comme le font les durs.

– Eh bien, si vous découvrez quelque chose que j'ignore, vous me le direz. Maintenant, j'aimerais retourner à mon hôtel, parce que je suis fatigué et que, demain, je dois continuer d'aller de bolchéviques en autres ennemis de l'Occident. Vos hommes de main ont promis de m'y ramener. Vous les prévenez ?

– Ne vous inquiétez pas. Ils vont vous reconduire.

– Je ne m'inquiète pas, mais je vous en remercie. Il ne doit pas être facile de trouver un taxi à cette heure.

7
UN CLIENT DE CHARVET

Lorenzo Falcó consacra la première partie de la matinée à aller d'une banque à une autre. Vêtu très formellement de gris, coiffé d'un Trilby de la même couleur, il se rendit d'abord au Crédit Lyonnais du boulevard des Italiens, ensuite au Crédit Commercial des Champs-Élysées, puis à la Banque de Paris et des Pays-Bas, rue d'Antin. Dans ces banques, de comptes ouverts au nom d'Ignacio Gazán, il fit d'importants virements sur la banque nord-américaine Morgan de la place Vendôme, où il alla donner l'ordre de verser le montant total, 100 000 francs, sur un compte numéroté de la succursale de la Morgan à Zurich, que lui avait ouvert son ancien associé dans le trafic d'armes, Paul Hoffman, en échange d'une substantielle commission. Puis il passa un appel téléphonique du bar du Ritz, où il but un verre de lait tiède, et il entra chez Charvet après avoir regardé longuement les cravates, les cols et les poignets de chemise exposés à la devanture, en profitant des reflets dans la vitre pour s'assurer – tout paraissait normal, derrière lui – qu'il n'était pas suivi.

– Bonjour, Christophe.

– Oh ! monsieur Montes, quelle agréable surprise… Soyez le bienvenu.

Ici, Falcó était Sebastián Montes, industriel valencien. Couverture qu'il utilisait depuis une dizaine d'années. Le responsable, dans un costume impeccable, s'était incliné si bas que son front alla presque toucher le comptoir. Il était grand et élégant, avec une épingle à cravate ornée d'une perle et une barbiche de mousquetaire. Ils se serrèrent la main.

– Il me faudrait une demi-douzaine de chemises. Et c'est urgent.

– À quel point, si je puis me permettre ?

– Pas plus d'une semaine.

Le gérant fronça les sourcils pour se livrer à un rapide calcul – Falcó savait que, normalement, une telle commande demandait un mois. Finalement, le visage du vendeur se détendit et il sourit.

– C'est possible, puisque c'est vous. Mais vous n'ignorez pas qu'une majoration...

– Oui, je sais.

Le responsable avait congédié l'autre vendeur – un jeune homme lui aussi en costume – et feuilletait le carnet de clients. Il finit par s'arrêter sur une page, un doigt sur les indications et, satisfait, regarda Falcó.

– Vos mensurations ont-elles changé ?

– Non, pas que je sache.

– Et vos goûts ?

– Non plus.

– Parfait. Dans ce cas, fit-il en refermant le carnet : coton américain blanc, col classique avec baleines en nacre, poignets doubles.

– C'est ça.

– Pas d'initiales brodées ?

– Jamais.

– Elle seront prêtes lundi prochain.

– Merci, Christophe.

Ce dernier regardait les vêtements de Falcó avec une réprobation courtoise.

– La cravate que vous portez vient de chez nous, mais pas la chemise.

– C'est exact, dit Falcó en souriant. Elle est de Burgos, près de la Puerta del Sol, à Madrid.

– Ah. Nous les connaissons. Une maison compétente… Tragique, cette guerre, n'est-ce pas ?

– Oui. Et comment.

– Qu'est-il advenu de nos collègues ? Ils tiennent toujours boutique ?

– Je ne sais pas. Il y a longtemps que je ne vais plus là-bas.

Le gérant hocha la tête, avec gravité.

– Je comprends.

– J'imagine que la plus grande partie de leur clientèle aura été passée par les armes, dit Falcó. Maintenant, on ne confectionne plus guère que des bleus de travail avec de la toile prolétaire.

– Seigneur. Les choses en sont là ?

– Oui, et pire encore.

Falcó regardait la collection colorée de cravates pendues aux présentoirs.

– Vous avez une préférence ?

Falcó en montra une en soie bleue mouchetée de rouge qui était réellement belle.

– Celle-ci est bien.

– Sans doute, dit le vendeur en l'étalant sur ses mains avec une exquise délicatesse, pour lui en montrer le revers. C'est une *seven folder* tout à fait canonique, coupée avant pliage, en un parfait angle droit. Pas un degré de moins, pas un de plus.

Falcó caressa la soie ductile. Le contact était très agréable.

– Faites-la-moi livrer avec les chemises, dit-il, et il en montra une autre, mauve. Et celle-ci aussi.

– Très bien… À quel hôtel, cette fois ?

– Au Madison.

– Ah. Un établissement très élégant. On vous y apportera le tout lundi.

Tandis que le responsable faisait le compte, Falcó ouvrit son chéquier et ôta le capuchon du stylographe.

– Je règle tout aujourd'hui.

– Comme vous voulez.

Après s'être assuré que le jeune vendeur était occupé de l'autre côté de la boutique, Falcó sortit aussi son portefeuille.

– Christophe.

– Je vous écoute.

– Ces jours-ci, je m'appelle Gazán, dit-il en lui glissant dans la main, en même temps que le chèque, un billet de cent francs. Ignacio Gazán.

L'argent disparut en un instant. Le gérant l'avait fait se volatiliser avec une prestesse qui tenait plus du joueur professionnel que du chemisier parisien.

– Bien sûr, monsieur. Chez Charvet, nos clients s'appellent comme ils le veulent.

En sortant de la boutique, Falcó consulta sa montre et se dirigea sans se presser vers la rue de la Paix, en passant devant les bijouteries, les maisons de haute couture et les parfumeries. De bonne humeur, il chantonnait *Tout va très bien, Madame la Marquise* en imitant Tino Rossi. Chez Paquin, il regarda avec plaisir deux beaux mannequins que l'on photographiait devant la porte et, au coin du boulevard des Capucines, il se divertit devant la vitrine d'un concessionnaire automobile qui exhibait le dernier modèle venu d'Amérique, une décapotable Chrysler Imperial éblouissante qui coûtait vingt et un mille cent vingt francs – ce qui équivalait à près de vingt-sept mille pestas de l'Espagne nationale et le triple en zone républicaine. Puis, avec un méchant sourire, il se remit en marche en se demandant ce que dirait Léo Bayard en apprenant que le dernier versement effectué sur un compte numéroté suisse dont il ignorait tout mais sur le code d'identification duquel figurait son nom lui aurait permis d'acheter quatre de ces voitures.

Ou peut-être un de ces avions avec lesquels il aidait à se mettre debout les damnés de la Terre, également connus sous le nom de forçats de la faim.

Son sourire ne s'était pas effacé quand, en arrivant au Café de la Paix, il acheta *Le Figaro*, *L'Humanité* et *La Dépêche*, avant de s'asseoir près d'un guéridon de la terrasse pour les parcourir, devant le bâtiment de l'Opéra. Ensuite, il commanda au serveur un Tom Collins qu'il but tranquillement en fumant une cigarette. Il regarda de nouveau l'heure et resta un moment à observer le passage des automobiles et de la foule qui, à ce moment-là, défilait sur les trottoirs – il n'y a nulle part au monde de femmes aussi belles qu'à Paris, se dit-il une fois de plus –, puis il jeta un nouveau regard sur sa montre, laissa les journaux sur le guéridon, se leva et traversa la place en direction de la bouche de métro, dans le vacarme de la circulation et des avertisseurs.

Comme toute vie clandestine, celle d'agent secret exigeait talent, sang-froid et habileté pour sauver sa peau. Il fallait aussi savoir improviser, s'adapter à l'entourage et cerner facilement un contexte à partir de menus détails. Toutes ces choses, devenues pour Falcó autant d'habitudes, le firent s'arrêter au bas de l'escalier en donnant l'impression qu'il attendait quelqu'un, afin de s'assurer que personne, parmi ceux qui descendaient les marches derrière lui, ne l'avait pris en filature. « C'est moi qui mène le jeu, et pas celui qui me suit peut-être en ce moment », se dit-il. C'était un des principes de base dans l'apprentissage de son métier. Pour repérer un éventuel pisteur, il fallait le forcer à faire un choix. À se manifester.

Après ce coup d'œil en arrière, il alla au guichet, paya soixante centimes un billet de seconde, franchit le portillon et marcha au milieu des usagers, sous les câbles fixés au plafond et la faible lumière zénithale plutôt lugubre des ampoules électriques, le long des tunnels couverts de carreaux de céramique blancs et de grands panneaux publicitaires, dans une lourde odeur d'humanité et le vacarme des rames.

Quand il descendit de la voiture sur le quai de la ligne Porte de la Villette-Porte d'Ivry, il vit de loin Sánchez assis sur un banc, au-dessous d'une affiche d'Ovomaltine. L'agent national, tête nue, portait le même costume fripé que la dernière fois et faisant semblant de lire un journal. Cette fois, il avait mis une cravate. Falcó passa à côté de lui sans le regarder, alla se placer dans la zone où le wagon s'arrêterait à la hauteur de son contact, qui attendait, encore assis, comme il put s'en aviser d'un coup d'œil.

La rame arriva, les portières s'ouvrirent, des passagers sortirent, d'autres entrèrent. Falcó monta dans la voiture et, trois secondes avant la fermeture des portes, quand le souffle pneumatique se fit entendre, descendit sur le quai. La rame repartit. Resté sur place pour attendre le prochain train, il vit du coin de l'œil Sánchez se lever, venir dans sa direction et s'arrêter non loin de lui comme par hasard, un journal plié enfoncé dans la poche droite de sa veste. Ce qui voulait dire qu'il n'y avait rien de suspect. Ils entrèrent dans la rame suivante par des portes différentes et se rejoignirent à une extrémité du wagon.

– Ce soir, j'ai été conduit aux Halles, dit Falcó à voix basse. Devant un antiquaire d'une cinquantaine d'années, coiffé en brosse, qui a une toux de tranchée.

L'agent national lui lança un coup d'œil inquiet. Ses manières élégantes tranchaient toujours avec ses vêtements, et Falcó comprit que cette tenue avait sa fonction. Et il se demanda ce que cet homme avait pu faire avant le soulèvement militaire du 18 juillet. Il semblait aussi fatigué que la fois précédente.

– C'était Verdier, en déduisit aussitôt Sánchez, tordant sa moustache. Et son équipe de La Cagoule.

– Je m'en doutais.

L'agent remuait la tête, contrarié. Pour garder son équilibre, il se tenait à la barre. Le col de sa chemise semblait rosé et sale. Ses yeux étaient encore rouges, et Falcó pensa y voir le signe qu'il avait de la fièvre.

– Les fils de pute.

– Ils se sont présentés avec une carte du Deuxième Bureau.

– Ça ne m'étonne pas. Certains des leurs y sont infiltrés, comme dans bien d'autres endroits.

– Cet individu m'a dit que vous lui aviez demandé de me laisser tranquille.

– C'est exact.

– Ce que vous n'auriez pas dû faire.

– Ils en avaient après vous.

– Je sais me défendre seul.

Ils continuèrent de parler à voix basse. La rame entra alors à la station Pyramides.

– Il n'empêche, ajouta Falcó, que ce Verdier ne semble pas disposé à vous écouter. La curiosité le pique.

– Avez-vous dit quelque chose de compromettant ?

Falcó le regarda sans répondre, et Sánchez eut un geste d'excuse.

– Nous avons de bonnes relations avec eux, mais nous ne pouvons pas les contrôler, dit-il. Au contraire. Ils sont sur leur terrain… Voulez-vous que je fasse quelque chose ?

Les portières se refermèrent, la rame redémarra. Assis ou debout, il y avait des femmes avec chapeau, sac à main et cabas, des hommes nez plongé dans des livres ou des journaux. Deux touristes avec leur Kodak pendu au cou conversaient en anglais. Nul n'était trop près d'eux.

– Mieux vaut ne pas les alerter, estima Falcó. Je préfère laisser les choses comme elles sont. Une indiscrétion peut tout faire capoter.

– Vous croyez qu'ils vous créeront des difficultés ?

– Je n'en sais rien. Je ne crois pas. Je me débrouillerai.

– Ce qui est clair, c'est qu'ils ont Bayard dans leur ligne de mire.

– Oui, mais ça peut aussi présenter un avantage pour nous.

Sánchez le regarda, dérouté.

– Je ne comprends pas.

– Vous comprendrez. Pour le moment, ce n'est qu'une idée. Un complément au programme originel... Avez-vous pu prendre des photos ?

– Oui. Je vous ai apporté quelques tirages.

– Et les négatifs ?

– Aussi.

Profitant du mouvement de la voiture dans un tournant, Sánchez plaqua contre la main de Falcó une enveloppe, que celui-ci fit aussitôt disparaître dans une de ses poches, avant de reprendre la parole.

– Ce matin, j'ai effectué quelques virements sur le compte de Zurich. Cent mille francs au total.

– Nous aussi. Quarante mille.

Ils échangèrent un sourire complice.

– Pas mal, pour une seule journée.

– Tout cela est-il vraiment nécessaire ? demanda Sánchez. Nous pourrions liquider Bayard sans tous ces préparatifs et dépenser moins... Sans compter que les cagoulards seraient enchantés de lui loger gratis deux balles dans la peau.

– Ce ne ferait pas le même effet. Il ne s'agit pas de faire de lui un martyr, mais un traître.

Sánchez réfléchit pendant quelques instants en se grattant la moustache, peu convaincu.

– La dernière phase est prévue dans combien de temps ?

– Une semaine, peut-être. Puis nous mettrons le morceau de fromage dans le piège à rat et nous resterons tranquillement assis pour voir ce qui se passera.

– Qui lui tombera dessus le premier, à votre avis ?

– Il y a plusieurs possibilités. J'y travaille.

L'agent resta encore quelques instants pensif.

– Ce serait drôle que ce soit la République, dit-il enfin.

Il s'interrompit pour sortir son mouchoir et le porter à sa bouche, suffoqué par une quinte de toux. Tandis qu'il le tenait ainsi, mal à l'aise, il regarda Falcó.

– Avec le nouvel ambassadeur est arrivé un agent de la DGS de Valencia ; la direction de la Sûreté républicaine l'a envoyé ici pour mettre de l'ordre, ajouta-t-il. Il s'appelle Emilio Navajas.

– Que sait-on de lui ?

– Un dur. Communiste. Il a été mineur de La Unión, où il s'est affilié au Parti, quand ceux qui avaient leur carnet n'étaient encore que quatre chats. Entre août et décembre, il a dirigé la tchéka des Adoratrices, à Carthagène. Il est allé en Russie au moins deux fois.

– Quelque chose qui pourrait nous être utile ? Peut-on l'acheter ?

– Je ne crois pas. Il est de la ligne dure, de ceux qui liquident à tout-va. Pour les types comme lui, fascisme, anarchisme et démocratie, c'est du pareil au même.

– Il pourrait peut-être se charger de Bayard, dit Falcó, réfléchissant à haute voix.

Sánchez le regardait avec un regain d'espoir.

– C'est ce que vous avez en tête ? Je croyais que vous comptiez sur les communistes français, ou encore sur les Russes.

– Je ne les perds pas de vue. Les Russes, c'est encore ce qui serait le mieux, il me semble.

Cette possibilité parut satisfaire Sánchez.

– Ce serait parfait, ça. Un ordre direct de Staline. Une œuvre d'art.

La rame s'arrêtait à la station Palais-Royal, et Falcó se prépara à quitter le wagon.

– Vous surveillez ce Navajas, j'imagine.

– Évidemment. Tout autant qu'il nous surveille.
– Tenez-moi au courant.
– Bien entendu.

La portière s'ouvrit devant une annonce de la sortie d'un film, *Pépé le Moko*. Sur l'affiche, près d'une Mauresque au regard enjôleur, Jean Gabin contemplait la vie et l'amour avec une expression de gangster, de dur. Falcó aimait l'acteur : il avait l'air de savoir boire et se battre. Il lui rappelait Paco Guash, un maquereau de La Criolla, dans le *Barrio Chino* de Barcelone, qui, neuf ans plus tôt, en 1928, lui avait appris à boxer en vache et à planter le couteau.

– Quant à la Cagoule, dit Sánchez, si les choses se compliquent pour vous, n'hésitez pas à nous prévenir.
– J'en tiendrai compte.
– Ce sont aussi des types dangereux.

En sortant sur le quai, Falcó se retourna à demi. Son expression était insolente. Carnassière.

– Il suffit de s'y mettre. On peut tous être dangereux.

La rue des Grands-Augustins s'incurve légèrement avant de filer en ligne droite jusqu'à la rive gauche de la Seine. C'était le milieu de l'après-midi. Ils venaient tous les trois de se retrouver devant le numéro 7 : Eddie Mayo, Hupsi Küssen et Falcó. L'Autrichien, solennel, poussa la grille sous l'arcade et les invita à entrer dans la cour.

– Bienvenue dans la cathédrale de l'art… Le grand prêtre est à l'intérieur.

Chapeau à la main, Falcó céda le passage à Eddie et traversa avec elle la cour pavée, Küssen juste derrière eux. La photographe est réellement attirante, se dit Falcó, une fois de plus : grande, blonde, elle avait le port du mannequin et du modèle qu'elle avait été. Cet après-midi, elle était vêtue d'un ensemble qui avait la griffe inimitable de Schiaparelli : ample pantalon noir délibérément masculin et veste courte de style boléro à carreaux écossais. Pas un bijou. Pas même des pendants d'oreilles.

Dans le fond de la cour, il y avait une autre porte cintrée, un couloir court mal éclairé et un escalier étroit semi-circulaire. Trois étages plus haut, une porte en chêne massif était ouverte.

– Maître ? appela Küssen, en appuyant sur le timbre.

De l'intérieur, une voix masculine lointaine les invita à entrer. Après un vestibule dont les fenêtres livraient passage à une lumière pulvérulente, ils pénétrèrent dans une pièce encombrée de vieilleries, de tableaux masqués par des tissus et de paquets non déballés ; puis, par un escalier à vis, ils montèrent jusqu'à un grand atelier diaphane, aux dalles nues et au plafond traversé de poutres en bois au-dessus de hautes fenêtres avec vue sur les toits et les cheminées. Il y avait des radiateurs et un poêle étroit au tuyau très haut, un canapé, des chaises bancales et quelques meubles couverts d'objets divers : pantins en carton, figurines en bois, en fil de fer ou en terre cuite, gravures, esquisses, journaux, cendriers pleins de mégots. Partout ailleurs, chevalets, bocaux de toutes les couleurs, tubes de peinture à l'huile, pinceaux, toiles blanches ou partiellement peintes. L'odeur de peinture, de térébenthine et de fumée de tabac était très prégnante.

L'homme qui vint à leur rencontre était petit et large d'épaules ; ses cheveux poivre et sel, rares, étaient coiffés de façon à dissimuler un peu sa calvitie avancée. Il portait un pantalon informe, un vieux pull taché de peinture, et avait aux pieds des espadrilles sales. Le plus remarquable de toute sa personne était le regard pénétrant de ses grands yeux noirs. Très expressifs et sémillants, ils vous regardaient fixement, sans état d'âme, alors même que ses lèvres, qui venaient de baiser la main d'Eddie Mayo, souriaient.

– Tu es toujours aussi belle, dit-il. Comment va ton homme ?

– Bien, comme toujours… Avec sa passion pour l'Espagne en bandoulière.

– Léo est un bon gars, lui dit le peintre, mais en regardant Falcó avec une légère défiance. Je le verrai bientôt ?

– Bien entendu. Il te donne le bonjour.

– Il envisage de retourner là-bas ?

– Non, pas pour le moment.

– Je t'ai déjà dit que tu es très belle ?

– Ce que tu peux être bête.

Le peintre sourit, content, comme si du seul fait d'être sortis de la bouche d'Eddie ces mots ne pouvaient être qu'un éloge. L'accent espagnol de l'artiste était guttural, durci par sa façon de prononcer les *r*. Falcó avait déjà vu des photos de Pablo Picasso, mais aucune ne s'était saisie de l'essentiel du personnage : un aplomb excessif, une suffisance dédaigneuse qui allait de son regard vif au moindre de ses mouvements. Comme il avait lu le rapport sur le peintre, il supposa que cette assurance était celle de quelqu'un devenu depuis près de trois décennies l'objet de la vénération des autres. Hupsi Küssen l'avait qualifié de *grand prêtre*, et l'expression allait comme un gant à Picasso.

– Voici Nacho Gazán, cher maître, dit l'Autrichien. Collectionneur et grand ami.

– Espagnol ?

– De La Havane.

– C'est un plaisir.

La main du peintre, aux ongles tachés de peinture sèche, était vigoureuse, et sa poigne à l'avenant.

– Et pour moi un honneur, monsieur Picasso.

– Appelez-moi Pablo… ou, si vous préférez quelque chose de plus formel, maître, comme le fait Hupsi.

Falcó posa son chapeau sur le dossier d'une chaise. L'artiste, décida-t-il, ne lui plaisait pas du tout. Sa bonhommie était de la condescendance plus qu'autre chose. En levant les yeux, près d'une fenêtre au fond de l'atelier, il vit un énorme tableau sur un châssis qui couvrait tout un mur. Sans aucune couleur, en dehors de tonalités grises et noires, avec çà et là des parties encore à l'état d'ébauche, au fusain. On y voyait un cheval, une tête de taureau et des formes humaines dans des positions tourmentées, le tout mêlé en un étrange écheveau.

– *Maître* me paraît judicieux, dit-il.

Son sourire était enchanteur, le fin du fin de son répertoire mondain, dans le genre sympathique. Sur le côté, il s'aperçut qu'Eddie regardait ses lèvres et que Picasso s'en rendait compte.

– Comme vous voudrez, répondit celui-ci.

Les yeux de Falcó cherchaient autour de lui le tableau destiné à l'Exposition internationale, mais il ne vit rien qui fût lié à la guerre. Il y avait quelques grandes toiles appuyées contre un mur, les unes sur les autres, et il se dit que ce qu'il cherchait devait se trouver là. Peut-être était-ce le grand format posé sur le chevalet, couvert d'un drap sale.

– Impressionnant, dit-il, en essayant de joindre l'expression à la parole.

Quelques minutes de conversation insignifiante suivirent : peinture, exposition des photographies d'Eddie, passion de collectionneur de Nacho Gazán. Avec son efficacité habituelle, Küssen en vint vite au désir du prétendu planteur cubain d'acquérir une œuvre, même mineure, du peintre. Il ne pouvait quitter Paris, ajouta-t-il, sans un Picasso dans sa collection.

– Actuellement, je n'ai aucun tableau à vendre.

– N'importe laquelle de vos œuvres me ferait plaisir, maître.

L'artiste, d'un geste indifférent, montra un coin de l'atelier où diverses toiles étaient appuyées les unes contre les autres, et où il y avait aussi une table couverte de dessins et d'esquisses.

– Il doit rester quelque chose par là, dit-il à Falcó. Vous pouvez choisir vous-même.

– Non, je vous en prie. Je le laisse à votre convenance.

Scrutateurs, les yeux noirs le sondaient.

– Combien êtes-vous prêt à y mettre ? demanda le peintre de but en blanc.

Falcó hésita à peine.

– Ce n'est pas un problème.

– Comme vous le savez, Hupsi prend dix pour cent de commission.

– Bien entendu… C'est ma petite sangsue personnelle.

Tous rirent, Küssen plus que les autres, et ils s'approchèrent de la table. Elle était couverte de collages réalisés avec des coupures de journaux, d'esquisses sur papier ou sur carton, à la mine de plomb ou à l'encre, et d'autres peintes à l'huile : natures mortes aux fruits, crânes humains, oiseaux, figures abstraites. Le tout en lignes brisées et en angles, fragmenté, et en violents contrastes. Picasso promena la main sur quelques-unes de ces œuvres, dédaigneux.

– Que pourrions-nous lui recommander, Eddie ? C'est toi qui sembles le mieux connaître monsieur.

– Oh, pas tant que ça. Ne va pas croire.

– Il a acheté une photographie formidable de l'expo d'Eddie à la galerie Hénaff, intervint Küssen. Celle de la bouche qui mord une orange.

Le peintre ne regardait pas Falcó, mais la jeune femme. D'un air de reproche.

– Je me rappelle cette photographie… J'ai voulu te proposer de l'échanger contre quelque chose de moi. De bon, je veux dire.

– Eh bien, tu te décides un peu tard, parce qu'on t'a pris de vitesse.

– Quel dommage… Avec toi, j'arrive toujours trop tard.

– On dirait bien. Fais-en part à Dora quand tu la verras.

– Qui est Dora ? demanda Falcó, faisant comme s'il était un peu perdu.

– Sa dernière maîtresse, dit Eddie avec naturel. Actuellement, le maître est bigame. Encore qu'il l'ait toujours été, en fait. Et même trigame, si l'on peut dire.

– Pour toi, je les quitterais toutes, tu le sais.

– Oui. Pour deux heures.

Picasso éclata d'un rire brutal. Maintenant, il regardait Falcó.

– Léo est un homme chanceux... Connaissez-vous les photos que Man Ray a prises d'Eddie ?

– À peine.

– C'est déplacé, Pablo, dit-elle, contrariée.

Le peintre montrait à Falcó le mur au-dessus de la table où étaient fixées avec des punaises des reproductions de tableaux modernes et classiques – Falcó reconnut *Les Ménines* – et des photos de magazines.

– Je n'ai jamais vu d'aussi beaux nus que ceux où elle a posé pour Man Ray, dit Picasso. Mais vous ne connaissez sans doute pas non plus cette photographie... Regardez-la bien. C'est ma préférée.

Falcó s'approcha pour l'examiner de près. Elle avait été découpée dans *Vogue* et montrait trois mannequins. Vêtues avec une parfaite élégance, coiffées de chapeaux *cloches** à la mode dix ans auparavant, trois jeunes femmes étaient appuyées à une lice d'hippodrome, de profil. L'une d'elles, la plus belle, aux traits les plus délicats, était Eddie Mayo.

– J'étais très jeune, l'entendit-il dire. Je venais d'arriver d'Angleterre.

Falcó regarda la photo encore un moment. Après, il prêta attention aux études sur carton posées à plat sur la table. Il finit par en choisir une de format moyen, où une femme avait deux yeux sur le front et un nez grec tout à fait rectiligne, avec seulement quelques touches de vermillon, de bleu et de gris.

– Que dites-vous de celui-ci, Eddie ?

Elle fit un geste d'approbation.

– Il est délicieusement infantile.

– Quand j'étais jeune, je pouvais peindre comme Raphaël, précisa Picasso, mais j'ai transformé toute ma vie en apprenant à dessiner comme les enfants.

Falcó pensait, amusé, à ce qu'allait dire l'Amiral quand il lui apporterait cette étude. À sa tête horrifiée quand il verrait ces gribouillages sur un morceau de carton. Et encore à celle que ferait le peintre, s'il apprenait un jour qu'il était payé sur les fonds secrets de l'Espagne nationale.

– Quinze mille francs, dit Picasso.

– Même pas en rêve, tu m'entends, protesta Eddie. Nacho est un ami.

– Très bien. Douze mille.

– Pas question. Sept mille, Pablo, ou nous ne le prenons pas.

– Nous ?

Elle prit Falcó par le bras, protectrice.

– Nous sommes partenaires, dans cette affaire. Je veux qu'il garde une bonne impression de toi, pas celle du rapiat ronchon que tu es... Après tout, c'est ton compatriote.

Picasso rit de nouveau. Il s'était emparé d'un crayon de couleur rouge et signait le carton dans un coin. Puis il le tendit à Küssen en adressant à Falcó un regard très expressif. Dont la dureté semblait s'être un peu atténuée. Peut-être à cause de la mention de l'Espagne.

– Vous y êtes allé ? demanda le peintre.

– Pas depuis le soulèvement militaire.

– Quelle tragédie, n'est-ce pas ?

– Sans doute. Avez-vous l'intention de vous y rendre ?

– Ma foi, je ne crois pas, fit Picasso avec un geste ambigu. On insiste pour que j'y aille. Une photo avec moi leur rendrait service, je crois… Je suis fondamentalement un homme de gauche, évidemment. Mais je suis peut-être plus utile ici.

– Je comprends.

Le peintre parut en douter pendant un moment. Tout à coup, il leva un doigt taché de peinture.

– Je vais vous montrer quelque chose. Venez.

Falcó le suivit jusqu'à une autre table branlante. Il y avait dessus des pots de pinceaux, des flacons de diluants, des tubes de peinture et aussi un amas de travaux préparatoires exécutés à l'encre noire, à la mine de plomb et au fusain. Picasso lui en montra quelques-uns : visages humains, têtes de taureaux et de chevaux, une lampe figurée par quelques petites lignes simples, une mère avec son enfant mort dans ses bras, au bas d'un escalier. Tout d'un style sec, en traits violents. Sur certains, l'énergie de l'artiste avait déchiré le papier. Falcó remarqua que ces dessins correspondaient à ceux du grand tableau qui occupait le mur du fond. Ce que Picasso confirma en le montrant.

– Il sera sans couleur, parce que je ne veux pas distraire celui qui le regardera… Ce sera une palette de noirs et de gris. Un monument à la désillusion, au désespoir, à la destruction. Un coup de semonce adressé à la conscience de l'humanité.

Falcó en fut frappé, malgré lui. La lumière déclinante des fenêtres et son effet d'optique dans le verre donnaient une légère patine rosée à l'énorme toile, comme si celle-ci, avant même d'être une réalité achevée, commençait à s'ensanglanter lentement. Et, brusquement, tout prit sens.

– Elle s'intitulera *Guernica*, dit Picasso.

Léo Bayard rejoignit Eddie Mayo, Küssen et Falcó aux Deux Magots. Il arriva à la tombée de la nuit, l'air las, une cigarette entre les doigts et la veste sur les épaules, qui laissait voir le gilet et les manches de la chemise. Son nez aquilin semblait aminci par la fatigue et ses yeux légèrement cernés.

– Gide et Mauriac sont des imbéciles, dit-il après avoir pendu son chapeau à la patère et s'être assis. Ils s'obstinent à faire une déclaration publique sur les procès de Moscou et la répression en Espagne. Bien entendu, je n'ai pas voulu m'y joindre. J'ai passé tout l'après-midi à essayer de les convaincre de n'en rien faire pour le moment, en leur répétant que l'important, par les temps qui courent, était de soutenir Staline contre Hitler et Mussolini... Et que tout le reste pouvait attendre.

– Mais ils ont raison sur un point, remarqua Eddie : tous ces silences sur le côté sombre...

– L'Espagne vaut bien quelques silences, jeta Bayard, acariâtre, en lui coupant la parole.

Il regardait Küssen et Falcó comme pour réclamer leur approbation. Puis il ajouta avec fougue qu'il n'était pas prêt à poignarder le communisme dans le dos. On ne lui ferait jamais dire un mot pour condamner les procès de Moscou, ni d'ailleurs ceux de Barcelone. Il n'était pas allé se battre en Espagne pour ensuite se trahir lui-même.

Eddie remuait la tête en signe de désaccord. Ses cheveux blonds coupés court, souples, se balançaient avec style.

– Tu sais que je ne suis pas d'accord, Léo. Pour toi n'est vrai que ce qui favorise le Parti, et faux tout ce qui lui porte tort.

– Un Parti auquel je ne suis même pas affilié.

– Peu importe. Tu justifies n'importe quoi. Tu donnes carte blanche à Staline.

Elle s'inclinait au-dessus de la table en s'y appuyant, soudain presque véhémente. Toutefois, le bleu arctique de ses yeux restait serein. Falcó contemplait les mains d'Eddie, vraiment belles avec leurs doigts fins, agiles, aux ongles couverts d'un vernis écarlate. Elle ne portait encore ni pendants d'oreilles ni aucun autre bijou. Même pas de montre.

– À t'entendre, ajouta-t-elle, toute démonstration de force de sa part devient nécessaire.

Bayard écarta la mèche de cheveux de son front. Il paraissait fâché.

– Où est le mal ? demanda-t-il. Les temps sont durs, et Staline est un leader admirable, un prototype démocratique. C'est le symbole qui importe.

Eddie ne s'avouait pas vaincue.

– Ces procès de Moscou et de Barcelone... Les prévenus sont accusés d'être des fascistes et des agents nazis, Léo.

– Ce que certains d'entre eux pourraient bien être.

– S'il te plaît. Ne dis pas n'importe quoi.

Bayard tira une dernière fois sur sa cigarette et l'écrasa avec brusquerie dans le cendrier.

– Ne recommence pas, s'il te plaît... Ces procès ne compromettent pas plus la dignité fondamentale du communisme que l'Inquisition a compromis celle du christianisme.

Eddie se renversa sur son siège, comme si elle renonçait à poursuivre la discussion.

– On va dire que tu es à la solde du Komintern. Ce que l'on fait déjà.

– Peu m'importe. Je sais ce que je suis, et toi aussi. Il ne s'agit pas d'aider l'Espagne pour ses beaux yeux. Mais parce qu'elle est le théâtre de la première grande bataille d'une longue guerre qui ne fait que commencer.

– Tu fais comme tant de gens là-bas, de quelque bord qu'ils soient... On croit aux atrocités commises par l'ennemi et l'on récuse celles auxquelles on s'est livré.

– Tu exagères, chérie. Et c'est très peu britannique.

– Sans doute. Pour mes compatriotes, les massacres en Espagne comptent beaucoup moins que la partie de football de la veille.

– C'est pour ça que je t'aime, toi, et que je ne les aime pas.

– Ne sois pas stupide. Condescendant et stupide.

Eddie se tourna vers Falcó et l'azur de ses yeux parut se radoucir un peu.

– Voilà qui doit vous ennuyer prodigieusement, dit-elle.

Elle avait changé de ton. Il était maintenant plus doux. Falcó prit une expression conciliante.

– Mais non. Je trouve ça intéressant.

– Vraiment ? fit Bayard d'une voix moqueuse. La Havane en est pourtant bien loin.

– Pas autant que vous le pensez.

Un serveur s'approcha, Bayard commanda une eau minérale avec une tranche de citron. Puis son regard se posa sur Küssen.

– Comment ça s'est passé avec Picasso ?

– Très bien, répondit l'Autrichien. Il a dit à Nacho de revenir le voir quand il le voudrait. Peut-être parce que mon ami lui a acheté une esquisse en couleur. Un portrait de femme.

– De qui ?

– Je n'en ai pas la moindre idée… Mais Eddie a réussi à la lui obtenir à moitié prix.

– C'est vrai ?

– Bien sûr. Elle s'est prise au jeu et a refusé d'en démordre.

Bayard lui fit un clin d'œil retors.

– Ça, c'est mauvais pour ta commission, Hupsi.

– *Jawohl*… On ne peut pas gagner à tous les coups.

– Combien en voulait-il ?

– Quinze mille, répondit Eddie.

– Maudit effronté. Il est devenu tellement rapace qu'il n'a plus que l'argent en tête… Et où en est le tableau pour l'Exposition internationale ?

– Il avance lentement. Peut-être trop lentement.

– Je crois que c'était une erreur, déclara Bayard en faisant claquer sa langue avec réprobation. Le public n'est pas prêt pour ce genre de chose. Il ne va pas comprendre.

Un tableau de guerre est un tableau de guerre. Alors que le sien peut signifier n'importe quoi.

– Il continue de se casser la tête sur ce travail, dit Eddie.

– Lui, se casser la tête ? Tu es indulgente, chérie. Il fait de l'esbroufe et s'en donne à cœur joie. Il y a de l'arnaqueur en lui. Il a trouvé la recette et il l'exploite à fond.

– Pablo est un immense artiste, protesta Eddie.

– Je ne dis pas le contraire. Qui en doute ? Le plus grand que je connaisse, et il n'en manque pas. Mais c'est aussi un arnaqueur très finaud. Et un cynique. Il avait eu l'idée de la moitié des motifs de ce tableau pour d'autres sujets. Il va l'appeler *Guernica* comme il aurait tout aussi bien pu l'intituler *Tremblement de terre à Lisbonne*.

– C'est à lui que tu devrais dire ça.

– Je le lui ai dit. Il m'a ri au nez et m'a répondu que j'étais peut-être calé en matérialisme historique, mais que je n'avais pas la moindre idée de ce qu'est l'art.

– Et il a raison, repartit Eddie en regardant Falcó. N'est-ce pas, Nacho ?

– Toi, oui, tu es une œuvre d'art, dit Bayard à Eddie.

Elle étouffa un bâillement.

– Une œuvre d'art qui meurt de faim, fit-elle, et son visage s'éclaira. Pourquoi n'irions-nous pas manger quelque chose au Mauvaises Filles* ?... Vous connaissez ?

– Non.

Ils expliquèrent à Falcó qu'il s'agissait d'un club, à Pigalle, un endroit à la mode. Où l'on pouvait trouver de tout, genre cabaret berlinois, maintenant que Berlin n'était plus ce qu'il avait été. Et même si l'on y voyait quelques Américains, il n'entrait pas encore dans leurs circuits habituels. C'était pourquoi l'endroit conservait encore son authenticité. Restait fréquentable. D'autant plus avec ce nom délicieux, souligna Bayard.

Falcó montrait, désolé, sa tenue d'après-midi : costume en cheviotte grise et aux pieds brogues marron.

– Je ne suis pas habillé. Il va falloir que je passe à l'hôtel pour me changer, ajouta-t-il.

– Nous non plus. Et il ne fait pas froid, dit Eddie en touchant son boléro et son pantalon ample. Peu importe. L'ambiance y est décontractée.

– Je vous invite, proposa Küssen.

– Tu as intérêt, dit Bayard, avec ton pourcentage sur la vente de l'étude de Picasso.

Ils allaient se lever quand Falcó vit apparaître à la porte du café les deux Américaines de l'express de Hendaye. Nelly et Maggie. En le voyant de loin, la première agita la main, joviale.

– Excusez-moi un instant.

Il alla vers elles en rajustant son nœud de cravate.

– Oh ! regarde qui est là, Maggie. Quelle agréable surprise. Le torero communiste.

La blonde Nelly souriait, enchantée de cette rencontre inattendue. Elle sentait toujours aussi bon, portait un joli ensemble rose à pois bleus et un chapeau de paille très élégant, quoiqu'un peu prématurément estival. À côté d'elle, son amie restait sérieuse, circonspecte et grise. Qui t'a vue et qui te voit, se dit Falcó en l'examinant. Il se la remémora sans lunettes, tresse défaite. Grande, dégingandée, nue et lubrique dans les brefs éclats de lumière des gares par lesquelles le train passait sans s'arrêter.

– Quel accueil te réserve Paris, chéri ? voulut savoir Nelly.

– Je n'ai pas à me plaindre.

– Je vois que tu n'as pas à t'en plaindre, fit-elle en regardant en direction du groupe encore attablé. Ce sont des amis à toi ? Il me semble avoir déjà vu deux d'entre eux.

– C'est possible.

– Tu es encore plus beau dans les cafés que dans les trains, dit-elle en se penchant légèrement vers lui et en posant une main sur son bras, pour prendre un ton plus confidentiel. Quels sont tes projets parisiens ?

– Je vous l'ai dit dans l'Express : des affaires d'hidalgo espagnol.

– Qui te demanderont longtemps ?

– Quelques jours.

– Nous, nous sommes ici pour deux semaines. Finalement, nous avons obtenu une chambre au Ritz.

Falcó arbora son sourire numéro 5. Celui qui disait : Bien sûr, chérie, aussitôt que possible. Il ne manquerait plus que ça.

– Ravi de l'apprendre.

– Et ravie de te l'entendre dire. N'est-ce pas, Maggie ? Poursuivre notre conversation de l'autre jour pourrait aussi être amusant. Avec un peu plus de place, bien sûr. Et de perspective.

Falcó sourit de nouveau. Cette fois, ce fut un numéro 7, beaucoup plus intime.

– Et sans autant de secousses dans les courbes ?

– Tout juste, chéri, riposta une Nelly faussement scandalisée en faisant, rieuse, tout ce qu'il fallait pour afficher la comédie. Même si je ne sais pas ce que tu as contre les secousses.

– Rien ne me ferait plus plaisir.

– Alors, tu sais ce qu'il te reste à faire, dit-elle en lui tendant une main tintinnabulante de bracelets et glissée dans un gant de couleur crème hors de prix. Le numéro du Ritz est dans l'annuaire.

Ils attendirent sur le trottoir, dans la lumière d'un réverbère, tandis que Petit Pierre ramenait la voiture. Bayard, chapeau repoussé en arrière et mains dans les poches, se pencha vers Eddie pour lui souffler à l'oreille quelque chose qui les fit rire tous les deux. Ils regardaient Falcó.

– Tu sais qui est cette Américaine blonde ? lui demanda Eddie.

Falcó en fut un peu déconcerté.

– Bien sûr… Elle s'appelle Nelly. Nous avons lié connaissance dans l'express d'Hendaye.

– Elle t'a dit son nom ?

De bonne volonté, il chercha à s'en souvenir.

– En fait, elle ne me l'a pas dit. Et je ne le lui ai pas demandé.

– Ça alors… De quelle sorte de rapprochement s'est-il agi ?

– Superficiel.

La Vauxhall Touring s'arrêta le long du trottoir. Falcó et Bayard s'assirent à l'arrière, sur une confortable banquette de cuir, Eddie entre eux. Küssen se mit devant, à côté du chauffeur. C'était une berline à quatre vitesses, de couleur bordeaux, aux chromes étincelants. Très belle voiture, se dit Falcó. Et très peu stalinienne. Ou très stalinienne tout court.

– C'est Nelly Mindelheim, dit Eddie.

Ce fut pour Falcó une réelle surprise. Ce nom disait quelque chose à tous ceux qui lisaient la presse mondaine.

– La New-Yorkaise ?

– Oui, la riche héritière, répondit Bayard. Grande amatrice d'œuvres d'art notoire. Je crois que Picasso l'a copieusement saignée, ces derniers mois… N'est-ce pas, Hupsi ?

– C'est exact.

– Il lui a fait payer une fortune pour une nature morte sur toile : une guitare et quelques pommes. Ou des tomates, peut-être.

– Des pommes, confirma Küssen.

– Elle collectionne aussi les beaux garçons, dit Eddie. Les tableaux et les hommes… Et pas seulement les hommes, d'après ce que j'ai entendu dire.

– Une nymphomane à double penchant, précisa Bayard, souriant.

Petit Pierre conduisait, imperturbable et silencieux, indifférent à tout ce qui n'étaient pas la circulation et le soin qu'il prenait à laisser passer les tramways aux carrefours. L'automobile suivait le même chemin que celui pris par le véhicule des sbires de l'antiquaire, en direction du magasin de Verdier, rue Mondétour. Mais, après avoir dépassé les Halles, elle s'engagea entre les éclairages et les enseignes lumineuses de la rue Montmartre.

– Eddie et moi avons vaguement fait sa connaissance chez un de nos amis… Elle adore l'Europe et semble prête à y dépenser toute la fortune de sa famille. Son projet est d'ouvrir une galerie d'art avenue Montaigne, rien de moins.

Eddie toucha l'épaule de Küssen.

– On dit qu'elle a dû vendre sa maison à Venise. C'est vrai ?

– Oui, confirma l'Autrichien. Pendant une fête au palais Grassi, un peu éméchée, elle a dit au comte Ciano, le gendre de Mussolini, que son beau-père semblait avoir des problèmes d'érection. Vous imaginez ça ? Le soir même, la milice fasciste locale est venue donner une sérénade sous ses fenêtres. Il a fallu qu'elle déguerpisse en vitesse.

– Je ne sais pas qui est celle qui l'accompagne, dit Eddie. Cette femme à face de carême.

– Une amie, répondit Falcó. Apparemment, sa dame de compagnie pendant les voyages, qui est chargée de la logistique.

– La logistique, répéta Eddie, railleuse.

Les lumières extérieures et celles des phares des autres voitures faisaient défiler des contrastes d'éclats et d'ombres sur son visage, en accentuant la clarté de ses yeux. La voiture, dont la suspension était excellente, roulait avec douceur sur l'asphalte. À mesure qu'ils approchaient de Pigalle, les gens devenaient plus nombreux sur les trottoirs ou assis aux terrasses des cafés.

– Vous devriez fréquenter cette Américaine, suggéra Bayard à Falcó sur le ton de la plaisanterie. Il y a là des perspectives d'avenir.

Falcó rit.

– Le mien est assuré, merci beaucoup.

– Elle est juive, glissa Eddie.

Elle le regardait avec une curiosité pensive. Seule une femme, se dit Falcó peut subrepticement mettre une aussi malveillante intention en trois mots. Ce qui le fit sourire, en même temps qu'il s'avisait qu'elle ne perdait rien de ce sourire. Peut-être parce qu'elle avait cherché à l'amener à ses lèvres.

– *Pecunia non olet*, dit Küssen, docte et philosophe.

8

DIFFICILE DE TROUVER UN BRAVE HOMME

Le Mauvaises Fille*s* était presque plein, et il ne manquait plus qu'un moment avant qu'il ne le soit tout à fait. Le local, qui tenait à la fois du bar américain, du café français et du cabaret, était divisé en deux. Du côté de l'entrée, il y avait le bar avec ses hauts tabourets et ses guéridons, ses bouteilles suspendues au-dessus du comptoir et ses murs de brique nue. Au fond, dans la salle principale, une trentaine de tables entouraient une piste de danse semi-circulaire faiblement éclairée et une scène où un petit orchestre swing jouait des airs en vogue.

– Que dites-vous de l'endroit ? demanda Bayard à Falcó tandis qu'ils s'asseyaient à une table.

– Sympathique.

Ils commandèrent des cocktails et un dîner léger : soupe de tortue, foie gras et champagne – les prix, s'avisa Falcó d'un coup d'œil, étaient exorbitants –, puis ils allumèrent des cigarettes en regardant autour d'eux. Fumée, tintements de verres, beaucoup d'animation. L'atmosphère était effectivement décontractée, smokings et robes du soir côtoyaient sans complexe vestes en laine, chandails et chemises sans cravates. La rumeur combinait argent, politique, bohème et tourisme. Passions languissantes et adultères expéditifs.

– J'adore ce club, dit Eddie Mayo.

– Je vois que la décoration est réduite au strict minimum, dit Falcó.

– Ici, le décor, c'est la clientèle... Étoiles de cinéma, artistes et gens d'affaires.

– Est-ce compatible avec une conscience prolétaire ? demanda Falcó, blagueur, en regardant Bayard.

– Tout à fait, dit celui-ci, sérieux. À César ce qui appartient à César.

– Il ne faut pas mélanger les pommes et les patates, intervint Küssen.

Eddie se mit à rire.

– Bon sang, Hupsi, tu ne me sembles guère raffiné, cette nuit.

– C'est un dicton autrichien, de mon pays.

– Je n'en doute pas. Mais ça va te coûter une autre bouteille de pommery.

– *Jawohl.*

À ce moment-là, le cerveau exercé de Falcó sonna l'alarme. Ce qui se manifesta, avant même que la cause eût été localisée, par un frémissement à peine perceptible à la nuque et à l'entrejambes. Un signal de danger. Il se savait plus vulnérable dans des endroits comme Paris que dans d'autres, et il y était préparé. Sous son apparence détendue, la tension était constante. Ce fut ainsi que le visage qu'il vit se déplacer entre quelques personnes le mit sur la défensive alors qu'il ne l'avait pas encore reconnu. Ce qui advint aussitôt après. Quand ce visage, tourné vers lui, arqua les sourcils avec une expression de surprise.

– Excusez-moi un moment.

Il posa la serviette sur la table, se leva et se dirigea calmement vers l'homme en smoking pour éviter que celui-ci ne vienne vers lui, comme il semblait en avoir l'intention. C'était un brun très maigre, avec des favoris taillés en pointe, la moustache réduite à une fine ligne. Un nœud papillon noir et un col dur coinçaient la pomme d'Adam proéminente sous son visage osseux et mélancolique, son front très dégarni, ses cheveux très noirs plaqués avec une pommade aussi luisante et épaisse que du cuir verni.

– Quelle surprise, monsieur...

Un regard l'empêcha de dire le nom, qui n'était pourtant pas celui de Falcó, et le fit ciller, décontenancé. Le smoking à veston croisé, qui était sans conteste de bonne coupe, lui allait très bien. Il avait tout l'air d'un gangster de cinéma. De ceux qui séduisent et enlèvent l'orpheline.

– C'est monsieur Gazán, Toni, lui dit Falcó à voix basse. Je m'appelle Ignacio Gazán.

Une seconde, le Toni en question ne sut sur quel pied danser. Ensuite, un large sourire resplendissant, méridional, à peine terni par une dent en or, éclaira son visage. Falcó savait que ce sourire, épaulé par d'autres aptitudes plus concrètes, avait permis à celui qui l'arborait – à l'époque où il ne s'était pas encore fait connaître sous le nom de Toni Acajou et répondait à celui d'Arif Cajoulian, un gigolo turco-arménien arrivé à Berlin en 1931 – de se rapprocher de diverses femmes mariées de la bourgeoisie et des cercles politiques berlinois, puis d'ouvrir un cabaret, le Blaunacht, qui avait connu un succès immédiat. À chacun de ses séjours dans la capitale allemande, Falcó avait fréquenté ce local, toujours en galante compagnie ou pour en trouver une, en y laissant sa signature : prodigalité et facilité à s'entendre avec les serveurs, les musiciens, les fleuristes, les portiers et les vestiaires. Il avait même rendu à Toni quelques discrets services que l'homme ne semblait pas avoir oubliés.

– Bien entendu, monsieur Gazán... Cela fait si longtemps.

– Pas tant que ça. Seulement quelques mois depuis la dernière fois, dit Falcó pendant qu'ils se serraient chaleureusement la main.

– Il s'est passé tellement de choses, entre-temps.

– Que fais-tu à Paris ?

Toni fit de la main droite, où luisaient un énorme rubis et un bracelet en argent, un geste circulaire qui englobait le local. À ce moment-là, l'orchestre, sur l'estrade, attaquait les premières mesures de *Top Hat*.

– Qu'en dis-tu ?

– Un endroit sensationnel, reconnut Falcó.

– Il est à moi.

– Ça alors... Et ton club de Berlin ?

– Fermé, répondit Toni, dont le teint mat était devenu encore un peu plus sombre. Il nuisait à ma santé, ou n'allait pas tarder à le faire.

– Qu'est devenu Hans, ton associé ?

– Comme tu le sais, en Allemagne, on arrête les juifs, les communistes, les socio-démocrates et les homosexuels.

– Et ?

Il y eut un éclat doré entre les lèvres de Toni, au sourire ironique de chien triste.

– Hans n'est ni juif, ni communiste, ni socio-démocrate.

– Je sais très bien ce qu'il est.

– Eux aussi. C'est pourquoi il a été conduit dans le camp de concentration de Lichtenburg, en Saxe.

– Oh ! Pauvre Hans... Ça me fait beaucoup de peine.

– Les choses sont devenues très pesantes, là-bas, monsieur...

Toni hésita un moment, en essayant de se remémorer le nom que Falcó lui avait dit.

– Gazán, souffla ce dernier.

– C'est ça... Monsieur Gazán. À Berlin, poursuivit-il en faisant de nouveau appel à sa mémoire, c'était Ortiz, non ? Juan Ortiz.

– Oui, mais c'était à Berlin.

– Je te disais que les choses prennent mauvaise tournure en Allemagne. Et je ne suis pas de ceux qui attendent d'être mouillés pour ouvrir leur parapluie. Après ce qui est arrivé à mon associé, ma petite amie, Brita, qui a la langue longue, et pas seulement au lit, a commencé à fréquenter un *Obergruppenführer* de la Ss. Un blond très aryen, très national-socialiste et très fils de pute… Tu me suis ?

– Bien sûr.

– Alors, quand j'ai senti venir l'orage, j'ai vendu le club, pris mes économies, et je suis venu à Paris. Je connaissais les gens qu'il fallait, et je n'ai pas eu trop de mal à ouvrir le Mauvaises filles. Comme tu le vois, l'ambiance est à peu près la même…

– Moins canaille que le Blaunacht, d'après ce que je vois.

– On fait ce qu'on peut. Ici, ni nus, ni prostituées, ni drogue. Pour les travestis, seulement les indispensables. Mais rien ne peut être comparé à ce que c'était, n'est-ce pas ? À cette heureuse époque. Avant que les brutes en chemise brune aient tout balayé.

Falcó approuva, nostalgique, en se rappelant le club d'Acajou de la Jägerstraße : les lesbiennes qui dansaient en couple, les travestis qu'il fallait séparer pour qu'ils ne s'arrachent pas les cheveux quand ils se querellaient, les compartiments avec leurs petits réchauds pour faire bouillir les seringues et les jolies petites boîtes de préservatifs. Et autour de la piste et de la scène où se produisaient les danseuses à demi nues, pendant que retentissait la musique et que sautaient les bouchons de champagne, les tenues de soirée, la soie, les perles, les cigarettes égyptiennes et les manteaux de vison qui, en s'entrouvrant, dévoilaient des bas et des jarretières noirs sur des corps de femmes qui – du moins pour Falcó ou Juan Ortiz – ne disaient jamais non. Ou presque.

Sur un soupir mélancolique, comme s'il évoquait des souvenirs similaires, Toni regarda en direction de la table autour de laquelle étaient assis Bayard, Eddie et Küssen.

– Je vois que tu es en bonne compagnie. Je vais aller leur dire bonsoir, si tu le permets… Tu sais ce que c'est. Les relations publiques.

– Mais bien sûr, tu peux, Toni, répondit Falcó en lui tapotant l'épaule. Mais rappelle-toi qui je suis : Ignacio Gazán.

Toni le regarda comme si la recommandation l'offensait.

– Mais bien sûr, qui d'autre pourrais-tu être ? répliqua-t-il, et sa dent en or brilla de nouveau, rassurante. Don Ignacio, depuis toujours… Je le dirai à María et à Melvyn.

Falcó en fut extrêmement surpris.

– Ils sont ici, eux aussi ?

– Bien sûr. Tu n'as pas vu l'affiche à l'entrée ?

– Je n'ai pas fait attention.

– Ils sont l'âme du *Mauvaises Filles*, dit Toni, en consultant sa montre. Et ils chantent dans une demi-heure.

Falcó invita Eddie Mayo à danser. L'orchestre jouait alors un slow et il se dit que c'était le bon moment pour tâter le terrain sur cette ligne de front. Quand il l'eut suggéré de façon informelle, presque sous forme de plaisanterie, Eddie ouvrit son sac, retoucha son rouge à lèvres et ses sourcils, puis se leva, pendant que Bayard fumait une cigarette et que Küssen, fidèle à la désinvolture de son rôle, racontait des cancans parisiens.

– Léo ne danse pas ? demanda Falcó à Eddie pendant qu'ils s'enlaçaient sur la piste.

– Jamais.

– C'est curieux. Pourquoi ?

– Depuis qu'il est allé dans les tranchées et après son aventure en Espagne, voir les gens bouger en musique est devenu pour lui une frivolité insupportable.

– Il dit ça ? C'est vrai ?

– Oui.

– Mais vous aussi avez connu la guerre.

Elle fit un geste évasif.

– Je suis frivole quand ça me plaît.

Il y avait beaucoup de monde sur la piste de danse. Falcó s'y déplaçait avec aisance – il était bon danseur – et Eddie se laissait conduire avec élégance et grâce. Elle avait une odeur douce, d'un parfum discret qu'il ne put identifier, et le bleu de ses yeux regardait avec indifférence, par-dessus son épaule, les couples qui évoluaient près d'eux. De temps en temps, il se posait sur Falcó, inexpressif mais attentif. Leurs visages étaient très proches.

– Que cherchez-vous exactement ? dit-elle tout à coup.

Falcó ne suspendit pas ses mouvements. Il fit encore deux pas de danse avant de répondre, et il le fit en paraissant décontenancé.

– Que voulez-vous dire ?

– Vous avez votre Picasso. Et maintenant, que voulez-vous ?

– J'ai aussi votre photographie. La surréal-transsexualiste.

– Sans doute. Mais pourquoi êtes-vous encore ici ?

Falcó jeta un coup d'œil autour de lui.

– Ici ? C'est-à-dire ?

– Vous le savez très bien.

– Non. Pas du tout. Je ne le sais pas.

Ils se turent. La musique les enveloppait. Ils se déplaçaient très lentement, se tenant l'un l'autre. Eddie avait ôté son boléro, et son chemisier en soie, croisé sur le devant et noué dans le dos, épousait parfaitement les galbes de sa poitrine. Falcó sentait sous sa main droite, doucement appuyée sur le dos, la tiédeur du corps svelte.

– Vous plaisez bien à Léo, dit-elle tout bas.

– Et il me plaît.

– Oui... On dirait.

Falcó souriait, impavide. C'était le brave garçon de toujours.

– Et à vous, je vous plais ? demanda-t-il.

Elle parut réfléchir.

– Je me le suis demandé. Vous avez les moyens de faire ce que bon vous semble à Paris. Vous semblez connaître beaucoup de monde, et vous vous conduisez avec aplomb, dit-elle enfin en le considérant d'un regard méfiant. Pourquoi nous ?

– Vous m'avez aidé, pour traiter avec Picasso.

– Vous n'aviez pas besoin de nous pour le rencontrer, répliqua-t-elle en remuant vigoureusement la tête, ce qui fit danser ses souples cheveux blonds. Vous aviez Hupsi.

À ce moment-là, Falcó était tout à fait sur ses gardes. Il avait eu le temps de creuser la tranchée par-dessus le bord de laquelle il pouvait maintenant pointer un nez prévoyant.

– Écoutez, Eddie, dit-il avec flegme. J'admire Léo. Ce qu'il a fait en Espagne est incroyable.

– On ne dirait pas que le conflit armé en Espagne vous affecte beaucoup.

– Vous vous trompez. Rappelez-vous. L'autre jour, Hupsi...

– Oui, les ambulances, l'interrompit-elle. Je m'en souviens parfaitement. Léo a été impressionné. Il dit que vous êtes un type bien.

– Je veux l'aider, fit-il, foulant de nouveau la terre ferme. Je sais qu'il a des projets. Le livre et le film. Je n'ai jamais rien eu à voir avec le cinéma, mais le moment est peut-être venu.

Elle semblait maintenant vraiment intéressée.

– Seriez-vous prêt à participer ? À investir des fonds ?

– C'est envisageable.

– Léo aimerait entendre ça. De combien parlons-nous ?

– Je ne sais pas, ça dépend. Je peux disposer de deux ou trois cent mille francs, pour commencer... Si je n'ai encore rien prévu, c'est parce que je ne sais pas comment aborder le sujet avec lui. Je crains de l'offenser.

Elle rit pour la première fois depuis qu'ils étaient sur la piste de danse.

– Je vous assure que si vous lui proposez de l'argent pour faire son film, il ne se sentira pas du tout offensé.

– Vous me soulagez d'un grand poids.

L'orchestre avait fini de jouer et une femme monta sur l'estrade. Les danseurs restèrent debout, guettant ce qui allait suivre. Elle était très grande, et son corps, moulé dans une robe longue de satin gris perle avec un profond décolleté en V qui faisait penser à une déchirure au couteau, était fort, sauvage, spectaculaire. Deux grands anneaux d'argent pendaient à ses oreilles. Sa peau était sombre et satinée, sans trace d'une goutte de sang blanc. Les cheveux crépus, si courts qu'ils semblaient presque rasés, découvraient une nuque longue et svelte, et ses sourcils épilés dessinaient de fins arcs au-dessus d'yeux très noirs.

– Mais ce n'est pas seulement Léo, dit Eddie au bout d'un moment.

Falcó avait cessé de lui prêter attention, et elle s'en rendit compte, parce qu'elle regarda la femme sur scène. Un musicien, noir lui aussi, vêtu d'un smoking en velours violet, était venu se placer près d'elle, debout, une trompette à la main. Il était tout yeux, dents et lèvres. Ses cheveux, coiffés avec la raie au milieu, étaient lissés avec un fixatif ; il avait des mains délicates, très agiles, et en approchant de ses lèvres l'embouchure de l'instrument, il échangea un sourire professionnel avec la chanteuse.

– Ce n'est pas seulement Léo, répéta Eddie.

– Non, répondit Falcó, reportant son attention sur elle. Vous m'inspirez une vive curiosité.

– Il n'y a vraiment pas de quoi, rétorqua-t-elle. Je suis arrivée à Paris très jeune. Puis il y a eu le monde de la mode. Mon ami Man et tout le reste. J'ai voyagé, j'ai vécu. C'est tout.

Accompagnée par l'orchestre et le trompettiste, la vedette se mit à chanter *Saint Louis Blues*. Et elle le faisait très bien sans micro. Je déteste voir le soleil se coucher, disait-elle, je déteste voir se coucher le soleil.

I hate to see the evenin' sun go down
Hate to see the evenin' sun go down...

– Pourquoi ce genre de photographie ? demanda Falcó.

Eddie haussa les épaules, comme si ça n'avait pas la moindre importance.

– Je ne suis pas ce qu'on appelle une puritaine.

Elle accepta les bras ouverts que Falcó lui tendait, et ils se remirent à se mouvoir avec une douce aisance sur la piste, parmi les autres couples.

– Vous ne coucherez jamais avec moi, Nacho.

Falcó la regardait de tout près, avec beaucoup de sang-froid.

– Je ne vous l'ai pas proposé.

– Je sais. Vous ne l'avez même pas laissé entendre, contrairement à d'autres.

La vedette continuait de chanter, sensuelle et sûre d'elle. *I love dat man lak a schoolboy loves his pie*. Elle avait une belle voix profonde au timbre de sable chaud.

– Vous êtes un parfait gentleman, dit Eddie.

La remarque paraissait chargée d'ironie. Falcó fit front, impassible.

– Et vous une femme extraordinairement attirante, comme vous le savez on ne peut mieux depuis longtemps, dit-il calmement, et je ne puis que le remarquer... Je suis bien ici. Tout près de vous. Rattachée à moi par la danse.

Elle le regardait, pensive, sans répondre. Falcó eut un mouvement d'épaules évasif.

– Je comprends que vous soyez fidèle à Léo. Un homme comme lui le mérite.

Sous sa main droite, le dos d'Eddie s'arqua, tendu. Les doigts noués à sa main gauche se crispèrent aussi un peu.

– Je ne suis pas fidèle, répliqua-t-elle avec une certaine vivacité. Du moins, pas toujours. De temps en temps, je vois d'autres hommes que lui, et il le sait. Lui voit aussi d'autres femmes que moi... Il ne s'agit pas de ça.

– Mais de quoi, alors ?

– Léo est quelqu'un de bien. Peut-être un peu suffisant, mais plutôt honnête, compte tenu de l'état des choses.

– J'en suis convaincu.

– C'est aussi un homme courageux.

– Sans aucun doute. Et élégant. J'ai entendu dire que pendant qu'il pilotait, lors des missions de combat en Espagne, il portait toujours la cravate... C'est vrai ?

Elle le regarda avec une soudaine fixité.

– Il y a quelque chose en vous, dit-elle. Quelque chose d'étrange. D'obscur.

– Ne me faites pas peur, s'il vous plaît.

– Vous savez que je parle sérieusement. Et aussi à quoi je fais allusion.

– Vous vous trompez. Je n'en sais rien.

La vedette avait terminé sa première chanson. Quelques couples quittèrent la piste, d'autres les remplacèrent. Eddie et Falcó restèrent ensemble à attendre. De leur table, Bayard, apparemment attentif aux propos que lui tenait Küssen, les regardait. À un moment donné, soudainement, il leur adressa un sourire.

– J'ai voyagé et j'ai vécu, comme je vous le disais tout à l'heure, reprit Eddie. J'ai observé les gens et, maintenant, je les photographie.

– Quel est le rapport avec moi ?

– Vous êtes sympathique, fit-elle avant de s'interrompre, d'hésiter un moment. Et très attirant. Vous avez un sourire désarmant, et vous savez en profiter... Mais j'ai déjà vu vos yeux. Chez d'autres hommes et en d'autres endroits.

– Et qu'ont-ils donc ?

– De l'ironie cruelle.

L'orchestre attaqua les premières mesures de *A Good Man is Hard to Find*, le trompettiste suivit, et au bout de quelques minutes la vedette se mit à chanter. Elle le faisait vraiment très bien, de sa voix dense, profonde, en prononçant l'anglais avec un doux mélange, à peine perceptible, d'accents français et allemand.

My heart is sad and I'm all alone
My man's treating me mean...

Falcó connaissait bien cette voix et la chanson qu'elle coulait, très lentement, entre les plaintes métalliques de la trompette. La dernière fois qu'il avait entendu María Onitsha la chanter au Blaunacht, à Berlin, remontait à moins d'un an. Et elle était aussi accompagnée, alors, par Melvyn Hampton. Ce souvenir le plongea dans un chaud bien-être et, pour un instant, il eut du mal à recentrer son attention sur Eddie.

– Quand je vous regarde converser avec Léo, je me demande lequel de vous est le plus fort, disait-elle. Et je n'aime pas ça. Il y a même des moments où je crains...

Elle ne dit pas ce qu'elle craignait. Falcó haussa les sourcils de façon théâtrale, un peu outrée. Mais il était inquiet. Il éprouva soudain un besoin urgent de veiller au grain. Le terrain devenait glissant.

– Vous plaisantez, je suppose.

– Nullement.

Les lents pas de danse les avaient conduits près de l'estrade. Soudain, le regard de la chanteuse se posa sur Falcó. Elle le regarda tout d'abord avec surprise, puis avec un léger sourire, sans compromettre pour autant le rythme et les paroles de sa chanson. *So if your man is nice, take my advice*, déclara-t-elle avec une douceur grave. Alors, Falcó lui adressa un clin d'œil, fit quelques pas à gauche et se glissa avec Eddie entre les autres couples. En regardant de loin la chanteuse, il s'aperçut que celle-ci le suivait des yeux, tout comme le trompettiste qu'elle devait avoir alerté d'un geste et qui l'observait, ravi. Rien de tout cela n'était passé inaperçu aux yeux d'Eddie, constata-t-il en croisant de nouveau son regard ; mais elle ne fit aucun commentaire.

– Je ne puis imaginer personne d'aussi solide que Léo, lui dit Falcó. De plus sûr de lui et de la cause pour laquelle il se bat.

Eddie hocha de nouveau la tête. Elle regarda encore une fois la chanteuse, puis reporta son attention sur lui.

– Je sais ce que je dis.

– J'espère que vous en avez fait part à Léo, suggéra-t-il, frimeur. Il serait intéressant de savoir ce qu'il en pense.

– Je l'ai fait.

– Et alors ?

– Il a beaucoup ri.

Ils firent encore quelques pas. Elle dansait avec autant de désinvolture qu'avant, mais son corps était maintenant rigide et elle mettait plus de distance entre eux.

– Vous, les hommes, et votre absurde assurance, dit-elle en riant sans desserrer les dents et sans envie. Vos étranges codes de compagnonnage vous rendent stupides.

Falcó ne dit rien. Il supportait, stoïque, l'implacable dissection à laquelle le soumettaient les iris bleus, si proches.

– Vous devriez cesser de nous voir, dit brusquement Eddie. Je pourrais même vous en prier, il me semble.

– Faites-le.

– Inutile… Je sais que vous n'en ferez rien. Pas encore.

– Cela voudrait dire que je ne vous verrais plus.

Eddie s'arrêta et s'éloigna tout à coup de lui, en détachant avec brusquerie sa main de celle de Falcó.

– Allez au diable.

Il ne repartit pas avec eux dans la voiture de Bayard, leur dit qu'il prendrait un taxi et resta sur le trottoir, mains dans les poches, en regardant s'éloigner la Vauxhall Touring. Sans bouger, pendant un long moment, il respira avec plaisir l'air frais de la nuit tout en contemplant la rue déserte – excepté la file de taxis qui attendaient –, les réverbères alignés jusqu'à la place Pigalle, les enseignes lumineuses au loin.

Tout à coup, son instinct exercé émit un nouveau signal d'alarme. Il y avait encore une autre automobile, arrêtée de l'autre côté de la rue, sans éclairage. À la lumière fugitive d'un véhicule qui passait, il lui sembla apercevoir à l'intérieur deux silhouettes.

Il se dit que c'était Paris : la ville pullulait de voitures avec chauffeur, de taxis, d'amants, d'amis, de policiers, d'espions et de qui sait quoi encore. Et il y avait sans doute à l'intérieur du *Mauvaises Filles* plusieurs clients sous surveillance ou sous protection. Le hasard n'était pas en peine de coups de dé, et cette automobile pouvait en être un, quel qu'il fût ; voilà pourquoi il avait été entraîné à se défier du hasard, à le ranger parmi les autres facteurs de risque. Bien trop d'imprévus pouvaient vous conduire au peloton d'exécution ou vous faire poignarder sous un porche obscur. Dans les offices comme le sien, où la vie – la sienne comme celle des autres – tient à un rien, le milieu urbain peut être un allié utile ou un adversaire redoutable. Il suffit pourtant de connaître les règles. De connaître les tactiques défensives ou offensives qui permettent de cerner le danger et d'agir en conséquence.

Prudent, il scruta la nuit en se remémorant calmement le vieux conseil de ses instructeurs : Envisage tous les moyens de t'éliminer dont l'ennemi dispose. Puis, quand tu l'auras fait, élimine-les en te demandant quel est le seul que tu n'as pas encore considéré, parce que c'est celui que l'adversaire va employer. Le coup qu'il te réserve. Un jour, la vie tire sa révérence sans que l'on sache quel sera ce jour. Ou cette nuit.

Après une dizaine de secondes d'hésitation, avec une tension de loup sur la défensive, il décida de ne pas s'approcher de l'automobile. D'autant que le Browning était resté dans sa chambre d'hôtel et son chapeau – avec la lame de rasoir qu'il cachait – pendu dans le vestiaire du club. Pour le moment, mieux valait rester vigilant sans alarmer personne. Prendre le temps de considérer la nouvelle carte – simple potentialité qui n'avait encore rien de déterminant – que cette voiture et les silhouettes à l'intérieur venaient de glisser parmi celles qu'il avait en main. Voilà pourquoi il s'efforçait, dans la paix apparente de la nuit, de mettre de l'ordre dans ses pensées et de déterminer la tactique adéquate.

Tout se compliquait un peu trop.

Sa réflexion s'orienta ensuite vers Eddie Mayo, dont la méfiance introduisait un élément nouveau dans l'affaire Bayard : un risque imprécis, un doute. Le flirt, difficile en de telles circonstances, n'allait pas donner le change. Il comprit que, plus le temps passerait, plus intenable deviendrait sa position. Ignacio Gazán ne pourrait pas rester longtemps convaincant. Et il fallait encore régler la seconde affaire, le tableau de Picasso. Il n'y avait pas de priorité dans les instructions de l'Amiral : les deux objectifs devaient être atteints simultanément, lui avait dit son chef à Saint-Sébastien. Les deux missions étaient d'égale importance.

Il observa de nouveau discrètement l'automobile. Il y avait décidément trop de fronts ouverts : les cagoulards du commandant Verdier ; Emilio Navajas, l'agent communiste de la sûreté républicaine ; les autres agents rouges de Paris, en plus de Léo Bayard, d'Eddie Mayo et de Picasso. C'était effectivement trop pour un aussi court délai. Et ce qui l'irritait n'était pas l'intervention à prévoir, mais l'absence de toute perspective de cet ordre. Voilà pourquoi il avait accueilli presque avec soulagement la présence de l'automobile suspecte. Il n'y avait rien de pire pour lui que la progression languissante de la trotteuse d'une montre. Alors que se savoir sur le fil du rasoir lui communiquait, au contraire, un plaisir lucide comparable à l'effet de l'ingestion de deux comprimés de Cafiaspirina avec quelques gorgées de cognac : la sensation d'avancer comme un guerrier antique sous un ciel sans dieux, prêt au combat, sans besoin de rien ni de personne. C'était l'attente, pendant laquelle les cartes sont battues et tenues à l'abri des regards, qui l'exaspérait. Et ce fut ce qui lui apprit – en faisant alors paraître un fugitif sourire dangereux sur son visage – que quand il balaierait la table d'un revers de main, quand tout commencerait à voler en éclats, quelqu'un qui ne serait pas lui paierait très cher toute cette tension et cet ennui préalables.

– Je vous appelle un taxi, monsieur ?

Le portier du club, un type costaud aux grosses moustaches avec une casquette à visière courte et engoncé dans une veste à brandebourgs, s'était approché, prévenant.

– Non, merci, je vais rester encore un peu.

– À votre service, monsieur.

Falcó ouvrit son étui à cigarettes, offrit l'une des deux dernières au portier, et ils fumèrent en échangeant quelques mots sur le club, le quartier et la clientèle. L'homme affirma être un émigré russe, ancien officier du tsar – ce qu'aucun Russe que Falcó avait rencontré à Paris ne manquait de prétendre être, pas plus qu'aucune Russe ne se déclarait d'un rang inférieur à celui de comtesse – et, entre des interruptions périodiques, quand le portier allait chercher un taxi pour les clients qui quittaient le club, la conversation se révéla plaisante.

– Votre nom ? finit par lui demander Falcó.

Portant la main à sa visière, l'officier du tsar claqua des talons pour remercier Falcó qui venait de lui glisser un billet de cinquante francs dans la poche.

– Youri, monsieur. Pour vous servir. Youri Skoblin.

– C'était un plaisir, Youri... À quelle heure ferme le club ?

– Dans une vingtaine de minutes.

– Merci, dit Falcó, en regardant la voiture garée un peu plus loin. Pourriez-vous me rendre un service ?

– Bien sûr, monsieur.

– Surveillez cette automobile. Mais discrètement. Si elle s'en va, ou si quelqu'un en sort, venez me prévenir. Je serai au bar.

– Vous pouvez compter sur moi.

– Ce n'est pas le moment de tomber sur un mari jaloux.

Le portier rit sous sa moustache en touchant de nouveau la visière de sa casquette.

– Certes pas.

Falcó entra de nouveau au Mauvaises Filles. Après un flirt superficiel avec la vestiaire, il lui acheta un paquet de Craven, parce qu'elle n'avait pas sa marque habituelle, et il alla s'asseoir au comptoir. De la grande salle arrivait le swing de l'orchestre, mais María Onitsha ne chantait plus et le trompettiste n'avait pas la virtuosité de Melvyn Hampton. Il commanda un hupa hupa – cette fois sans le marc qui, faute de mieux, entrait dans le mélange à Salamanque, mais avec une magnifique vodka Korchagin Ambassador que le barman versa généreusement dans le shaker –, et il resta là, sur un haut tabouret, à siroter le contenu du verre refroidi tout en observant les clients qui s'en allaient.

Il ouvrait le paquet de cigarettes et se préparait à remplir son étui quand une ombre tomba sur le comptoir et s'approcha de ses mains. Avant de lever les yeux et de regarder sur le côté, il reconnut le parfum. Aucune femme blanche ne sentait ainsi. Ce n'était pas seulement le parfum, parce qu'une même essence, il le savait bien, peut avoir des senteurs différentes selon qui la porte. Celle-ci surgissait d'une chair vigoureuse, ferme. D'une peau noire au vague arôme de cannelle, de sueur et de fumée de cigarette. De la femme formidable qui avait chanté dans la salle un moment plus tôt et qui, maintenant vêtue de crêpe élégant de couleur crème, les mains aux ongles longs et vernis tenant un petit sac couvert de paillettes argentées, lui adressait un splendide sourire du haut de son mètre quatre-vingt-cinq, à peu près.

– Ça faisait si longtemps, Juan, dit-elle.

9

NOIR DE JAIS ET GRIS D'ACIER

Assis à un coin du bar sur de hauts tabourets, ils buvaient des cocktails et fumaient. De l'autre côté du comptoir, le barman et un serveur lavaient les verres. L'orchestre avait cessé de jouer et les derniers clients partaient. La rumeur des conversations s'atténuait, le club devenait peu à peu silencieux.

– C'est comme ça que ça s'est passé, conclut María Onitsha.

Falcó hocha la tête. Le récit de la chanteuse complétait ce dont il se souvenait et les nouvelles en provenance de la capitale du Reich ; tout ce à quoi elle était mêlée. Née trente-quatre ans auparavant dans le Sud-Ouest africain allemand, elle avait été conduite en 1922 à Berlin, où son physique impressionnant et sa voix formidable avaient fait le reste. Douée pour le blues et la chanson française, après s'être produite au Dorian Gray et au Hohenzollern – deux bars de lesbiennes de la Bülowstraße –, elle était passée à la boîte de nuit raffinée de Toni Acajou, où elle avait trouvé la trompette virtuose de Melvyn Hampton et son orchestre.

– J'étais une vedette, tu le sais, disait-elle. Il y avait foule pour m'entendre chanter. Mais, les derniers temps, ces brutes m'ont traitée comme la dernière des ordures. Sur la porte du Blaunacht, ils ont écrit à la peinture : « Ni nègres ni juifs », « Finie la musique dégénérée » et autres mots d'ordre de ce genre. Toni les effaçait, ils en remettaient une couche. Je me demande comment j'ai pu supporter ça si longtemps...

Elle s'interrompit pendant un moment, le coude appuyé sur le comptoir, la cigarette fumant entre ses doigts, à la fois primitive et distinguée. Seuls ses yeux étaient maquillés : deux traits soulignaient leur noirceur et le relief arrogant de ses pommettes.

– Tu sais ce qui est arrivé à son associé ?

– Oui, il me l'a dit il y a un moment.

– Il a failli être arrêté lors d'une rafle au café Adonis, un bar de transsexuels... Il a réussi à s'enfuir, est arrivé au Blaunacht, où ils sont venus le chercher. Là, ils l'ont passé à tabac devant tout le monde. Puis ils l'ont embarqué et conduit dans un de ces camps.

Elle s'interrompit une nouvelle fois, la tête légèrement penchée. Les lobes de ses oreilles étaient maintenant dépourvus de ses grands anneaux d'argent, et ses beaux traits africains semblaient fatigués. Elle regardait Falcó, mais l'expression de ses yeux de jais, dont le blanc était sillonné de fines veinules rougeâtres, était devenue comme opaque.

– Le plus incroyable, c'est qu'un des policiers était un inverti, un habitué du cabaret. Et c'était lui qui tapait le plus fort.

– Pauvre Hans.

– Il criait comme un chiot torturé. Le lendemain, Melvyn et moi avons décidé de venir à Paris. « Je suis noir et homosexuel, a dit Mel. La seule chose qui me sauve la peau, c'est mon passeport américain. » Toni a été d'accord, parce qu'il avait peur, lui aussi. Alors, il a résilié nos contrats. Peu après, il a tout vendu et s'est enfui. Il a ouvert ici le Mauvaises Filles et nous sommes venus travailler avec lui.

– C'est un chic type.

– Et comment. Ah ! Mel m'a demandé de te donner le bonjour. Tout à l'heure, il t'a vu danser sur la piste. Il a dû partir, et il espère te voir un autre jour.

– Comment s'en sort-il ?

– Comme toujours. Il est heureux avec sa trompette, sa musique et son public.

– Toujours seul ?

Elle écrasa sa cigarette dans le cendrier.

– Seul et mélancolique, dit-elle en poussant un soupir. C'est le seul noir américain triste que je connaisse... Tu sais que toutes ses amours sont impossibles, mais je suis là pour lui. Mel veille sur María, et María veille sur Mel.

– Comment avez-vous réussi à quitter l'Allemagne ? Ce n'est pas facile, ces derniers temps.

L'un des doigts aux longs ongles vernis glissa sur le verre à cocktail, qu'elle ne saisit pas. Ses lèvres charnues et sensuelles se rétractèrent en une moue dédaigneuse sur ses dents très blanches.

– Ce commissaire de tes amis. Je suis allée le voir, et il nous a aidés.

– Toepfer ?

Elle lui jeta un regard inattendu, quasi violent.

– Oui, lui.

Falcó hocha la tête. Depuis l'accession des nazis au pouvoir, en 1933, Rolf Toepfer était le chef d'une section importante de la *Geheime Staatspolizei* du Reich, plus connue sous le nom de Gestapo. Lui et Falcó avaient été de bons compères à la fin des années vingt, quand Toepfer n'était encore qu'un sous-préfet de police avec de bons contacts. Ce qui leur avait facilité des opérations lucratives, comme la vente de deux cents pistolets Steyr-Hahn et de trente fusils-mitrailleurs MP-18 à des groupes paramilitaires de l'extrême droite allemande. Pendant près d'une décennie, Toepfer et Falcó s'étaient vus souvent à Berlin. Le sous-préfet de police était un noctambule impénitent et la ville connaissait alors un âge d'or où aucun divertissement ni aucun vice n'était ignoré. Ils y avaient ensemble fréquenté cabarets de luxe et coupe-gorges.

– Ce n'est pas un mauvais bougre, ce Toepfer.

Elle prit une expression résignée.

– Il s'est contenté de nous demander un demi-kilo d'or et n'a pas essayé de coucher avec moi... Il a seulement voulu que je le suce, précisa-t-elle. Dans son bureau.

Falcó hocha encore la tête, compatissant.

– Oui... Ce n'est pas un sale type, en fin de compte.

– Aussi nuisible que toi, rétorqua-t-elle, objective, en tirant sur sa cigarette. Peut-être un peu plus, tout de même.

– Juste un peu, admit Falcó.

– Oui.

Un silence s'ensuivit, pendant lequel ils vidèrent leur verre. La vestiaire, avec sa toque amidonnée mais à présent couverte d'une blouse, balayait l'entrée. Les lumières de la salle s'éteignirent, seules celles du bar restèrent allumées.

– J'ai souvent pensé à toi, dit-elle.

Toute dureté avait disparu de ses yeux. Ils brillaient maintenant d'affection.

– Et moi à toi, repartit Falcó.

– Menteur.

– C'est vrai ce que je te dis.

– Tu n'as jamais rien dit de vrai de ta vie... C'est à moi que tu parles, petit Blanc roublard. Je te connais un peu. Tu ne penses jamais qu'à toi.

Il reluquait ouvertement sa robe et ce qu'elle contenait, tout particulièrement le décolleté profond où une fine chaîne en or luisait sur la chair ferme et sombre des seins. María Onitsha est la plus belle de toutes les femmes que j'ai connues, se dit-il. Et sa beauté était agressive, quasi animale. Assise sur le tabouret, elle avait croisé ses jambes parfaites couvertes de soie ; le crêpe de couleur crème moulait, en le sculptant avec une précision minutieuse, son corps spectaculaire. Des millions d'hommes, conclut-il, et aussi bon nombre de femmes, vendraient leur âme pour l'étreindre pendant un moment.

– Belle robe, dit-il posément. Très élégante. Tu es sublime avec ça... Lanvin ?

Elle le regarda fixement, presque amusée, sans trop réagir au compliment.

– Suzanne Talbot.

Falcó sourit. Puis il porta le verre à ses lèvres et sourit de nouveau.

– Je n'ai pas oublié celle que tu portais quand nous nous sommes connus. Elle était blanche, tu t'en souviens ? D'un blanc de neige, et elle faisait avec ta peau un contraste saisissant.

– C'est ce que tu as dit... Tu as parlé de ma peau noire avec un naturel délicieux. Comme personne ne l'avait encore jamais fait.

– Tu chantais alors au Dorian, il me semble. C'était avant que tu signes avec Toni et que tu connaisses Melvyn.

– Tu as bonne mémoire.

– Bonne ? fit-il en éclatant d'un rire de bonheur rétrospectif. C'était une matinée de printemps, et tu regardais la vitrine d'un élégant magasin de chausseur de la Friedrichstraße. Je te vois encore : grande, belle, avec cette robe légère qui soulignait ton corps de déesse... J'étais tellement sidéré que j'en avais la bouche sèche.

– Pas sèche du tout, parce que tu as ôté ton chapeau et tu es venu vers moi avec beaucoup d'aplomb. En affichant ce sourire canaille que tu peux avoir quand ça t'arrange.

– Tu te rappelles ce que je t'ai dit ?

– Bien sûr : « Je ne sais quel rêve merveilleux vous êtes, mais je ne peux le laisser disparaître. J'ai une démarche à faire tout près d'ici, d'une dizaine de minutes. Si à mon retour vous n'êtes plus là, j'entrerai dans l'armurerie d'en face, pour y acheter un pistolet et en finir. » Et tu as ajouté : « En attendant, je vous en prie, entrez chez ce chausseur et achetez-vous ce qui vous tente. Je vous l'offre. »

– C'est bien ce que j'ai dit. Puis je suis parti en me retournant pour te regarder et en me heurtant aux passants qui arrivaient en sens inverse. Et quand je suis revenu, onze minutes plus tard, tu étais au même endroit, ton sac à la main, avec ce chapeau de paille qui faisait ressortir tes yeux noirs de jais. Et tu souriais.

– Non, je riais.

– Je ne m'explique toujours pas comment tu as eu la patience de m'attendre.

– C'est pourtant facile : tu étais le plus bel homme que j'avais vu de ma vie.

Ils se turent, en se regardant dans les yeux. Jais face à gris d'acier. Elle avait aux lèvres un sourire radieux qui tarda à s'éteindre.

– Qu'as-tu fait, pendant tout ce temps ? demanda-t-elle enfin.

– Ma foi, dit Falcó avec une expression ambiguë, un peu de tout. J'ai voyagé de-ci de-là.

– Et l'Espagne ?

– Eh bien quoi, l'Espagne ?

– La guerre continue, que je sache.

– Oh, oui. La guerre continue, bien sûr. Terrible.

– Tu n'es pas impliqué ? Tu ne te bats pas ?

– Pas beaucoup, comme tu le vois.

– Je n'ai jamais très bien su ce que tu faisais à Berlin, surtout les derniers temps. Ces individus que tu fréquentais. Toepfer et les autres.

– Des affaires.

Il le dit sans la regarder, le verre près de ses lèvres. Elle tendit la main, dont la paume était d'un ton plus ténu, plus clair que le dos, et la posa sur le bras droit de Falcó.

– De quel côté es-tu ?

– Du mien, tu le sais. Toujours du mien.

María retira doucement sa main.

– Qui est la blonde maigrichonne avec qui tu dansais tout à l'heure ? Je l'ai déjà vue ici, avec des gens connus.

Son ton avait changé. Il était maintenant impersonnel, plus froid. Falcó posa son verre sur le comptoir.

– Une amie. La compagne d'un ami.

– Ce qui ne t'a jamais arrêté, que je sache.

– Cette fois, c'est différent.

María hocha la tête, sceptique. Elle passa sa langue rosée sur sa lèvre supérieure, qui se mit à briller comme si elle y avait donné un coup de pinceau aux soies mouillées.

– Huit mois, depuis la dernière fois… Tu n'es resté que quelques jours à Berlin. Et deux nuits avec moi.

Ce n'était pas un reproche, seulement la mention d'un fait irrécusable. Lors de son dernier séjour à Berlin, où il était venu suivre une formation aux techniques policières de la Gestapo, Falcó n'avait passé que deux nuits avec María Onitsha. La dernière n'avait guère été brillante, pour sa part, parce qu'elle succédait à quatre heures d'interrogatoire, sous ses yeux, d'une jeune fille de dix-sept ans membre d'un réseau démembré d'étudiants antinazis de l'université de Heidelberg.

– Je me suis conduit comme un imbécile, conclut-il. Mais c'étaient des jours difficiles.

Il leva alors une main, et du bout des doigts frôla à peine le cou de María. La peau, pareille à du satin sombre, se hérissa légèrement à ce contact. Elle baissa ses paupières aux cils épais.

– La dernière nuit à Berlin, nous avons parlé, plus qu'autre chose, dit-elle. Couchés et nus, sans lumière… Ou, plutôt, tu as parlé. Tu fumais et tu parlais.

– Je ne m'en souviens pas bien, mentit Falcó.

– Je voudrais savoir… À un moment, tu as dit quelque chose que je n'ai pas oublié : « Peut-être les hommes qui ont été caressés par de nombreuses femmes affrontent leur dernière heure avec plus de résolution et moins de peur que d'autres »... Tu le crois toujours ?

– Je ne sais pas, répondit Falcó, mentant encore. Je ne me rappelle pas avoir dit ça.

Il se tut. Au bout d'un moment, il hocha la tête.

– Toi aussi, tu as dit quelque chose, cette nuit-là, reprit-il : « Tu veux savoir pourquoi les Noires sont si caressantes ? » m'as-tu demandé, et tu m'as surpris en ajoutant : « Parce que par le passé nos hommes étaient vendus ou tués, et que nous ne savions jamais combien de temps nous allions encore pouvoir passer avec eux. »

Il y eut un éclat dans le jais cerné de bleu des yeux de María, et ses dents très blanches ressortirent, presque lumineuses, dans son visage sombre. Elle riait, heureuse.

– J'aime être noire.

– Et moi, j'aime que tu le sois.

Elle tendit la main pour lui rajuster le nœud de cravate.

– Tu laisses toujours un bon souvenir aux femmes ?

– Je ne sais pas, répondit-il, puis il réfléchit pendant un instant, ou le donna à croire. Pas toujours, je suppose.

Nouvel éclat blanc. Autre lueur de jais. María riait de nouveau.

– Je dirai presque toujours, le corrigea-t-elle. Et je crois savoir pourquoi.

Elle était si grande qu'une fois descendue du tabouret d'un mouvement semblable à celui d'un bel animal qui s'étire, sa bouche arrivait à la hauteur des yeux de Falcó.

– Je suis fatiguée, dit-elle. Et pas dans mes meilleurs jours. Mais j'aimerais tout de même que tu t'assures si les Noires sont toujours aussi caressantes... Qu'en dis-tu ?

Falcó était lui aussi descendu du tabouret. Il acquiesçait d'un lent mouvement de tête, songeur. Il y a de pires vies que la mienne, se disait-il, quelque temps qu'elle dure.

Puis, sans aucun complexe, il se hissa sur la pointe des pieds et, souriant, effleura les lèvres de María d'un baiser rapide et tendre.

– Ça me semble être une bonne idée.

Youri, le portier, leur appela un taxi. Puis, tandis que, casquette à la main, il leur ouvrait la portière et recevait son pourboire, il montra d'un mouvement du menton la voiture toujours arrêtée le long du trottoir d'en face, au bout de la rue. « Ils sont deux et n'ont pas bougé de là, dit-il. Prenez garde aux maris jaloux. » Quelques instants plus tard, alors que le taxi descendait le boulevard, Falcó se retourna discrètement et constata que la voiture avait démarré et les suivait à quelque distance.

– Où loges-tu ? demanda-t-il à María.

– Dans un petit hôtel agréable de la rue Bréguet... qui a un inconvénient : la patronne n'admet pas les visites à cette heure.

De façon quasi automatique, Falcó fit de rapides calculs tactiques sur le plan de la ville qu'il gardait à l'esprit pour s'y déplacer comme une pièce d'échecs, selon les figures précises imposées par les attaques, les ripostes et les techniques de survie : bons et mauvais angles, trajets directs ou détours, possibilités envisageables ou pas. Il était rompu à cet exercice. Un moment, il envisagea de calmer le jeu, de déposer María à son hôtel et d'aller seul au Madison ; mais cela aurait exigé des explications inopportunes. Quels que fussent ceux qui le filaient, ils ne se donnaient pas la peine de passer inaperçus : cagoulards, rouges ou nationaux avaient tout loisir de s'en tenir à une surveillance de routine. Il ne s'agissait pas non plus de donner des coups d'épée dans l'eau. D'un autre côté, la beauté assise tout contre lui sur le siège arrière éveillait en son organisme des stimulus intéressants auxquels il n'était pas prêt à renoncer. Du moins aussi longtemps que la situation n'aurait pas dégénéré et que la perspective ne serait pas compromise. Aussi longtemps qu'il serait vivant et en bonne santé. Parce que, une fois mort, conclut-il avec une grimace sarcastique qu'il ne laissa point paraître, rien ni personne ne me stimulera plus.

– Allons à mon hôtel, décida-t-il.

Afin de prévenir une possible surprise désagréable – une embuscade dans des rues étroites –, il demanda au chauffeur de se diriger vers Saint-Germain-des-Prés en passant par le boulevard de Sébastopol et le pont Saint-Michel ; il pourrait ainsi mieux surveiller ses pisteurs. De temps en temps, il se tournait vers María dans la pénombre du taxi et rencontrait chaque fois ses lèvres gourmandes, humides et accueillantes. Et tandis qu'ils s'embrassaient – plein de promesses, le corps généreux de María se collait contre lui –, il jetait un coup d'œil de côté dans le rétroviseur sur les phares qui demeuraient là, derrière eux, à les suivre dans les rues mal éclairées et presque désertes.

Le jour se levait quand il jouit dans sa bouche. À genoux sur le matelas, mains appuyées contre la tête du lit, tendu comme un ressort d'acier bandé à l'extrême, il s'enfonça presque avec cruauté dans la gorge de María Onitsha et se laissa aller en silence, mettant un terme à la lutte prolongée contre lui-même pour garder le contrôle. Puis, flanchant enfin, épuisé au bout de deux heures d'assauts, de baisers et de caresses, il céda toute responsabilité et, s'avachissant sur le corps nu de María, conclut ainsi le combat serré.

On n'aurait aucun mal à me tuer, maintenant, se dit-il machinalement en fermant les yeux, dans un demi-sommeil. C'était là sa pensée habituelle quand, immobile et sans force, il était dans les bras d'une femme en train de tenter de recouvrer lucidité et énergie. Si quelqu'un poussait la porte à ce moment-là et entrait armé d'un pistolet ou d'un couteau, se disait-il alors, je ne pourrais pas faire un geste pour me défendre. Je me laisserais supprimer pendant cette minute de lassitude indifférente. La vieille histoire de Dalila – ou quel que soit son nom – qui coupe les cheveux de Samson pour le livrer sans défense aux Philistins, est un mensonge. Une explication idiote. On s'est emparé de lui comme on peut mettre la main au collet de chacun de nous : au lit, juste après l'amour, quand on est sans défense dans les bras d'une femme. Quand on est une proie facile, bien sûr. Comme n'importe quel crétin.

María lui caressait le dos, affectueuse et douce. Quand une femme commence à te flatter l'échine après que tu as joui, avait un jour dit à Falcó un de ses oncles – son parrain Manolo González Osborne, un élégant séducteur chevronné –, c'est qu'il est temps de prendre le large, avant qu'elle ne te complique la vie. Alors, ce moment venu, pour si attirante et intelligente qu'elle soit, et surtout dans ce cas, même si tu commences à tomber amoureux d'elle ou si tu découvres que tu l'es déjà, je te conseille de te rhabiller sans te presser et, avec élégance, de sourire, de l'embrasser et de partir. Pour toujours, je veux dire. Pour des types comme nous, Chenchito – son parrain l'appelait toujours comme ça –, qui perd une femme qui lui caresse le dos ne sait pas ce qu'il gagne.

Tout au long de sa vie, Falcó avait presque régulièrement suivi le conseil de son oncle Manolo. Mais María Onitsha n'était pas une femme que l'on fuit, même si elle vous flatte l'échine. Il la connaissait bien ou, du moins, en était convaincu. Couché à plat ventre sur sa splendide anatomie – dont les galbes d'ébène auraient rendu fous un peintre ou un sculpteur –, Falcó en sentait sous sa joue le souffle régulier et, sous son corps, la peau chaude, ferme, couverte de sueur par le long effort qui les avait tenus enlacés l'un à l'autre.

Il ouvrit les yeux et vit ceux de María, si proches des siens qu'ils lui semblaient flous, dans la pénombre grise de l'aube : deux iris très noirs, entourés d'une cornée blanche où couraient de fines veinules rougeâtres, le regardaient avec une fixité pensive.

– Tu es le seul homme dont je peux avaler le sperme, murmura-t-elle.

Sa voix était rauque et profonde. Là-dessus, sa bouche si charnue et audacieuse d'Africaine, dessinée à l'excès, s'étira en un large sourire. Alors Falcó posa un doux baiser sur ces lèvres magnifiques. Il ne savait pas si ce qu'elle venait de dire était vrai, mais peu lui importait. Quoi qu'il en fût, sa phrase tombait à point nommé.

– Merci, dit-il tout bas.

– Non, chéri, riposta-t-elle tandis que son sourire s'élargissait encore. C'est moi qui te remercie.

– Je fais ce que je peux.

– Et tu le fais très bien.

Non sans peine et avec une paresse mélancolique, Falcó prit appui sur ses coudes et se détacha doucement de la chair tiède de María. Puis il se tourna d'un côté du lit, sur le bord duquel il s'assit ; après être resté un moment immobile en regardant autour de lui, il se leva. Il avait à présent repris le contrôle de son corps et de ses réflexes. Et surtout sa lucidité : dangers indubitables et possibilités de s'en sortir ; conscience de l'endroit où il se trouvait et hiérarchie des menaces proches ou lointaines. Ce fut ainsi qu'il en vint à penser à l'automobile qui l'avait suivi jusqu'à l'hôtel. Et à ses occupants.

Nu comme il l'était, il alla vers la fenêtre, écarta les rideaux et observa la rue. Tout y semblait tranquille. Inoffensif. Une clarté cendreuse commençait à gagner toute la longueur du boulevard, isolant les ombres et éclairant des recoins obscurs. Deux éboueurs municipaux avançaient sur le sol mouillé, avec une longue lance d'arrosage. Le philosophe ou l'écrivain de bronze, ce Diderot, semblait sommeiller entre les jeunes feuilles des marronniers. Aucune des cinq voitures garées que put apercevoir Falcó n'était celle qui l'avait suivi depuis Pigalle.

Il oubliait les femmes très rapidement, jusqu'à ce qu'il les rencontre et les désire de nouveau. C'était là son habitude : aucune ne laissait d'empreinte bien durable sur ses sens ou dans sa mémoire. Seule l'une d'elles, unique entre toutes, échappait à la règle ; mais elle était trop loin – si elle était encore quelque part –, et le plus probable était que leurs chemins ne se croiseraient jamais plus.

C'était ce qu'il avait à l'esprit quand il alla jusqu'à la commode, ouvrit son étui à cigarettes et en alluma une. Il fuma debout, en admirant le corps immobile sur les draps froissés et le contraste qu'il faisait avec la lumière grandissante du jour. Ensuite, il alla l'observer de plus près. María dormait, maintenant, et il écouta son souffle doucement cadencé. Elle reposait sur le dos, bouche entrouverte, la tête aux cheveux courts enfoncée dans l'oreiller. Les grands seins aux aréoles très sombres – cercles noir de charbon sur peau chocolat – s'inclinaient mollement de chaque côté de son buste, et son ventre présentait un paysage admirable, des hanches à la naissance des cuisses entrouvertes où, entre le voile pubien s'insinuait, encore moite, la fissure du sexe.

C'est là, constata une nouvelle fois Falcó, le corps d'une grande, puissante et parfaite femelle, une représentante du peuple héréro du Sud-Ouest africain, presque éteint lors du génocide perpétré par les Allemands, encore plus brutal que celui du massacre des Arméniens par les Turcs. Sans la quitter des yeux, il pensa à ce qui avait conduit María Onitsha à Berlin, puis à Paris. Trois décennies plus tôt, parce qu'ils s'étaient soulevés contre les colons qui les réduisaient en esclavage, soixante mille Héréros avaient été exterminés par les soldats du général von Trotha, les hommes abattus, les femmes et les enfants poussés dans un désert aux puits empoisonnés où ils devaient mourir de faim et de soif. Orpheline et sans famille, María avait survécu au massacre grâce à un ingénieur des mines qui, par compassion, finit par l'emmener avec lui en Allemagne, tout d'abord en tant que servante de son épouse, puis comme maîtresse.

Falcó pensa une fois encore à son oncle Manolo. À ce qu'il aurait dit, et approuvé en l'applaudissant, s'il avait vu son neveu, à Paris ou ailleurs, avec cette femme d'une aussi flagrante beauté. Ou avec n'importe laquelle des autres. Frère de sa mère, dissipé et voyageur, prodigue et élégant, célibataire pilier de toutes les fêtes et de tous les casinos, sorti indemne d'un duel anachronique pour une affaire de jupon, Manuel González Osborne était mort à Jerez quelques jours avant que son filleul ne se fasse renvoyer de l'école navale de San Fernando parce qu'il s'était battu avec un professeur, capitaine de corvette, dont il avait séduit la femme. Terrassé par une double pneumonie dont il attendait le dénouement avec panache, dans le style : « Adieu, ma dernière heure est venue, ça ne fait aucun doute, mais personne ne pourra m'enlever tout le bon temps que j'ai pris, et que ceux qui restent s'en donnent autant », l'oncle Manolo avait pris un moment pour adresser à Falcó, sincèrement affligé à son chevet, quelques paroles affectueuses, qui caractérisaient assez justement l'histoire de l'un et de l'autre : « Chenchito, mon cher filleul, je n'ai pas raté beaucoup de trains dans ma vie, mais, toi, tu montes même dans les convois de marchandises. »

10

MENSONGES DE HAUT VOL

Le ciel avait une couleur plombée et la pluie menaçait, mais il faisait bon, aussi Falcó prit-il à pied, sans se presser, le boulevard Saint-Germain avec sa gabardine sur le bras. Par deux fois, il surveilla ses arrières dans le reflet des vitrines pour voir s'il était filé, sans rien déceler d'inhabituel parmi les passants qui s'approchaient de lui. En entrant dans le Café de Cluny, il pendit sa gabardine et son chapeau au portemanteau et regarda autour de lui. Il n'y avait pas grand monde. Loin des fenêtres, dans le fond de la salle, Hupsi Küssen l'attendait devant un café et une brioche. Il semblait soucieux. Sur la table était posé un numéro de *Gringoire*. Quand Falcó s'assit, Küssen lui montra la page à laquelle l'hebdomadaire était ouvert : « Retard impardonnable », disait le titre.

– C'est un journal très à droite, expliqua l'Autrichien, ce qui n'enlève rien à l'importance de l'affaire. On y attaque très durement, documents à l'appui, le gouvernement Blum. L'organisation de l'Exposition internationale traîne en longueur... La plupart des pavillons ne sont toujours pas achevés. C'est une opération désastreuse.

Falcó jeta un coup d'œil rapide sur le périodique.

– C'est bon ou mauvais pour nous ?

– Ça dépend, répondit Küssen avec une expression mi-figue, mi-raisin. D'un côté, ça vous laisse plus de temps pour vous occuper du tableau. De l'autre, ça peut tout compliquer. Chaque jour de plus que vous passez à Paris, en vous montrant dans des endroits publics, augmente le risque que quelqu'un vous reconnaisse.

– Je verrai Picasso dans la matinée.

Küssen parut content de l'entendre. Il mordit dans la brioche, but une gorgée de café et s'essuya soigneusement les doigts avec la serviette. Il souriait sous sa petite moustache.

– Vous lui avez parlé ?

– J'ai eu son secrétaire. Il m'a dit que je pouvais venir à partir de onze heures.

– Formidable... Voulez-vous que je vous accompagne ?

– Je peux me débrouiller seul. Il faut que j'examine de plus près le tableau et l'atelier.

– Soyez prudent, conseilla Küssen en regardant autour de lui et en baissant la voix. Pablo est un fin renard. Très méfiant.

– Et moi, un client qui distribue l'argent comme s'il en avait trop. Ne nous inquiétez pas.

Le serveur s'approcha, Falcó commanda un verre de lait tiède. L'Autrichien l'examinait, curieux.

– Et vous avez une idée de comment vous y prendre ?

– J'y réfléchis.

– J'espère que vous ne prévoyez pas de mettre le feu à la maison.

– Ma foi... C'est à envisager.

Hupsi lui lança un regard inquiet. Sans doute cherchait-il à deviner si Falcó parlait sérieusement.

– Il faut que ce soit sans bavure, autant que possible.

– Évidemment, dit Falcó, en riant. Nickel.

Küssen montra le journal.

– L'action contre Bayard ne peut pas trop attendre non plus.

– J'y réfléchis aussi.

– Je pense rester un peu plus en retrait, si vous n'y voyez pas d'inconvénient. Vous comprenez ? Commencer à prendre mes distances. J'ai tenu le plus gros de mon rôle et c'est maintenant à vous de jouer. Je ne serai pas loin, bien entendu. Quand vous aurez besoin de moi.

Falcó opina de la tête, conciliant.

– Ça me paraît prudent.

Il était sincère. Il semblait tout naturel que Küssen se mette à l'écart, pour ne pas être impliqué quand les choses prendraient vraiment mauvaise tournure. Après tout, il avait une couverture à préserver, une réputation qui, de plus, lui apportait un profit personnel. En comparaison, ce qu'il recevait de l'Abwehr était de la petite monnaie.

– Votre couverture d'Ignacio Gazán n'était prévue que pour quelques jours, reprit Küssen en baissant la voix au point de devenir presque inaudible. Conséquemment, j'ai averti mes supérieurs que, dès à présent, plus rien ne pouvait être assuré. Et mes contacts sont du même avis... Ou, plus exactement, je vous transmets ce qu'en pense Berlin.

– Ça tombe bien. J'ai quelque chose pour vous. Ou, plus exactement, pour Berlin.

Falcó prit *Gringoire*, fit comme s'il le feuilletait, y glissa une enveloppe qu'il avait tirée de sa poche, et le reposa sur la table.

– Ce sont des photographies, dit-il. De Bayard avec moi, version bons amis.

Le serveur apporta le verre de lait, que Falcó porta à ses lèvres. Küssen contemplait le journal sans encore y toucher. Presque avec méfiance.

– Ah ! fit-il.

– Vous figurez sur quelques-unes. Et Eddie Mayo également.

– Depuis quand les avez-vous ?

– Depuis hier.

Finalement, Küssen prit le journal et, discrètement, mit l'enveloppe dans la poche de sa veste.

– Qui les a prises ? Je croyais que vous travailliez seul.

– Eh bien, vous savez maintenant qu'il n'en est rien.

– Votre visage y apparaît-il ?

– Oui, et le vôtre aussi, comme je vous l'ai dit.

Hupsi resta pensif. Il finit par manger avec délicatesse sa brioche et termina son café. Puis il caressa, méditatif, la laide cicatrice de sa mâchoire.

– Voilà qui pourrait nous griller quand elles parviendront à leurs destinataires ultimes, dit-il.

Falcó se renversa sur le dossier de son siège. Il souriait avec une sécheresse professionnelle.

– J'ai l'impression, riposta-t-il, que vos chefs et les miens ne s'inquiètent guère que nous soyons grillés ou pas.

– Les miens ont besoin de moi. Ils brouilleront mon visage sur ces photos pour me protéger, dit Hupsi en le regardant sans trop de conviction. J'essaierai de leur faire effacer aussi le vôtre avant qu'elles n'arrivent en fin de parcours.

– Ce serait une bonne chose, dit Falcó dont le sourire s'élargit. Mais, pour parer à l'éventualité, j'ai déjà estompé le mien.

L'agent allemand cilla.

– Ce n'est pas ce qui était convenu avec vos supérieurs.

– Jésus-Christ a dit que nous étions tous frères, mais pas tous cousins.

– Ils finiront par vous identifier, de toute façon.

– Évidemment. Que ce soit sous le nom d'Ignacio Gazán ou de n'importe quel autre. Il faut s'y attendre, et mon chef ne voit pas d'inconvénient à me compromettre dans cette opération ou dans une autre… N'empêche, je ne vais pas leur faciliter le travail sourire aux lèvres. Mais plutôt faire en sorte de donner cette fois aux méchants un peu plus de fil à retordre.

– Quel homme étrange vous faites, fit Küssen en souriant à son tour, non sans admiration. Vous êtes dans la ligne de mire de toutes les factions, et ça ne semble pas vous importer beaucoup. Avec ou sans ces photos, quand l'affaire aura éclaté au grand jour, tous pourront vous identifier.

– Mon identité va et vient. J'y suis habitué.

– Mais alors, vous courrez le plus grand danger.

– Vivre est dangereux, Hupsi.

L'Autrichien toucha de nouveau la cicatrice de son visage, et Falcó se rappela le lance-flamme et le bunker d'Arras, en imaginant son interlocuteur vingt ans plus tôt, plus maigre qu'il ne l'était à présent, avec son uniforme feldgrau et un casque d'acier sur sa tête brune méridionale. Ce qu'il gardait toujours à l'esprit, en fait. Malgré son dehors pacifique et son amène frivolité, Küssen n'était pas inoffensif.

– Vous aussi, vous jouez gros, hasarda-t-il. Tôt ou tard, vos clients juifs et vos amis antifascistes découvriront que vous êtes nazi, et que, de plus, vous gagnez des fortunes à ce double jeu.

Avec une expression d'indifférence, Küssen ignora l'invite.

– Alors, je ne serai plus ici, se contenta-t-il de dire.

Tu seras à Berlin, se dit Falcó. Ou dans une villa sur le bord du lac Léman. Chacun fait de son mieux pour s'en sortir et tu n'es pas mal engagé, avec la chandelle que tu donnes au diable et celle que tu donnes à son banquier. Puis il se demanda, un instant, comment il s'en tirerait lui-même, s'il était encore en vie dans quelques années. Quel serait son lac Léman. Mais il ne parvint pas à se l'imaginer. Encore que cela non plus n'eût pas une telle importance.

– Les photos seront au quartier général de l'Abwehr demain matin, chuchota Küssen. Et aux mains des Soviétiques, aussitôt après.

– Serait-il indiscret de vous demander par quel moyen ?

– C'est confidentiel.

– Ne me prenez pas pour un imbécile, mon vieux, maintenant que nous sommes embarqués sur le même bateau.

Hupsi hésita.

– À son siège berlinois de la Tirpitzufer, l'Abwehr a un agent double, dit-il enfin. On l'appelle Ambar… Il travaillait pour les Russes ; une fois repéré, il a pu choisir entre être exécuté ou prendre la bonne direction. Maintenant, on se sert de lui avec beaucoup de profit, en lui fournissant quelques informations exactes, bien que sans grande importance, pour qu'il les transmette à Moscou. Où l'on est très content de ses services. Depuis un mois, il leur fait parvenir des renseignements sur l'affaire Bayard. Un goutte-à-goutte lent et efficace.

– Je comprends. Il les tient en haleine.

– Et comment. À tel point qu'ils en redemandent, confirma Hupsi en touchant sa poche. Ces photos vont être la prochaine réponse à leurs requêtes.

– Et la suivante le dévoilement du compte en Suisse, c'est bien ça ? Que va renchérir le don que je ferai pour le film.

– Exact. Un paquet bien ficelé et prêt à l'envoi. Dans le fond, ce que veut Moscou, c'est la confirmation des soupçons. Avec son indépendance intellectuelle, son indiscipline en Espagne et son refus de s'affilier au parti communiste, Bayard est devenu leur idée fixe. Ils adoreraient l'étiqueter comme dissident, alors, l'imaginer à la solde de Franco, ou mêlé aux procès de Moscou… La seule idée de le passer au hachoir doit leur faire venir l'eau à la bouche.

– Croyez-vous qu'ils mordront à l'hameçon ?

Küssen lui lança un regard qui signifiait que la réponse s'imposait.

– L'Abwehr est un service sérieux, soit dit sans vous offenser. Il n'est pas comme les services secrets espagnols qui, bon… – Il hésita un instant, détourna le regard et sourit d'une manière qui était presque une excuse. – Vous, vous travaillez autrement.

– Merci pour l'euphémisme.

– Je ne veux pas vous offenser, mais vous me comprenez. L'opération est en bonnes mains, et les sources sont sûres. Le NKVD aura le dossier complet dans deux jours. À partir de là, il y a deux possibilités : les Russes se chargent de Bayard ou nous le faisons en leur faisant porter le chapeau.

– À eux ou aux rouges espagnols.

– Ah, oui, c'en est une autre.

Falcó sortit son étui à cigarettes, l'ouvrit, en offrit une à Küssen qui refusa d'un mouvement de tête, puis en prit une, dont il tapota le bout sur l'écaille luisante.

– Quand vous dites que *nous* le ferons, vous pensez à moi, je suppose.

– Vous savez comment vont ces affaires. Votre chef nous a présenté les choses ainsi. J'imagine qu'il désire s'en attribuer le mérite devant nos services secrets. Et je n'exclus pas un certain désir de revanche, du fait que Bayard s'est battu en Espagne. Une sorte de règlement de comptes symbolique.

– Symbolique, répéta Falcó, pensif, en plissant les yeux.

Ils poursuivaient leur conversation. Falcó actionna la mollette du briquet et approcha la flamme du bout de la cigarette où figurait la marque. Il pensait à l'Amiral, à ses règlements de comptes et à son atout maître, qui consistait à poser une cible sur la poitrine de Bayard face aux Soviétiques que celui-ci admirait tant . Puis, avec quelque inquiétude, il se rappela la façon qu'Eddie Mayo avait eue de le regarder, la dernière fois qu'ils s'étaient vus. Sa dureté incompréhensible, et sa suspicion. Il y avait en cette femme quelque chose qui l'incommodait, un facteur inexplicable qu'il ne parvenait pas à cerner. Il n'avait pas non plus le temps ni l'occasion de la percer à jour. Ce qui n'était pas bon. Dans un métier tel que le sien, tout ce qui reste en suspens peut vous prendre à la gorge.

– En tout cas, poursuivait Hupsi, la liquidation de Bayard sera accompagnée d'une campagne d'intoxication dans la presse, avec une abondante publication de documents prouvant qu'il a toujours été un agent fasciste.

Falcó tira sur sa cigarette.

– Le grand imposteur au sein de la gauche internationale.

– C'est bien ça, fit Küssen en tapant légèrement du plat de la main sur la table. Un mythe mort et discrédité… Lui et son souvenir à jamais effacés.

Ce Küssen-là ne ressemble en rien à l'autre, le marchand d'art, se dit Falcó en l'entendant ; le sympathique Hupsi qui s'empressait auprès de Picasso, Léo Bayard et Eddie Mayo, toujours prévenant, prêt à rendre service, à empocher une commission ou à payer l'addition quand on tardait à sortir son portefeuille. Jusqu'à ces dernières heures, comprit-il, il l'avait mal jugé. Maintenant, il reconnaissait en lui une froideur technique qui lui était familière : ils étaient tous deux des prédateurs de la même espèce, en somme, même si leur pelage et leurs motifs différaient. C'était là une relative consolation, conclut-il, amusé, que de constater qu'il y avait à part lui de par le monde bien d'autres fils de pute. Leur répartition s'améliorait. Ce qui atténuait la charge de responsabilité ou de remords, si l'on en portait une. De toute façon, si différents l'un de l'autre qu'ils fussent, tous deux connaissaient les règles, les codes impitoyables que la plupart des êtres humains trouvent plus commode d'ignorer.

– Puis-je vous poser une question ? demanda Falcó.

– Bien entendu.

– Qu'éprouvez-vous quand vous buvez un verre en compagnie de Léo Bayard et d'Eddie Mayo ?

Une ombre de sourire se dessina sous la fine moustache à l'anglaise.

– Vous pensez à ce que je ressens à l'idée de les trahir ?

– Oui.

– Je pense au Reich.

– Ne vous foutez pas de moi, Hupsi.

– Je parle sérieusement, affirma celui-ci en montrant ses paumes, comme si elles avaient la blancheur de l'innocence. Je suis un patriote.

– Vous êtes autrichien. Et de surcroît vous avez un physique levantin.

Küssen lui montra la brûlure de son visage.

– L'Autriche fait partie du Reich.

– Pas encore.

– Ce n'est qu'une question de mois.

Ils restèrent silencieux, à se regarder. Soudain, l'ébauche de sourire qui s'était attardée sur la moustache se changea en une grimace provocante.

– Et vous, monsieur Gazán, ou autre monsieur selon le moment ? À quoi pensez-vous quand vous souriez à Picasso, le plus grand artiste vivant du monde, en sachant que vous allez détruire son œuvre ? Ou quand vous prenez quelques verres en compagnie de Bayard ou dansez avec Eddie ? Que ressentez-vous quand vous le regardez dans les yeux en sachant que ce sera peut-être à vous de le tuer ?

Falcó fixa, impassible, la cigarette qui fumait entre ses doigts. Puis il prit une bouffée de fumée et l'exhala lentement.

– Je pense au Reich, moi aussi.

Un éclat de rire retentit. L'autre Küssen, le personnage que Falcó venait de deviner à cette table du Café de Cluny, était encore là, peu enclin à disparaître. Son regard ironique était rivé sur lui, en une sorte de défi, comme s'il devinait ses pensées. Alors Falcó regarda de nouveau la cicatrice de son menton et hocha doucement la tête, en un signe d'approbation silencieuse qui était presque un hommage. Il n'y avait rien de simple en l'ami Hupsi. Le plus probable était qu'il avait dû être un jour un homme courageux. Sans doute en était-il encore un, bien qu'il fût aussi un simulateur sournois, vénal, fourbe et dangereux. Et il se réjouit de ne pas être, entre tant d'autres choses, un de ces juifs auxquels l'agent de l'Abwehr achetait des œuvres d'art avant de les dénoncer à la Gestapo.

Picasso l'avait reçu sans enthousiasme, mais sans hostilité non plus. Il semblait habitué à voir se présenter à toute heure des visiteurs, opportuns ou inopportuns. Il ne lui semblait pas contrarié, mais indifférent.

– Voulez-vous boire quelque chose ? demanda-t-il. Hier, on m'a apporté du vermouth espagnol.

– Oui, merci.

Avec le long pinceau qu'il tenait à la main, le peintre montra une table sur laquelle bouteilles et verres étaient à demi cachés entre des flacons de diluants et des tubes de peinture à l'huile.

– Servez-vous. Mais n'allez pas vous tromper et avaler de la térébenthine.

– Ne vous inquiétez pas. Je reniflerai avant.

Picasso riait.

– C'est plus prudent.

Falcó alla jusqu'à la table, prit un verre – pas très propre –, le remplit à moitié et le porta à ses lèvres. C'était un bon vermouth, dont la saveur rappelait les comptoirs de marbre tachés de vin et les affiches de corridas avec les noms de Joselito et de Belmonte. Il était près de la fenêtre et en profitait pour jeter un coup d'œil sur les toits proches. Depuis que, dix minutes plus tôt, il était entré dans l'atelier de la rue des Grands-Augustins, il n'avait rien fait d'autre que de reconnaître le terrain. D'explorer le champ de bataille.

– On me l'envoie directement de Barcelone, dit le peintre. Vermouth catalan et huile d'olive de Jaén, fantastique, non ? Saveurs d'Espagne.

Il tournait le dos à Falcó, un pot de peinture grise à ses pieds, et travaillait à l'énorme toile qui occupait tout le mur sous la grosse poutre du toit. Son autre main tenait le Montecristo pas encore allumé que Falcó, pour soigner sa couverture, lui avait offert en arrivant. Avec un autre cadeau, une boîte scellée de vingt cigares, maintenant posée sur le vieux canapé qui montrait son crin.

– Vous pensez vraiment ne pas y aller, maître ?

– En Espagne ? Je l'ai déjà dit : je ne sais pas. Même si mes amis insistent beaucoup. Après tout, on m'a nommé directeur honoraire du Prado. *Noblesse oblige**, comme on dit ici... Mais j'ai trop de travail. Peut-être plus tard, dans quelques mois.

– Madrid est très dangereux, d'après ce qu'on raconte. Il y a des bombardements à toute heure.

– Oui. Ces porcs fascistes. Des femmes, des enfants, poursuivit-il en montrant une vingtaine de photographies découpées dans des magazines et punaisées sur le mur. Regardez ça. Mais les Madrilènes opposent une résistance admirable.

– Admirable, répéta Falcó, l'air convaincu.

– C'est une guerre des classes... Si nous la gagnons, la cause du peuple en sera renforcée dans le monde entier.

Falcó encaissa ce pluriel avec une aigre grimace intérieure. Picasso n'avait pas mis les pieds en Espagne depuis de nombreuses années, ni manifesté l'intention de le faire. Il est facile, se dit-il, de parler de gagner la guerre du peuple du haut d'un atelier en bord de Seine.

– *No pasarán*, fit-il en reprenant le slogan antifasciste des partisans de la République.

Il se bornait à sourire, complice comme il le fallait. Le peintre remuait la tête avec la plus ferme vigueur.

– Bien sûr que non, ils devront affronter des milliards de baïonnettes.

Falcó regarda les photographies : enfants morts après des bombardements, femmes endeuillées en larmes, civils qui couraient, maisons en ruine. Pendant un moment, il se dit que l'homme qui avait affiché ces images n'avait pas vu une guerre ni un acte de violence de sa vie : il lui fallait chercher l'inspiration dans des images que d'autres gardaient gravées sur leurs rétines. Il y avait cependant des choses qu'une photo ne pourrait jamais contenir : l'odeur de la chair déchiquetée, le bourdonnement des mouches, la saveur métallique du sang dans la bouche. Brusquement, il comprit que, pour si grand que fût Picasso, il n'avait rien à lui apprendre sur certains sujets.

– C'est formidable, maître.

– Quoi ?

– Le tableau… Votre travail.

– On fait ce qu'on peut.

Le peintre s'était reculé de deux pas et contemplait d'un œil critique la partie qu'il venait de peindre. Sans grande satisfaction, apparemment.

– Il s'agit d'émouvoir les masses, ajouta-t-il.

Il plongea le pinceau dans un flacon de diluant, s'essuya les mains sur son gilet, mordit la coiffe du cigare comme s'il s'était agi d'un bâton de chaise de dernière catégorie et le planta entre ses lèvres. Puis, avant que Falcó ait pu lui offrir du feu, il craqua une allumette et alluma le havane en le faisant tourner entre ses doigts tachés de peinture.

– Le fascisme, c'est l'ennemi du genre humain, ne croyez-vous pas ? remarqua-t-il en exhalant la fumée. Difficile de résumer ça en une seule image. C'est trop criminel et universel.

Falcó regardait avec attention l'énorme tableau. En fait, il réfléchissait au moyen le plus criminel et universel de le détruire.

– Il semble qu'il reste beaucoup à faire, dit-il après avoir pris une nouvelle gorgée de vermouth. Pensez-vous pouvoir l'achever pour l'Exposition ?

– Ça vaudrait mieux. Pour moi et pour l'Exposition, répondit le peintre après avoir poussé un soupir.

– Puis-je vous poser une question ?

– Si elle ne demande pas une réponse trop compliquée, faites.

– Que représente ce cercle pareil à un soleil, avec un... ?

Il s'interrompit, parce qu'il n'était pas capable de définir le reste. Picasso fronça les sourcils, intrigué.

– Vous parlez de ça, en haut ? Que pensez-vous que ce soit ?

– Un poing tenant une carotte ?

Le peintre le regarda, stupéfait, le havane fumant entre les doigts, bouche ouverte. Il examina le tableau pendant quelques instants, puis reporta son regard sur Falcó.

– Vous voyez une carotte dans cette partie ébauchée au fusain ?

Falcó sentit une vague de chaleur monter jusqu'au col de sa chemise. Fiasco total, se dit-il. Il faisait fausse route. Tout à coup, la cravate l'oppressait terriblement.

– Ce n'est pas du tout ce que j'ai voulu dire.

– Mais vous l'avez dit.

– Je ne me suis pas bien exprimé...

– Que diable vouliez-vous dire ?

En résistant au désir de relâcher son nœud de cravate, Falcó but un peu de vermouth.

– Eh bien... En réalité, je suppose que ça signifie...

– Peu m'importe ce que ça signifie, l'interrompit sèchement le peintre. Ça va disparaître de là.

Il observait le tableau, pensif. Il fit deux pas pour s'en approcher, en examina la partie en question, puis prit du recul. Il semblait blessé. La cendre du cigare tomba sur le revers de son pantalon.

– Votre carotte est condamnée à mort.

– Mon intention n'était pas...

– Taisez-vous. Je n'en ai rien à foutre de votre intention.

Il continuait d'étudier le tableau. Il fit un geste de la main qui tenait le cigare, en montrant la zone incriminée.

– C'est une lampe, merde. Une main qui porte la lumière.

– Bien sûr.

– La lumière de la raison et de la justice. La dénonciation du mal... Ça saute aux yeux.

– Je n'en doute pas, maître.

Picasso s'était tourné vers Falcó, l'air sévère. Ses petits yeux très noirs et durs le perçaient comme des pointes d'onyx.

– Vous êtes un amateur d'art et vous le payez cher, dit-il au bout d'un moment. Pourquoi ces achats ? Qu'est-ce qu'un tableau pour vous, bordel ?

Falcó réfléchit à toute vitesse, en cherchant au plus pressé un recours immédiat. Soudain, il se rappela quelque chose qu'il avait lu, à propos de l'amour, dans un roman de quatre sous. Et qui pouvait aller.

– Un tableau est un mensonge de haut vol.

Le peintre cligna plusieurs fois les yeux, pour avaler ça. Il regardait maintenant Falcó avec curiosité.

– Jusqu'à ce qu'on en fasse une vérité, voulez-vous dire ?

Soulagé, Falcó avala sa salive, puis une gorgée de vermouth.

– C'est ça.

– Eh bien, fit Picasso, clignant de nouveau les yeux, c'est brillant. Il va falloir que je le place, à l'occasion... Un mensonge de haut vol. Oui. J'aime le concept.

Il avait remis le cigare entre ses dents et observait de nouveau le tableau.

– Il pourrait s'appliquer à l'art en général, remarqua-t-il, plongé dans ses pensées.

– Ou à l'amour, suggéra Falcó, dans un élan de timide honnêteté.

Picasso semblait ne pas l'avoir entendu. Il continuait d'examiner le tableau, comme s'il venait d'y découvrir des choses qu'il ignorait.

– Vous êtes un type intelligent, monsieur… Hum… Comment vous appelez-vous, déjà ?

– Ignacio Gazán, maître.

– En fait, vous ne vous trompez pas, ami Gazán. Un tableau est la somme de ses destructions. C'est quelque chose de vivant, comprenez-vous ? Il se transforme, meurt et revit tandis qu'il naît, jusqu'à ce que l'artiste dise : ça suffit. C'est seulement alors qu'il est achevé. Et qu'il meurt vraiment.

– Les tableaux meurent quand on finit de les peindre ? risqua Falcó avec un air fasciné, pour entretenir le climat favorable.

Picasso acquiesça, sérieux. Bienveillant.

– Pour son auteur, bien sûr, dit-il, et il parut réfléchir pendant un court moment. Œuvre achevée, œuvre morte… À partir de là, elle ne vit plus qu'à travers celui qui la regarde. Le public. Et l'artiste reste avec son insatisfaction, de savoir que jamais elle ne sera aussi parfaite qu'il l'a imaginée. Ce qui se passe, c'est que les œuvres, avant de mourir, procréent. Elles donnent naissance à d'autres, ajouta-t-il en se touchant la tête du doigt. Elles fertilisent, vous comprenez ?

– Je crois que oui.

Picasso tira longuement sur le havane et laissa la fumée sortir de son nez et de sa bouche. Puis il prit Falcó par les épaules et lui fit faire quelques pas en direction de la fenêtre, pour qu'il puisse voir de là le tableau.

– Le soleil va se changer en une lampe électrique. Avec une ampoule. La tête du cheval va monter jusqu'à arriver dessous… Et près d'elle, là où vous la voyez, cette colombe de la paix blessée à mort battra de l'aile.

Falcó eut beau s'efforcer de la découvrir, il ne vit aucune colombe.

– Une colombe ?

– C'est ça.

– Où ?

Le peintre ouvrit les bras en un geste qui pouvait embrasser la toile, l'atelier, Paris, Guernica ou le monde entier.

– Là.

Puis il resta jambes écartées, poings sur les hanches, sans détacher son regard du tableau.

– C'est mon Radeau de La Méduse, ajouta-t-il après un instant de silence. Vous comprenez ?

Falcó hocha la tête, prudent.

– Je crois.

– Je me demande ce qu'en dirait Géricault.

– Je me le demande, moi aussi.

Tout à coup, s'animant avec brusquerie comme s'il venait de se rappeler un devoir important, le peintre écrasa dans une boîte de sardines pleine de mégots le havane seulement à moitié consumé. Et il lui montra la porte.

– À présent, si vous le permettez…

Falcó avait étudié l'endroit en arrivant : la cour et l'escalier, le type de serrure, la disposition des lieux. Il avait même mémorisé la position de tous les obstacles, meubles, toiles adossées les unes aux autres, chevalets, objets divers, s'il devait se déplacer dans l'obscurité. Mais il voulait garder la possibilité de revenir, s'il le fallait. Le prétexte. Aussi leva-t-il la main comme un élève demande une permission à l'enseignant. Prêt à boucler rondement l'affaire par une passe de défense en éloignant le taureau.

– Je voudrais acheter un autre de vos tableaux, maître.

Le peintre secoua la tête.

– Je vous ai dit que je n'avais rien de disponible. Seulement ces cartons et dessins que vous avez vus. Celui que vous avez choisi est réellement bon. Le meilleur.

– Peindriez-vous quelque chose pour moi ?

Picasso fit un autre geste d'indifférence.

– Par exemple ?

– Je ne sais pas... Un portrait ?

– De vous ? demanda le peintre, manifestant une vague curiosité. Vous aimeriez que je fasse votre portrait ?

– Peut-être bien.

– Il vous coûterait une fortune.

– Que je peux payer.

La main de Picasso se ferma, comme s'il serrait les poings pour se préparer à boxer. Puis il donna un petit coup amical dans la poitrine de Falcó.

– Vous êtes un drôle de garçon, vous savez ? Mais sympathique.

– Merci.

– Et, de plus, un ami d'Eddie Mayo.

– Une femme merveilleuse, dit Falcó.

– Belle, fit le peintre en le regardant avec une roublardise complice. Vous avez l'air de quelqu'un qui aime les belles femmes... Et les laides.

Il avait pris une feuille de papier de grand format sur la table. Où figurait, dessinée au crayon en traits tout à fait rudimentaires, une main qui tenait une épée brisée. Picasso la leva dans la lumière pour la regarder à contrejour, puis la plaqua sur la table. Ensuite, après avoir jeté un coup d'œil sur le visage de Falcó, il le saisit par le menton et le tourna brusquement du côté droit.

– Ne bougez plus.

Il le contempla encore un moment avec grande attention, comme s'il plantait la pointe d'onyx de ses yeux dans les entrailles de l'homme qui se tenait devant lui. Ensuite, il prit un crayon dans un pot ébréché et traça des lignes affirmées sur la partie blanche du papier, tout d'abord lentement, puis de plus en plus vite. On n'entendait plus que son souffle et le grattement de la mine de plomb. Quand il eut fini, il signa, data et tendit le dessin à Falcó. C'était un visage composé de manière quasi géométrique, constata celui-ci, mais qui aurait écorché vif tout autre que lui. Si n'avaient été là tous les Falcó qu'il connaissait, et même un qu'il ne connaissait pas.

– Voici votre portrait, monsieur Gazán, dit Picasso. Et il est gratuit. C'est la maison qui régale.

Il avait une démarche à faire – préparer le dernier transfert de fonds sur le compte de Léo Bayard – place Vendôme, à la banque Morgan. Le ciel était toujours couvert, mais la température agréable. Comme il avait du temps devant lui, après avoir laissé le portrait à son hôtel, il décida de s'y rendre à pied, gabardine sur le bras, en traversant la Seine par le pont des Arts.

Sur la rive gauche, les passants étaient nombreux, touristes et oisifs flânaient près des boîtes à livres des bouquinistes. Devant le pont, il prit les précautions habituelles, s'arrêta pour tapoter son chapeau afin de redonner forme au feutre, et du même coup regarder derrière lui pour voir s'il était suivi. Il lui sembla n'apercevoir personne de suspect, aussi monta-t-il les quelques marches qui donnaient accès à la passerelle de bois, qu'il longea du côté droit, près de la balustrade devant laquelle les gens s'arrêtaient pour regarder l'île de la Cité et les tours lointaines de Notre-Dame. Vers le milieu du pont, une casquette à ses pieds, un violoniste barbu avec des lunettes aux verres épais et des cheveux trop longs jouait un vague air mélancolique.

Un moment, tout juste cinq secondes, le coup de corne d'une péniche qui descendait le fleuve détourna l'attention de Falcó. Et ce fut son unique faute.

Il ne les avait pas aperçus et ignorait comment ils étaient parvenus jusqu'à lui sans qu'il les eût remarqués. C'étaient indiscutablement des professionnels, qui connaissaient toutes les finesses du métier, mais, au point où il en était, ça n'avait plus d'importance : ils étaient déjà sur lui.

Ils vont me tuer, se dit-il.

Il s'en rendit compte dès qu'il quitta des yeux la péniche, quand, conscient de sa distraction, il jeta un coup d'œil derrière lui et les vit, l'un à côté de l'autre, s'approcher de lui entre les passants. Il eut à peine le temps de remarquer deux chapeaux, une veste longue marron, un costume brun fripé. Deux visages sombres et déterminés. Quand ils se virent découverts, l'homme à la veste longue se sépara de son compagnon et, en une rapide progression semi-circulaire, dépassa Falcó par la gauche jusqu'à se trouver devant lui, lui barrant le passage, tandis que les pas de l'homme sur les traverses en bois de la passerelle se rapprochaient, véloces, derrière lui. Sous la veste longue ouverte luisit, un instant, la lame d'un couteau.

Imbécile que je suis, se dit Falcó. Les laisser en arriver là.

Mais ce n'était pas un lamento qui allait sauver sa peau. Et peu d'options se présentaient. Il avait laissé son pistolet dans la chambre du Madison. S'il ôtait son chapeau pour tirer la lame à rasoir de la basane, il laissait au type en veste longue la possibilité de le saigner à son aise. Et c'était encore sans compter sur l'arme blanche ou à feu qu'allait produire dans l'action le compère à la veste brune. D'instinct, il se rabattit donc sur la seule issue que lui indiquait son expérience en de semblables circonstances : dès que tu le pourras, ne joue pas au héros, détale. Se servant de sa gabardine pour protéger son ventre de la main gauche, il plongea la droite dans la poche de sa veste où il tenait les pièces de monnaie – laiton, nickel, cuivre – et, les prenant toutes dans sa main, les jeta avec la plus grande violence à la tête de son adversaire quand celui-ci arriva à moins d'un mètre de lui. Puis, tandis que le type s'arrêtait, portait la main à son visage, et que quelque chose de terriblement effilé déchirait la veste de Falcó – le tueur de derrière était donc aussi armé d'un couteau –, manquant ses reins de quelques millimètres, il fit la seule chose qu'il pouvait encore faire : prenant appui d'une main sur la balustrade, il sauta par-dessus et se laissa tomber dans le fleuve.

11

ROCAMBOLE À L'HÔTEL MEURICE

– Ce n'était pas la Cagoule, dit Sánchez. Ou, du moins, c'est ce que jure Verdier.

– Alors, il ne reste qu'une possibilité.

– Les rouges ?

– Oui.

Ils passaient près du bassin du Luxembourg, après s'être retrouvés vingt minutes auparavant à côté de La Closerie des Lilas, sous la statue du maréchal Ney. De temps en temps, Falcó sortait un mouchoir de sa poche pour se moucher. Son nez coulait un peu et il avait mal à la tête. Le plongeon lui coûtait un léger refroidissement, qu'il combattait avec des comprimés de Cafiaspirina et du cognac.

– Ce pourraient aussi être les nazis, qui jouent leur propre jeu, remarqua Sánchez après quelque réflexion. Ou les Italiens, avec leurs habituels bricolages.

– Possible, reconnut Falcó, mais moins probable.

L'agent national le regarda du coin de l'œil. Il n'avait aujourd'hui ni chapeau ni cravate, mais un foulard noué autour de son cou et une casquette qui, avec sa moustache, lui donnaient une apparence incongrue de prolétaire distingué. Il paraissait tout aussi fatigué que les fois précédentes.

– Faudrait savoir, fit-il. C'est votre peau qui est en jeu… Avez-vous pu voir à quoi ils ressemblaient ?

– Oui, pour celui qui venait vers moi : teint olivâtre, de taille moyenne, mal rasé.

– Un Espagnol, peut-être ?

– Ça se pourrait... Bien qu'il soit facile, ici, d'engager quelqu'un pour ce genre de travail. Les couteaux sont apatrides.

– Vous avez eu de la chance, somme toute.

Oui, et comment, se dit Falcó. Le coup de couteau dans le dos avait manqué la chair de peu, ne déchirant que sa veste, la balustrade était très proche et au moment de sa chute ne passait sous le pont aucune péniche sur laquelle il se serait sans doute rompu les os.

– Beaucoup de chance, ajouta-t-il.

Tombé tout droit dans la Seine, plouf, il s'était enfoncé dans une eau froide et trouble qui lui avait coupé le souffle, tandis qu'il se démenait pour regagner la surface et essayer de s'y maintenir, encore étourdi. Puis, emporté par le courant, il avait nagé en direction du quai le plus proche, pendant que les gens agglutinés sur le pont et sur les rives attiraient l'attention sur lui en criant à l'aide. Aux deux gendarmes qui l'aidèrent à sortir de l'eau, lui firent boire un peu d'eau-de-vie et lui apportèrent une couverture, il raconta qu'il était tombé comme un imbécile en se penchant par-dessus la balustrade pour prendre une photo. Les agents se montrèrent aimables, lui offrirent une cigarette et le conduisirent à la police fluviale pour y prendre sa déclaration, avant de l'accompagner en taxi jusqu'à son hôtel. L'affaire était bouclée, du moins de ce côté-là.

– Il y a une explication, fit Sánchez.

– J'en ai plusieurs.

– Celle-ci est raisonnable : nous avons l'un des nôtres à l'ambassade républicaine, un informateur précieux, qui a accès au code de la machine de chiffrement Kryha-Marconi dont leur personnel dispose... Et il croit que vous avez été identifié.

– Sous quel nom ?

– On ne mentionne pas de nom, hormis Ignacio Gazán. Mais ils soupçonnent que vous n'êtes pas celui que vous prétendez être et que vous travaillez peut-être pour nous.

– C'est étrange. Et si rapide... Je ne suis ici que depuis quelques jours.

– Quelqu'un vous aura reconnu. Peut-être Navajas a-t-il quelque chose à y voir.

Falcó réfléchissait. Tant va la cruche à l'eau... conclut-il. La cruche, c'était lui, en définitive. Sánchez l'observait, intrigué.

– Auriez-vous envoyé des lettres par courrier ordinaire ? La correspondance pour l'Espagne est interceptée par les cellules communistes du service postal français.

– Non. Pas une.

Il réfléchissait encore, mais la sensation d'avoir la tête lourde que lui donnait le refroidissement le déroutait un peu. Son nez coulait. En pestant intérieurement, il tira une nouvelle fois le mouchoir de sa poche de poitrine.

– Ce n'est pas possible, fit-il en soufflant dans le carré de batiste, qu'il ne rangea pas. Ça va trop vite. Il se passe ici quelque chose d'inhabituel.

– Tout est inhabituel par les temps qui courent. C'est peut-être une coïncidence.

– Je ne crois pas aux coïncidences. Dans notre métier, trop leur attribuer peut coûter cher. Rien de plus suspect qu'un concours de circonstances.

Sánchez hocha la tête. Une amorce de rire, vite réprimée, le fit un peu tousser.

– Comme un coup de couteau sur le pont des Arts, ironisa-t-il.

– Par exemple.

– Ce qui est clair, c'est qu'on en a après vous. Vous êtes devenu une cible, j'en ai peur. Il va falloir se dépêcher de régler l'affaire Bayard.

– Elle est mûre à point. Aujourd'hui même, elle sera mise en délibéré.

– Je suis ravi de l'apprendre.

Après avoir lancé un regard discret d'un côté et de l'autre, l'agent national se rapprocha de Falcó et lui tendit le journal qu'il tira de sa poche et sur les pages duquel il pointa un doigt jaunâtre comme s'il voulait lui signaler un titre.

– Vous avez là une enveloppe avec de nouvelles photos : lui, cette Anglaise et vous, en bons amis... Il vous en faudra d'autres ?

– Non, avec celles-ci, ce sera suffisant.

– L'explication, c'est peut-être Bayard. Quelqu'un commence à s'impatienter et met les fers au feu sans hésiter à vous griller.

– Si vite ? demanda Falcó en se mouchant encore une fois. C'est ce qui m'étonne. Quelque chose m'échappe encore.

– Ce qu'il y a de surprenant, si ce sont les rouges qui vous soupçonnent, c'est qu'ils n'aient pas prévenu Bayard.

Falcó opina de la tête. Les rouges, se disait-il, ou l'Abwehr. Sans exclure l'Amiral lui-même, enclin à faire ses coups en douce. Le Sanglier était dépourvu de scrupule, à cet égard. Il était capable de soulever un coin du voile et de lâcher les chiens, sûr que son agent s'en sortirait.

– Peut-être tâtent-ils encore le terrain.

– Drôle de façon de s'y prendre, en tentant de vous poignarder.

– Mieux vaut ça qu'une balle dans la nuque.

Sánchez lui fit un sourire en lame de couteau.

– Vous me pardonnerez de jouer au plus fin, mais j'ai l'impression que tout ça vous amuse... Je me trompe ?

– Chacun voit les choses à sa manière.

– On tente de vous liquider, vous risquez le grand plongeon, vous êtes peut-être repéré et quelqu'un vous tient dans sa ligne de mire... Ça ne ressemble pas tout à fait à un film d'Harold Lloyd.

– Dans notre métier, on laisse le lamento chez soi.

– Pour ça, oui… Je veux bien vous croire.

Ils se turent un moment, regardèrent les enfants jouer autour du bassin. Sánchez eut une nouvelle quinte de toux, et même s'il porta le mouchoir à sa bouche et l'escamota prestement, Falcó put y voir les éclaboussures habituelles.

– Comment êtes-venu venu à ce métier ? lui demanda-t-il. Vous étiez dans l'armée, n'est-ce pas ?

L'agent tordit sa moustache presque avec tristesse.

– C'est aussi évident que ça ?

– Pas tellement. C'est peut-être votre façon de porter les vêtements civils… Je suppose qu'avoir été soldat imprime un certain caractère, comme avoir été pute ou curé.

Sánchez ôta sa casquette, passa une main sur son front dégarni. Brusquement, sa fatigue sembla s'accentuer.

– Le 18 juillet, j'étais au Cuartel de la Montaña… Quand toute cette racaille est entrée dans la caserne et a commencé à passer par les armes tous les gradés et les officiers, j'ai pu m'enfuir, ôter mon uniforme, avant d'aller me mêler aux soldats qui se rendaient. On m'aimait bien, dans les rangs. On ne m'a pas dénoncé.

– Eh bien, voilà un miracle.

– Exactement, confirma l'agent, qui remit sa casquette tout en posant sur Falcó un regard précautionneux. Un miracle… Vous êtes croyant ?

Sans répondre à cette question, Falcó sembla prêter toute son attention à l'étui à cigarettes qu'il avait séché avec soin après le plongeon dans la Seine, comme le briquet et les autres objets qu'il tenait dans les poches. Ce qu'il n'avait pu sauver, c'était sa montre-bracelet, complètement irrécupérable, ainsi que sa gabardine et son chapeau, emportés par le courant. Il prit une cigarette.

– J'ai pu arriver chez mon frère, rue Castelló, reprit l'agent. Il était médecin. Je suis resté caché chez lui trois jours, jusqu'à ce que la concierge nous dénonce. Ils sont venus de nuit, et ils ont emmené mon frère. J'ai pu m'échapper encore une fois, par les toits, et aller rejoindre les nôtres à Guadarrama… Je parle français, anglais et allemand, et un de mes cousins est le secrétaire du comte de los Andes. On m'a d'abord envoyé à Saint-Jean-de-Luz, puis ici.

À la troisième tentative, la mèche du briquet s'enflamma et Falcó alluma la cigarette.

– Qu'est devenu votre frère ?

– Ils l'ont conduit à la tchéka de Fomento, puis emmené faire un tour à la Casa del Campo… Ma belle-sœur a été violée quand elle est allée demander qu'on lui rende son mari.

Il l'avait dit avec une froideur objective. Lentement et sans inflexion. Après quoi son regard, détaché, se porta de nouveau sur les enfants qui jouaient.

– Je rêve souvent que je vais trouver cette concierge, une fois que nous serons entrés dans Madrid, ajouta-t-il tout à coup. Ce ne sont pas les rouges qui manquent, là-bas, non ? Il y en a des centaines de milliers. Et parmi eux de nombreux assassins… Pourtant, moi, tel que vous me voyez, je n'en ai qu'après cette bonne femme.

Après ces mots, il haussa les épaules. Tête inclinée de côté, il était plongé dans ses pensées et ses souvenirs.

– Leocadia Garrón Espejo, c'est son nom. Je ne l'oublie pas.

Ils firent quelques pas sans rien dire. Avec une certaine difficulté, Sánchez contint un accès de toux. Il toucha du doigt les commissures de ses lèvres que crispa un sourire peu engageant.

– J'espère vivre assez longtemps pour le faire, conclut-il.

Falcó n'appréciait pas sa cigarette. Sans doute à cause du refroidissement, le goût n'en était pas satisfaisant. La fumée lui irritait le nez et la gorge, si bien qu'il la laissa tomber par terre, à regret.

– Pour ce qui est de votre affaire et de l'ambassade rouge, dit l'agent sur un autre ton, je ne sais que vous dire. Tout cela me dépasse. Je ne connais que partiellement ce qui est en jeu. Je suis un simple pion sur l'échiquier.

– Ce que nous sommes tous.

– Vous me semblez être plutôt un fou ou un cavalier. Je continue à recevoir pour instruction de vous protéger de mon mieux. Et on m'a demandé d'établir un contact direct.

– Avec Salamanque ?

– Oui.

– Vous parlez d'une surprise.

– Nous avons à l'hôtel Meurice une ligne téléphonique valide pour de pareils cas.

– Tiens, tiens… Une ligne sécurisée ?

– Du mieux possible. Ce qui revient si cher que nous ne l'utilisons qu'en cas d'urgence. On nous demande d'établir une communication, aujourd'hui, à seize heures.

– Avec qui ?

– Vous verrez bien, répliqua Sánchez avec son sourire rébarbatif. Moi, dans cette affaire, je ne suis qu'un intermédiaire.

On servait chez Lipp le meilleur gin-fizz de Paris, aussi Falcó en commanda-t-il un sitôt entré. Léo Bayard et Eddie Mayo étaient déjà là, sous un grand miroir, assis à l'une des tables de l'arrière-salle, avec non loin d'eux Petit Pierre qui, du comptoir, veillait sur eux. C'était l'heure de l'apéritif, et la brasserie était pleine de gens d'apparence bourgeoise venus s'y encanailler. Le miroir reflétait les serveurs en veste noire et long tablier qui allaient et venaient avec des plateaux de fruits de mer et des bouteilles de vin dans des seaux à glace. La rumeur des conversations était nourrie.

– Nous avons appris que vous avez nagé dans la Seine, dit Bayard, amusé. Racontez-nous tout.

Falcó obéit sans se faire prier. C'était un excellent conteur, engageant, impertinent, dont le charme rendait plaisante toute anecdote triviale. Celle du plongeon dans le fleuve était idéale pour se mettre ainsi en valeur ; alors, exagérant sa maladresse quand il s'était agi de prendre la supposée photographie, et se tournant en dérision, ce en quoi il excellait, il raconta comment il avait perdu l'équilibre, était tombé dans le fleuve et avait été repêché par les gendarmes, trempé comme une soupe.

– Ils m'ont raconté qu'il ne se passe de semaine sans que quelqu'un essaie de mette fin à ses jours en se jetant du haut de ce pont. Qu'il s'agit le plus souvent de grisettes en mal d'amour et de caissiers véreux ; mais ils le font généralement de nuit, et sans personne en vue… J'ai répondu que, moi aussi, j'aurais bien voulu mourir en tombant, mais de honte.

Bayard riait, Eddie souriait en observant Falcó, méditative.

– Je ne m'attendais pas à une telle maladresse de votre part, dit-elle.

Elle était vêtue d'un *tailleur**, de toute évidence un Chanel, assorti d'un chemisier blanc et d'une cravate qui lui donnaient une équivoque et attirante touche androgyne. Avec ses cheveux blonds et souples coiffés en forme de casque, elle était très belle.

– Je puis être d'une maladresse qui vous surprendrait, répondit Falcó.

Elle souriait encore, hautaine, un coude sur la table et une cigarette allumée entre les doigts de la main levée à la hauteur de son menton.

– J'en doute.

– Si je vous racontais…

Falcó avait sorti son mouchoir dans lequel il souffla discrètement.

– Désolé, fit-il.

– Goûtez cette huître, lui recommanda Bayard.

Elle lui parut délicieuse ; comme il avait terminé son cocktail, il but une gorgée de chablis. Quelques connaissances s'approchèrent de Bayard, qui se leva pour les recevoir, pendant qu'Eddie et Falcó s'observaient du regard.

– Picasso a fait mon portrait, dit-il. J'en suis très heureux.

Elle ne parut pas surprise.

– Picasso est une brute capricieuse.

– Il s'est montré très aimable avec moi.

– Vous lui plaisez, fit-elle, et elle resta quelques instants silencieuse tandis que le sourire s'effaçait lentement de ses lèvres. Vous plaisez à tout le monde… Retombez-vous toujours ainsi ?

– Ainsi ? Comment ?

– Sur vos pieds, comme les chats.

– Je fais ce que je peux.

– En effet, vous le faites… Vous avez le talent de la conversation.

– Et vous du silence.

Eddie lui lança un regard indéchiffrable.

– C'est un compliment, j'imagine, dit-elle.

– Bien entendu. Ce que je ne sais pas encore, c'est s'il vous agrée.

La température chuta de quelques degrés.

– Vous faites là aussi ce que vous pouvez, non ?

– De mon mieux.

– C'est ça.

Elle resta alors quelques instants sans rien dire, menton appuyé dans la paume de la main qui tenait la cigarette.

– Moi aussi, j'aimerais faire votre portrait… Ça vous embêterait de poser pour moi ?

Falcó mit cinq secondes à répondre, parce qu'il ne s'y attendait pas. Et qu'il se disait : C'est hors de question. Son visage dans un album de photographe, en séducteur de cinéma. Il imagina, malicieux, ce que dirait l'Amiral si, en ouvrant un numéro du *Harper's Bazaar*, il tombait sur son portrait.

– Pourquoi ça m'embêterait ?

– C'est vrai, fit-elle en continuant de l'étudier, pensive. Pourquoi ça vous embêterait ?

Bayard était revenu à leur table après avoir pris congé de ses connaissances. Il semblait à la fois inquiet et satisfait.

– C'étaient quelques journalistes de mes amis, de *Ce Soir* et de *L'Humanité*... Ils disent que le cuirassé *Deutschland*, qui est à Ibiza, a été attaqué par des avions de la République... Vingt-deux marins morts et soixante-treize blessés !

– Ah, fit Eddie en tirant sur sa cigarette.

Falcó comprenait très bien la gravité du fait. À l'heure qu'il était, les lignes téléphoniques et les téléscripteurs codés devaient surchauffer. C'était sans doute l'incident le plus grave depuis le commencement de la guerre.

– Une attaque délibérée ? demanda-t-il.

Bayard fit une grimace d'ignorance.

– On ne sait pas... À ce qu'il paraît, le gouvernement de Valencia parle d'une erreur, mais je ne sais pas comment il pourrait s'agir d'une erreur avec un bâtiment aussi énorme que ce cuirassé.

– C'était sans doute intentionnel, estima Eddie.

– Ce pourrait être une bonne chose, non ? La non-intervention allemande, réelle mais non formelle, mettra bas les masques, après ça... Hitler n'encaissera pas le coup en beau joueur. Il va intervenir, et obliger ainsi la France et l'Angleterre à ne plus rester les bras croisés... N'êtes-vous pas de cet avis, Nacho ?

– C'est possible, dit Falcó en se dérobant. Je n'y comprends pas grand-chose.

– Parce que la guerre pourrait alors s'internationaliser.

Eddie manifesta son désaccord.

– Je doute qu'en ce moment Staline veuille s'opposer ouvertement à Hitler et à Mussolini, objecta-t-elle. Du moins, pas encore.

– Tu as peut-être raison, admit Bayard. Mais, en tout cas, ça semble être un joli coup pour la République. Un... comment dit-on, en Espagne, au *mus*, quand on fait tapis ?

Il regarda Eddie, sans résultat, puis il recourut à Falcó, pour chercher le mot.

– Un *órdago* ? hasarda ce dernier.

– C'est ça, dit Bayard en prenant la cigarette qui était entre les doigts d'Eddie et en aspirant la fumée avec délectation. Je vous avoue que je les envie. Vous imaginez ? Si j'avais pu, avec mon escadrille, bombarder au moins un croiseur allemand.

– Tu aurais donné ta vie pour ça, dit Eddie.

– Sans aucun doute.

– Vous parlez de l'Espagne comme si c'était pour vous une aventure magnifique, dit Falcó.

– C'est ce qu'elle a été pour moi, répliqua Bayard en souriant avec une vraie candeur. La plus belle de ma vie : de bons camarades, de l'action véritable, et une juste cause... Que peut-on demander de plus ?

– Vous regrettez d'en être parti ?

Falcó vit le visage de Bayard s'assombrir.

– Pas tant que ça. Des gens peu recommandables ont commencé à arriver, venus d'un peu partout, avec des intentions pas très claires, vous saisissez. L'innocence originelle se perdait. Même parmi les Espagnols... J'ai cessé de m'y sentir bien, je me suis donné un nouveau moyen d'être utile. Et je suis ici, avec vous, à faire ce que je peux.

Falcó estima que le bon moment était venu. Et il se dit qu'il fallait y aller doucement, avec les mots justes. Il sortit le tube de Cafiaspirina de sa poche, mit deux comprimés dans sa bouche, les avala avec une gorgée de vin.

– Où en est le financement de *Ciels d'Espagne* ?

Bayard fit une mine désolée.

– Il avance péniblement.

– J'y ai réfléchi, et je crois que je participerai à votre film.

– Vous parlez sérieusement ? Vous vous êtes enfin décidé ?

– Tout à fait... Si vous me le permettez, bien sûr.

Bayard en resta bouche bée. La mèche de son front donnait un caractère juvénile à son visage étonné.

– C'est une nouvelle extraordinaire, fit-il, hésitant. J'en perds la parole.

Avec le plus grand naturel, sans y attacher d'importance, Falcó sortit de sa poche l'aval de la banque Morgan qu'il avait demandé le matin même place Vendôme et le posa sur la table. Le chiffre était visible sur la première page : cent mille francs.

– Chacun apporte le soutien qu'il peut.

Bayard passa une main sur son visage en lisant le document. Son nez semblait s'être acéré et ses yeux billaient de contentement.

– Vous êtes un homme honorable, cher ami, dit-il en montrant le chèque à Eddie. Qu'en dis-tu ? lui demanda-t-il.

– Bien sûr, répondit-elle sans regarder le document, mais Falcó. Très honorable.

Sonné, Bayard levait les mains, paumes tournées vers Falcó.

– Vous ne le regretterez pas, je vous l'assure.

– Je l'espère.

– Je vous ai donné ma parole. Tout sera là : *Le Cuirassé Potemkine*, Eisenstein et les expressionnistes allemands… Le cinéma est une arme moderne. Voyez l'attention que lui prêtent les nazis, qui savent mentir comme personne. Un livre peut atteindre des milliers de lecteurs, mais un film est vu par des centaines de milliers de gens…

Il s'interrompit pendant que Falcó se mouchait encore une fois. Puis Bayard tendit la main pour serrer, avec affection, celle d'Eddie.

– Le cinéma, mon cher Nacho, poursuivit-il, rassemble la totalité d'une civilisation : films comiques dans les pays capitalistes, guerriers dans les pays fascistes, épiques et tragiques dans les communistes… C'est parmi ces derniers que nous nous rangeons.

– La France n'est pas encore communiste, objecta Eddie. Et il en coûte à l'Espagne de l'être.

Bayard avait encore sa main sur celle de la jeune femme.

– Ça viendra. Mon film va un peu y contribuer.

Elle retira sa main pour prendre son verre de vin. Pardessus le bord duquel, en le portant à ses lèvres, elle regarda encore Falcó.

– Quand pensez-vous commencer le tournage ? demanda celui-ci.

– En août, au plus tard, répondit Bayard. Je vous passerai le scénario, qui est prêt. Il a quarante-cinq séquences. Un bon ami espagnol, Luis Buñuel, est en train de le relire pour moi... Vous avez vu ses films ?

– Un, il me semble. Celui de l'œil avec le rasoir ?

– En effet. Il est bien de lui.

– Tournerez-vous en Espagne ?

– Sur les lignes de front mêmes, oui. Avec des personnes réelles, pas avec des acteurs : d'authentiques miliciens, paysans, femmes antifascistes... Je suis en contact avec le gouvernement de Valencia et de la Généralité de Catalogne, qui vont nous en fournir les moyens.

Bayard s'enthousiasmait à mesure qu'il parlait, coudes sur la table, la tête tendue en avant avec véhémence. Sur ces derniers mots, il s'interrompit, poussa un soupir et se renversa sur sa chaise.

– Ils ne manquent que d'une chose : l'argent. Que je dois trouver moi-même. Voilà pourquoi votre geste, aujourd'hui, est si important, si bouleversant.

– Il faudra établir un contrat en règle, suggéra Falcó.

– Naturellement. Je vous donnerai une copie de celui que j'ai signé avec mon éditeur, Gallimard, qui participe aussi au financement du film. On pourrait s'en occuper dès demain.

– Ça me semble bien.

– Formidable. Il faudrait fêter ça, non ? suggéra Bayard en faisant un signe au serveur le plus proche. Que dites-vous d'une bouteille de champagne ?

– Et cette nuit nous pourrions retourner au Mauvaises Filles, suggéra Eddie.

À quatre heures moins le quart, laissant le vacarme de la circulation derrière lui, et avec les précautions de rigueur, Falcó s'engagea sous les arcades de la rue de Rivoli et entra dans le vestibule de l'hôtel Meurice, en passant sous les lustres à pampilles dont la lumière se reflétait sur le carrelage poli aux motifs octogonaux. Sánchez, qui avait cette fois mis une cravate et un costume trois-pièces correct, attendait dans un fauteuil du petit salon contigu à la réception. Dès qu'il vit Falcó entrer, il se leva et se mit en marche sans dire un mot, en le précédant dans l'escalier.

Ils ne se dirent rien non plus en arrivant au second, où ils avancèrent à un mètre l'un de l'autre sur un tapis qui assourdissait le bruit de leurs pas. Au bout du couloir, Sánchez s'arrêta devant la porte d'une suite, frappa deux fois, fit une pause, donna un nouveau coup, puis encore deux autres. Quand on lui ouvrit, il traversa l'entrée, suivi par Falcó, qui se trouva face à un pistolet pointé sur lui. Il était tenu par une femme d'âge moyen, aux cheveux châtains ramassés sur la nuque d'une manière qui n'était guère à la mode, vêtue d'une jupe bleue et d'une veste légère de laine grise. L'arme, qui semblait disproportionnée dans ses mains, était un Star 9 mm canon long, noir et menaçant.

– Je suis des vôtres.

– Oui, il l'est, confirma Sánchez.

La femme baissa son arme et s'écarta. La suite était spacieuse, avec des meubles élégants, des tapis, et des gravures du XVIIIe siècle encadrées. La chambre était à gauche, le salon à droite. Là, sur une table était installé un ancien modèle de centrale téléphonique Ericsson dont les câbles pénétraient dans un trou du mur. La lumière des deux fenêtres, tamisée par des rideaux, dessinait les contours du canapé sur lequel était assis un homme qui se leva lentement.

– Bonsoir, dit Falcó.

Celui qui s'était mis debout était corpulent, âgé de plus de soixante ans, avec des cheveux blonds cendrés par des poils blancs qui grisaient aussi sa moustache. L'air distingué, bien et très correctement vêtu, avec une légère note snob que lui donnait un gilet de suède, il sentait la lotion d'après-rasage. Il s'abstint de serrer la main du nouveau venu. Sa dextre, singulièrement petite et même délicate, qui s'ornait d'une chevalière à l'auriculaire, resta pendante, de côté, pour ainsi dire disposée à infliger un affront.

– Je suis le comte de Tájar, dit-il sèchement.

Falcó hocha la tête. Il se souvenait de cet homme pour l'avoir vu à Jerez, au cours de son enfance et de sa jeunesse. Président du Jockey Club régional, industriel connu et détenteur de vastes propriétés, Beltrán Díaz-Carey, comte de Tájar, était connu comme monarchiste de toujours. Après le soulèvement du 18 juillet, ce collaborateur du dictateur Primo de Rivera, militant de l'Action espagnole et député aux Cortes avait aidé le comte de los Andes à créer les services de renseignements nationaux en France.

– Je connais votre véritable identité, dit l'aristocrate à brûle-pourpoint, avec peu de sympathie.

Falcó sourit, indifférent.

– Le monde est petit.

– J'ai bien connu votre père, qu'il repose en paix.

– Je sais.

– Et vous étiez dans le même collège qu'un de mes fils, il me semble.

– Oui. Luis… Comment va-t-il ?

– Il est à Jerez, où il fait son devoir.

Le mot *devoir* faillit faire sourire une nouvelle fois Falcó, mais il se contint à temps. Il gardait de Luis Díaz-Carey le souvenir d'un garçon timide et gauche, un peu bègue, qui plus tard s'était distingué par sa cruauté, lors de la répression des paysans subséquente à la victoire de la sédition militaire en Andalousie occidentale. Et il y était encore, à la tête d'une milice de cavaliers armés désormais chargée du maintien de l'ordre dans la région, afin de débarrasser la campagne de Jerez de la racaille marxiste et autre chienlit.

– Son devoir, oui, répondit-il avec douceur. Bien entendu.

Le comte le regardait avec grande attention, pour le jauger.

– Je connais vos antécédents… On ne vous apprécie guère comme individu, mais beaucoup comme agent. Salamanque vous a largement recommandé.

– Je n'ai pas grand-chose à ajouter.

– Je le crois volontiers.

Le comte de Tájar l'étudia encore un peu, comme s'il tentait de déterminer à quel point ce jeune homme fringant, bien mis, au parcours discutable et au sourire insolent méritait les moyens que l'on allait mettre à sa disposition. Pendant un moment, il regarda également Sánchez, avec l'air de lui demander si lui aussi le recommandait. Finalement, il parut l'admettre, résigné, et montra la petite centrale téléphonique.

– J'ai reçu l'instruction de vous permettre de l'utiliser. Elle nous offre une ligne sûre avec Salamanque.

– Faut-il passer par le standard de l'hôtel ?

– Non, pas du tout, répondit Tájar en incluant d'un geste la dame au pistolet. Madame est notre opératrice.

La femme, qui avait posé le Star sur un guéridon, confirma d'un mouvement de tête, avec sérieux. Elle avait une apparence peu féminine, si ce n'était monacale.

Chaussures à talons plats, bas opaques. Ses yeux étaient petits et durs.

Tájar tira une montre en or du gousset de son gilet et la consulta.

– Allons-y, si vous le voulez bien, dit, en se tournant de nouveau vers Sánchez, puis vers Falcó. Préférez-vous que nous vous laissions seul ?

Falcó se dit que ça reviendrait au même en regardant la téléphoniste qui s'asseyait devant le coffre de la machine et calait sur ses oreilles des écouteurs avec micro intégré. Avec Sœur Tromblon ainsi présente, conclut-il, tout ce qui va se dire sera retransmis on ne peut plus fidèlement. Alors, pas de faux-semblants.

– Ce n'est pas nécessaire, merci, répondit-il en posant son chapeau sur le canapé. En ce qui me concerne, vous pouvez rester, ajouta-t-il, et il prit son mouchoir, dans lequel il souffla discrètement.

– Allô ? Allô ? Finca Tormes ?

– « Je vous mets en communication avec Finca Tormes, dit une voix masculine lointaine. Attendez un moment ».

La ligne était meilleure que Falcó ne s'y attendait ; nette et presque sans friture. Plantée devant l'appareil téléphonique, Sœur Tromblon manipulait les fiches des cordons avec dextérité. Elle en avait introduit une dans l'un des connecteurs supérieurs, sous lequel s'alluma une petite lampe témoin, avant de montrer à Falcó un téléphone en bakélite noire posé sur une petite table près de laquelle il y avait une chaise. Maintenant assis et l'écouteur collé contre une oreille, il attendait que la liaison soit établie. Devant lui, sur le canapé, le comte de Tájar semblait feuilleter le magazine illustré *Voilà*. Sánchez, debout près de la fenêtre, appuyé contre le mur, écartait de temps en temps les rideaux pour surveiller la rue.

– Allô, qui est à l'appareil ? insista Sœur Tromblon. Finca Tormes ?

– « Oui. Un instant… Merci… Vous avez Finca Tormes à l'appareil. »

Une interruption, un déclic, un léger bourdonnement. Enfin se fit entendre la voix familière à l'autre bout de la ligne.

– « Allô ? Rocambole ? »

Falcó sourit en s'entendant appeler ainsi. C'était l'Amiral en personne qui pour leurs communications lui avait choisi ce nom de code. « Celui de ce personnage, tu sais, ce voleur, cette fripouille… Il te va comme un gant », lui avait-il dit en le quittant. Falcó imagina le chef du SNIO dans son bureau de Salamanque, en train de sucer le bec de sa pipe, son œil de verre et son œil indemne alignés dans un plissement de paupières sarcastique. Se délectant du romanesque nom de guerre de son agent.

– Bonsoir, monsieur, dit Falcó.

– « Au rapport. »

– Rien de bien nouveau. Je vois l'Ogre, avec qui j'ai pu établir une relation de confiance.

– « Et où en est l'histoire de la Pipe Cassée ? Ton ami l'a-t-il terminée ? »

– Il a pris un peu de retard, ce qui me laisse de la marge. J'agirai au cours des prochaines vingt-quatre heures.

– « Et que se passe-t-il avec Mirlo ? »

– Je suis aussi dans les temps. Je crois que, pour cette autre affaire, toute la couverture extérieure est prête.

– « C'est bon. Il ne manque plus que ta touche finale. »

– Affirmatif. J'y travaille.

– « Tout va donc bien de ce côté-là, alors. »

– Oui, dit Falcó, et il eut un instant d'hésitation. Mais il faut signaler une certaine réticence de la part de la compagne de Mirlo, dont j'ignore la raison… Peut-être de l'antipathie personnelle, ou de la suspicion.

– « Ça affecte ton travail ? »

– On ne dirait pas.

– « Alors, désintéresse-toi d'elle. Centre-toi sur la cible. »

– Il y a une autre affaire, et je crois que vous le savez. J'ai dû prendre un bain.

Un silence. Falcó imagina la physionomie amusée de l'Amiral. Ou tout aussi bien furieuse. Avec lui, on ne pouvait jamais savoir avec certitude comment il allait prendre les choses.

– « Oui, le rapport nous est parvenu… As-tu découvert les responsables ? »

– Négatif, dit Falcó en regardant Sánchez, debout près de la fenêtre. Mais ici, on lie ça à la nouvelle gérance de l'entreprise avec laquelle nous sommes en compétition sur le marché local.

– « À moins que ça ne commence à s'agiter du côté de Mirlo. »

Un long silence suivit, au point que Falcó finit par croire que la communication avait été coupée.

– Une suggestion, Finca Tormes ?

L'Amiral tarda un peu à répondre.

– « Peut-être serait-il opportun de servir un café à ce nouveau gérant, en profitant de ta présence sur place… Y a-t-il des moyens de s'en occuper ? »

Falcó jeta un nouveau coup d'œil sur Sánchez, puis sur le comte de Tájar, qui feuilletait son magazine comme si rien d'autre ne l'intéressait.

– D'après ce que je sais, pas trop. Ici, ils sont centrés sur le renseignement plus que sur les opérations. Je peux voir ça avec eux, bien sûr.

– « Pourrais-tu t'en charger ? »

– J'ai trop de fers au feu, Finca Tormes, repartit Falcó avant de s'interrompre sans pouvoir éviter le sarcasme. Je ne suis pas l'homme-orchestre.

De l'autre côté de la ligne un grognement se fit nettement entendre.

– « Tu seras ce que je te dis d'être, c'est clair ? »

– On ne peut plus clair, dit Falcó en poussant un soupir.

– « Je n'ai pas bien entendu, Rocambole... »

– C'est très clair, monsieur.

Un nouveau silence suivit. L'Amiral réfléchissait.

– « Je peux donner l'ordre qu'on te donne un coup de main... Ça te paraît judicieux ? »

– Bien évidemment, Finca Tormes. Dans ce genre d'affaire, plus on est de fous, plus on rit.

– « Ce n'est pas du tout drôle. »

– Je suppose que non, monsieur.

– « Alors, ne fais pas le pitre, bordel... Et encore moins par téléphone... Maintenant, passe-moi le principal partenaire et disparais. »

Falcó tendit l'écouteur au comte de Tájar et se leva.

– Oui, allô ? fit l'aristocrate.

Falcó s'était approché de la fenêtre, près de laquelle Sánchez était encore appuyé contre le mur. Il écarta un peu le rideau et jeta un regard sur la rue de Rivoli. Tout y semblait tranquille.

– Ils veulent aussi qu'on liquide Navajas, dit-il tout bas. Et que vous me donniez un coup de main.

L'agent national approuva doucement d'un mouvement de tête. Mélancolique. Il ne semblait pas surpris.

– On le voyait venir, fit-il.

12
LE *ROUGE** CERISE

Musique, fumée de tabac, conversations. Beaucoup de tenues décontractées mêlées à des cravates et costumes sombres aux épaulettes américaines. Trafiquants de cocaïne, blanchisseurs de chèques, députés gouvernementaux qui sentaient le vin avant de le goûter en fronçant le nez comme s'ils étaient nés dans un château, côtoyaient des hommes en tenue de soirée qui parlaient jazz, Bourse et voitures de course, et des femmes qui avaient laissé leur hermine au vestiaire. Le club était plein à craquer d'un Tout-Paris qui, par divers itinéraires, changeait cinq fois de bar et d'atmosphère en une nuit, avant d'entrer dans la légion étrangère du *Mauvaises Filles*.

Sur scène, accompagnée à la trompette par Melvyn Hampton, María Onitsha chantait, dans son style blues, *Komm Zurück*, version allemande de *J'attendrai*. Les couples dansaient sur la piste et les serveurs se déplaçaient, solennels, entre les tables. À celle de Falcó étaient assis Léo Bayard et Eddie Mayo. Qui se montraient réjouis et buvaient du Taittinger.

– Tu ne vas pas nous raconter son histoire ? demanda Eddie.

Elle observait la chanteuse, d'un air songeur. Mais elle s'était adressée à Falcó.

– Il n'y a aucune histoire.

– Il y en a toujours une à raconter, lui opposa Eddie en arrêtant de contempler la chanteuse pour se tourner vers lui avec un sourire énigmatique. Et cette femme est belle.

– Très belle, précisa Bayard, amusé.

Leurs regards attendaient quelque chose de lui, qui fit un geste évasif.

– Encore un peu de champagne ?

Sans attendre la réponse, il prit la bouteille et remplit de nouveau les verres.

– Tu as couché avec elle ? demanda Eddie. Sois sincère. Nous sommes entre amis.

– Allons, fit Bayard. Ne sois pas indiscrète.

Mais Eddie ne lâchait pas Falcó.

– L'as-tu fait ?

– Moi, je l'aurais fait, admit Bayard.

– Même moi je serais tentée, je crois. Elle a un corps parfait.

– Pur ébène, ça crève les yeux. Et ce côté animal, presque sauvage… Tu l'imagines nue, Eddie ?

– Bien sûr que je l'imagine. Et je suis convaincue que notre ami Nacho a fait bien plus que l'imaginer.

– Ah oui ? Et d'où te vient cette conviction ?

– De lui, fit-elle sans lâcher Falcó des yeux. Elle me vient de lui.

– Intuition féminine ?

– Tu peux le dire comme ça, oui.

– Et ?

– On le dirait spécialisé en chanteuses noires. Et même en chanteuses blanches.

Bayard rit. L'aval de la banque Morgan que Falcó lui avait montré chez Lipp le laissait d'excellente humeur.

– Eh bien, quelle chance, fit-il en levant sa coupe pour trinquer. Est-ce vrai, cher ami ? Seriez-vous allé plus loin avec cette femme superbe ? Si c'était le cas, je vous salue bien bas.

Falcó regarda Eddie. Elle était vêtue de crêpe ivoire qui laissait à nu son dos, ses épaules et ses bras, et avait pour tout ornement un collier de perles fines. Le mannequin qu'elle avait un jour été lui permettait de porter de tels vêtements avec une élégance désinvolte, comme s'ils avaient été bâtis sur elle, à même la peau.

– Vous tenez vraiment à le savoir ?

Eddie haussa ses épaules nues.

– Vous reste-t-il un de ces havanes que produit votre famille ?

Après une très brève hésitation, il tira de sa poche un Montecristo d'épaisseur moyenne, en perça délicatement la tête et le lui tendit. Elle le mit à la bouche, s'inclina pour qu'il puisse en approcher la flamme du briquet. Le bleu arctique l'étudiait avec une fixité persistante entre les premières bouffées de fumée.

– Ça se pourrait, dit-elle enfin, comme si elle y avait réfléchi. Il se peut que je sois curieuse de le savoir.

– Je t'en prie, chérie, dit Bayard, riant encore. Tu vas finir par faire rougir notre ami.

– Il ne semble pas être de ceux qui rougissent.

Comme son refroidissement semblait s'atténuer, Falcó sortit son étui à cigarettes, en prit une qu'il logea entre ses lèvres, actionna le briquet d'un déclic. Puis il laissa s'échapper la fumée, dirigea son regard du côté de María Onitsha, puis le reporta sur Eddie avec un sourire froid.

– J'ai couché avec des femmes comme elle.

– Gratis ou en payant ?

Il ne broncha pas.

– En payant, bien entendu, dit-il calmement. Et aussi avec des femmes comme vous.

– Vraiment ?

– Oui. Et parfois avec les deux en même temps.

– Ô mon Dieu ! Comment estimez-vous la chair féminine ? Au kilo ?

– À la tonne. Ferme et couverte de sueur, le plus souvent.
– Et noire, semble-t-il.
– Oui.
– Quelle vulgarité.
– Oui.
– Et quelle présomption.
– Aussi.
– Elle est bien bonne, fit Bayard en riant.

Eddie garda une attitude impassible, même si un léger battement de ses paupières n'échappa pas à Falcó.

– Intéressant. Et toute cette chair, en échange de quoi ?

– Ça dépend, répondit-il avant de tirer doucement sur sa cigarette. Une poignée de dattes, un collier de perles ou un sourire bien placé. Selon les fluctuations de la Bourse des valeurs.

– Vous êtes trop confiant en votre sourire, il me semble.

– C'est mon unique patrimoine.

Elle continuait à l'observer avec une fixité glacée.

– Et vous dites que vous vous en tirez bien avec deux femmes à la fois ?

– Je m'en tire à merveille, fit-il en montrant Bayard, qui écoutait, amusé. Sans tout le respect que Léo m'inspire, je vous inviterais à vous en assurer.

Bayard fut le seul à éclater de rire.

– N'en faites rien. Nous devrions nous entretuer au lever du jour.

Leur attention fut attirée par un petit remue-ménage du côté de l'entrée. Les gens regardaient dans cette direction avec curiosité. Quelques instants plus tard, un petit groupe, obséquieusement précédé par Toni Acajou, pénétra dans la salle. Il s'agissait d'une demi-douzaine d'hommes et de femmes, les uns en tenue de soirée, les autres en robe du soir, à l'exception d'un grand type corpulent qui portait un blazer marron fripé.

– C'est Marlene Dietrich, dit Bayard.

– Et regarde qui est avec elle, dit Eddie.

– Oh, non ! merde. Encore ce Gatewood.

Toni installa le groupe à une table proche de l'orchestre. Marlene Dietrich était plus petite que Falcó ne l'avait cru en la voyant au cinéma, mais son apparence restait imposante. Vêtue de noir et d'argent, élégante, un peu outrée, elle se déplaçait comme dans les films et tirait même sur l'embout d'un long fume-cigarette. Distante, elle regardait autour d'elle, en acceptant avec un naturel surfait l'hommage des dizaines de regards posés sur elle, haussait ses sourcils très fins comme si elle se trouvait en compagnie de Clive Brook dans le wagon du *Shanghai Express* ou séchait les larmes du jeune officier qui commande son exécution dans *Agent X 27*.

Gatewood les avait vus. D'un signe de main il les salua de loin, mais il ne tarda pas à se lever pour s'approcher de leur table. Cigarette au bec, il sentait l'alcool à un mètre de distance.

– Vous êtes là, vous, fit-il, imbu de sa personne. Voulez-vous vous joindre au groupe ?

– Peut-être plus tard, Gat, fit Eddie.

– Vous n'êtes pas venus à ma conférence, remarqua-t-il en jetant sa cigarette par terre. Vous avez manqué ça. J'ai parlé de l'Espagne et il y avait plein de monde.

– Nous avions une autre obligation.

Gatewood montra du pouce, par-dessus son épaule, l'autre table.

– Marlene est avec nous… Vous savez, non ? Marlene.

– Oui. Nous l'avons vue, répondit Bayard. Que fait-elle à Paris ?

– Elle tourne un film.

– Ah.

– La Boche et moi sommes de grands amis depuis qu'on s'est rencontrés à bord du *Normandie*.

– Tu l'appelles la Boche ? s'enquit Eddie, étonnée.

– Bien sûr, répondit-il comme si la chose allait de soi. Elle est allemande, non ?

– Et elle ne s'en offense pas ?

– Pas du tout. C'est une fille épatante.

– Je veux bien te croire.

– Capable de boire comme un homme.

– Évidemment.

– Vous venez à notre table ou pas ?

– Plus tard, Gat, répondit Bayard.

– Sûr ?

– Je te le promets.

L'Américain fit mine de partir, mais parut se raviser. Il lissa sa moustache. Puis il tendit une de ses grandes et fortes mains, prit la coupe d'Eddie et la vida d'un trait.

– Je vous ai dit que la Boche et moi sommes de grands amis ?

Eddie le regardait avec une expression ennuyée entre les volutes bleues du havane.

– Tu l'as dit.

Gatewood posa un regard appréciateur sur son décolleté, sourit à Bayard et fit un clin d'œil à Falcó. Il avait ôté ses lunettes à monture d'acier et en nettoyait les verres sur sa chemise.

– Vous serez ravi que je vous la présente, Pedro. Profitez de cette occasion unique.

– Ignacio, dit Falcó.

– Quoi ?

– Je m'appelle Ignacio, pas Pedro. Vous vous rappelez ? Nacho pour les intimes, si vous préférez.

– Bon. Ça revient au même, non ? Vous, les Espagnols…

– Oui, vous l'avez déjà dit l'autre jour : nous portons tous le même nom. Mais je suis une des rares exceptions. J'aime m'appeler autrement.

Gatewood lui lança un regard hostile.

– Votre ami est bien susceptible, dit-il à Bayard.

– Tu sais comment sont les Espagnols, répliqua celui-ci.

– Et comment que je le sais. Vous n'avez pas vu la photographie que Bobby Capa a faite de moi en train de montrer à quelques soldats républicains comment on se sert d'un fusil ? J'étais dans leur foutue saloperie de guerre.

– On le sait, Gat, intervint Eddie. On sait que tu étais là-bas à avaler les balles sans les peler. Nous aussi, nous y étions, dans cette foutue saloperie de guerre.

– Mais moi, j'y étais il y a moins longtemps. Dis-leur, Léo. Guadalajara...

La grimace d'Eddie était sans merci.

– Oui, tu nous l'as déjà raconté : les morts dans la neige, personne ne peut chier quand il a peur et tout le reste.

– Ç'a été très dur.

– Sans doute. Quand le chemin est dur, seuls les durs sont sur le chemin.

L'Américain sourit, flatté. Réfractaire aux grimaces et aux sarcasmes.

– C'est bon, ça, non ? Je crois que c'est moi qui l'ai écrit.

– Possible. Presque tout ce qui est bon est de toi, Gat. Excepté certaines choses que Scott Fitzgerald a écrites.

– Ne mêlez pas ce pauvre Scott à ça. D'autant qu'il n'a jamais mis le pied en Espagne.

Après les avoir regardées à contrejour, satisfait, Gatewood remit ses lunettes.

– Les Espagnols sont sensationnels quand ils sont bons. Qu'ils soient toreros ou miliciens de la République. Alors, aucun peuple ne les égale. Mais quand ils sont mauvais, il n'y a pas pire, ajouta-t-il en regardant Falcó. Vous n'êtes pas de mon avis, l'ami ?

– Je ne sais que dire.

– Eh bien, vous devriez savoir, rétorqua Gatewood en se tournant vers Bayard et Eddie comme pour leur réclamer des comptes. Je me demande ce que fait un Espagnol dans un cabaret parisien au lieu d'être en train de se battre.

– Je vis à Cuba, dit Falcó.

– Ah ! Cuba, ça me va. J'ai pêché dans les cayes et d'autres coins, par là. Des espadons de cent kilos, figurez-vous, précisa-t-il en écartant les bras autant qu'il le put. Vous aimez la pêche, Pedro ?

Quand Gatewood retourna à sa table un moment plus tard, Falcó se leva pour aller aux toilettes. Il avait trop bu, cette nuit. Trop de cocktails et trop de champagne. Il s'excusa auprès d'Eddie et de Bayard et, après avoir rajusté son nœud de cravate et passé le bouton central de sa veste dans la boutonnière, alla lentement jusqu'à la piste de danse où évoluaient quelques couples. María Onitsha avait cessé de chanter et filé tout droit dans les loges, l'orchestre interprétait *Cheek to Cheek*. La responsabilité de soliste retombait maintenant sur la trompette de Melvyn Hampton, qui salua Falcó d'une inclinaison de tête quand celui-ci passa devant lui.

Il tomba nez à nez avec Marlene Dietrich qui sortait des toilettes des dames : cheveux blonds ondulés, yeux clairs très maquillés et lèvres rouge cerise. Un petit sac argenté à la main. Ils se heurtèrent presque à l'entrée du couloir, et il s'arrêta en s'excusant. Ce fut inespéré, parce que, pendant qu'ils parlaient avec Gatewood, il ne l'avait pas vue se lever.

– Pardon, murmura-t-il.

Il était paralysé devant elle, si surpris par cette rencontre soudaine qu'il n'eut pas la présence d'esprit de lui céder le passage. Le regard qu'il posait sur elle était à la fois étonné et hardi ; c'était celui qu'un mortel, ou du moins un mortel tel que lui, aurait réservé à une déesse qui se serait soudain matérialisée devant ses yeux. L'actrice portait un ensemble très recherché composé d'un ample pantalon noir et d'une veste en brocart chinois aux paillettes d'argent qui étincelaient sous les lumières de la salle, sans pourtant éteindre les éclats verts d'un collier d'émeraudes qui aurait fait le bonheur d'un cambrioleur, gentleman ou pas.

– Ce n'est pas grave, dit-elle.

Elle semblait être de bonne humeur, sa curiosité éveillée par la situation, ou peut-être parce qu'elle venait de jeter sur Falcó, de la tête aux pieds, un regard appréciateur, un de ces regards vifs, avertis, quasi chirurgicaux, qui suffisent à certaines femmes – celles qui plissent les paupières quand elles jaugent l'adversaire – pour cataloguer un homme. Elle fit alors le geste de se remettre en marche, et ce fut seulement alors qu'il en prit conscience : il lui barrait le passage.

– Pardonnez-moi, dit-il.

Le regard qu'il posait sur elle était si fixe, si absorbé, que l'actrice cligna des yeux, intriguée. Il sembla à Falcó que sur ses longs cils noirs auraient pu tenir une réputation, un crime, une passion, toute une vie. Le cinéma mentait, la plupart du temps, mais avec cette femme il en était autrement. Dans son cas, le grand écran se montrait rigoureusement fidèle à la réalité, se contentait de l'exhiber.

– Que vous arrive-t-il ? demanda-t-elle, amusée.

– J'aimerais tant pouvoir vous embrasser.

Il l'avait dit avec une simplicité spontanée. Un naturel aussi sincère que celui d'un gamin ou d'un enfant. Ce fut sans doute pour cela qu'elle ne parut pas gênée de l'entendre. Elle posa la paume de sa main libre sur sa hanche, appréciative. Les sourcils très fins, épilés en forme de long arc, se haussèrent au-dessus de ses yeux clairs qui étudiaient Falcó avec une ironie suprême. Enfin, cinq longues secondes plus tard, tout se conjugua en un sourire dévastateur.

– Et qui vous en empêche ? Faites-le.

Cela aurait paralysé de stupeur la plupart des hommes, mais Falcó n'était pas de ceux-là. Ce fut ainsi que, avec beaucoup de sang-froid, il approcha sa bouche de celle de l'actrice et baisa avec suavité les lèvres qui s'offraient, entrouvertes. De cette manière, leurs sourires se fondirent un instant en un chaud contact fugace. Il lui céda ensuite complètement le passage, et elle le salua avec une expression inoubliable : un nouvel haussement de sourcils et une légère inclinaison de tête qui anima un peu ses ondulations blondes. Et tandis qu'elle accordait à Falcó un dernier regard avant de poursuivre son chemin, sereine, aussi altière qu'une reine parmi ses courtisans, les occupants des tables voisines ayant assisté à la scène applaudissaient l'actrice et l'homme bien mis qui, immobile à l'entrée du couloir, tirait le mouchoir de sa poche de poitrine pour ôter de ses lèvres le rouge que Marlene Dietrich y avait laissé.

Il se lavait les mains quand Gatewood entra. Il le vit, dans le miroir, faire irruption à grands pas, claquer violemment la porte, lui lancer un regard peu cordial et aller vers l'urinoir où, dos tourné, jambes écartées comme s'il était sur le pont d'un navire, il batailla avec son pantalon jusqu'à ce que retentisse le jet attendu.

Falcó prit la serviette que lui tendait l'employé et s'essuya les mains avec soin. Puis il reprit la montre qu'il avait laissée près du lavabo – une Rolex Oyster 1934 achetée pour remplacer la Patek Philippe mise hors d'usage dans la Seine – dont il boucla le bracelet à son poignet gauche, sous l'impeccable manchette empesée que fermait un bouton d'argent. Enfin, après avoir inspecté son nœud de cravate et passé la main sur ses cheveux coiffés avec un fixateur, il allait partir quand il vit Gatewood se tourner vers lui, après avoir mis fin à la miction avec de vigoureuses secousses, en boutonnant son pantalon.

– Hé, Pedro, fit l'Américain.

Le ton n'était pas amical. Dans le reflet du miroir, Falcó lui lança un coup d'œil interrogateur tandis que les vieux instincts le mettaient en alerte, tendaient son corps. Il ne fallait pas tourner le dos à un mètre quatre-vingt-dix de muscle, avec des mains comme des battoirs, et encore moins si à une telle corpulence s'ajoutait une voix altérée, empâtée par l'excès d'alcool – du cognac, d'après l'odeur. Alors, tout en déboutonnant sa veste, Falcó se tourna pour faire face à un regard vague derrière les verres des lunettes à monture d'acier. Une partie de sa vie et de sa survie consistait à interpréter les regards. C'était une vieille habitude. Et celui-ci n'annonçait rien de bon. Il promettait de la casse, à ses dépens.

– Ignacio, objecta-t-il avec calme.

– Rien à foutre de comment tu t'appelles.

Sous le blazer marron fripé et le col de la chemise sans cravate, les deux premiers boutons ouverts, on entrevoyait sa poitrine velue. Son haleine aurait flétri un gardénia à la boutonnière de Falcó, si celui-ci en avait mis un. Ce qui n'était pas le cas.

– Que faisais-tu là, dehors, à importuner Marlene ?

– Personne n'a importuné personne.

– Je t'ai vu faire, joli cœur... Pour qui diable te prends-tu ?

L'affaire était claire. Ou semblait l'être. Résigné au prévisible, Falcó se tourna vers l'employé des toilettes – un vieil homme en blouse grise qui avait arrêté de balayer la sciure et assistait, déconcerté, à la conversation –, et lui tendit un billet de cinquante francs replié.

– Allez me chercher des cigarettes, s'il vous plaît. Des anglaises, si possible.

Après avoir hésité pendant quelques instants en regardant l'un puis l'autre, l'employé empocha l'argent et quitta les lieux, à la hâte et soulagé. Gatewood enlevait ses lunettes.

– La Dietrich est trop femme pour toi, Pedro. Tu comprends ? Même en rêve tu ne l'auras pas.

– Bien sûr que non.

– Contente-toi de baiser cette garce d'Eddie, si Léo te laisse faire.

Alors, il éructa avec des effluves d'alcool, sans retenue. Il avait serré un poing, le droit, et tapait dans la paume de son autre main.

– La Boche est mon amie, sache-le, ajouta-t-il. Je ne vais pas tolérer qu'elle soit harcelée par une merde d'embusqué. Un enfant de pute quelconque. Un *hijoputa*. C'est pas comme ça que vous dites, en Espagne ?

– Oui, c'est bien ce qu'on dit, admit Falcó avec bienveillance. En un seul mot.

– *Hijoputa*.

– C'est ça.

Gatewood se gratta la moustache avec le pouce du poing serré, comme si elle lui démangeait.

– Je connais une douzaine d'insultes dans ta foutue langue, tu peux toutes les revendiquer, Pedro.

– Aucun problème.

– Une douzaine, je te dis : fumier, salopard, enflure, fasciste, petit monsieur de merde.

Falcó sourit, presque conciliant. De bonne volonté.

– Ça ne fait que cinq.

– Ajoute fils de pute.

– Six. Il en manque la moitié.

Perplexe, Gatewood se mit à compter sur ses doigts.

– Je te jure que j'en connais d'autres, conclut-il. Mais je ne m'en souviens pas, comme ça, maintenant.

– Tant pis. Six insultes en espagnol, c'est très correct pour un Américain.

– Tu crois ?

– J'en suis sûr.

Gatewood restait pensif, sourcils froncés. Tout à coup, son visage s'illumina.

– Tapette, dit-il. Ajoute tapette.

– D'accord, admit Falcó. Ça fait sept.

– Et couille molle ?

– Huit.

– Et lèche-couilles.
– Neuf.
– Merde, fit l'Américain, en le regardant presque avec gratitude. C'est que tu pourrais m'être sympathique, Pedro. Me botter, sans ce que tu as fait à Marlene.
– Personne n'est parfait, Gat.
– J'aime pas que tu m'appelles Gat.
– Et moi, je n'aime pas que tu m'appelles Pedro.
– Je t'appelle comme ça me sort tu sais d'où.
– J'en prends note.
– Tu vas faire plus que d'en prendre note. Ou je vais t'en faire plus, moi. Je vais t'apprendre comment on traite les femmes comme elle.
Après ces mots, Gatewood serra les mâchoires, prit brusquement appui sur une jambe, recula l'autre, tendit la main droite devant lui en fermant de nouveau le poing, et Falcó sut que le premier coup était en chemin, et que s'il ne prenait pas les devants il était cuit. Heureusement pour lui, les réflexes d'un homme ivre sont plus lents que ceux d'un individu plus ou moins sobre, aussi disposa-t-il d'une marge de manœuvre suffisante, deux secondes, pour taper sur l'Américain avec la précision d'un rouage : il lui décocha le coup de genou dans les testicules qu'il préparait froidement depuis trois minutes.
Ça fit *toump*. Exactement ça : un bruit sourd et sec. Dieu donne tout, se dit-il en retirant son genou, à ceux qui se lèvent tôt. Et mieux vaut toujours une heure d'avance qu'une minute de retard.
– *Ffff*…
Gatewood reculait en poussant un long gémissement, comme si un soufflet chassait l'air de ses poumons, en pliant sa masse imposante sur ses mains crispées à la hauteur de son aine. Alors Falcó prit une profonde inspiration, serra les dents, se rapprocha de lui et, pour faire bonne mesure, lui envoya un direct du côté droit, au foie. Aussitôt, toute

couleur disparut du visage de l'Américain, qui devint d'une pâleur céruléenne et se couvrit d'une sueur froide jaillie instantanément, au point de laisser croire qu'une valve brisée quelque part en lui libérait le contenu des glandes par tous les pores.

Un autre *toump* se fit entendre. Puis un cloc. Et ce fut la chute.

Tombés comme un sac de patates, les quatre-vingt-dix et quelques kilos de l'Américain s'étalèrent dans la sciure du sol. Il gisait sur le dos de tout son long et de tout son large, la tête sur la marche en marbre de l'urinoir, et il semblait ainsi encore plus grand que quand il était debout. Après l'avoir contemplé avec une curiosité professionnelle, quasi scientifique, Falcó rajusta son nœud de cravate et reboutonna lentement sa veste. Un seul bouton, celui du milieu. Puis il retourna devant le miroir pour lisser de nouveau ses cheveux, et, avant de sortir, remarquant au passage que Gatewood gigotait et essayait de se relever, il se pencha pour lui asséner un coup de poing en pleine figure.

– Ignacio, dit-il en se relevant et en massant les articulations de sa main. Je ne m'appelle pas Pedro, mais Ignacio.

Il n'avait ni le talent ni des poumons de trompettiste, mais il était capable de se débrouiller avec une application d'amateur. Dans un coin de son étrange caboche compartimentée, Lorenzo Falcó conservait un sens très personnel de la musique. Dans des moments comme celui-ci, certaines habitudes de jeunesse lui revenaient en mémoire avec une relative facilité.

Portant le métal à ses lèvres, il souffla dans l'embouchure. Derrière lui, sur l'estrade, les musiciens rangeaient leurs instruments. Seul à la batterie du groupe, un Noir américain appelé Sid frappait bénévolement en douceur les balais sur la peau de la caisse claire, donnant une base à la trompette que tenait Falcó. Dans la salle, maintenant désertée par le public, les serveurs renversaient les chaises sur les tables et balayaient le sol. L'endroit sentait la sciure, l'humanité absente et la fumée de tabac. Il était trois heures et quart du matin.

– Tu n'as pas oublié, dit Mel Hampton.

Jouant avec les doigts de la main droite sur les pistons de métal luisant, Falcó reprit son souffle et fit vibrer un *si* bémol. La plainte métallique sèche, prolongée, devint une mélodie acceptable pendant qu'il modulait la tonalité.

– Bien, fit Mel.

C'était sa trompette. Il avait mis une embouchure propre avant de la lui tendre. Après avoir traîné une chaise au bas de l'estrade, il s'y était assis, jambes croisées, un large sourire sur son visage sombre, et, ironique, il faisait semblant d'applaudir. Sa peau grasse brillait sous ses cheveux crépus. Il suivait le rythme en remuant un pied chaussé de peau de serpent. Un verre de whisky sur son giron, en manches de chemise et bretelles, il restait attentif à l'effort de Falcó. Près de lui, debout, nœud papillon défait et une main dans la poche du veston de son smoking ouvert, avec son allure de proxénète méditerranéen, Toni Acajou fumait une cigarette.

Falcó écarta la trompette de ses lèvres.

– Quel dommage, cette fermeture de ton club berlinois, dit-il. C'était un endroit formidable.

Toni hocha la tête.

– Oui. Nous y avons passé de bons moments, fit-il, et sa dent en or luisit, dans son triste sourire.

En plus des cocktails, de l'adrénaline et des belles femmes, Falcó appréciait les barmans, les maîtres d'hôtel et les patrons de club impeccables et détendus. Toni était l'un d'eux. Ils étaient devenus amis lors d'une nuit mémorable au Blaunacht, quand une dame très émoustillée était montée sur scène, où elle s'était mise à danser au rythme de *No Strings* en essayant à plusieurs reprises, pour le faire plus facilement, de relever sa jupe ; mais chaque fois le vêtement retombait et gênait ses mouvements. Ce fut ainsi que Toni Acajou demanda un volontaire pour l'aider. Falcó monta à son tour sur l'estrade et, avec beaucoup de sang-froid, dégrafa la jupe sous les applaudissements du public. Alors, la dame avait ouvert son chemisier, et tout le cabaret avait pu apprécier la suite pendant qu'elle se serrait contre lui et l'embrassait sur la bouche. Plus tard, à la fermeture, Falcó et Toni s'était attardés dans la salle pour boire, fumer et converser jusqu'au matin, où ils étaient allés prendre du chocolat et des petits pains chauds au Bristol.

– Il m'arrive de regretter cette ville, dit Mel, en poussant un soupir. Bonne musique, bonne ambiance.

– Mais les nazis ont tout emporté, ajouta Toni.

– C'est vrai... N'empêche que dans ton club on a pu jouer du jazz noir jusqu'à la fin, malgré la prohibition.

Mel hochait la tête avec stoïcisme. Puis il chantonna, goguenard :

Die straße frei
Den braunen Bataillonen,
Die Straße frei
Dem Sturmabteilungsmann...

– Paris n'est pas mal non plus, remarqua Toni. On n'entend pas le *Chant de Horst Wessel* à la radio, ni le bruit des bottes qui défilent dans les rues, et l'on n'est pas forcé de les évacuer pour laisser passer les bataillons de chemises brunes.

– Pour le moment, fit Mel en riant, entre deux gorgées.

– Paris sera toujours Paris.

– Jusqu'à ce qu'il cesse de l'être, objecta le trompettiste. Regardez ce qu'il en est à Berlin, maintenant. Même les receveurs de tramway portent une épingle de cravate ornée d'une svastika. Et pour commander un sandwich au concombre à la terrasse de l'Eden, ou un cocktail au Ciro Bar, on est pour ainsi dire dans l'obligation de présenter un certificat *Deutschgeboren* de pure race aryenne.

– Tu as bien fait de ficher le camp de là, dit Falcó. Et d'emmener María.

– Je n'avais pas le choix, vieux frère... Regarde-moi bien : noir, sexuellement indécis et interprète de musique dégénérée.

Il avait décroisé les jambes et les recroisait en un geste théâtral. Maintenant, un large sourire fendait sa bouche, mais son regard demeurait grave. D'un mouvement de trompette, Falcó le parcourut de la tête aux pieds.

– C'est sûr, on n'aurait jamais admis un gars comme toi dans la Ss.

Le sourire de Mel fit place au rire. Qui découvrit largement la blancheur de ses dents, un rire plein de la vigueur très africaine de Saint Louis. De swing.

– Mais dans la SA il y en avait beaucoup, dit-il.

– De noirs ?

– D'homosexuels, corrigea-t-il, toujours souriant, en avalant une bonne gorgée de whisky. Leur chef y compris. C'était quelque chose de voir défiler tous les travestis de Berlin qui s'essayaient à marcher sans talons au pas de l'oie... Mais ça ne leur a pas vraiment été utile, tu sais. Presque tous ont été liquidés avec Röhm, il y a trois ans, quand Hitler a purgé les rangs.

– Nous ne sommes pas grand-chose.

– Sans doute. Et encore moins en Allemagne, où, si tu ne portes pas l'uniforme, tu es moins que rien.

Falcó joua encore quelques notes. Elles sonnèrent assez bien. Puis il se tourna pour remercier Sid, qui posa les balais, se leva et couvrit la batterie d'une housse.

– Pourquoi n'es-tu pas parti avec tes amis, Bayard et la blonde ? s'enquit Toni.

– Ça ne me disait rien, fit-il avec une expression ambiguë. J'ai préféré rester boire un verre.

– Mais tu n'y as pas encore goûté, dit Toni en montrant un cocktail tout prêt sur le bord de l'estrade, où Falcó alla s'asseoir.

Il posa la trompette à côté de lui et porta la boisson à ses lèvres ; c'était un hupa-hupa que Toni avait préparé lui-même avec une bonne et authentique vodka russe.

– Qu'en dis-tu ?

Il goûta la boisson, l'approuva d'un hochement de tête. Elle était tiède, mais réussie.

– Parfait. Digne de toi.

– María ne va pas tarder, dit Mel.

Falcó leva son verre, comme pour porter un toast.

– Il n'y a pas qu'elle… Il y a toi aussi.

– C'est ça, fit le trompettiste en souriant.

Mel le regardait avec une affection sincère. Ils s'étaient connus pendant les premières visites de Falcó au Blaunacht, où María l'avait entraîné. Chaque fois qu'il se rendait à Berlin, Falcó les revoyait, et il avait alors cru avoir affaire à un couple qui pratiquait le vivre et laisser vivre, jusqu'au jour où il s'était avisé des goûts de Mel. Le musicien américain et la survivante héréro vivaient en frère et sœur dans une chambre de l'hôtel Am Zoo. Avec Falcó, qui s'appelait alors Juan Ortiz, il n'y avait eu ni jalousie ni sombres histoires : déployant ses ressources de prédilection – conversation divertissante et charme de bon garçon –, il s'était gagné le trompettiste au cours d'une soirée de beuverie et de conversation à trois dans les bars et les cafés du Kurfürstendamm, avant un dîner au grill du *Sherbini* – note astronomique qu'il avait réglée sans broncher grâce à un Alka-Seltzer et deux comprimés de Cafiaspirina. Vers le matin, après le tour de chant de María Onitsha au club de Toni Acajou, Melvyn Hampton, arrêté sur le trottoir cigarette aux lèvres, chapeau rejeté en arrière et étui de sa trompette sous le bras, avait béni benoîtement le couple, main levée, quasi biblique, au moment où tous les deux – la noire splendide et le blanc séduisant, bras dessus, bras dessous – se retournaient pour lui dire au revoir et s'éloignaient dans la nuit, en direction de l'hôtel de Falcó.

– Que s'est-il passé avec cet Américain, Gatewood ? demanda Toni.

Le regard innocent de Falcó aurait convaincu un inquisiteur médiéval.

– Aucune idée. Pourquoi tu me demandes ça ?

– L'employé des toilettes m'a dit que vous aviez eu des mots.

– Le petit vieux ?

– Oui.

– Je ne me rappelle rien de tel.

– On a trouvé Gatewood par terre, la tête en bouillie. Il a fallu le mettre discrètement dans un taxi en passant par la porte de derrière.

– Il a dû tomber, j'imagine, dit Falcó en prenant une nouvelle gorgée de hupa-hupa. Il me semble qu'il était passablement éméché.

– Oui... Ça, je le crois.

Mel les écoutait, amusé, en faisant tourner son verre dans ses mains.

– Vous êtes sérieux ? Ce type est un écrivain célèbre en Amérique.

– Eh bien, on lui a cassé la gueule dans mon club, dit Toni, et il poussa un soupir. Et ça, ce n'est pas de la bonne publicité.

Tout en disant ces derniers mots, il alla s'asseoir près de Falcó, au bord de l'estrade.

– Tu ne m'as toujours pas dit ce que tu faisais à Paris, monsieur Ortiz.

– Gazán.

– C'est ça, Gazán... Tu bosses dans quoi, ici ?

– Comme à Berlin, tu sais bien. Dans les affaires.

– Comme celles que tu traitais, là-bas, avec ton ami de la Gestapo ?

– Plus ou moins.

Toni Acajou tordit sa moustache, l'air désimpliqué. Équanime. Dans son monde, comme dans celui de Falcó, les frontières étaient toujours indéfinies. Il était plus facile de s'entendre avec les hommes tels que lui qu'avec les moralistes.

– Nous sommes dans des temps de troubles, n'est-ce pas ? dit Toni en le regardant, interrogateur. Propices pour les affaires.

– C'est pour ça que j'en fais.

– C'est terrible, ce qui se passe en Espagne. Comment l'expliques-tu ?

Falcó regardait son verre.

– Il faudrait quelqu'un d'averti pour nous l'expliquer, répondit-il. Le communiste, l'anarchisme et le fascisme gagnent un peuple qui a depuis des siècles des comptes à régler avec lui-même… Et qui, en grande partie, sait à peine lire.

Un éclat d'or pointa entre les lèvres de Toni.

– C'est une bonne définition. Qui gagnera, là-bas, à ton avis ?

– Je n'en ai pas la moindre idée.

Les autres le regardèrent sans rien dire.

– De quel côté es-tu, si ce n'est pas indiscret ? finit par demander le patron du club.

– Faut-il être d'un côté ?

– Ça peut arriver.

Falcó posa son verre près de lui, reprit la trompette et la porta à ses lèvres. Il en tira quelques notes prolongées et tristes.

– Tu crois qu'il y aura une guerre en Europe ? voulut savoir Mel.

– C'est possible, répondit Falcó en écartant la trompette de sa bouche. Bien sûr, ce ne sont pas les appels à la guerre qui manquent.

– On dit que la République la cherche. Et Franco aussi.

– Ça se pourrait.

– Et Paris, dans tout ça ? demanda Mel, l'air inquiet. Tu crois que c'est un endroit sûr ?

Falcó ôta l'embouchure de la trompette, l'essuya avec le mouchoir qui portait encore les traces du rouge de Marlene Dietrich. Il pensait aux hôtels et aux cafés bon marché de la ville, ceux dans lesquels affluaient des centaines d'exilés qui, fuyant les prisons, les camps de concentration et la balle dans la nuque, restaient là malgré la suspicion de la police française, les menaces d'expulsion ou de déportation. Aux infortunés résidus de tous les naufrages de l'Europe venus s'échouer dans Paris sans ressources, sans passeport et sans avenir.

– Je ne sais que te dire. Les choses étant ce qu'elles sont, il n'y aura bientôt plus d'endroits vraiment sûrs.

– Je n'aimerais pas retourner dans le Missouri la queue entre les jambes, dit Mel. En sortir m'a coûté très cher... Il n'y a eu que trop d'années de routes poussiéreuses et d'autocars déglingués pour jouer, payé une misère, dans des bastringues minables. Ici, je suis quelqu'un... Ou j'en ai l'impression.

– L'armée française est puissante, intervint Toni. Tu peux te torcher avec le *Völkischer Beobachter* sans plus de conséquence.

Mel semblait dubitatif. Il vida son verre et se toucha le nez en signe de défiance.

– Pour le moment, dit-il.

Falcó remit l'embouchure en place et lui rendit la trompette.

– La France est dissolue, estima-t-il. Le fait qu'elle soit gouvernée par le Front populaire ne doit pas vous égarer.

Ses généraux sont réactionnaires et antisémites. Si les Allemands attaquent, la moitié des Français passera à l'ennemi. Et vous devrez partir, une fois de plus.

Mel hochait la tête, découragé.

– Même les Anglais fricotent avec Hitler, dit-il. Et mes compatriotes d'outre-mer s'en lavent les mains.

– Mais le peuple, s'insurgea Toni. Vous savez bien : les ouvriers et les gens de gauche…

Falcó sortit son étui à cigarettes et le fit circuler, chacun en prit une.

– Les ouvriers et les gens de gauche sont aussi sensibles aux fusillades et aux coups de bâton que tous les autres. N'oubliez pas ce qui se passe en Allemagne.

– Sur ce point, tu as bien raison, dit Mel.

Ils se penchèrent vers Falcó pendant qu'il leur donnait du feu.

– Quand ce ne sont pas eux qui fusillent et bastonnent, ajouta-t-il.

– Comme ils le font en Russie, dit Toni, apportant de l'eau au moulin.

– Oui.

– Entre les bolchéviques, les nazis et les fascistes, le monde s'enfonce dans la merde.

– Il n'en est jamais sorti, dit Falcó, même s'il nous arrive de l'oublier de temps en temps.

Ils demeurèrent tous les trois muets pendant un moment. Les vieilles complicités impliquent cette sorte de silence éloquent. Cigarette aux lèvres, Mel tambourinait du bout des ongles sur le métal de la trompette.

– Il nous reste au moins la musique.

– Et l'argent, tant qu'il en reste, enchaîna Acajou, et il soupira.

À ce moment-là apparut María, qui traversait la salle et venait vers eux, manteau sur le bras. Sa robe de soie imprimée rehaussait ses galbes d'une manière fastueuse.

Elle souriait en regardant Falcó, comme surprise de le trouver là. C'était un sourire de satisfaction prometteur.

– Elle est heureuse depuis que tu es réapparu, dit Mel.

Falcó hocha la tête en la regardant s'approcher d'eux.

– Je le suis, moi aussi.

– C'est un moment de bonheur pour elle, tu sais ? Elle est calme, sereine. Très belle, comme tu le vois. Et tu as entendu sa voix... Elle abuse seulement un peu du Véronal.

– Mais ces jours-ci elle dort comme une enfant.

– Tu lui réussis, comme à Berlin. Et j'en suis heureux.

María était maintenant près d'eux. Falcó se leva en boutonnant sa veste.

– Tu es un type chanceux, lui lança Toni. Tu l'étais déjà à Berlin.

– Sa chance, on la fait soi-même, dit Mel, philosophe.

13

DE PROFESSIONNEL À PROFESSIONNEL

Une nouvelle fois, il se préparait à tuer un homme. Un, pour le moins.

Sans dramaturgie ni transcendance, il allait de nouveau se livrer à toute une suite d'opérations techniques que sa nature morale, son caractère et son point de vue sur le monde et la vie lui permettaient de considérer sans scrupules ni remords. Sans prendre d'autres précautions que celles susceptibles de l'aider à sortir indemne et impuni de l'épisode, ce qui n'est pas rien.

Pendant des siècles, se dit-il pour écourter agréablement le temps, l'espèce humaine a essayé de réformer sa nature en se dotant de règles. Ces règles, auxquelles son caractère et sa formation l'avaient rendu indifférent, il ne les respectait pas. Elles entravaient le libre cours de la nature. Tout compte fait, les animaux – et l'homme est l'un d'eux – pâtissaient depuis des milliers et des milliers d'années de la vieillesse, de la maladie ou de la violence. Dans une telle configuration, n'importe quelle sorte de mort était parfaitement admissible. La sienne incluse, bien entendu, quand la chance lui tournerait le dos et que le moment serait venu de quitter la table de jeu avec un dernier sourire tranquille. Ou du moins était-ce ce qu'il espérait.

Assis sur le siège arrière de la voiture, à l'abri des pans de sa gabardine – une élégante Burberry qui remplaçait celle perdue dans la Seine –, il vissa le silencieux Heissefeldt au canon du pistolet. Près de lui, Sánchez suivait des yeux l'opération.

– Je n'avais encore jamais vu un de ces trucs, remarqua-t-il. C'est vraiment efficace ?

– Suffisamment. Mais ça réduit beaucoup la portée.

– Ah.

Immobile sur le siège avant, au volant, un des hommes de la Cagoule que leur avait assignés Verdier, fumait une cigarette. C'était le même qui, quelques jours auparavant, était venu chercher Falcó à son hôtel pour le conduire aux Halles : le barbu de petite taille et râblé qui avait exhibé une carte – sans doute fausse – du Deuxième Bureau.

L'autre, le plus grand des deux, chapeau rabattu sur les yeux et mains dans les poches du même imperméable noir qu'il portait la fois précédente, était installé à une table sous la marquise d'un café, à l'angle de la rue de Vouillé et de la rue de l'Orne. Abrité de la douce bruine qui faisait scintiller le ciel gris.

– Combien sont-ils à l'intérieur ? demanda Sánchez au conducteur.

Celui-ci leva la main et, sans un mot, montra trois doigts.

– La femme est entrée dans la même maison que la dernière fois ?

Le cagoulard hocha la tête, impassible. Sánchez remua sur son siège, regardant Falcó avec une certaine appréhension.

– Je n'aime pas qu'il y ait des femmes mêlées à ça, murmura-t-il.

– Personne ne la force à être là, dit Falcó.

L'agent national retourna la phrase dans son esprit, tout en promenant sur son visage deux doigts jaunis par la nicotine. Il avait son air las habituel.

– Je suppose que vous avez raison, conclut-il.

– Peu importe qu'elle y soit ou pas. On fait avec.

Sánchez lui lança un furtif regard méfiant, marqué par les cernes de l'insomnie.

– Mon travail dans cette ville n'inclut généralement pas ce genre d'affaire, dit-il au bout d'un moment. Du moins, je n'y suis pas mêlé personnellement, je veux dire.

– Il faut bien une première fois, non ?

– J'imagine que oui.

Falcó glissa l'arme sous sa veste, qu'il couvrit avec la gabardine.

– C'est pareil pour tous. Il s'agit d'une guerre civile, pas d'une compétition mixte.

– Quelle sottise. Bien sûr. Je voulais seulement dire...

Il n'acheva pas sa phrase, à laquelle Falcó ne prêtait pas le moindre intérêt : ses deux mains, qui sentaient encore le sexe de María Onitsha – il l'avait laissée, deux heures plus tôt, endormie nue entre les draps, dans la chambre de l'hôtel Madison –, étaient occupées à inspecter en aveugle le Browning : six balles dans le chargeur, une dans la chambre. Il s'assura que la sûreté principale était bien bloquée, la tête de la gâchette engagée dans le cran ; l'autre, celle de la crosse, était à déclenchement automatique. Le FN 1910, se dit-il une fois de plus, satisfait, est une arme vénérable et fiable, un bon pistolet ; un outil parfait. Son percuteur couvert permettait en outre de tirer sans devoir le sortir de la poche et sans craindre qu'il ne s'enraye. Cette fois, ce ne serait pourtant pas ainsi qu'il procéderait : avec son silencieux, le Browning faisait près de vingt centimètres de long.

Il retroussa la manchette empesée de sa chemise pour regarder l'heure : neuf heures vingt du matin, presque celle prévue pour passer à l'action. En le voyant faire, Sánchez l'imita. Puis il sortit un revolver Orbea plutôt grand et passa le barillet en revue avant de le remettre en place.

– Ne vous en servez qu'en cas de nécessité, lui suggéra Falcó. Le calibre 38 fait trop de bruit, même à l'intérieur d'une maison... Autant que possible, laissez-moi agir seul.

– D'accord.

– J'entre le premier et vous me couvrez.
– Bien.
Après avoir prononcé ce dernier mot, Sánchez se mit à tousser, porta un mouchoir à sa bouche en cachant aussitôt ce qu'il avait pu y cracher. Falcó détourna le regard, par courtoisie, et regarda la rue. Ils étaient sous les grandes arches de fer rivetées du pont du chemin de fer et, après le tunnel, entre les arbres alignés sur les trottoirs, l'asphalte mouillé luisait dans la lumière gris de plomb du matin. Le grand cagoulard était toujours assis devant le café, d'où il surveillait la rue de l'Orne. Il n'avait pas bougé depuis plus d'une demi-heure. Tout à coup, il se leva et regarda dans leur direction.
– Allons-y, dit Falcó en ouvrant la portière de l'automobile.

Il y a diverses façons de tuer, les unes bruyantes, les autres discrètes. Les bruyantes sont plus commodes et requièrent moins de précautions tactiques, mais les silencieuses sont les plus sûres, pour autant que l'on se montre capable de les mettre en œuvre. Tout le monde n'est pas doué pour ça, mais Falcó l'était.
Il en éprouva la certitude glaciale alors que le crachin rafraîchissait ses yeux gris sous le bord de son chapeau, qu'il boutonnait sa gabardine en sortant du tunnel et avançait en rasant un mur de brique avant de tourner à droite pour s'engager dans la rue de l'Orne. Il entendait derrière lui les pas de Sánchez et du conducteur, et il vit l'autre cagoulard quitter le carrefour pour prendre la même direction qu'eux, vers un immeuble de six étages dont la porte d'entrée était fermée. Au numéro 34.
Ce fut là qu'ils se regroupèrent pendant les quelques instants qu'il fallut au type à l'imperméable noir pour sortir un rossignol et leur ouvrir le passage, après quoi ils progressèrent dans un couloir obscur qui conduisait à une cour intérieure. Il n'y avait pas de concierge. L'escalier se

trouvait sur la gauche, et quand ils le grimpèrent en faisant aussi peu de bruit que possible – le type en imperméable resta en bas, pour faire le guet –, Falcó déboutonna sa gabardine et sortit le pistolet de sous sa veste, en ôtant la sûreté.

Sur le palier du troisième, Sánchez et lui s'arrêtèrent devant une porte, tandis que l'autre cagoulard poursuivait son ascension pour aller se poster à l'étage supérieur. Par la verrière qui surplombait la cage d'escalier tombait une clarté zénithale qui rendit sinistres les ombres sur le visage des deux hommes, quand ils se regardèrent. Après quelques secondes d'immobilité, Falcó enleva son chapeau, le laissa tomber par terre. Il ouvrit sa gabardine, respira profondément plusieurs fois de suite en attendant que son sang, aux pulsations accrues par la tension, cesse de lui assourdir les tympans. Enfin, il donna le signal. Alors, Sánchez fit tourner la poignée de la sonnette et se plaça de côté.

Des pas retentirent et l'on entrebâilla le judas en laiton de la porte.

– *Bonjour**, dit Falcó sur un ton officiel en montrant un document. *Inspection des eaux du quinzième**.

Il y eut un bruit de verrou, et la porte s'ouvrit, découvrant un homme dans un petit vestibule et un couloir derrière lui. D'âge moyen, plutôt grassouillet, cheveux rares et regard de myope, le type considéra Falcó pendant deux secondes, puis son expression passa de la surprise à la panique quand il eut baissé les yeux et vu le pistolet que tenait le visiteur. Il émit alors un son indéterminé, mi-gémissement d'angoisse, mi-cri d'alarme, fit volte-face et partit en courant dans le couloir. Falcó leva le bras, retint un instant son souffle et lui tira dans le dos avant que le type fût arrivé à l'autre bout du passage ; le Browning sauta dans sa main une seule fois, avec un bruit qui aurait pu être celui d'un claquement de mains, l'homme tomba tête première avec un son mat sur le carrelage.

À ce moment-là, Falcó avançait déjà rapidement dans le couloir, suivi par Sánchez. Évitant l'homme à terre – un instant, il pensa l'achever, mais il ignorait de combien de balles il allait encore avoir besoin –, il tourna à gauche, jeta un regard dans une pièce où une femme atterrée se levait de devant la table roulante d'une machine à écrire en faisant tomber une chaise, laissa Sánchez la mettre en joue et continua jusqu'à la pièce du fond, d'où venait la voix de Lucienne Boyer, qui chantait *Parlez-moi d'amour* sur Radio-Paris. Il y fit irruption pistolet à un poing, poignet tenu par l'autre main, et pointa l'arme sur l'homme en manches de chemise et bretelles qui se leva, surpris, de l'autre côté d'un bureau.

– Pas un geste, lui dit-il, ou je te descends.

Celui auquel il s'était adressé n'avait pas l'intention d'obtempérer. Précipitamment, il essaya d'ouvrir un tiroir. Falcó appuya de nouveau sur la détente. Il n'avait à ce moment-là ni l'intention de tuer ni celle de ne pas le faire. Ce fut un acte réflexe, instantané, mais pas hasardeux au point de toucher la poitrine ou la tête. La balle frappa le bureau devant l'homme en manches de chemise, faisant voler un nuage d'esquilles. Le projectile, ou son ricochet, ainsi qu'une partie des éclats de bois, atteignit le bras plongé dans le tiroir.

Falcó fit le tour du bureau, pistolet toujours braqué sur sa cible, qui fit un faux pas en se levant et recula jusqu'à s'adosser au mur, en serrant son bras droit criblé de lacérations et en sang. La douleur crispait son visage. Maigre et brun. Des cheveux frisés touffus. Des sourcils épais et des joues bleuies par une barbe réfractaire au rasoir. Un visage de paysan sec et dur, qui appelle plus un béret qu'un chapeau mou, se dit Falcó. Un visage d'ancien mineur, se rappela-t-il tout à coup. Celui d'Emilio Navajas en personne.

Communiste et vétéran des tchékas de Murcie. Le nouveau chef des services secrets de la République à Paris.

– Si tu remues un cil, je te loge une balle dans la tête.

Navajas le regardait sans rien dire, très pâle, tenant son bras blessé qui était agité de spasmes nerveux et d'où le sang coulait abondamment. La douleur devait être vive, parce que ses genoux flanchèrent peu à peu et qu'il glissa, dos frottant le mur, jusqu'à se trouver assis par terre.

Sans cesser de braquer l'arme sur lui, Falcó prit de sa main gauche le Tokarev rangé dans le tiroir et glissa le pistolet dans sa poche. Puis il éteignit la radio. Son pouls, excité par l'action, s'apaisait peu à peu. La névralgie s'annonçait.

– Tout va bien ? demanda Sánchez, derrière lui.

L'agent national avait pointé le nez dans la pièce, l'arme à la main, pour y jeter un œil. Falcó acquiesça.

– Et la femme ?

– Je l'ai attachée.

– Française ?

– Espagnole.

– Et l'autre ?

– Il n'a pas l'air bien, mais il crachote encore un peu.

– Surveille celui-ci. Je reviens tout de suite.

Il passa dans le couloir. La femme était toujours par terre, près de la table à roulettes de la machine à écrire : trente et quelques années, blonde oxygénée et visage défait par la terreur. Sánchez l'avait bâillonnée et lui avait lié pieds et poings avec du sparadrap large. À quelques pas de là était étendu le gros type au regard de myope. Il s'était un peu déplacé en rampant, parce qu'une traînée rouge était visible en dessous de ses pieds, et qu'il était maintenant couché sur le flanc. Son souffle était faible et irrégulier. En veillant à ne pas se tacher de sang, Falcó écarta un pan de la veste de l'homme et chercha son portefeuille et son passeport : Julián Pérez Trujillas, quarante-quatre ans, natif de Berja, dans la province d'Almería. Il y avait encore, caché entre d'autres papiers, un carnet des services secrets de la République. Falcó se releva, mit les papiers dans sa poche, approcha la bouche de son pistolet de la tête du moribond, et fit feu.

En retournant dans la pièce principale, il s'accroupit devant Emilio Navajas, toujours assis au pied du mur et tenant son bras blessé. Ses yeux sombres troublés par la douleur regardaient Falcó avec haine. Visiblement, l'agent rouge n'était pas une mauviette.

– Nous sommes des nationaux, dit-il, incluant d'un geste Sánchez, qui assistait à la scène, appuyé contre le bureau, sans rien dire.

– Ce que vous êtes, marmotta Navajas entre ses dents, c'est des fils de pute fascistes.

Falcó échangea un coup d'œil avec Sánchez, dont le regard se perdit dans le vide.

– Ta guerre s'achève ici, dit Falcó au blessé. À moins que tu ne répondes à quelques questions.

Navajas eut assez de détermination pour se composer un faciès qui voulait être un sourire.

– Va te faire mettre, dit-il.

Falcó approuva doucement, comme s'il considérait sérieusement la proposition. Il posa le pistolet par terre et tendit la main pour palper le bras du blessé et évaluer la gravité de la blessure, mais l'agent républicain le retira d'un geste brusque qui dut lui faire mal, parce qu'il serra les dents en étouffant un gémissement.

– Tu pourrais peut-être t'en tirer si...

– Je t'ai dit, l'interrompit Navajas, d'aller te faire mettre.

Falcó le considéra alors avec attention, de professionnel à professionnel. Les gens n'ont d'estime que pour les gagnants, se dit-il. Seule une certaine catégorie de gagnants s'intéresse aux perdants.

– Je connais ton histoire, dit-il, patient. Tu t'appelles Emilio Navajas Conesa. L'autre jour, tu as donné l'ordre de m'éliminer, mais tes hommes n'ont pas réussi leur coup.

– Je ne sais pas de quoi tu parles.

– Je n'en doute pas. Mais moi, je sais de quoi je parle... Avant de venir à Paris, tu as été très actif en zone rouge, à des postes de responsabilité. Tu t'es rendu en Russie au moins deux fois, pour y être formé, croit-on, et en Espagne tu as arrêté, torturé et exécuté aussi bien des gens de droite que des libertaires et des trotskistes... Certains de ceux que tu as supprimés méritaient leur sort, d'autres pas. Tout est une question de point de vue, et en tout cas, ce n'est pas mon affaire. Je ne suis pas un justicier.

– Quelle merde es-tu, alors ?

– Quelqu'un qui a un travail à faire. Il n'y a rien de personnel là-dedans, figure-toi. Je viens d'expédier un zigue que je ne connaissais pas, ton camarade Julián. Parce que je suppose que vous étiez des camarades. Et maintenant, si tu ne collabores pas, je vais te supprimer toi aussi.

La bouche de Navajas se tordit en une grimace de mépris.

– Tu vas le faire de toute façon.

– Il se peut que je le fasse, ou pas. Quoi qu'il en soit, aussi longtemps que nous aurons des choses à nous dire, tu resteras vivant... C'est mieux que rien, non ?

– Et que veux-tu savoir ?

– Des broutilles. Comment l'ambassade entre en contact avec le nouveau gouvernement de Valencia, de quels agents vous disposez ici, quels sont les projets et les opérations en cours... Tu sais. Tout ce qui peut être utile à la croisade de libération nationale.

– Tu rigoles.

– Oui, je le confesse... Pour ce truc de la croisade, oui. Mais pour le reste, je parle sérieusement.

Le blessé regarda Sánchez avec défiance.

– Et lui ?

– Il prend la croisade beaucoup plus au sérieux que moi… Au fait, qui est la femme ?

Une lueur d'espoir anima le regard de Navajas.

– Elle est encore vivante ?

– Bien entendu. Les bons ne tuent pas les femmes.

– Non ? Première nouvelle. Faudrait demander ce qu'il en est à vos tueurs marocains et aux ordures du Tercio. Badajoz… ça te dit quelque chose ? Et Málaga ?

– Ça me parle.

– Alors, va chier.

Un silence suivit. Falcó et Sánchez échangèrent un regard significatif pendant que le blessé examinait son bras, mâchoires crispées par la douleur. Le sang continuait de couler ; il colorait en rouge la manche déchirée de la chemise et gouttait sur le sol.

– Je ne vous dirai rien.

– Bien, approuva Falcó, conciliant. Alors, nous jetterons un coup d'œil à ce que tu gardes ici. Nous finirons bien par tirer certaines choses au clair, n'est-ce pas ? Et nous poserons aussi quelques questions à cette femme, qu'elle soit ta secrétaire, ton assistante ou qui sait quoi. Il n'y a pas le feu.

Le blessé baissa la tête, parut réfléchir, et resta dans cette position pendant un moment. Sa face aduste et obstinée affichait une expression de défi quand il la releva.

– Vive la République, marmotta-t-il entre ses dents.

Falcó se pencha un peu plus vers lui.

– Pardon, je ne t'ai pas bien entendu… Qu'as-tu dit ?

– J'ai dit : Vive la République, connard.

– Très bien, camarade. Tu t'en vas comme un dur. Tu es un fils de pute rouge, mais tu as des couilles. À chacun ce qui lui revient, dit-il en prenant le pistolet, et il se leva. Une requête de dernière minute ?

– Va te faire foutre.

Falcó hocha la tête, presque avec mélancolie.

– Ça viendra, dit-il, et ses pupilles se contractèrent, sans plus aucune trace d'humour. On finit tous par être foutus.

Alors, il appuya le bout du silencieux sur le front de l'agent et pressa la détente.

La femme était toujours attachée et bâillonnée par terre dans l'autre pièce, près de la table roulante de la machine à écrire et de la chaise renversée. Elle les regardait avec des yeux exorbités, immobile et ramassée sur elle-même comme une bête en proie à la terreur.

– Que faisons-nous d'elle ? demanda Sánchez à voix basse.

L'agent national avait à ses pieds un sac en toile plein de documents. Ils avaient tout inspecté, ne s'appropriant que ce qu'ils jugeaient utile. Le reste des papiers et des chemises gisait sur le sol, en désordre, éparpillé de tous les côtés. Parmi ces documents laissés à l'abandon, Falcó avait glissé un faux rapport du SIM républicain, minutieusement rédigé, sur les prétendus liens secrets de Léo Bayard avec des organisations fascistes. Il espérait qu'après l'enquête de la police sur ce qui s'était produit au 34, rue de l'Orne, le document finirait entre les mains adéquates.

– Que faisons-nous ? insista Sánchez.

Falcó avait sorti d'une de ses poches le tube de Cafiaspirina. Sans répondre, il mit un comprimé dans sa bouche, mastiquant son goût amer, alla à la cuisine et finit par l'avaler avec un verre d'eau. Puis, en revenant, il regarda la femme, pensif, debout dans le couloir à côté de Sánchez, qui en faisait autant.

– Elle a vu nos visages, dit-il enfin, sèchement. Elle pourrait nous identifier.

Sánchez pâlit. Il passa une main sur sa bouche et dirigea de nouveau son regard du côté de la pièce, mal à l'aise.

– C'est une femme, souffla-t-il.

– Elles tuent comme les hommes.

– Celle-ci n'a tué personne.
– Qu'en savez-vous ?
– Nous la surveillons depuis son arrivée, en décembre. Elle s'appelle Nuria Gisbert Portau, comme son passeport vient de le confirmer… Bonne famille de Barcelone, affiliée au parti communiste, fille d'un ministre de la Généralité de Catalogne, mariée à un neveu de Negrín.
– Eh bien… Une dame d'un certain niveau.
– On le dirait bien.
– Et où est son mari ?
– À Madrid. Apparemment, il dirige la seconde section de l'état-major de l'armée du Centre.
– Un gros poisson, donc.
– Oui, il l'a sans doute envoyée en France pour la mettre à l'abri.
– Il a été bien inspiré, le monsieur… Que fait-elle ici ?
– Elle est responsable des archives, répondit Sánchez en montrant le sac en toile sur le sol, plein de fiches dactylographiées, dont quelques-unes avec des photos. Il y a là, entre autres, le dossier de nos agents en France… Elle s'occupait aussi du cabinet de chiffrage de Navajas. J'ai trouvé dans son tiroir un livre de code. Il ressemble au nouveau système russe du monôme-binôme, mais il va falloir l'étudier à fond.
Falcó se plongea dans une réflexion attentive. Pesa les pour et les contre.
– En Espagne, nous pourrions l'échanger contre quelqu'un, suggéra Sánchez.
– Peut-être. Mais nous sommes en France.
Après cette réplique, il consulta sa montre, inquiet : ils étaient entrés ici une demi-heure plus tôt. C'était trop de temps passé dans cette maison.
– Nous ne pouvons pas l'interroger. Nous ne pouvons pas non plus l'emmener avec nous.
Sánchez s'agita, dubitatif. Sombre.

– Il doit bien y avoir un moyen… Ces types de la Cagoule pourraient s'en charger, non ?

Falcó le regarda avec un sincère étonnement.

– S'en charger ?

– Je veux dire la garder quelque part.

– Vous pensez mettre un appartement à sa disposition ? Ne me fatiguez pas, mon vieux.

Sánchez montra le mort dans le couloir et la pièce où gisait l'autre cadavre.

– Vous ne trouvez pas que ça suffit comme ça ? demanda-t-il en baissant un peu plus la voix.

– Comment comme ça ?

– Deux morts, c'est bien assez.

Brusquement, les yeux de Falcó semblèrent coulés dans le métal. Faits d'acier gris.

– En Espagne, on meurt par douzaines ou par centaines tous les jours, dit-il lentement, presque avec douceur.

– Ce n'est pas la même chose.

– Écoutez… Quand vous et vos amis militaires vous êtes soulevés contre la République, je m'occupais d'autres affaires. Je n'ai pas provoqué ça. Pour diverses raisons, je suis de votre côté, sans m'en plaindre. Je fais mon travail avec loyauté et efficacité. Mais ne venez pas me chatouiller les narines avec des scrupules de conscience… Si les vôtres ont payé l'orchestre, profitez maintenant de la musique.

– Des miens, comme vous dites, vous en êtes aussi, objecta Sánchez, fâché.

– Là, vous vous trompez. Je danse seul.

L'agent national allait répondre quand une quinte de toux l'arrêta net. Il sortit son mouchoir, dans lequel il cracha. Les ombres de son visage s'étaient maintenant creusées et ses paupières semblaient plus rouges et fiévreuses.

– C'est une femme, merde, fit-il en rangeant le mouchoir aux éclaboussures rosées. Regardez-la.

Falcó observa la femme étendue par terre et remua la tête d'un côté à l'autre.

– Ce que je vois, c'est un agent communiste, et nous venons de liquider deux de ses camarades. Aussitôt sortie d'ici, elle ira raconter qui l'a fait, et sans rien omettre… Moi, je ne vais rester à Paris que quelques jours ; mais vous, pouvez-vous vous le permettre ?

Sánchez baissa la tête, sans répondre. Il semblait regarder les bouts usés de ses chaussures.

– Je peux m'en charger, peu m'importe, dit Falcó. Au point où nous en sommes, deux ou trois, ça m'est égal.

Sánchez gardait la tête baissée, indécis, se débattant dans de confus tourments intérieurs. Après un long moment d'indécision, il plongea la main dans la poche droite de sa veste, où il portait le revolver. Mais il sembla y réfléchir à deux fois. Ressortant sa main vide, il leva les yeux sur Falcó. Son menton tremblait légèrement.

– Donnez-moi votre pistolet.

Ils se mesurèrent du regard. Alors Falcó tira de sa ceinture le Browning au bout duquel était encore vissé le silencieux. Du pouce, il ôta la sûreté avant de remettre l'arme aux mains de Sánchez. Puis, se désintéressant de l'affaire, il s'adossa au mur du couloir en sortant son étui à cigarettes et son briquet.

Au moment où il approchait la flamme de la cigarette, il entendit le bruit amorti du coup de feu.

14
LES TOITS DE PARIS

En manches de chemise, gilet déboutonné, tous ses sens polarisés sur la tâche à laquelle ses mains s'affairaient, il travaillait depuis un moment les matériaux qu'il s'était procurés, maintenant rangés en bon ordre sur la table de sa chambre de l'hôtel Madison.

Il préparait un engin rudimentaire, efficace, de puissance modérée et aux effets mesurés. Une bombe artisanale. Il savait comment s'y prendre, bien entendu. Ce n'était pas sa première fois.

Patiemment, en douceur, il finit d'user avec une lime à ongles le verre d'une ampoule de lampe jusqu'à y percer un trou par lequel il introduisit du phosphore pilé. Il posa ensuite l'ampoule dans une boîte de biscuits en métal, avec une livre de poudre – qu'il avait lui-même préparée en dosant et mêlant les composants –, et la ferma en faisant passer les deux fils conducteurs à l'extérieur. Il relia leurs extrémités à chacune des deux broquettes fixées sur une pince à linge, entre lesquelles il glissa une languette de caoutchouc. Enfin, pour fermer le circuit, il relia l'un des fils de cuivre à une pile de deux volts et demi.

Après s'être assuré qu'il ne restait sur la table aucun résidu de phosphore ni de poudre, il se leva et alluma une Player's. La bombe était prête, et il ne manquait plus que le mécanisme d'horlogerie. Il fuma adossé à la fenêtre en contemplant la circulation des automobiles dans le matin gris, la statue du philosophe et l'église de Saint-Germain-des-Prés derrière le feuillage des arbres du boulevard. Ensuite, il consulta sa montre, éteignit soigneusement sa cigarette dans un cendrier et retourna à la table.

Le mécanisme d'horlogerie était simple : un réveille-matin de taille moyenne, auquel il avait attaché à la clef postérieure, celle qui tournait quand l'heure choisie arrivait – il avait auparavant dévissé le timbre pour que tout se passe en silence –, une ficelle qu'il relierait, le moment venu, à la languette de caoutchouc que la clef, en tournant et en enroulant la ficelle, retirerait, établissant ainsi le contact électrique. Ensuite, il attacha le réveil à la boîte avec du fil de fer et glissa le tout dans un sac à dos, où il rangea aussi divers instruments et un rouleau de sparadrap. Il ajouta trente mètres de corde d'escalade achetée la veille au Club Alpin et fourra le sac dans une mallette. Puis il alla dans la salle de bain se rafraîchir un peu, vérifia si le pistolet et le livre de code étaient toujours cachés derrière l'armoire, finit de s'habiller, prit la mallette, la gabardine et le chapeau et sortit de la chambre.

Il bruinait doucement sur l'asphalte luisant. Au coin de la rue de Rennes, après quelques allées et venues pour s'assurer que personne ne le filait, il prit un taxi en direction de la gare Montparnasse. Le trajet était court et il entendit le chauffeur rouspéter, mais il lui cloua le bec avec un bon pourboire. Il descendit de la voiture et se faufila parmi les voyageurs jusqu'à la consigne, où il laissa la mallette. Reparti ticket en poche, il remonta une partie du boulevard jusqu'à ce qu'il eût dépassé La Rotonde, revint sur ses pas, attentif aux visages qu'il croisait. Il entra dans le café en secouant gabardine et chapeau pour en faire tomber les gouttes, commanda un vermouth-gin et passa un moment à observer la porte et la rue. Quand il en eut assez, il sortit et héla un autre taxi.

Pendant le trajet, son esprit fut absorbé par des questions techniques : horaires, déplacements, possibilités, précautions, risques admissibles. Il repassa tout dans son esprit plusieurs fois de suite, en essayant de détecter la moindre omission. Tout semblait au point. Il avait ôté son chapeau et appuyait sa tempe droite contre la vitre de la portière, éclaboussée de gouttes à l'extérieur et couverte de buée par son haleine à l'intérieur. La fraîcheur lui faisait du bien, à moins que cette impression de soulagement ne fût due à l'action dans laquelle il était maintenant plongé. Depuis la veille et ce qui s'était passé au numéro 34 de la rue de l'Orne, le temps de l'attente était du passé : Lorenzo Falcó n'était plus une cible fixe, mais une menace mobile, ce qui changeait beaucoup de choses. Il pensa à la mallette laissée en patience à la consigne de la gare, et une expression de chasseur sans scrupules creusa ses traits.

Maintenant, et il allait en être ainsi jusqu'à la fin, le danger, c'était lui.

Il se fit déposer près de la colonne à la patine vert-de-gris de la place Vendôme, et il alla jusqu'au Ritz en promenant un regard discret autour de lui. Sous l'un des quatre arcs de l'entrée, il fut salué par un portier à la casquette et à la veste galonnées, et se dirigea vers le bar en foulant les tapis. Le Ritz lui donnait toujours l'impression d'être une oasis de calme au cœur du turbulent Paris. Chasseurs et femmes de chambre y glissaient muets comme des fantômes, et le silence n'y était troublé que par la chute accidentelle d'une cuillère à café.

Hupsi Küssen attendait assis à l'une des tables du fond, la plus éloignée du bar. En voyant entrer Falcó, il agita une main pour lui signaler sa présence. Il y avait devant lui sur la table une bouteille d'eau minérale et son visage exprimait l'expectative.

– Tout va bien ?

Falcó, qui ne s'était pas assis, montra une autre table, proche de la porte.

– Ça ne vous dérangerait pas si nous allions là-bas ?

L'Autrichien le regarda, intrigué.

– Comme vous voulez.

Ils allèrent s'asseoir à l'autre table, et Falcó prit la chaise tapissée de cuir qui lui permettait de surveiller le couloir du vestibule. Au serveur qui apporta l'eau minérale de Küssen il commanda un vermouth.

– Où en est votre affaire avec Picasso ? s'enquit Hupsi.

La lumière de l'applique éclairait le côté brûlé de sa mâchoire, laissait l'autre dans l'ombre, et donnait au bas de son visage l'apparence d'un masque de peau morte.

– Tout est prêt, ou presque.

– Je crois savoir que le tableau va être apporté à l'Exposition dans deux jours.

– J'en doute.

Küssen se contenta d'observer Falcó sans dire un mot. Puis le masque brûlé se détendit en un sourire, ou une grimace. Il baissa la voix.

– Vous allez agir seul ?

Falcó ne répondit pas. Le serveur lui apportait sa boisson. Il y trempa les lèvres, regarda en direction du vestibule, et ne dit toujours rien.

– Puis-je vous poser une question ?

– Faites, nous verrons bien.

– J'ai cru comprendre que Picasso s'était montré aimable avec vous.

– Très aimable. Il a même fait mon portrait.

– Et ça ne vous donne aucune sorte de…

Il s'était interrompu, cherchant ses mots.

– Remords ? suggéra Falcó.

– Ou de scrupule. Quelque chose de cet ordre.

– Et pourquoi faudrait-il que ça m'en donne ?

– Ma foi, je ne sais pas. Vous m'avez posé cette question l'autre jour en parlant de Bayard, vous vous rappelez ? Quand on trahit, on y laisse toujours des plumes.

Falcó lui adressa un regard railleur.

– C'est curieux de votre part, de dire une chose pareille, Hupsi. Votre vie, en tant que telle, est une trahison permanente de tous ceux auxquels vous êtes lié.

– Oh ! bien sûr, fit Küssen avec un sourire finaud. Je suis, peut-on dire, un traître sans complexes. Je ne prétends pas vous le cacher. Mais il y a une différence.

– C'est que cela vous enrichit ?

– Je ne pensais pas à ça, non... Dans mon cas, la trahison n'est pas réelle. Comme je vous l'ai déjà dit l'autre jour, je suis national-socialiste, vous me comprenez ?

– Je vous comprends.

– Tel que vous me voyez, je sers le Reich en soldat fidèle, dit-il en se touchant machinalement le visage. Ce que j'étais déjà pendant la Grande Guerre. Contrairement à vous, j'ai une idéologie, vous savez... Des attachements.

– Patriotiques ?

– Bien entendu. Vous n'allez pas le croire, mais je suis de ceux qui ont pleuré au cinéma en voyant s'enflammer le *Hindenburg*. Je vous l'assure..., s'interrompit Küssen. Pourquoi souriez-vous ?

– Peu importe.

– Dites-le-moi, s'il vous plaît.

– J'ai pleuré, moi aussi, au mariage du duc de Windsor.

– Ne vous moquez pas de moi, fit Küssen qui, apparemment piqué, s'était renversé sur sa chaise. Je vous parle sérieusement... Et maintenant, pourquoi me regardez-vous comme ça ?

– Pour rien de particulier. Je pensais qu'une des caractéristiques des nationaux-socialistes est un art du cynisme indiscutable.

Hupsi prit l'expression de la dignité offensée.

– Cet art a été soutenu par près de douze millions de voix allemandes. Sans compter celles des gens qui vivent hors de nos frontières, les Allemands des Sudètes, ceux d'Autriche…

– Oui. Je comprends que ça rendrait cynique n'importe qui.

Ils se turent un moment, les yeux dans les yeux. À bon chat bon rat, se dit Falcó, amusé. Küssen prit la tranche de citron de son eau minérale et la suçota, pensif.

– Savez-vous ce que votre chef a dit à l'Amiral, à Canaris et à moi lors de la rencontre à Saint-Sébastien ?

– Non.

– Il a dit, comme s'il s'agissait d'une vertu, que vous étiez un homme sans attachements. Ce qui garantissait votre efficacité.

Falcó resta coi. Küssen suçotait encore sa tranche de citron.

– Je suppose que votre chef avait raison, ajouta l'Autrichien un instant plus tard. Les attachements finissent toujours par engendrer de la souffrance, ce qui rend vulnérable… Voilà pourquoi, à ses yeux, vous vous défendez des affections comme d'une maladie, en leur substituant la loyauté, qui est froide et plus facile à maîtriser.

– Tiens, tiens… C'est l'Amiral qui vous a dit tout ça ?

– Plus ou moins. Et il a également dit qu'il y avait des hommes nés pour commander et d'autres nés pour obéir, mais que vous n'étiez ni de ceux-ci ni de ceux-là.

Falcó prit son verre et se renfonça sur sa chaise, à la fois intéressé et sarcastique.

– Il vous a ouvert son cœur à ce point ?

– On dirait bien.

– Alors, il était loquace, ce soir-là. Ce n'est pas habituel.

Après avoir prononcé ces mots, il but une gorgée qui effaça son sourire de loup sceptique. Nul ne sait se gagner quelqu'un mieux que l'Amiral, se dit-il. Le vieux pirate glacial. Avec ses abandons à des confidences aussi fausses qu'une monnaie de plomb. Comparé à lui, Falcó n'était qu'un acteur amateur.

À ce moment-là, il vit Nelly Mindelheim se diriger vers le vestibule.

– Excusez-moi, dit-il à Küssen, et il se leva.

– Quelle surprise, dit l'Américaine.

Elle sentait toujours la poudre de riz, le parfum hors de prix et l'argent. L'élégant ensemble qu'elle portait par-dessus l'imperméable pendu à ses épaules comme une cape – veste trois-quarts, jupe plissée, gants de suède – favorisait sa silhouette vaguement potelée et stylisait son visage, sous ses cheveux blonds et le bord de son chapeau. Ses yeux bleus, alourdis par du Rimmel violet, regardaient Falcó avec plaisir.

– Oui, c'en est une, dit-il. Comment Paris vous traite-t-il ?

– Merveilleusement. Que dire d'autre ? C'est une ville fascinante.

– Et votre amie Maggie ? Où est-elle ?

– Elle descend à l'instant. Nous allons faire quelques emplettes rue Saint-Honoré, répondit-elle, puis son regard fut illuminé par une idée soudaine. Voulez-vous nous accompagner ?

– C'est tentant, dit Falcó en faisant un geste désolé en direction du bar. J'aimerais beaucoup, mais je suis en compagnie de quelqu'un, et j'en ai pour un moment.

Nelly parut déçue.

– Quel dommage. Il serait amusant d'avoir votre avis quand on nous présente ces mannequins si pauvres en rondeurs. Vous avez bon goût en mode féminine, fit-elle avec un air enjoué. Bien que ce soit plutôt pour déshabiller que pour habiller.

Elle attendait, souriante, une repartie ingénieuse en échange de sa hardiesse. Falcó la regarda dans les yeux, serein, en esquissant un doux sourire. Prêt à ne pas la décevoir.

– Quelle autre fonction pourrait avoir un vêtement féminin sinon celui d'inciter à l'ôter ?

Il le fit avec naturel, comme s'il constatait un fait objectif. Elle battit des cils, flattée.

– Vous avez pleinement raison.

Ils parurent indécis, insatisfaits d'en rester là. Falcó fronçait les sourcils, feignant de réfléchir rapidement à ce qui était déjà décidé en tout point.

– Nous pourrions prendre quelque chose plus tard, suggéra-t-il sur un semblant d'improvisation. J'ai un engagement pour le dîner, mais je serai libre après.

Il était évident que l'idée plaisait beaucoup à Nelly Mindelheim.

– À Paris, la vie commence après minuit, dit-elle.

– Exact.

L'Américaine approuva d'un lent hochement de tête, décidée et complice. Les paupières violettes battirent de nouveau, anticipant le plaisir.

– C'est une excellente idée, conclut-elle. Avec Maggie, bien sûr.

Elle le dit comme si elle venait à l'instant de se souvenir de son amie. Sa voix était devenue plus rauque, ce qui n'échappa nullement à Falcó. Tout à coup, ce qui devait être un simple alibi devenait une perspective intéressante. Nelly et Maggie. Il se rappela l'épisode dans l'express Hendaye-Paris, l'étroitesse de la banquette inférieure, leurs trois corps nus enlacés, ce qui lui fit sentir une immédiate stimulation physique.

– Avec Maggie, bien sûr, dit-il.

Il souriait comme un requin sympathique et insouciant.

– Il s'agissait donc de ça ? demanda Küssen. C'est pour cette raison que vous m'avez donné rendez-vous ici ?

Falcó avait repris place sur sa chaise. Sans répondre, il vida son verre et alluma une cigarette.

– Quand je serai jeune et beau, je veux être comme vous, dit l'Autrichien.

Étui à cigarettes et briquet en main, Falcó exhalait la fumée.

– Alors, et Bayard ? De mon côté, tout est prêt.

L'expression de Küssen redevint calculatrice, tandis qu'il tordait sa moustache avec quelque chose de pervers dans le geste. Il jeta un regard de côté sur le serveur, occupé derrière le comptoir du bar, et baissa la voix.

– Tous les virements ont-ils été effectués sur le compte en Suisse ?

– Tous, répondit Falcó en lui glissant l'enveloppe qu'il avait tirée d'une poche de la gabardine. Vous avez là le récépissé bancaire du dernier, fait par Ignacio Gazán.

– Qui va disparaître dans la nature d'un moment à l'autre, j'imagine.

– Exact. Quand j'aurai réglé deux dernières affaires.

Hupsi prit l'enveloppe.

– Je vais moi aussi disparaître, comme je vous l'ai dit.

– Sage précaution.

Satisfait, l'Autrichien palpa sa veste à la hauteur de la poche dans laquelle il avait mis l'enveloppe.

– Joli capital que notre ami Bayard a en Suisse, sans le savoir.

– Quand les Russes l'apprendront-ils ?

Küssen haussa les épaules. Ils doivent déjà le savoir, dit-il. D'après les nouvelles reçues de Berlin, Ambar – la taupe soviétique de la Tirpitzufer qui servait d'agent double – avait transmis à Moscou un rapport complet sur Léo Bayard. Il incluait une demi-douzaine de lettres impeccablement fausses, des transcriptions de supposées conversations téléphoniques, des copies de messages interceptés, des photos et des papiers chiffrés.

– Ainsi que mon identité, je suppose, dit Falcó, et il poussa un soupir.

– C'est possible.

– D'où le plongeon du pont... Ils ont dû décider de commencer par moi. Un plateau d'argile de tir au pigeon.

– Je ne l'exclus pas. Tout est très bien élaboré dans le dossier Bayard, qui inclut deux joyaux, poursuivit Küssen : une communication secrète de l'Abwehr au service de renseignement de la Ss – le Sd de Reinhard Heydrich –, et un communiqué des Anglais qui le confirmait. Tous deux authentiques.

– Authentiques, dites-vous ? fit Falcón, surpris. L'anglais aussi ?

– Absolument, répondit Küssen sans pouvoir éviter de se rengorger un peu. Nous avons obtenu de ces gentlemen décadents qu'ils entrent dans la danse... Ce qui, bien évidemment, renforce l'authenticité des documents allemands.

Falcó continuait de tourner et retourner l'affaire dans sa tête.

– Ils croient vraiment, à Londres, que Léo Bayard, avec ce qu'il a fait, est un fasciste sous couverture ?

L'Autrichien regarda d'un côté et de l'autre avant de s'incliner un peu plus vers Falcó.

– Peu importe qu'ils le croient ou pas, murmura-t-il. Ce qui compte, c'est que leurs services aient établi ce document dans lequel ils l'affirment. Croisé avec le nôtre, et remis aux mains du Nkvd avec en complément le compte en Suisse, Bayard est cuit, conclut-il en se renversant sur sa chaise. – Vous comprenez ? Quoi que l'on fasse à Bayard, tout sera mis sur le dos des Russes.

Falcó ne bougeait plus. Après réflexion, sans résultat satisfaisant, il ôta lentement d'entre ses lèvres la cigarette dont la fumée lui faisait plisser les yeux. Gris froid.

– Je ne comprends toujours pas comment les Anglais, toujours si pacifistes et mesurés, ont pu se prêter au jeu.

– Les pacifistes ne sont jamais bons psychologues. Le groupe de pression conservateur est très puissant, là-bas. Il suffit de voir comment ils soutiennent subrepticement Franco. Et, tout comme en France, ils se défient plus des communistes que des nazis... Ils se trompent dans les grandes largeurs. Les gens du M16, et ceux qui sont au-dessus d'eux, croient que l'Allemagne peut encore être apaisée par la négociation et la collaboration, mais que le communiste ne peut être combattu que les armes à la main. Ils pensent pouvoir utiliser Hitler pour contrer Staline. Voilà pourquoi, dans l'opération Bayard, ils marchent main dans la main. Que tout soit fait pour la paix, l'ordre et la loi en Europe.

C'est raisonnable, se dit Falcó. La classe dirigeante britannique ne cachait pas ses sympathies pour le camp national dans la guerre d'Espagne. Elle savait ce qui était en jeu, parce qu'elle était partie prenante. Elle, son hégémonie et son avenir.

– Je me demande ce qui va arriver à Bayard, dit Hupsi dans un soupir.

Falcó eut un geste d'indifférence.

– À partir de maintenant, ce n'est plus notre affaire.

L'Autrichien l'observait avec un intérêt quasi chafouin.

– Vous allez le revoir ?

– C'est possible.

Küssen passa sa langue sur ses lèvres, expectatif.

– Vous croyez qu'ils vont le tuer ou seulement le discréditer ? demanda-t-il.

– Il est allé trop loin dans trop de directions. Le plus probable, c'est qu'on lui règle son compte... Le Komintern va exiger que l'on fasse un exemple.

Küssen opina du chef.

– Surtout maintenant, avec l'affaire Toukhatchevski.

Falcó le regarda brusquement, surpris.

– Le maréchal russe ?

– Lui-même. N'avez-vous pas écouté la radio ce matin ? Les nouvelles sur la dernière purge de Staline ?

– J'avais autre chose à faire.

– Bon, je suppose que les journaux du soir en parleront.

Küssen lui fit alors un compte rendu rapide : les Russes venaient d'annoncer l'arrestation de six généraux de l'Armée rouge, pour haute trahison. Ainsi que celle de Toukhatchevski. On les accusait, comme toujours dans ces purges, d'être des agents à la solde des puissances occidentales.

– Et par un heureux hasard, ajouta-t-il, le maréchal, jusqu'à hier héros du peuple, est un grand ami de Léo Bayard… qui a passé quelques jours dans la datcha de Toukhatchevski, au bord de la mer Noire, lors de sa dernière visite en Russie.

– Ah ! Parfait coup double.

– Oui. Tout s'imbrique. L'accusation du maréchal ne pouvait mieux tomber. Qui s'assemble… non ? Un coup de maître du hasard.

Falcó reconsidérait l'affaire à partir de ces nouveaux éléments.

– Vous avez pensé à Eddie ? demanda Küssen.

Falcó lui jeta un regard intrigué.

– Pourquoi ?

– Il est évident que la manœuvre va la compromettre, elle aussi. Peut-être même faire d'elle une victime. Le NKVD n'y va généralement pas de main morte.

– C'est possible, admit Falcó.

– Et ça vous est égal ?

– Vous parliez d'attachements, tout à l'heure. Ou vous l'avez fait en citant l'Amiral… Ils seraient pour moi comme une maladie, c'est bien ce qu'il a dit ?

– Oui.

– Eh bien, c'est effectivement ce que je pense. Dans notre métier, les attachements sont une maladie, souvent mortelle.

– On ne peut pas dire non plus qu'Eddie soit agréable, dit Hupsi, après quelques instants de réflexion.

– Non, on ne peut pas le dire.

– Belle, mais revêche.

– C'est ça.

– Alors, qu'elle aille au diable.

– Oui, ça se pourrait.

Falcó consulta sa montre. Il avait encore quelques heures disponibles devant lui. Küssen crut interpréter correctement son geste.

– Venez dîner chez Prunier. Je vous promets que nous ne parlerons ni de Bayard ni d'Eddie, proposa-t-il, et il baissa un peu plus la voix. Et même pas de Picasso… Seulement de truffes sous la cendre, de langouste et de vin bien frais. Nous méritons tous les deux un repas d'adieu grandiose.

– Je vous remercie, mais je ne peux pas. Un autre jour, peut-être.

– Quel autre jour ? Je vous ai dit que je quitte Paris.

– Bon, il nous reste toujours cette gageure que nous avons faite à Saint-Sébastien, vous vous souvenez ? Celle de Berlin, fit-il, et son sourire se fit aussi aiguisé qu'une lame de couteau. Quand on bombardera le Horcher.

Küssen secoua la tête, scandalisé, en touchant la peau brûlée de son visage.

– Je vous en prie. Vous avez de ces idées.

– Oui, c'est vrai… J'ai de ces idées.

Il ne pleuvait pas, mais le sol mouillé luisait, avec de vagues reflets lointains. Au poignet gauche de Falcó, la nouvelle montre-bracelet indiquait minuit moins le quart. Il la consulta à la lumière du briquet qu'il rangea dans sa poche.

Il est temps de s'y mettre, se dit-il.

Vêtu d'un blouson de cuir noir, la visière d'une casquette en laine baissée au-dessus de ses yeux, il se tenait immobile dans un coin sombre de la rue du Pont-de-Lodi, perpendiculaire à celle des Grands-Augustins, en face de l'atelier de Picasso. À une trentaine de pas de là, la grille de l'entrée du numéro 7 était dans l'ombre, comme la cour et l'édifice qu'il y avait derrière. On ne voyait qu'une lumière filtrer des rideaux d'une fenêtre au deuxième étage.

C'est une bonne nuit pour passer à l'action, se dit-il une nouvelle fois. Une nuit parfaite, dans une rue déserte, noire et silencieuse. Il y avait un commissariat de police au numéro 19, mais excepté la lanterne allumée au-dessus de la porte, on n'y percevait pas d'autre signe de vie. Après s'en être assuré, il alla jusqu'au portail.

La double grille était fermée, mais il avait tout étudié d'avance et tout prévu, aussi lui fallut-il moins d'une minute pour crocheter la serrure avec le jeu de rossignols qu'il avait tiré de sa poche. Il traversa ensuite la cour et s'arrêta devant l'un des porches ; pas celui de la maison dans laquelle Picasso avait son atelier, mais l'autre, contigu. Il se servit également des crochets pour ouvrir l'huis, passa à côté de la loge vide du concierge et grimpa l'escalier étroit et sombre, avec pour tout guide la rampe que suivait sa main, bien qu'il eût une torche électrique dans sa poche. Des semelles de caoutchouc Dunlop lui permettaient de se déplacer en silence. Le seul bruit était le léger grincement des marches en bois sur lesquelles ses pas pesaient.

Arrivé au dernier étage, Falcó s'arrêta près d'une lucarne qui donnait accès au toit, ouvrit à tâtons la mallette, enfila le sac à dos, mit le rouleau de corde en bandoulière. Puis il ouvrit la lucarne, s'y glissa et se trouva sous un ciel noir et sans étoiles qui distillait l'humidité. Celle-ci rendait la couverture glissante, et son inclinaison la rendait encore plus dangereuse ; il avança avec précaution, en se tenant au câble du parafoudre, jusqu'au toit de la maison attenante.

Au moins, il ne pleut pas, se dit-il pour se consoler. C'était la première fois qu'il se trouvait perché là, mais il avait très précisément en tête le croquis qu'un ramoneur payé par les agents nationaux de l'hôtel Meurice avait dessiné pour lui deux jours plus tôt tout en travaillant, ou en feignant de le faire, sur ces toits. Rien de mieux que d'avoir de bons contacts, se dit-il une fois encore, et surtout de l'argent pour les payer.

Quand il s'arrêta, appuyé contre une cheminée, son pantalon était mouillé et ses mains glacées et endolories. Il les réchauffa un peu sous ses aisselles en inspectant d'un regard les alentours. La vue, de là, n'offrait qu'une sinistre succession d'ombres géométriques, angles des toits et forêt de cheminées, au-dessous desquels émergeait parfois l'éclat d'une lumière. Il aurait volontiers fait une halte pour fumer une cigarette, tranquillement assis dos à la cheminée, mais le moment ne s'y prêtait guère. Il aurait également pris avec plaisir un comprimé de Cafiaspirina, parce que la situation faisait battre violemment le sang à ses oreilles. Pour le reste, il était calme et vigilant.

Contrairement à ce qui arrive à la plupart des hommes et des femmes, la peur insufflait à Lorenzo Falcó une froide lucidité. Il prenait presque plaisir à sa solitude et au risque qu'il courait, ainsi juché sur un toit de Paris avec dans son dos un engin explosif. Risque en fait presque nul. D'une certaine manière, l'aventure lui rappelait les jeux de son enfance, avec ses frères et ses cousins, dans la maison familiale. À Jerez, à sept ou huit ans, il était resté tout un après-midi caché dans une jarre de la resserre pendant que toute la famille le cherchait, affolée. Et la sensation était presque la même : excitation de l'interdit et conscience d'être en terrain inconnu, là où presque personne ne voulait ou ne pouvait accéder, où rares étaient ceux qui osaient se risquer.

Les hommes, se dit-il une fois de plus, naissent, font leur chemin, se battent et s'éteignent. Dans l'intervalle, c'était quelque chose de formidable que de pouvoir jouer à des jeux inoubliables, de vivre dans les gîtes que l'on s'est créés, aussi longtemps, bien sûr, que l'on est prêt à régler la facture quand elle vous est présentée. Ce qui finit toujours par arriver, tôt ou tard. Mais, pendant ce temps-là, le sang coulait autrement dans les veines, et le sentir ainsi courir était un privilège qui frisait le bonheur : l'action, les femmes, une cigarette, une aspirine, des hôtels de luxe, des logis sordides, de faux passeports, d'incertaines frontières franchies à l'aube, un costume de Savile Row, une casquette prolétaire, des chaussures sur mesure de Scheer & Söhne, un demi-verre de vin dans un bordel de bas étage, une lame de rasoir dans la basane d'un chapeau ruineux, un pistolet identique à celui qui avait déclenché la Grande Guerre, un sourire ironique et amusé devant le spectacle d'un monde que Falcó buvait jusqu'à la dernière goutte. Un défi, enfin, à la vie et aussi à la mort, en attendant l'éclat de rire final.

Sans trop de difficulté, en se déplaçant pourtant avec grande précaution pour ne pas glisser, il atteignit le toit de la maison contiguë. Là, il noua la corde d'escalade autour de la cheminée et, s'y tenant, alla jusqu'au bord du toit, au-dessus d'une courette. Il descendit en rappel jusqu'à ce qu'il arrive, entre d'anciens pots de fleurs et autres vieilleries, devant une porte-fenêtre qui n'opposa pas de résistance au tournevis avec lequel il souleva le loquet. Après avoir ouvert, il pénétra dans une cuisine avec quelques meubles, un évier et un vieux fourneau à gaz. En allumant la lampe torche, il vit courir par terre un cafard.

Ayant tout bien mémorisé lors de ses deux visites précédentes, il savait que la cuisine était près du vestibule, et qu'il y avait ensuite un couloir. Il s'y engagea, son sac sur le dos, avec précaution pour ne pas trébucher sur quelque chose, jusqu'à ce que le faisceau de la torche éclaire la pièce qui, dans son souvenir, était pleine de vieux récipients, de tableaux couverts d'un drap, de livres, de piles de journaux et de paquets non déballés. Comme il y avait là des fenêtres, il se servit aussi peu que possible de la torche, en occultant avec une main la plus grande partie de la lumière.

Falcó arriva devant l'escalier à vis au bas duquel il s'arrêta, tendant l'oreille. Aucun bruit ne venait de l'étage supérieur, pas plus que du reste de l'appartement. Il monta avec les plus grandes précautions et arriva ainsi à l'atelier au carrelage nu, aux poutres de bois et aux grandes fenêtres de l'autre côté desquelles il n'y avait que la nuit. En orientant avec prudence le faisceau de lumière sur la gauche, il vit, occupant tout le mur derrière une grande échelle appuyée sur un support, *Guernica*.

Il alluma une cigarette et fuma tranquillement devant l'énorme tableau dont la lumière étouffée de la lampe torche parcourait toute la superficie. L'œuvre était presque terminée, ou en donnait l'impression. Avec la façon de peindre de Picasso, on ne savait jamais. Toute la toile était toujours sans couleurs, seulement faite d'une gamme de tons allant du noir au gris. Vu avec ce faible éclairage, dans les ténèbres, l'ensemble – le taureau, le cheval, la femme hurlante avec l'enfant mort dans ses bras, la main qui tient la lampe, les bras levés au ciel – se présentait comme une sorte de sombre cauchemar, hétéroclite et géométrique.

Dimensions exceptées, Falcó n'était pas particulièrement impressionné. Comme les deux fois où il l'avait vu précédemment, il ne savait pas si, du point de vue artistique, le tableau était bon ou mauvais ; il n'en avait pas la moindre idée et n'en aurait sans doute jamais une. Ce qu'il savait, avec certitude, c'est que l'horreur de la guerre et de la mort, le sale côté obscur de la condition humaine et ses conséquences, qu'il connaissait bien, était quelque chose de trop complexe, de trop intense pour que quiconque pût l'exprimer sur un tableau. Pas même Picasso.

De toute façon, conclut-il, je n'ai pas à en juger. Ce n'était pas pour se faire une opinion qu'il se trouvait là. Il n'était ni critique d'art ni galeriste mais agent secret, espion, et même assassin quand il le fallait. S'il était venu à cet endroit, ce n'était pas pour se prononcer sur la qualité esthétique ou le réalisme pictural, le cubisme ou la modernité. L'art lui importait peu. Ce n'était pas son domaine. Il laissa tomber la cigarette par terre, l'écrasa sous sa semelle, cessa de regarder le tableau et passa à sa mission.

Juché sur l'échelle, lampe dans une main et couteau suisse aiguisé dans l'autre, il approcha la lame du centre de la toile et en découpa un bon morceau, à peu près quatre-vingts centimètres de long sur soixante de large, qui correspondait exactement à la partie de la tête de cheval qui y était peinte. *Raaas*, fit-elle en se déchirant. Puis il descendit avec précaution, enroula le fragment, le mit dans son sac à dos et prépara le terrain.

Les dommages devaient se limiter à la toile. Veillant toujours à ne pas faire de bruit, il éloigna du tableau les pots de peinture et les autres matériaux inflammables. Il sortit du sac l'engin explosif et l'attacha avec plusieurs tours de sparadrap à la marche centrale de l'escalier pour le positionner à la hauteur du milieu du tableau, contre lequel il était collé, sous le rectangle découpé. Quand tout fut prêt, il tourna la clef de la sonnerie pour tendre le ressort, glissa dans l'anneau une barrette métallique de cinq centimètres avec une encoche et noua le bout de la ficelle à laquelle était attachée la languette isolante entre les broquettes de la pince en bois. C'est alors seulement qu'il relia le dernier fil à la pile électrique. Il consulta sa montre et compara l'heure qu'elle indiquait à celle qu'il avait choisie pour déclencher la sonnerie. Il avait trois heures pour être loin de là en compagnie de Nelly Mindelheim et de son amie Maggie. Chaque chose en son temps. Au moment opportun.

Il recula de quelques pas et, comme l'aurait fait un artiste devant son œuvre, vérifia le dispositif dans un dernier éclat de torche. Tout était en place. Sommaire, mais efficace, l'engin était de faible puissance : quand le contact serait établi, la poudre provoquerait une explosion pas trop forte, mais suffisante pour détruire le tableau. Il y aurait peut-être un petit incendie. Ou peut-être pas. C'était difficile de le prévoir. En tout cas, il espérait que le bruit alerterait à temps les voisins. Son intention n'était pas de mettre le feu à la maison, entre autres raisons parce que personne ne lui en avait donné l'ordre. Même si, en réalité, peu lui importait que l'atelier et tout ce qu'il contenait brûlât. Ou pas. Il avait fait de bien pires choses, dans sa vie. Et il lui en restait d'autres à faire, aussi longtemps que tournerait la roulette.

Il ramassa le mégot écrasé par terre et le mit dans sa poche. Puis il repartit comme un chat, silencieux, sans laisser de trace derrière lui, par la cuisine, la cour et les toits. Comme il était venu.

Il se réveilla dans la pénombre entre des draps écrasés et enchevêtrés, près des corps de deux femmes endormies, dont la tiédeur sentait la chair et les ébats récents. Par les rideaux entrouverts filtrait un peu de lumière venue de l'extérieur, et Falcó, l'esprit encore embrumé, mit un moment à se rappeler que cette clarté était celle de l'éclairage électrique des réverbères de la place Vendôme, et qu'il se trouvait dans une chambre du Ritz.

Il resta un moment immobile, les yeux ouverts, sentant sur son flanc une hanche féminine nue et, de l'autre côté, des seins généreux écrasés contre son bras. Tournant la tête, il devina tout près de lui le profil flou de Nelly Mindelheim, dont les souffles, doux, étaient espacés, et les cheveux en bataille sur le front. Alors, la mémoire lui revint brusquement, il se tourna de l'autre côté et découvrit le corps immobile de Maggie, elle aussi endormie.

La campagne avait été rude et fructueuse, conclut-il : cocktails au bar, conversation brillante et parfois ingénieuse émaillée de sous-entendus et de bons augures, puis la montée discrète jusqu'à la suite des deux femmes, le bouchon de champagne qui avait sauté, les dernières plaisanteries avant le silence expectatif renforcé par les gestes de Falcó qui, après avoir éteint sa cigarette, s'était approché de Maggie avec beaucoup d'aplomb pour lui enlever ses lunettes, glisser sans ménagements une main sous sa jupe et lui caresser les cuisses, entre les bas et d'intéressantes jarretières qui allaient bientôt révéler leur couleur rouge. Alors que, Nelly, déjà collée contre lui, embrassait sa nuque et son cou, déboutonnait tout ce qu'il portait, lui arrachait chemise et ceinture en cherchant dans l'urgence le centre de son corps et de son désir, qu'elle lécha, avala, mordilla avec avidité. De son côté, veillant à ne pas s'emballer et à garder son calme, il fit tout ce qu'il pouvait de façon coordonnée, à la satisfaction des deux dames, en luttant sur deux fronts avec une résistance suffisante. La suite de l'opération, sur trois fronts – trois bouches, trois sexes, trois désirs intenses –, s'était déployée en une longue et glorieuse routine.

Tendant la main par-dessus la tête de Maggie en veillant à ne pas la réveiller, Falcó atteignit la montre-bracelet qu'il avait posée sur la table de nuit. Il était cinq heures moins le quart du matin, constata-t-il en orientant le cadran vers la faible lumière extérieure. Puis, la reposant, il pensa que l'engin installé tout contre *Guernica* devait avoir explosé. Pourvu qu'il n'ait pas mis le feu à toute la maison, se dit-il. Que les dégâts soient aussi limités que prévu.

Tête sur l'oreiller et yeux ouverts, il réfléchit pendant un bon moment aux prochains coups de la partie. Aux autres manœuvres en cours. Sur ce flanc, tout était sur le point de se conclure. Ce n'était plus, au grand maximum, qu'une question de jours, un ou deux. Peut-être même d'heures. Il pensa à Léo Bayard, encore ignorant de ce qui l'attendait, et aussi à Eddie Mayo, en se demandant comment elle allait se tirer d'affaire. Jusqu'où l'opération en cours allait la conduire. Quoi qu'il en fût, au point où l'on en était, ce qui pouvait arriver à l'un et à l'autre ne le regardait plus. Leurs dés étaient jetés.

Nelly remua un peu, et ses seins s'appuyèrent sur la poitrine de Falcó. Il huma l'odeur chaude de la chair féminine, ce qui stimula de nouveau la sienne. Sa main droite glissa jusqu'au bas-ventre de la blonde et ses doigts s'enfoncèrent dans le voile frisé et moite. Alors, elle poussa un bref soupir et frissonna, se réveillant peu à peu.

– Chéri, murmura-t-elle, encore à moitié endormie.

Une de ses mains chercha le sexe de Falcó, qu'elle caressa avec douceur. La chair tendue et dure était à ce moment-là déjà prête à l'assaut, et il ne se fit pas prier. Il baisa la bouche de Nelly, se redressa sur le coude, tandis qu'elle écartait les jambes pour livrer passage. Il pénétra facilement dans le ventre accueillant, tapissé de miel.

– Porc, souffla alors Nelly. Mets-la-moi toute, oui… Viens ici, porc.

Le « chéri » et autres tendresses appartiennent déjà au passé, constata-t-il. Le ton avait changé, n'était plus que fortes rafales d'obscénités. De violentes secousses de pelvis. Il était évident que l'Américaine, maintenant tout à fait réveillée, recouvrait son style naturel.

– Vas-y, porc. Plus fort.

– Rien ne presse, mignonne. Du calme… Ça va venir.

– Fais-le maintenant.

– Ah, non, ma chatte. Tout à l'heure.

– Je te dis d'y aller plus fort.
– Non.
– Fils de pute.
– Oui.

Derrière lui, comme il fallait s'y attendre, Maggie s'était elle aussi réveillée et frottait son sexe contre les jambes de Falcó avant de l'approcher de la bouche de Nelly. Et tandis qu'il s'activait avec toute l'efficacité possible, attentif à l'une et à l'autre, à leurs exigences et à leurs désirs, dur, actif, contenu, tendu comme un ressort, s'efforçant de maintenir le calme et de coordonner la triple chorégraphie de l'affaire, Falcó se mit à penser à *Guernica* pour ne pas en finir trop vite.

15
OMBRES DU PASSÉ

Il but une gorgée de lait, mordit le bout d'un croissant et continua de feuilleter les journaux achetés dans un kiosque proche du café. Il ne pleuvait pas, le ciel se dévoilait, bleu, entre les déchirures des nuages au-dessus des toits d'ardoise et des mansardes du boulevard. La température était agréable et la circulation peu bruyante. Touristes, oisifs, noctambules et racoleuses ne s'étaient pas encore précipités dans les rues pour envahir les terrasses des cafés. Les tables des Deux Magots étaient occupées par la clientèle propre à cette heure matinale : dames chapeautées avec toutous à leurs pieds, messieurs d'apparence respectable plongés dans la lecture du *Figaro*. Tout cela tranquille, formel et bourgeois. L'éternel matin de Paris.

Il était trop tôt pour s'attendre à trouver dans la presse un compte rendu de ce qui s'était passé la nuit précédente dans l'atelier de Picasso, mais on mentionnait l'incursion dans l'appartement de la rue de l'Orne. *Règlement de comptes à Plaisance*, titrait *Le Matin*. *Deux hommes et une femme assassinés*, annonçait *Le Temps*. De son côté, *Le Figaro* ne parlait pas de l'incident. Falcó lut les informations sans rien y trouver qu'il ne sût déjà. Les textes ne mentionnaient pas la nationalité des morts, mais insinuaient qu'il pouvait s'agir d'une banale affaire de délinquance, entre bandes rivales. Il est normal, en conclut-il, que la presse parisienne, presque toute de droite et sympathisante du camp national, glisse précautionneusement sur la question. Seule *L'Humanité*, organe communiste, donnait quelques précisions : *Trois Espagnols morts dans d'étranges circonstances*, mais sans en dire plus ni donner de noms. De toute évidence, la police française, qui ne portait pas la presse dans son cœur, voulait rester discrète. Même avec un gouvernement de gauche en bouche close n'entre point mouche.

L'Humanité publiait pourtant une autre information, plus importante, que Falcó lut lentement et avec grand intérêt : le premier signe, même s'il était encore dans les pages intérieures, que l'affaire Bayard était en bonne voie. Ce n'était encore qu'un coup de semonce, mais il était clair qu'à partir de là on allait creuser l'affaire. « Des infiltrés en Espagne ? » disait le titre d'une rubrique dans laquelle on affirmait, sans mentionner personne en particulier, que d'éminents personnages, soutiens officiels de la République espagnole, entretenaient des rapports suspects avec le camp national, l'Allemagne nazie et l'Italie fasciste. Le paragraphe final, significatif, était pour Falcó une rengaine familière.

Des sources sûres ont révélé à L'Humanité *qu'une enquête est en cours sur une correspondance secrète et des comptes domiciliés dans des banques suisses. Le scandale serait retentissant, si ce dernier point était confirmé, parce qu'un très éminent personnage français, jusqu'alors considéré comme un champion de la solidarité internationale dans la lutte du peuple espagnol contre le fascisme, pourrait être impliqué. Une fois de plus, la collusion entre le déviationnisme criminel trotskiste et les forces réactionnaires devient manifeste.*

Falcó plia les journaux, et il avalait la dernière gorgée de lait quand il vit arriver Sánchez. L'agent national n'avait pas de chapeau, cette fois, et une gabardine ouverte semblait flotter sur ses maigres épaules. Sa cravate serrait le col râpé et douteux d'une chemise. Il s'assit à la table la plus proche de celle de Falcó en évitant de le regarder, commanda un café au garçon et contempla la rue sans desserrer les dents. Il finit par regarder les journaux posés devant Falcó et montra *L'Humanité*.

– Vous permettez ?

– Je vous en prie.

Sánchez jeta un regard rapide sur les premières pages, qu'il tourna jusqu'à arriver à la rubrique sur les infiltrés en Espagne, puis il reposa le journal sur la table, mettant ces colonnes en évidence.

– Je l'ai déjà vu, dit Falcó tout bas.

– La chasse est ouverte. Pour le moment, Bayard est trotskiste.

– Oui.

Sánchez ne le regardait toujours pas, comme s'il ne s'intéressait qu'à la rue.

– On veut parler à Rocambole. Un entretien téléphonique avec Finca Tormes est prévu aujourd'hui au Meurice, en fin d'après-midi, à six heures pile.

– J'y serai.

– La nuit s'est bien passée ?

– Oui, en principe.

– Un problème ?

– Aucun. Mais je ne connais pas le résultat. J'irai faire un tour dans le coin, tout à l'heure, pour prendre le vent.

– J'en viens. Dans la rue, aucun indice. Si ça a marché, c'est impeccable.

– Nous verrons bien.

Sánchez regarda de nouveau *L'Humanité*, sans y toucher, et reprit la parole.

– L'affaire de la rue de l'Orne n'ira pas plus loin. La Sûreté française nous l'a assuré. Notre entente avec elle est bonne. Meilleure que son accord avec les rouges.

– Et mieux payée, je suppose.

– Bien entendu. Nous employons l'argent à nous gagner des volontés, pas en caviar et en champagne... Nous ne disposons pas, comme eux et leurs compères, de l'or de la Banque d'Espagne pour nous remplir les poches.

Sánchez s'interrompit un instant, sortit son mouchoir et le porta à sa bouche. Il toussota un peu et le rangea prestement.

– Il y a quelque chose d'important, reprit-il, qui ne peut attendre... Finca Tormes a donné l'ordre de vous prévenir au plus vite.

– Important à quel point ?

– Il se peut que Pavel Kovalenko soit à Paris.

Falcó, qui ouvrait son étui à cigarettes, suspendit le mouvement de ses doigts, déjà à l'intérieur du boîtier.

– Merde, dit-il.

Ensuite, il acheva son mouvement avec beaucoup de lenteur, en portant tout aussi doucement la cigarette à ses lèvres. En l'allumant, il regarda de côté son interlocuteur. Puis, avec le briquet refermé, il tapota *L'Humanité*.

– Vous croyez que les deux choses sont liées ?

– D'après Finca Tormes, qui mentionne comme principale source les cousins de la Tirpitzufer, c'est très probable... Apparemment, Kovalenko a été reconnu dans le tunnel frontalier du train Portbou-Cerbère.

– Il viendrait s'occuper personnellement de Bayard ?

– On ne peut pas le savoir avec certitude, mais c'est dans ses cordes.

Falcó hocha la tête, tout à ses pensées. Il pouvait s'agir d'un hasard, mais dans le renseignement, les hasards sont choses rares et en deviennent d'autant plus suspects.

– Si ce n'est pas ça, ça en a tout l'air.

Sánchez fut du même avis.

– C'est ce que je crois.

– Voilà qui dépasserait nos attentes.

– Je ne vous le fais pas dire... Un succès inespéré.

Falcó continuait de réfléchir à ce qu'il venait d'entendre. Pavel Kovalenko, plus connu sous le nom de Pablo, était le chef du Groupe A – du russe *aktivka* –, de la direction des opérations spéciales du NKVD en Espagne, dans lequel des agents communistes russes, allemands et espagnols contrôlaient les services secrets de la Péninsule. Ils étaient chargés des assassinats, de l'enlèvement des dissidents, des actes de terrorisme et des sabotages. Le bruit courait que Kovalenko avait organisé, de connivence avec le responsable de l'ordre public républicain, Santiago Carrillo, les massacres des prisonniers nationaux à Paracuellos et dans d'autres endroits au cours de l'automne précédent, ainsi que l'arrestation, la torture et l'exécution de centaines de trotskistes au cours des récents événements de Barcelone. Il avait aussi été, et était peut-être encore, celui sous les ordres directs duquel était placée Eva Neretva.

Falcó alla sans se presser jusqu'au croisement des rues de Buci et Saint-André-des-Arts, puis tourna à gauche pour emprunter la rue des Grands-Augustins en direction de la Seine. Tout semblait normal devant le numéro 7, aussi s'arrêta-t-il pour jeter un regard. Les contrevents des fenêtres de l'édifice étaient fermés. Il n'y avait pas le moindre signe qu'il s'était passé là quelque chose d'inhabituel. Il se tint un peu plus d'une minute devant la grille avant de décider de la franchir et de traverser la cour. La concierge, une planche à pain en savates, avec une blouse sombre et les cheveux retenus par un foulard, balayait l'entrée au carrelage en damier noir et blanc, sous l'arc d'où partait l'escalier.

– Bonjour… Savez-vous si M. Picasso est dans son atelier ?

La femme le regarda, de mauvaise grâce – elle avait de petits yeux mesquins –, jusqu'à ce que le sourire de Falcó adoucisse son faciès. Elle devait être habituée à accueillir les visiteurs du peintre. Des gens de toute sorte.

– Il est là, mais je crois qu'il ne reçoit personne.

Falcó afficha un air de doute.

– Ça alors… Il va bien ? fit-il en jouant l'inquiétude subite. J'espère qu'il n'est pas malade.

– Oh, non. Mais cette nuit, il est arrivé quelque chose.

– Mon Dieu. C'est grave ?

– Une explosion de gaz, apparemment.

– Ce n'est pas possible. C'est terrible. M. Picasso est blessé ?

– Il n'était pas là quand ça s'est produit. Heureusement, ça n'a pas eu de graves conséquences, précisa-t-elle en montrant son logement. Mon mari et moi, nous dormions, et nous avons eu une belle peur.

– Il y a eu de graves dégâts ?

La méfiance revint dans le regard inquiet de la concierge. Elle examina Falcó avec un peu plus d'attention que précédemment et finit par hausser les épaules.

– Je n'en sais rien, dit-elle.

– Qui pourrait m'en dire plus ? Je suis un ami de M. Picasso.

– M. Pablo a trop d'amis.

– Je suis venu l'autre jour lui acheter un tableau. Avec M. Bayard et Mlle Mayo.

La concierge haussa de nouveau les épaules, comme si ces noms ne lui disaient rien. Falcó toucha légèrement sa veste à la hauteur de sa poitrine, là où il rangeait son portefeuille, et il vit que la femme suivait le mouvement avec intérêt. Alors, d'un geste tout naturel, il prit deux billets de cinq francs et les lui mit dans la main.

– Merci, vous avez été très aimable, dit-il, et il fit le geste de s'en aller, mais s'arrêta brusquement, comme si l'idée lui venait à l'esprit. Savez-vous qui pourrait m'en dire un peu plus ?

La concierge avait rangé les dix francs dans la poche de sa blouse. Elle hésita un instant, appuyée sur le manche à balai.

– Mon mari était là-haut, il y a un moment, avec M. Pablo et la police.

– La police ? fit Falcó en prenant un air effondré. C'est si grave que ça ?

Les petits yeux devinrent encore plus mesquins.

– Je ne sais pas. Tout ce que je dis, c'est que mon mari est monté avec eux. Des policiers lui ont posé quelques questions. Les agents sont encore en haut.

– Je serais plus tranquille si je savais ce qui s'est passé.

– Montez, alors.

Elle le dit d'un air de défi. Soupçonneuse. Falcó fit mine de se poser la question, et son visage finit par s'orner du plus ingénu des sourires.

– Je ne voudrais pas les gêner.

La portière eut encore un instant un air de doute, et il frôla de nouveau, avec deux doigts, le côté de la veste où était rangé le portefeuille. La femme se mordit la lèvre inférieure, encore indécise.

– Il est au Lodi, à côté, dit-elle enfin. Il s'appelle Marcel… C'est un blond, costaud. Avec des moustaches.

– Merci.

Le Lodi était un local exigu, qui tenait un peu du café et du bar-tabac, avec deux tables dans la rue et quatre à l'intérieur. Là, il y avait un grand miroir avec une publicité de Pernod Fils, un alignement de bouteilles et un comptoir derrière lequel trônait la patronne. Du côté des clients, avec lesquels elle bavardait, un homme corpulent aux cheveux blond paille et à la moustache militaire, couvert d'un tablier gris, s'appuyait contre le zinc. Il avait devant lui un verre de vin, un mégot fumait à ses lèvres.

– Marcel ?

L'individu se retourna pour regarder Falcó.

– Je suis un ami de M. Picasso… J'étais venu le voir, mais on me dit qu'il est occupé.

– C'est ça, fit l'homme.

Yeux gris larmoyants, veinules rouges sur le nez, odeur de vin bon marché. Falcó supposa que le verre sur le comptoir n'était pas le premier de la journée.

– On pourrait parler une minute ?

– De quoi ?

Falcó regarda la patronne du bar.

– Deux verres de votre meilleure *fine**, s'il vous plaît.

Sans rien dire, mais avec intérêt, ledit Marcel regarda comment la patronne servait le cognac. Ensuite, Falcó prit un verre dans chaque main et alla jusqu'à la table la plus éloignée du comptoir. Devant laquelle il s'arrêta et attendit, debout. Après avoir échangé un regard avec la patronne, le moustachu blond vient le rejoindre et ils s'assirent.

– Je suis un ami de M. Picasso.

– Oui, vous l'avez déjà dit. Mais je ne vous ai jamais vu par ici.

– Votre femme, elle, m'a vu. Et c'est elle qui m'envoie ici.

Le concierge passa l'articulation de son index sur sa moustache, regarda le cognac et ne dit rien. Falcó prit une petite gorgée du sien.

– J'ai acheté quelques tableaux à M. Picasso, poursuivit-il. J'ai l'intention de lui en acheter d'autres. Et je suis inquiet à cause de ce qui s'est passé cette nuit.

L'homme leva les yeux, défiant.

– Qu'en savez-vous ?

– Pas grand-chose, c'est pour ça que je viens vous voir. Votre femme m'a parlé d'une petite explosion.

– Ma femme parle trop.

– Elle a aussi mentionné les policiers. Elle dit qu'ils sont encore en haut… J'espère qu'il ne s'est rien produit de grave.

Falcó leva son verre pour trinquer, le moustachu blond l'imita et lampa le cognac en trois gorgées. Falcó fit signe à la patronne de leur en servir deux autres.

– Vous êtes journaliste ou quoi ?

– Pas du tout.

La femme apporta les boissons. Falcó sortit son portefeuille pour lui régler les consommations et le laissa comme par mégarde sur la table, de manière que le concierge puisse voir qu'il était bien rempli.

– On m'a demandé d'être discret, comprenez-le, dit Marcel en regardant les billets. Ils ne veulent pas que ça se sache.

Ce *comprenez-le* est aguichant, se dit Falcó. L'approche semblait bien engagée.

– Je vous l'ai dit, je suis un ami et un client de votre locataire, insista-t-il, cordial. Et je suis inquiet pour mes intérêts. J'ai peur que certaines des œuvres que je comptais acheter n'aient été endommagées.

Le concierge vida d'un trait la moitié de son verre et passa la langue sur les commissures de ses lèvres. Ses yeux larmoyants restaient rivés sur le portefeuille.

– Un seul tableau a été abîmé.

Falcó écoutait, l'air détaché.

– Lequel ?

– Un grand, qui occupe tout un mur.

– Ah, oui. Je l'ai vu l'autre jour. Avec un cheval et un taureau, et des femmes, il me semble.

– C'est bien celui-là.

– Il a été très abîmé ?

– Assez. Près de la moitié a brûlé.

– Comment ça a pu arriver ? Une explosion de gaz ?

– Il y a eu une explosion, oui. Elle nous a réveillés, ma femme et moi. On est montés en vitesse. On a trouvé un petit incendie qu'on a facilement éteint. Mais c'était pas le gaz.

– C'était quoi, alors ?

– Un sabotage.

La surprise de Falcó aurait convaincu le plus sourcilleux des enquêteurs.

– Comment ?

– C'était un sabotage, répéta le concierge. On l'a endommagé volontairement. C'est ce que pense la police. Ils sont encore là-haut. Ils examinent tout.

Falcó sortit l'étui à cigarettes et le lui présenta, ouvert. Le grand blond regarda la marque et refusa d'un signe de tête. Il tira d'une poche de son tablier un paquet de Gauloises froissé et laissa Falcó lui donner du feu.

– Vous avez parlé à M. Picasso et aux policiers ?

– Bien sûr. Ils m'ont interrogé, et je leur ai raconté tout ce que je sais : comment on est montés et comment on a éteint le petit incendie.

– Le feu a fait beaucoup de dégâts ?

– Non, presque rien dans la pièce. La partie brûlée du tableau grésillait, il y avait beaucoup de fumée, mais presque rien d'autre... C'est moi qui ai téléphoné chez Mme Maar, l'amie actuelle.

– L'amie de qui ?

– De M. Pablo. Il dort souvent avec elle.

Il y avait dans la remarque un fond de censure. Peut-être, se dit Falcó, le concierge et sa légitime sont-ils de ces Français conventionnels qui n'approuvent pas la vie de patachon des artistes. Ou peut-être Picasso ne mettait-il guère la main à la poche pour les pourboires.

– Vous me sidérez avec ce sabotage, fit-il en tirant de son portefeuille un billet de cent francs qu'il plia soigneusement en quatre et posa sur la table entre les deux verres. Qu'a-t-il dit ? Comment l'a-t-il pris ?

– Imaginez le choc que ç'a été pour lui, dit Marcel en regardant le billet. Il était furieux, bien entendu. Je l'ai entendu dire que c'était sans doute l'œuvre des agents fascistes… Vous savez, c'est un partisan de la République, en Espagne. Et un sympathisant des mouvements de gauche. La guerre et tout ça. Apparemment, le tableau était destiné à l'Exposition.

– Et vous savez ce qu'il pense faire, à présent ?

Il y eut un éclat ironique dans les yeux larmoyants du concierge. Il passa de nouveau l'articulation de son index sur sa moustache, prit le billet et le mit dans sa poche.

– Si vous êtes de ses amis, comme vous dites, vous pourrez le lui demander, non ?

– Je le ferai, bien sûr. Quand je le verrai.

Le concierge le regardait, malicieux et spéculatif.

– Bien sûr. Quand vous le verrez.

Les chemises de chez Charvet étaient arrivées, chacune dans son carton, enveloppées de papier de soie. Falcó les rangeait dans les tiroirs de l'armoire quand le téléphone sonna. C'était Eddie Mayo.

– Pouvons-nous parler… tête-à-tête, je veux dire.

– Naturellement. Où préférez-vous que nous nous voyions ?

– Je ne peux pas sortir pour le moment. Venez à mon studio, s'il vous plaît… Quai Montebello, au 21.

Vingt minutes plus tard, Falcó était au bord de la Seine. En chemin, il avait eu le temps d'envisager ce qui l'attendait et le rôle qu'Eddie pouvait jouer dans chacune des possibilités considérées. Les heures suivantes allaient demander des décisions promptes, et il fallait les prévoir. D'une manière presque machinale, avec sa froideur technique habituelle, l'esprit de Falcó passait donc en revue les probabilités et les rangeait par ordre d'importance, en tenant compte des risques et des conséquences ; des hypothèses raisonnables et des dangers qu'elles présentaient pour les autres ou lui-même. C'était la routinière tactique d'attaque, de défense et de survie. Quoi qu'il en soit, se dit-il en pressant le timbre électrique de l'entrée, il n'est plus nécessaire, au point où j'en suis, de garder certaines apparences. Tout est pour ainsi dire joué.

– Entrez, je vous en prie.

Le studio d'Eddie était vaste, non cloisonné et lumineux, avec une grande baie vitrée d'où l'on pouvait voir les tours de Notre-Dame. Les meubles étaient de facture nordique et de grandes photos encadrées ornaient les murs. L'une d'elles était un agrandissement d'une couverture de *Vogue* avec Eddie au temps où elle était mannequin, stylisée, élégante, en robe du soir. Une autre était un nu d'elle à contrejour, de dos, regardant l'objectif par-dessus son épaule, et signée Man Ray dans le coin inférieur droit.

– Avez-vous quelque chose à voir avec ce qui se passe ?

La question, lancée de plein fouet, ne surprit guère Falcó. Eddie l'avait posée presque aussitôt après avoir refermé la porte, alors qu'il ne s'était pas encore assis sur le canapé recouvert de cuir blanc. Il la regarda, chapeau à la main, en attendant qu'elle se montre plus explicite, mais elle n'en fit rien, se borna à rester debout devant lui, bras croisés, l'air sévère. Elle portait un ample pantalon noir, des sandales, un chandail de laine grise et un *carré** d'Hermès négligemment noué sur les épaules. Le casque de cheveux blonds lisses encadrait le bleu de ses yeux, plus arctique que jamais.

– Que se passe-t-il ? demanda Falcó, sur ses gardes.

Elle montra une pile de journaux sur une table en verre. *L'Humanité* était sur le dessus.

– Vous l'avez lu ?

Il acquiesça sans desserrer les dents, simulant l'étonnement. Comme s'il demandait une explication.

– Que veulent-ils ? insista-t-elle.

– Qui ?

– Vous le savez très bien.

– Non, vous vous trompez, fit-il, en la regardant dans les yeux, sans ciller. Je n'en sais rien. Et je vous serais reconnaissant de m'expliquer ce qui se passe.

Il remarqua qu'Eddie hésitait, un instant, en serrant plus fort les bras croisés sur sa poitrine comme si elle avait froid. Puis, d'un geste, elle lui offrit de s'asseoir, ce qu'il fit à un bout du canapé en posant son chapeau à côté de lui, tandis qu'elle s'asseyait à l'autre bout.

– Ce n'est pas seulement ce journal, dit-elle. Il se passe des choses très étranges. Ce matin, Léo a reçu quelques appels téléphoniques. Dont l'un d'un membre éminent du parti communiste français, un ami à lui, depuis de nombreuses années... Tous lui ont posé des questions sur ses contacts en Espagne avec les gens du POUM. Et quelques-uns lui ont parlé de supposés transferts de fonds à son nom. Sur un compte en Suisse.

Falcó ouvrait de grands yeux.

– Et ?

– Léo n'a jamais eu de compte en Suisse. Quant à ses sympathies trotskistes, c'est une absurdité.

– Je ne sais pas, fit-il, apparemment désorienté. C'est insensé, non ?

Le bleu des yeux d'Eddie l'étudiait encore, hargneux. Pénétrant.

– Je lui ai parlé ce matin. Il est véritablement inquiet... Il redoute une campagne de discrédit très bien organisée, mais il n'arrive pas à en deviner la raison. Pourquoi lui, et pourquoi maintenant.

Falcó restait quasi impassible, avec en marge de cette impassibilité une légère expression de désarroi qui, peu à peu, s'orientait vers la stupeur.

– Il a demandé après vous, poursuivit Eddie. En fait, il voulait poser quelques questions à Hupsi, qui vous a présenté à nous ; mais on dirait que celui-ci a disparu. Il est en voyage.

Falcó se dit que c'était à lui de parler.
– Et qu'ai-je à y voir ? demanda-t-il.
– C'est ce que je voudrais savoir. Et Léo aussi.
– Pourquoi ne me le demande-t-il pas ?
– Je suppose qu'il le fera. Pour le moment, c'est mon affaire.
Falcó fronça un peu les lèvres, comme s'il commençait à se sentir offensé.
– Je n'y comprends rien, fit-il.
– Tout coïncide avec votre arrivée à Paris, dit Eddie sur un ton qui oscillait entre mépris et rancune. Vous apparaissez, et certaines choses ne tardent pas à se produire… L'une de celles qui sont en jeu est l'aval bancaire que vous avez remis à Léo pour vous associer à la production de son film.
– C'était un chèque tout ce qu'il y a de plus régulier. Qu'avez-vous à y redire ?
– Que c'est de ce même compte à la banque Morgan que l'on a fait d'autres transferts de fonds sur celui de Zurich, un compte numéroté qui serait au nom de Léo, affirme-t-on, alors qu'il n'en soupçonnait même pas l'existence jusqu'à présent.
– Il y a beaucoup d'argent sur ce compte ?
– Beaucoup trop.
– Vous êtes sérieuse ?
– Bien sûr. C'est clair : largement assez pour faire croire que Léo est à la solde de quelqu'un.
– Mais si c'est un compte numéroté, comme vous dites…
Eddie leva la main pour l'interrompre.
– Quelqu'un fait circuler un rapport confidentiel suisse qui désigne Bayard comme titulaire occulte.
– Miséricorde ! Qui ?
– Nous soupçonnons les services secrets nazis. Et le lien avec les fascistes espagnols, ce pourrait être vous.
– Moi ?
– Oui. Ignacio Gázan, ou quel que soit votre nom.

Pendant cinq secondes, avec une expression décontenancée, Falcó fit comme s'il analysait la situation. En fait, il se demandait si, au point où en étaient les choses, donner le change valait encore la peine. Il commençait à se lasser du jeu ; ou, plus exactement, il avait la certitude d'avoir fini d'interpréter sa partie, et que c'était à d'autres de s'y mettre. Il se sentait presque hors jeu, et cette sensation indéniable étouffait considérablement son intérêt.

– C'est ridicule, conclut-il, ou le donna-t-il à croire.

Eddie remuait la tête, sûre d'elle.

– Léo a pris des renseignements, lui opposa-t-elle. Il a envoyé quelques télégrammes à La Havane. Il soupçonne que personne ne vous connaît, là-bas. Vous n'en disposez pas moins de beaucoup d'argent... Par ailleurs, quelqu'un parle aussi de photographies sur lesquelles Léo, et moi aussi, figurons en compagnie d'un agent franquiste.

Falcó appuya les mains sur ses genoux et se pencha en avant avec une feinte véhémence, comme un acteur sur le retour qui, par simple routine professionnelle, interpréterait un rôle dont il se serait lassé.

– Êtes-vous en train de dire que cet agent, c'est moi ?

– Je vous dis ce que je sais et ce que je soupçonne. Ni Léo ni moi n'avons vu ces photos. On nous en a seulement parlé.

– Quelle ineptie.

Sans répondre, elle ouvrit un coffret marqueté qui était sur la table, y prit une cigarette et une boîte d'allumettes. Elle essaya d'en craquer une, puis une seconde, sans y parvenir. Ses doigts tremblaient.

– Si le Komintern ajoute crédit à ces rumeurs, Léo peut avoir de sérieux problèmes... Et je ne pense pas seulement à sa bonne renommée. Ils pourraient même...

Elle n'en dit pas plus, comme si achever sa phrase l'épouvantait.

– Ils le pourraient, répéta-t-elle, perdue en elle-même.

Falcó lui donna du feu avec son briquet. Puis elle se leva et alla jusqu'à la baie vitrée.

– Et savez-vous ce qu'il y a de pire dans tout ça ? demanda-t-elle en regardant les tours de Notre-Dame. Le pire, c'est que bien des gens de la gauche française et européenne, qu'ils croient ou pas à ces calomnies, seraient ravis que tout cela soit vrai. Imaginez un peu : Léo Bayard, l'intellectuel respecté par les communistes, le héros de la guerre d'Espagne, agent fasciste… Demandez-vous combien d'encre et de salive ça ferait couler.

Falcó s'était levé, lui aussi.

– Léo sait-il quelque chose de cet entretien entre vous et moi ?

– Non. Je vous ai dit que cette conversation est mon initiative.

– Et que voulez-vous de moi ?

– En fait, rien de particulier, répondit-elle, et elle se tourna vers lui, enveloppée dans la vive lumière de la baie vitrée. Je voulais seulement vous regarder dans les yeux pendant que je vous disais tout ça.

– Et qu'en concluez-vous ?

– Que je n'aime pas ce que je vois. Et ce depuis le premier moment. J'ai alors cru détecter une fausse note. Et je sais maintenant que je ne me trompais pas, acheva-t-elle en lui montrant la porte. Vous pouvez partir.

Il la regarda encore un moment, en essayant de semer en elle au moins un doute fondé sur son apparente stupeur, tout conscient qu'il était de n'avoir même pas réussi à la rendre crédible à ses yeux. Quelque chose en elle – il ne savait quoi – échappait à ses prévisions. À son contrôle. Pour Eddie Mayo, une note discordante vibrait dans l'air qu'il avait joué pendant tout ce temps. Présente dès le premier jour, au restaurant Michaud, sans qu'il en eût rien perçu. Et maintenant, il s'en allait sans en savoir davantage.

Il éprouva brusquement une profonde fatigue. En d'autres circonstances, un aplomb effronté l'aurait poussé à prendre cette femme dans ses bras, pour la porter dans la chambre, lui faire l'amour jusqu'à effacer tout ce qu'elle avait en tête, tout ce que lui-même pouvait avoir dans la sienne, et du même coup envoyer au diable Léo Bayard, avec tout le reste. Mais il comprit que rien de tel n'arriverait jamais.

– Chacun fait ce qu'il a à faire, se contenta-t-il de dire.

C'était ce qui ressemblait de plus près à un aveu, que nul ne lui avait arraché à Paris. Aux oreilles de Falcó, la voix d'Eddie fut aussi glaciale que l'avait été la couleur de ses yeux.

– Il y a des devoirs répugnants.

Il prit son chapeau, lui tourna le dos et se dirigea vers la porte.

– Léo est quelqu'un d'honnête, lança-t-elle soudain. Un brave homme. Il se bat contre le fascisme, et ce qu'il a fait et fait encore pour l'Espagne est admirable. Il ne méritait pas ce sale tour.

Falcó s'était arrêté dans l'entrée et retourné à demi.

– Et vous, Eddie ? Que méritez-vous ?

Elle resta lointaine, à l'autre bout de la pièce ; une femme à contrejour, sans visage dans l'encadrement d'un vitrage. Qui dit alors quelque chose d'étrange.

– J'ai mes propres ombres, croyez-moi. Mes propres remords.

16
PLUMES ET PISTOLETS

Discrètement installé dans l'un des petits salons de l'hôtel Meurice, Sánchez attendait Falcó. Il n'y avait personne en vue. Il se leva en le voyant entrer et lui serra la main.

– Deux choses avant de monter, dit-il en regardant l'heure à sa montre. Nous avons le temps.

Ils s'assirent dans des fauteuils proches de l'un des miroirs, qui leur permettait de surveiller le vestibule. Cette fois, comme la précédente dans ce même hôtel, l'agent national était vêtu mieux qu'à son habitude : col propre, cravate, costume rayé bleu, chaussures bien cirées. Son visage montrait les signes de fatigue coutumiers.

– Je suis debout depuis hier soir, à recueillir des informations et à envoyer des télégrammes, dit-il. À gagner ma journée.

– Désolé. J'ai fait tout ce que j'ai pu, moi aussi.

Sánchez regarda Falcó avec un mélange d'étonnement et d'admiration.

– Ce que vous avez pu ? Vous êtes un phénomène.

– C'est ce que me disait ma grand-mère.

– Eh bien, votre grand-mère avait bon œil.

Sánchez se lança ensuite dans un rapport sommaire des contacts discrets qu'il avait eus au cours des dernières heures avec la police française, les cagoulards, le quartier général de Salamanque, les indicateurs des milieux républicains et les infiltrés de l'avenue George-V. Les uns après les autres et plusieurs fois au cours de la journée. Il n'avait pas été facile de se faire une idée générale, mais il y était enfin parvenu.

– Ç'a été un succès, conclut-il, satisfait, en tordant sa moustache. Vous en avez fini avec ce maudit tableau.

– C'est ce que j'ai cru comprendre.

– Et c'est hors de doute. Un de mes contacts au commissariat de la Monnaie m'a mis au courant... Quelqu'un est entré dans l'atelier par les toits et a posé une bombe qui a endommagé la toile.

– Une piste sur l'identité de ce quelqu'un ?

Ébauchant quelque chose qui ressemblait à un sourire, Sánchez dit que non. Aucune. La police avait établi qu'il était en bonne condition physique, d'après le chemin qu'il avait suivi. Et, bien entendu, qu'il avait fait preuve de beaucoup de sang-froid. Le commissariat se trouvait dans la rue même, et à la moindre alerte les gendarmes auraient accouru en masse. Quant au sabotage, on l'avait qualifié de *professionnellement exquis**. La bombe à retardement, parfaitement réglée, n'avait produit que les dommages voulus, et aucun autre, pour ainsi dire.

– Alors, j'adhère tout à fait à l'exquisément professionnel, conclut Sánchez. Mes compliments.

Falcó avait écouté attentivement.

– Sait-on quelque chose de la réaction du peintre et de celle de l'ambassade républicaine ?

– On sait. Picasso est hors de lui. Déchaîné comme une furie. Si ce n'était que rendre l'affaire publique ne les arrange pas, il provoquerait un sacré scandale... Du côté de l'ambassade, l'attaché culturel a passé sa journée à chercher une autre toile de la même dimension.

– Ah ?

– Oui. C'est ce qu'on me dit.

Falcó était désappointé. Il se rencogna dans son fauteuil, la mine sombre.

– Quelle tuile. Il va vraiment repeindre ce tableau ?

– Ma foi, il fallait s'y attendre. Apparemment, il y a de nombreuses photos de la progression du travail jusqu'au moment où vous l'avez arrêtée net, et on a demandé à Picasso de partir de là pour recommencer. De le copier. Le point noir, d'après ce que l'on me dit, et vous devez le savoir mieux que personne, c'est que ce n'est pas un tableau difficile à refaire. Il ne nécessite pas une grande technique. Là où un autre artiste devrait travailler pendant des semaines pour achever un tableau, une quinzaine de jours peuvent suffire à ce Tartempion pour repeindre le sien... Vous ne croyez pas ?

– C'est possible.

Sánchez le regarda, hésitant.

– Vous ne semblez pas convaincu.

– Pas plus de ça que de son contraire. Je ne connais rien à l'art.

– Quoi qu'il en soit, ce qui compte, c'est de leur avoir tenu la dragée haute. Et vous avez très bien rempli votre mission. Ils ont remis à plus tard l'inauguration du pavillon de la République pour l'Exposition.

– Pas beaucoup plus tard, j'en ai peur.

– Deux ou trois semaines de retard, ce n'est négligeable pour personne. Et à vrai dire...

Il fut interrompu par une quinte de toux, s'essuya la bouche avec son mouchoir et ses yeux rouges fébriles se levèrent sur Falcó.

– Vous aimez Picasso ? lui demanda-t-il, la quinte passée.

– Je ne saurais dire.

– Moi, pas du tout. Je le considère comme un impudent et un charlatan, dit-il, et il s'interrompit, curieux. Vous qui l'avez connu personnellement, dites-moi de quoi il vous a l'air.

– Eh bien, je ne sais pas... Il m'a plu.

Il était évident que Sánchez ne s'était pas attendu à une telle réponse.

– Vraiment ?

– Oui. Il s'est montré aimable avec moi.

L'agent national remua la tête d'un côté à l'autre comme s'il refusait le qualificatif.

– Il pouvait se le permettre. Il n'aurait plus manqué que ça. Un escroc de l'art devenu millionnaire grâce à la stupidité mondiale. Comme ce poète andalou efféminé, García Lorca… Avez-vous lu quelque chose de lui ?

– Je ne crois pas.

Sánchez lui jeta un coup d'œil curieux. Scrutateur.

– La poésie ne vous intéresse pas non plus ?

– Je suis plutôt roman de gare. Mais, d'après ce que j'ai entendu dire, nous n'avons pas laissé à García Lorca le temps de devenir millionnaire.

Sánchez resta sourd à l'ironie.

– Il faut reconnaître que les rouges manient mieux que nous la propagande, fit-il.

– Ça se peut.

– Si ce n'étaient pas les nôtres qui avaient fusillé Lorca, on ne parlerait même pas de lui.

– J'imagine que non… Dans le fond, nous lui avons fait une faveur.

Le sarcasme aussi se perdit dans le vide. Sánchez plissa les yeux avec dédain, tout à ses rancunes personnelles.

– Et ne parlons pas de cet Alberti, ajouta-t-il aigrement. Un mauvais poète communiste qui se promène dans Valencia pistolet à la ceinture, au bras de sa femme, en dénonçant d'honnêtes gens et en se pavanant dans les cafés sans avoir vu le front autrement qu'en visiteur, pour haranguer les camarades prolétaires… *Si ma plume valait ton pistolet*, voilà ce qu'a écrit ce grand impudent. Ce que n'importe qui aurait pu faire, si ce n'avait pas été lui.

Après avoir regardé Falcó avec une insistance brusque, pour le défier de le démentir, Sánchez eut un geste las.

– Aucune plume ne vaut un pistolet, ajouta-t-il sombrement.

– Ça se peut.

L'agent national se rongeait un ongle jauni, regard perdu dans le vide.

– Cette femme de la rue de l'Orne…

Après ces mots, il se tut, perdu dans ses pensées. Falcó l'observa avec une curiosité tranquille. Sánchez regardait le sol. Tête rentrée dans les épaules comme si elle était brusquement trop lourde pour lui. Quand il leva les yeux, on aurait dit qu'il réclamait l'absolution.

– Elle et même les deux hommes que nous avons tués avec elle valaient mieux que toute cette lie intellectuelle réunie… Vous ne trouvez pas ?

Falcó ne dit rien. Il se contenta de l'observer. Chacun, se dit-il, doit porter son fardeau. C'est la règle.

Sánchez finit par consulter de nouveau sa montre et se leva lentement.

– Ce n'est pas tout, mais nous parlerons du reste en haut, dit-il. On nous attend.

– J'ai été en contact avec mon fils Luis, dit le comte de Tájar. Il vous donne le bonjour.

– Donnez-le-lui aussi de ma part… Que devient-il ?

L'aristocrate se montra disposé à répondre avec une fierté paternelle. Cette fois encore, il était vêtu à l'anglaise, fleurait la lotion d'après-rasage, et son expression était toujours altière. Aussi dédaigneuse que précédemment.

– Il a été nommé chef local de la Phalange.

Falcó imagina Luis Díaz-Carey, son camarade d'école gauche et complexé, maintenant en chemise bleue, dans son cabinet de travail, revêtu de l'autorité qui lui avait été conférée : droit de vie ou de mort – liquidations contre un mur de cimetière, en version contemporaine –, sur tous ceux qui avaient échappé à sa milice de hobereaux régionaux à cheval. Connaissant le personnage et le contexte, il se dit que la croisade antimarxiste avait de glorieux jours devant elle à l'arrière-garde de la province de Jerez.

– Formidable, déclara-t-il. On manque ici d'hommes comme lui.

Loin de déceler la dérision, le comte prit la chose au sérieux.

– Exactement, fit-il en contemplant, content de lui, la chevalière en or à son petit doigt. Une jeunesse saine qui arrache les mauvaises herbes.

– Vous me l'ôtez de la bouche, renchérit Falcó, sans pouvoir résister à la tentation d'en rajouter une couche. Le jour se lève sur l'Espagne.

L'aristocrate le regarda avec suspicion, en analysant son sourire d'un œil sévère. Sourcils froncés, il allait dire quelque chose, de désagréable, sans doute, quand Sœur Tromblon, assise devant la petite centrale téléphonique – aujourd'hui, elle n'avait pas le Star 9 mm canon long à portée de sa main – dit que la liaison était établie avec Salamanque. Falcó alla avec le plus grand calme jusqu'au téléphone et décrocha le combiné. La voix de l'Amiral était lointaine, mais nette.

– « Allô ? Allô ? Rocambole ? »

– Oui, Finca Tormes. À vous. Je vous écoute.

– « On me dit que le conte de la pipe cassée finit bien. »

– Affirmatif. Mais je crois que l'Ogre essaie d'acheter une nouvelle pipe. Ses amis s'entêtent à vouloir fumer le même tabac.

– « C'est ce que j'ai cru comprendre, oui. Mais ça va leur demander quelque temps, et au moins ils accusent le coup. Vous n'avez pas fait du mauvais travail. »

Falcó sourit dans le combiné : vous n'avez pas fait du mauvais travail était le plus grand éloge qui pouvait sortir de la bouche de l'Amiral dans ses moments de tendresse. Son surnom de Sanglier ne lui avait pas été donné pour rien.

– « L'histoire du café que l'on sert au nouveau gérant de l'entreprise concurrente ne s'est pas mal terminée non plus », ajouta le chef du SNIO.

– On a fait du mieux qu'on a pu, en ces circonstances, dit Falcó en regardant Sánchez. Le soutien local a été efficace.

– « Voilà deux affaires résolues et n'en parlons plus... Que sait-on de Mirlo ? »

– Je ne l'ai pas vu au cours de ces dernières heures, mais je crois qu'il a pris un peu de plomb dans l'aile. Les choses se précipitent pour lui... Avez-vous de nouvelles instructions ?

– « Votre travail avec Mirlo est terminé. Vous n'avez plus à rester en contact avec lui. »

– Dans ce cas, quels sont mes ordres ?

– « Changez d'hôtel et d'identité, puis attendez, au cas où il y aurait des broutilles de dernière minute. Faites profil bas et ne vous montrez pas. »

– Entendu... Autre chose, Finca Tormes ?

– « Oui, Rocambole, il y a autre chose... Nous en avons reçu la confirmation ; comme nous le supposions, Pablo est à Paris. »

Pablo, alias Pavel Kovalenko. Falcó échangea un regard complice avec Sánchez qui, appuyé contre le mur, mains dans les poches, écoutait avec attention. Il n'avait pu entendre ce que venait de dire le chef du SNIO, mais il pouvait le deviner par déduction. Falcó et lui avaient parlé de l'agent russe et ils étaient tombés d'accord : Kovalenko mêlé à l'opération Bayard, c'était la cerise sur le gâteau. Couronner l'affaire à la perfection.

– « Il voyage avec un passeport diplomatique espagnol, ajouta l'Amiral. Envoyé de Valencia sous le nom de Pablo Ruiz Moreno, avec un visa français de trois semaines. »

Falcó réfléchissait en toute hâte. L'intervention en personne du chef des opérations spéciales du NKVD en Espagne démontrait l'importance que les Russes accordaient à la trahison de Léo Bayard. S'ils avaient vraiment mordu à l'hameçon, l'affaire sentait maintenant l'*aktivka* à plein nez. Ce qui équivalait à une condamnation à mort.

– Il vient se charger de l'affaire Mirlo ?

– « C'est très possible... On ne laisse pas une affaire de cette importance à des subalternes. »

– Dois-je faire quelque chose ?

– « Rien, pour le moment. »

Falcó jeta un coup d'œil du côté du comte de Tájar. Feignant le désintérêt, l'aristocrate regardait par la fenêtre avec une indifférence exagérée. Aussi peu sympathique que son chef, prête à l'informer de tout quand la communication serait coupée, Sœur Tromblon restait assise devant la petite centrale, écouteurs aux oreilles, sans perdre une miette de ce qui se disait, et tout à fait ouvertement. Seule l'expression de Sánchez dénotait un peu de complicité.

– Dans ce cas, je vais avoir besoin de fonds, Finca Tormes, dit Falcó. L'affaire Mirlo m'a laissé complètement à sec, et j'ai dans l'idée que nos associés, ici, ont du mal à mettre la main à la poche.

Il y eut un silence à l'autre bout de la ligne. Ignorant le soudain regard furibond que lui décocha le comte de Tájar, Falcó imagina l'Amiral en train de sourire sous sa moustache. De l'un de ces sourires qui n'appartenaient qu'à lui, en coin et quasi féroces.

– « Pas un sou de plus, Rocambole. La fête est finie. Vous avez dépensé une fortune, et c'est la concurrence qui puise à son gré dans les fonds de la Banque d'Espagne. Débrouillez-vous avec ce qui vous reste. »

– Mais c'est qu'il ne me reste rien, monsieur. Je suis raide comme un passe-lacet.

– « J'en ai rien à faire. Allez dans un hôtel de passe de la rue Saint-Denis, amadouez deux racoleuses et faites-vous maquereau, c'est votre fort... Vous êtes fait pour ça. »

Falcó poussa un soupir résigné. Rien à gratter.

– Vous êtes un père pour moi, Finca Tormes.

– « Vous n'avez pas à vous plaindre. Vous pourriez être dans une tranchée du front nord... Et je vous assure qu'il m'arrive parfois d'avoir envie de vous y envoyer. »

Vers le soir, presque à la tombée de la nuit, Falcó finit de faire ses bagages. Son intention était d'aller manger quelque chose dans un bistrot voisin, puis de quitter l'hôtel et de se rendre à pied non loin de là, place Saint-Sulpice, au Récamier, un hôtel plus discret et meilleur marché que le Madison, où il attendrait les prochains ordres et événements. Peut-être appellerait-il demain María Onitsha pour qu'ils s'y retrouvent, parce qu'il n'allait pas retourner au Mauvaises Filles, du moins pour le moment. Ses instructions étaient de se tenir à l'écart et dans l'ombre. Hors jeu.

Il ferma la valise cabossée et mit le nécessaire de toilette dans une sacoche en cuir, avec un plan de Paris, le Guide bleu de la ville, ses papiers, son argent, le pistolet, deux tubes de Cafiaspirina, six paquets de Player's, le couteau suisse, une boîte de balles de 9 mm et le silencieux. Il le fit en rangeant chaque objet avec des gestes routiniers, quasi instinctifs. Même s'il devait abandonner la valise, il avait dans cette sacoche tout ce qu'il lui fallait pour se débrouiller en n'importe quelle situation. Dans tout contexte plus ou moins hostile.

Il pensait froidement à Léo Bayard et Eddie Mayo. Deux heures plus tôt, il avait acheté les journaux publiés tard dans l'après-midi, et *Paris-Soir* mentionnait aussi l'affaire : « Des intellectuels français à la solde du fascisme ? » On poursuivait sur ce ton, sans toutefois donner de noms, mais tout pointait dans la même direction, et Falcó savait que la présentation du visage du héros des ciels d'Espagne comme cible par les uns ou les autres n'était plus qu'une question d'heures. Avec une expression sarcastique, il se demanda si le Komintern lui laisserait le temps de se défendre publiquement ou si la chose allait se faire rapidement avant que le scandale ne devienne retentissant, ce qui, tout compte fait, convenait à tout le monde, sauf à Bayard, bien entendu. Laisser l'affaire traîner en longueur, entrer dans la spirale des assertions, des dénonciations et des démentis, ne ferait que rendre le terrain encore plus glissant. Connaissant les méthodes soviétiques, Falcó était sûr que Moscou allait trancher dans le vif.

Cette pensée le conduisit tout naturellement à Pavel Kovalenko. Falcó n'avait jamais vu le chef du Groupe A des opérations spéciales, mais il connaissait l'essentiel de sa biographie : juif de Kiev, il avait été, pendant la révolution d'Octobre et la guerre civile, saboteur, guérillero et tueur avant d'organiser des opérations de police et de contre-espionnage en tant qu'officier de la Guépéou, devenue par la suite le NKVD[1]. C'était à lui que Staline avait confié la coordination de l'activité communiste en Espagne. En zone républicaine, il était l'incontestable homme de Moscou : il supervisait la police politique espagnole et les envois d'armes, avait assuré le transport de l'or de la Banque d'Espagne en Russie, le chargement perdu à Tanger inclus. Mais le gros de son activité n'était autre que la purge massive des dissidents – agents fascistes, telle était l'accusation officielle – à laquelle Kovalenko se livrait ces derniers mois, en exécutant membres suspects des brigades internationales et trotskistes espagnols.

En ajoutant à ce panorama la présence de Kovalenko à Paris, une boule de cristal n'était pas nécessaire pour prédire l'avenir de Léo Bayard. Par des temps comme ceux

1. Commissariat du peuple aux Affaires intérieures.

qui couraient, quand de simples soupçons suffisaient à condamner à mort un homme, la présence de cet agent soviétique équivalait à enfermer dans la même pièce un chacal et un agneau.

L'idée laissa aux lèvres de Falcó un rictus sarcastique. Flux et reflux de la vie, se dit-il. Coups de dés. L'heure de tout un chacun vient toujours, mais parfois en avance pour certains.

Quand les bagages furent prêts, il jeta un dernier regard sur la chambre et la salle de bain. « Le regard du truqueur », comme disaient ses instructeurs. Qui ne laisse aucune trace derrière lui. Surtout rien qui puisse compromettre un agent. Il arrive qu'un bout de papier oublié, une lettre, une facture, un mégot écrasé entraînent des conséquences imprévisibles. Dans ce métier, il est indispensable, quand on s'en va, de laisser derrière soi aussi peu d'empreintes que si l'on était un fantôme. De pouvoir aisément retourner au néant d'où l'on est sorti.

Il posa sa gabardine et son chapeau près des bagages, sur le lit. Puis il alluma une cigarette et regarda par la fenêtre. La nuit tombait sur le boulevard. On n'entendait pas les bruits du dehors, la ville semblait être sous cloche, dans le silence. Entre les feuillages des arbres s'allumaient l'éclairage public et les feux des voitures, et des traînées rouge sang dans le ciel finissaient de se confondre avec le noir de la nuit au-delà du clocher de l'église de Saint-Germain-des-Prés.

Penser à Kovalenko lui rappela Eva. C'était inévitable. Il essayait de ne pas se soucier d'elle, mais il n'était pas toujours possible de tenir l'imagination en bride, et pas non plus les souvenirs. Il n'était pas davantage possible de s'affranchir de l'étrange mélancolie, si semblable à une douce pluie sur un terrain vague désolé, qui chaque fois s'emparait de lui.

La vitre de la fenêtre reflétait faiblement le contour du visage de Falcó et la braise de sa cigarette. Il l'ôta de ses lèvres pour prononcer le nom d'Eva, silencieusement, sans articuler le moindre son.

Eva Neretva.

Bien sûr qu'il ne pouvait pas l'oublier. L'idée même était absurde. Il lui aurait fallu une autre vie pour l'effacer de sa mémoire. Et encore, ce n'était pas certain.

Eva Neretva, alias Eva Rengel, alias Luisa Gómez. Membre du Groupe A des opérations spéciales du NKVD.

« Ne me fais pas mal », lui avait-elle dit en une certaine occasion – l'étrange nuit qu'ils avaient passée dans la chambre 108 de l'hôtel Continental, à Tanger, pendant que ses compagnons du Groupe A torturaient l'opérateur radio de Falcó.

Il se demanda si elle était encore vivante à l'heure présente.

La dernière chose qu'il avait apprise sur son compte, par la bouche de l'Amiral, c'était qu'après l'engloutissement de l'or républicain, Eva avait gagné Marseille à bord du *Maréchal Lyautey*, et qu'à partir de là on avait perdu sa trace. Elle pouvait être retournée en Espagne, ou en Union soviétique, mais il n'était pas possible de le savoir. La seconde probabilité n'était pas rassurante, en pleine terreur stalinienne, avec les purges des dissidents, les procès publics et les exécutions massives dans les sous-sols de la Loubianka. Chaque chute d'un haut gradé soviétique entraînait celle de sa famille, de ses amis et de ses subordonnés. On se livrait à la délation pour avoir la vie sauve, sans même y parvenir. Dans toute l'Europe, Espagne incluse, des agents communistes étaient rappelés à Moscou, pour y trouver le cachot, la torture, la déportation en Sibérie ou une balle dans la nuque.

« Je ne crois pas que ce soit vrai que nous nous aimons », avait-elle dit par un sombre matin, à Tanger, peu avant que les lueurs lointaines des coups de canon échangés entre le destroyer national et le cargo républicain ne se fussent laissées deviner derrière le rideau de brume. « Je ne le crois pas moi non plus », avait-il répondu, et tous deux avaient menti. Ils s'étaient contemplés sans se dire grand-chose de plus, quelques heures à peine après avoir tenté consciencieusement de se tuer l'un l'autre. Cette dernière fois, ils s'étaient regardés dans les yeux, ceux d'Eva cernés par la fatigue, entre les marques de coups sur son visage, les siens pareils à de la limaille d'acier grise, tous deux épuisés, endoloris et démolis, acteurs d'une déroute presque équivalente pour l'un et pour l'autre, pendant que quelques hommes courageux mouraient au large, et que le cargo républicain, le *Mount Castle*, coulait par le fond. Eva avait alors murmuré : « C'est la mort qui abat la dernière carte » d'une voix atone, inexpressive, comme si ne montait à ses lèvres qu'une vague pensée.

Puis elle s'était perdue dans le brouillard, et Falcó avait pissé du sang pendant une semaine.

Comme la nuit était douce, il laissa gabardine et chapeau à l'hôtel, avec ses bagages. Il avait faim et envie d'un bon bourgogne avec un repas léger. Une fois dans la rue, il passa près de la statue du philosophe, en se dirigeant vers Chez Bruno, un bistrot au coin de la rue Bonaparte.

Il allait ainsi, plutôt confiant, et ce fut son erreur.

Tout à coup, un signal d'alarme se déclencha dans son cerveau, de façon automatique. *Ring, ring,* fit-il. Ce son ne pouvait tromper. C'étaient des choses de ce genre qui lui avaient permis de rester en vie jusqu'à présent.

Son instinct lui dit qu'il était en terrain miné.

Il y avait une automobile garée près du trottoir, avec deux silhouettes à l'intérieur, juste à l'endroit où les frondaisons des arbres interceptaient la lumière d'un réverbère. Falcó s'en avisa avant d'avoir pu analyser la situation, et fit encore trois pas en envisageant les risques possibles et probables. Alors, il s'arrêta, tendu.

– Continuez d'avancer, dit une voix en français, derrière lui.

L'ordre comptait moins que le canon du pistolet ou du revolver qui venait de s'enfoncer dans son dos, à la hauteur de son rein droit. Il hésita un instant, et la pression de l'arme s'accentua.

– Allez vers la voiture, dit la voix, insistante.

Falcó jeta un bref regard autour de lui, sans grand espoir. Personne, entre les rares passants, ne semblait se rendre compte de quoi que ce soit.

– Avancez, ou je vous descends.

Dans un film avec Charles Boyer ou George Raft, ou même dans une histoire de détective de revue illustrée, Falcó se serait tourné brusquement et affranchi de la menace en envoyant son poing dans la figure de celui qui le menaçait. Mais il n'était ni dans un film ni dans un roman feuilleton, et la pression de l'arme dénotait un calibre suffisant pour lui mettre un rein ou le foie en capilotade d'une seule décharge. Ce fut pourquoi il obéit comme un bon élève, sans protester ni demander d'explication. Résigné.

La portière arrière de l'automobile, une Vauxhall Touring, venait de s'ouvrir pour le recevoir ; il inclina la tête et entra.

– Mettez vos mains sur le siège avant.

Il fit ce qu'on lui disait tandis que celui qui pointait l'arme sur lui entrait à sa suite et se laissait tomber sur la banquette arrière à côté de lui sans éloigner d'un centimètre l'arme de son flanc. Le type sentait le tabac et tenait le pistolet caché par une veste longue pendue à son bras droit. Du coin de l'œil, à la faible clarté de la lumière du réverbère tamisée par les feuillages des arbres, Falcó entrevit des traits osseux sous un béret noir. Toutefois, son attention était maintenant centrée sur ceux qui occupaient les sièges avant. Celui qui était au volant était Petit Pierre ; Falcó le reconnut sans difficulté malgré la pénombre. L'autre, grand et svelte, s'était tourné vers lui.

– Vous me devez une longue explication, mon cher Nacho, lui dit poliment Léo Bayard.

Falcó avait connu des situations plus commodes. Celle-ci n'est pas désespérée pour le moment, se dit-il en manière de consolation. Même si elle peut bien sûr se gâter. Jusqu'au pire. Telle était sa pensée tandis que, assis sur une chaise, ses yeux aguerris parcourant l'intérieur de la péniche où il se trouvait, il situait obstacles et éléments utiles. L'embarcation était amarrée à un quai de la Seine, près du viaduc d'Auteuil. De temps en temps, on entendait la rumeur lointaine des trains qui passaient.

– Je peux fumer ?

Bayard, assis en face de lui, l'examinait avec curiosité.

– Non, bien sûr que non.

L'endroit sentait l'humidité. La cabine était meublée de sièges de toile, de tableaux de facture moderne sur les cloisons et de rideaux de dentelle sur les hublots. Tout y était très coquet et fonctionnel. Il y avait un poêle, une cuisinière à charbon, et sous une lampe à pétrole allumée une table couverte d'une toile cirée, avec une bouteille de vin et deux verres. Il y avait aussi trois hommes, à part lui : Léo Bayard, Petit Pierre et celui qui tenait l'arme et se trouvait le plus loin, comme pour faire de là régner l'ordre. Très maigre et toujours coiffé de son béret, il était assis sur une traverse de l'échelle qui menait à l'écoutille et au pont, un revolver de gros calibre à côté de lui.

– Parlez, maintenant, dit Bayard.

Falcó le regarda avec un apparent désarroi. Pendant le trajet de Saint-Germain-des-Prés à la péniche, puis pendant qu'on le conduisait sur un quai obscur pour le faire monter sur le pont du bateau, il avait eu le temps d'établir des lignes de défense successives. Ce qui faisait partie de l'entraînement de base : nier même quand on vous surprend pistolet fumant à la main. C'est une agression, que diable me voulez-vous, je n'aurais jamais imaginé que, etc. À l'honneur de Bayard, Falcó devait reconnaître que celui-ci ne se donnait pas la peine d'entrer dans le jeu. Il s'était contenté d'écouter en hochant la tête, se tournant parfois pour le regarder comme s'il lui prêtait véritablement attention, quand la voiture passait à côté d'une source de lumière qui en éclairait l'intérieur. Il s'en tenait maintenant à la même attitude.

– Que voulez-vous donc que je vous dise ?

– Quel rôle vous avez joué dans cette affaire. Je vois bien ce qui se passe, mais il me reste à vous situer dans le complot.

– De quel complot parlez-vous ?

– Pour le compte de qui travaillez-vous ?

– Bon Dieu. Je ne travaille pour personne.

– Pour les nazis ? Pour la racaille de Franco ?

– C'est ridicule.

– Seriez-vous un agent provocateur communiste ? poursuivait Bayard, avec une patience quasi didactique. C'est le Komintern qui est derrière tout ça ?

– Vous perdez l'esprit.

Bayard le regarda et finit par pousser un soupir.

– Écoutez, Ignacio Gazán ou quel que soit votre véritable nom… Nous savons vous et moi pourquoi vous êtes venu à Paris et pourquoi vous vous êtes rapproché de moi… Alors, je vais vous expliquer où en sont les choses, dit-il en montrant le chauffeur. Vous connaissez Petit Pierre ; c'était le mécanicien de mon escadrille… Ce monsieur, là-bas, s'appelle Vezzani, et il est corse. Pilote d'avion. Il a fait partie des Brigades internationales avant de nous rejoindre en Espagne.

Le Vezzani dont il était question porta son index à ses sourcils en guise de salut. Il considérait Falcó avec une curiosité hostile. Près de lui, la lumière de la lampe faisait luire l'acier chromé de son revolver sur la traverse de l'échelle.

– Tous les deux sont de vieux et loyaux camarades, poursuivit Bayard. Nous avons volé ensemble dans une vingtaine de missions, vous savez ? Je veux dire qu'il n'y a entre nous pas le moindre doute sur aucun sujet que ce soit. Ils savent parfaitement qui je suis. Il s'agit maintenant de savoir qui vous êtes, vous.

– Hupsi Küssen…, commença à dire Falcó.

Bayard l'arrêta en levant la main.

– Je me demande aussi quelle part Hupsi a prise dans tout ça… Mais comme il a disparu, je dois me contenter de vous.

– C'est insensé.

Bayard se tut une nouvelle fois. Les yeux rivés sur lui, il l'étudiait comme s'il y avait eu entre eux une loupe.

– Je dois reconnaître une chose : votre extrême compétence, dit-il enfin. En une semaine vous avez tissé une toile d'araignée impeccable. Avec l'aide de quelques autres, bien sûr. Mais vous avez très bien fait ce qu'il vous revenait de faire. Vous avez réussi à me fourvoyer complètement.

– Je n'ai fourvoyé personne.

– Ne faites pas insulte à mon intelligence. Ni à celle de ces messieurs.

Il s'interrompit une nouvelle fois. Maintenant souriant. Mais la lumière de la lampe à pétrole traçait sur son visage des traits sinistres. Il passa la main sur son front, pour écarter sa mèche de cheveux.

– Seule Eddie doutait un peu de vous, vous savez ? Il est trop beau, disait-elle. Trop élégant, trop parfait, poursuivit-il, et son sourire s'élargit. Intuition féminine, je suppose. Imbécile que je suis, je ne l'ai pas écoutée.

Tout en feignant de regarder Bayard, Falcó examinait la cabine dans les moindres détails. C'était une technique acquise : faire semblant de regarder quelque chose, alors qu'en fait l'attention se porte ailleurs, à la périphérie de l'endroit sur lequel le regard semble rivé. À ce moment-là, il cherchait des objets avec lesquels il pourrait frapper. Tout était bon pour le faire : un crayon, un couvert, un cendrier.

Mais il ne voyait que la bouteille et les verres.

La rumeur étouffée d'un train qui passait sur le viaduc se fit entendre : *trac, trac, trac.* Assis devant lui, Bayard égrenait les torts qu'il lui attribuait : lui et ses complices s'étaient chargés de mener une campagne d'intoxication auprès de ceux qui pouvaient lui porter tort. D'effectuer des virements sur un compte en Suisse dont il ignorait tout. Et le supposé Ignacio Gazán lui avait remis un chèque pour, prétendait-il, participer à la production d'un film sur la cause républicaine, somme d'argent qui maintenant était présentée comme une rétribution ou une subornation.

– Vous êtes un grand fils de pute, asséna-t-il. Un sale rat d'infiltré.

– Je voudrais fumer une cigarette, insista Falcó, tout en considérant les autres possibilités qui pouvaient lui rester.

Bayard ne daigna même pas répondre. Quasi menaçant, à présent, il avait rapproché son visage de celui de Falcó. La rage contenue brillait dans ses yeux et réduisait ses lèvres à une fine ligne dure.

– Ne vous méprenez pas à mes manières. Je n'ai pas toujours été, et je ne suis pas, l'intellectuel polémique, le prix Goncourt, *l'enfant terrible** de la gauche française. J'ai été soldat, je me suis battu en Espagne pour mes idées. Et je poursuis ce combat. En fait, cette conversation en fait partie. Et ce que je me propose de vous faire aussi… Vous me suivez ?

– Je vous suis.

– Je présume que vous êtes un professionnel. Un individu comme vous, ça ne s'improvise pas. Voilà pourquoi j'espère que vous comprenez bien ce que je vous dis. La nuit que nous allons vivre va être longue. Et plus encore ce par quoi vous allez passer... Alors, raccourcissons les préambules autant que possible, pour ne pas nous fatiguer plus que nécessaire.

Il se leva en se dépliant d'un mouvement distingué, une main dans la poche de son pantalon. Sa tête touchait presque le plafond de la cabine.

– Il faut que je sache qui a organisé ça. Vous comprenez ? C'est seulement ainsi que je vais pouvoir prévenir le coup le plus dur. Connaître mes chances de survie.

Falcó était arrivé au bout de la première ligne de défense. Le temps jouait contre lui, aussi décida-t-il de se replier sur la deuxième.

– Elles ne sont pas grandes, je suppose, observa-t-il.

Ce qui fit hausser les sourcils de Bayard.

– Ah. Voilà qui indique que vous en savez plus que vous ne le disiez.

– Pas tant que ça. Mais je sais faire un rapprochement.

– Ah. Et vous allez me dire entre quoi et quoi ?

Falcó réfléchissait vite. À ce qu'il fallait livrer et ce qu'il fallait réserver pour la troisième ligne de défense. Mais il ne trouva rien de convaincant. Comme s'il le sentait, Bayard regarda ses compagnons, puis reporta son regard sur lui.

– Savez-vous pourquoi on ne vous a pas encore lié les mains ? Parce que Vezzani est un excellent tireur qui suffit pour vous tenir sous contrôle ; et aussi parce que nous désirons tous les trois, dans le fond, que vous fassiez quelque chose qui vous vaille une balle dans un bras ou une jambe. Mais vous êtes un homme prudent.

– Je ne vais rien faire qui me vaille ça. Et je suis prêt à vous dire le peu que je sais de cette combine.

– Parce que vous appelez ça une combine ?

– Évidemment.

– Et vous allez me dire le peu que vous en savez ?

– C'est ça.

– Par exemple ?
– C'est Hupsi Küssen qui a tout organisé.
Les sourcils de Bayard se haussèrent de nouveau.
– Hupsi, dites-vous.
– Oui.
– Et pour qui travaille-t-il ?
– Je n'en sais rien. Mais je sais qu'il le fait pour de l'argent.

Bayard hocha la tête doucement, préoccupé. On aurait dit qu'il examinait tout point par point. Puis il regarda Petit Pierre, et celui-ci, qui était resté adossé à une cloison, sortit de sa poche une paire de tenailles et un rouleau de corde.

– Maintenant, oui, nous allons vous immobiliser, dit froidement Bayard. Et vous bâillonner… Non parce qu'ici quelqu'un pourrait vous entendre, ce qui n'est pas le cas, mais pour ma commodité personnelle. Il n'est pas agréable d'entendre des cris de douleur dans un endroit aussi exigu, aussi confiné.

Petit Pierre s'approcha sans hâte. Dans son regard flegmatique, dans son indifférence corpulente et brutale, Falcó put lire clairement ce qui l'attendait dans l'immédiat. Le temps se réduisait à rien, et la deuxième ligne de défense était sur le point de tomber.

– Je suis curieux de voir combien de temps vous allez tenir, remarqua Bayard. Pour moi, c'est une nouveauté. C'est la première fois que je vais voir faire ça à un être humain… Je dois dire que ça a toujours été contre mes principes, mais vous conviendrez avec moi qu'il s'agit là d'une circonstance exceptionnelle.

Petit Pierre s'était assis devant Falcó, et il déroulait la corde. Il avait posé les tenailles sur la table, remarqua celui-ci, mais elles étaient visiblement hors de sa portée. Il n'arriverait jamais à s'en saisir sans que Vezzani lui tire dessus.

– Mais pour Petit Pierre, ce n'est pas la première fois. Vous vous en doutez, non ?

Troisième ligne de défense, décida Falcó. Et c'était la dernière. Si elle ne suffisait pas, il ne lui resterait plus qu'à essayer d'attraper les tenailles ou la bouteille, à s'exposer au coup de feu, et il verrait bien.

– Je suis communiste, dit-il.

Un silence de cinq secondes suivit. Bayard le regardait, bouche bée.

– Je ne peux le croire.

– Bureau des opérations spéciales, soutint Falcó avec fermeté. S'il m'arrive quelque chose, vous êtes fichus tous les trois.

Étranger au dialogue, Petit Pierre allait lui saisir les mains pour les lui attacher dans le dos. Bayard l'arrêta d'un geste.

– Je le suis de toute façon, j'en ai peur… Condamné, je veux dire, lança-t-il, morose, à Falcó. Qu'est-ce qui est en jeu ?

– Vous avez des ennemis dans le Parti, ici, en France. Le Komintern vous trouve peu sûr et trop influent. Hors de contrôle, indiscipliné. Vous menez votre propre campagne. Voilà pourquoi on accumule des prétextes pour vous discréditer.

– Il n'est pas question de m'éliminer ?

– Non. Seulement de vous réduire politiquement à néant. De vous dépouiller de tout prestige. De couper les ailes au héros de la guerre d'Espagne. À leurs yeux, vous vous pavanez trop.

Bayard considéra un moment la chose.

– Ça ne tient pas debout.

– Peut-être. Mais c'est comme ça.

– Je n'ai pas la carte du Parti, mais ils savent que je suis loyal.

Falcó fit comme s'il hésitait, comme s'il lui en coûtait de donner un nom.

– Toukhatchevski, dit-il enfin.

– Le maréchal ?
– Évidemment.
– Qu'a-t-il à voir là-dedans ?
– Il est jugé à Moscou avec d'autres conspirateurs profascistes.
– Je sais... Une accusation grotesque, c'est hors de doute. Je connais bien le général.
– C'est justement là le nœud de l'affaire. Vous le connaissez bien.

Brusquement, la lumière de la lampe à pétrole rendit huileux le visage sombre de Bayard.

– Ça ne tient pas debout... Quel rapport cela a-t-il avec moi ?
– Vous êtes amis. Il vous a invité dans sa datcha de la mer Noire.
– Et ?
– Le NKDK le lie à vous. Ils sont en train de purger son entourage, parce que tout le cercle de ses amitiés est contaminé. Considéré à la solde des puissances étrangères.
– C'est un mensonge.
– À qui le dites-vous.

Bayard fit quelques pas en long et en large dans la cabine, préoccupé. Enfin, il s'arrêta près de Vezzani et de son revolver, prit un paquet de cigarettes et en mit une entre ses lèvres.

– Même si c'était vrai, et ça ne l'est pas, ma relation avec Toukhatchevski n'a pas une telle importance. Pourquoi tant d'efforts et tant de dépenses pour me mettre hors jeu ?
– Je ne sais pas. J'ai obéi à des ordres spécifiques, qui étaient de vous discréditer.

Bayard craqua une allumette, alluma la cigarette et en tira trois goulées avant de reprendre la parole.

– Qui a communiqué à la presse ces faux documents ?
– Je ne sais pas. La centrale de Moscou, j'imagine. Ou le Komintern.

– Et les nazis ? Et les fascistes espagnols ?

– Je ne sais rien à leur sujet.

Cigarette aux lèvres, paupières plissées, mains dans les poches, Bayard contempla longuement Falcó. Au bout d'un moment, il secoua la tête.

– Bel essai, dit-il. Vous m'avez presque fait douter... Mais ça n'a pas marché. Alors, revenons où nous en étions.

Il fit un signe impératif à Petit Pierre, qui tendit les mains pour lier celles de Falcó avec la corde. À ce moment-là se fit entendre le lointain *trac, trac, trac* d'un autre train qui passait sur le pont et presque au même moment retentit un grincement à l'extérieur de la péniche, comme si quelqu'un venait de peser sur la passerelle. Les trois hommes levèrent les yeux vers l'écoutille, et Vezzani saisit le revolver.

– Il y a quelqu'un ici, dit Bayard.

Les événements décisifs se déroulent souvent en quelques secondes. Par expérience ou par nature, Falcó était prompt à les reconnaître, ou à les sentir venir. Si bien qu'il agit en conséquence. Il n'y eut ni réflexion ni calcul de sa part quand il s'élança. Depuis plus d'une heure, il guettait l'occasion.

Qu'il y eût quelqu'un dehors comme l'avait dit Bayard, ou pas, le résultat était le même. Ce qui comptait, c'était l'opportunité : les trois hommes un instant distraits, et plus particulièrement celui qui tenait l'arme. Falcó ne disposait que d'un bref instant favorable, et il ne laissa pas passer sa chance. Le reste fut une succession d'actions quasi automatiques. Une chorégraphie méthodique et rigoureuse. Routinière.

D'abord la bouteille. Il avait déjà calculé, presque depuis le début, la distance qui la séparait de sa main droite, et il la saisit par le goulot du même mouvement qu'il fit pour se lever de la chaise.

Le geste suivant fut d'écarter Bayard d'une poussée, parce que Vezzani était le premier objectif. Vezzani et, bien entendu, son revolver. Il fit deux pas rapides en direction du Corse, bouteille à la main et, s'apercevant qu'il ne l'atteindrait pas à temps parce que sa cible se retournait déjà, le cherchant de la bouche de son arme, il lui lança la bouteille à la figure malgré la distance qui les séparait encore. Il ne s'arrêta même pas pour en voir l'effet, mais quand le verre se brisa sur le front du vétéran en lui arrachant un cri de douleur, il se précipitait déjà sur le revolver qui tombait par terre et l'écartait d'un coup de pied, qui envoya l'arme sous la table.

Le premier des deux autres à l'attaquer fut Petit Pierre. Le garde du corps fonçait tête baissée, catapultée par son torse puissant, mais Falcó s'était déjà trouvé dans des situations semblables et, de plus, l'espace de la cabine était trop réduit pour permettre à l'assaillant de prendre un élan suffisant. Il put donc le recevoir d'un coup de coude entre les deux yeux qui le freina sur-le-champ, suivi d'un coup de poing à la tempe, qui sonna fort, meurtrit les articulations de Falcó et fit tourner de l'œil son adversaire. Le Français tomba à genoux, mollement, en tendant les mains pour trouver un appui. Falcó le laissa faire, parce qu'il n'était plus dangereux dans l'immédiat et que son attention se portait maintenant sur Bayard qui, à quatre pattes, cherchait à se saisir du revolver, sous la table. Ou, plus exactement, venait de mettre la main dessus.

C'est suffisant pour ce soir, se dit Falcó. Deux sur trois, ce n'est pas mal. Il sauta sur l'échelle, ouvrit l'écoutille d'un coup de pied et sortit sur le pont, dans l'obscurité, pour courir vers la passerelle jusqu'au quai et se perdre dans la nuit.

Ce qu'il allait faire quand une ombre se dressa devant lui et une autre se déplaça rapidement dans son dos.

Il reçut un coup sur la nuque. Il y eut d'abord une explosion de petites lumières minuscules qui criblèrent ses rétines. Puis plus rien.

J'espère ne pas finir dans l'eau, pensa-t-il.

Il perdit conscience en sombrant dans un puits profond et noir.

17
UNE CONVERSATION

Il y avait un homme assis près de lui quand il ouvrit les yeux : un visage à demi éclairé par la lumière grasse de la lampe à pétrole, parce que Falcó était de nouveau dans la péniche. Des yeux noirs et vifs le fixaient avec attention quand il rejaillit de l'obscurité et regarda autour de lui, étourdi. Il était couché sur le dos, par terre. Il avait mal de la nuque aux épaules, les muscles du cou noués, et chaque battement du sang à sa tempe droite lui causait un malaise terrible, comme si son pouls se répercutait jusqu'aux plus lointains replis de son cerveau. Au premier mouvement qu'il fit pour porter une main maladroite à sa tête il poussa un gémissement. Il avait la nausée.

– Vous avez mis longtemps à revenir à vous, dit l'inconnu. On a frappé fort.

Il parlait l'espagnol avec un vague accent étranger. Assis sur une chaise, il fumait une cigarette. Du sol, Falcó examina son visage : moustache, nez fin, front où des cheveux clairsemés laissaient des golfes profonds. Âge moyen. Costume croisé, sans cravate. Il semblait petit et fort.

– Ça va ?

Falcó toucha sa tempe douloureuse, sans répondre. Puis il voulut se lever, mais le mouvement lui arracha un nouveau gémissement. Il reposa sa tête sur le plancher de la cabine.

– Vous feriez peut-être mieux de rester encore un peu tranquille, dit l'homme.

Sans l'écouter, Falcó essaya encore de se lever. Cette fois, l'individu se pencha vers lui, l'aida à se mettre debout et à s'asseoir sur une chaise près de la table. Les vêtements de l'inconnu sentaient la naphtaline et la fumée de tabac.

– Il faut que je prenne quelque chose contre ce mal à la tête, dit Falcó en tâtant ses poches.

Peu à peu, il revenait à la normale. Avec des mouvements encore gourds, il sortit le tube de Cafiaspirina, prit deux comprimés et regarda autour de lui à la recherche de quelque chose pour les avaler, mais il n'y avait sur la table que deux verres. Il vit les restes de la bouteille cassée par terre, au bas de l'échelle qui menait au pont. Quelqu'un les avait balayés et poussés dans ce coin.

– Attendez, dit l'homme.

Il alla jusqu'au placard, y prit une petite carafe, ôta le bouchon pour sentir le contenu. Puis il revint à la table et remplit l'un des deux verres, qu'il tendit à Falcó.

– Vin blanc, dit-il. Ça peut aller.

Falcó avala les deux comprimés avec une longue gorgée et respira profondément. L'homme était revenu s'asseoir en face de lui.

– Où est Bayard ? demanda Falcó.

– Il est parti.

– Et les deux autres ?

– Aussi.

– Où ?

Le type avait sorti un étui avec des cigarettes déjà roulées. Il en prit une, l'alluma avec le mégot de la précédente, qu'il laissa tomber dans l'autre verre.

– Peu vous importe où ils sont.

Il avait posé son porte-cigarettes sur la table, entre Falcó et lui, comme pour l'inviter à se servir.

– Ils sont sortis de votre vie, ajouta-t-il, et ils n'y reparaîtront plus.

Falcó ne regardait pas le porte-cigarettes, mais son interlocuteur.

– Que faites-vous ici ?

– Je règle quelques affaires en cours, répondit l'étranger en haussant les épaules avec lassitude. Mon travail inclut ce genre de chose.

– Et qui êtes-vous ?

Il n'y eut pas de réponse. L'homme se contentait de fumer, un coude sur la table, sans cesser de le regarder. Au bout d'un moment, il haussa de nouveau les épaules.

– Je serais curieux de savoir quel rôle exact vous avez joué dans cette histoire, parce que je ne peux le deviner qu'en partie.

Falcó ne broncha pas. Il subissait l'examen, impassible.

– Je ne sais pas à quelle histoire vous faites allusion.

Laissant échapper une bouffée de fumée, l'inconnu sourit pour la première fois. D'un sourire doux et poli.

– Vous n'allez tout de même pas prétendre me faire accroire que vous étiez en train de discuter aimablement avec Léo Bayard. Ce n'était pas le cas, me semble-t-il, quand nous sommes arrivés.

Il ne précisa pas ce que couvrait ce pluriel. Comme ils étaient seuls dans la cabine, Falcó supposa qu'il devait y avoir au moins quelqu'un d'autre sur le pont ou sur le quai. Le coup sur la nuque lui avait été donné par un expert. Cet homme en était un, sans doute, mais pas dans ce genre d'activité. Ou du moins l'imagina-t-il. Il aurait été considérablement surpris qu'il agisse seul.

– Quelle curieuse histoire que celle de Bayard, dit alors cet homme. Personne n'aurait rien pu imaginer de pareil, n'est-ce pas ? Quelqu'un comme lui, un intellectuel éminent, un héros de la guerre d'Espagne. Et le voilà de connivence avec les fascistes. Et même à leur solde. Il faut le voir pour le croire.

Il regarda la braise de sa cigarette, songeur. Puis il laissa tomber la cendre dans le verre.

– La vie réserve de ces surprises, ne trouvez-vous pas ? ajouta-t-il.

Falcó approuva. Son mal à la tête commençait à s'atténuer.

– Oui, je trouve.

– Tout d'abord, j'ai eu des doutes, je le reconnais… Mais certaines de mes connaissances, et même mes supérieurs hiérarchiques, n'en avaient aucun. Bayard a trahi les siens, ont-ils affirmé. On leur en avait fourni les preuves formelles, auxquelles ils ont ajouté foi… Moi, pour ne rien vous cacher, je n'y ai pas cru un instant.

Il s'interrompit. Considéra avec encore plus de fixité Falcó, qui comprit que ce regard pouvait être extrêmement dur.

– Et je n'y crois toujours pas, conclut-il.

Falcó, qui recouvrait de plus en plus ses esprits, faisait quelques recoupements. Peu à peu, bien qu'avec encore un peu de peine, les pièces se mettaient en place. Le problème, c'était que cet endroit n'avait rien de rassurant pour lui.

– Toutefois, j'ai reçu des ordres, disait l'inconnu. Me charger de cette affaire, comme je vous l'ai dit. Et, bon, je suis là à m'en occuper.

Un autre train passa sur le viaduc au-dessus du fleuve. L'homme parut tendre l'oreille, un instant, en tirant sur sa cigarette. Puis son regard revint sur Falcó.

– Votre présence ici m'éclaircit les idées. Pendant le quart d'heure que j'ai passé à vous observer, alors que vous étiez inconscient, j'ai eu le temps de réfléchir. Et cette réflexion a été profitable.

– Qu'en est-il de Bayard ? demanda Falcó avec brusquerie.

– Je vous ai dit qu'il était parti, répondit l'homme avec le plus grand flegme. Il a disparu dans l'océan tempétueux de la vie, je suppose.

D'un doigt, il tapa sur le porte-cigarettes, pour inciter Falcó à se servir, mais celui-ci refusa l'offre d'un geste las. Il n'avait pas encore la tête à ça. L'inconnu joua quelques instants avec l'étui avant de le ranger dans sa poche.

– Je doute que vous entendiez encore parler de lui, poursuivit-il, du moins en tant que personne de chair et d'os... Peut-être a-t-il déserté pour gagner l'Allemagne nazie, ou l'Espagne fasciste avec laquelle il avait une entente secrète. Peut-être est-il en route pour l'Italie, la Suisse ou l'Amérique du Sud, afin de profiter de l'argent tiré de son apparent double jeu. Ou peut-être le conduit-on en Union soviétique, pour qu'il y rende des comptes... Qui sait ? fit-il avec le même sourire doux et poli qu'un peu plus tôt. Il serait intéressant d'apprendre ce que vous en pensez.

– De quoi exactement ?

– De Bayard en Union soviétique.

– Je doute qu'il arrive si loin.

Son interlocuteur resta immobile pendant quelques secondes, en l'observant avec un intérêt renouvelé.

– On ne m'a pas menti. Vous êtes, entre autres choses, un homme perspicace, dit-il enfin en continuant de le fixer de son regard pénétrant. Que ceci reste entre nous, mais j'en doute, moi aussi. Vous imaginez un interrogatoire à la Loubianka ou un procès à Moscou ? Cela pourrait mettre à mal la version officielle et conduire à une certaine confusion. Les temps qui courent sont malheureusement sans nuances.

Falcó commençait à y voir plus clair.

– Je suppose qu'il doit être mort, à cette heure, hasarda-t-il.

– Qu'importe... On sait de lui ce qu'il faut en savoir. Il a joué son rôle, et dans un moment journaux et agences de presse afficheront son nom en gros caractères, poursuivit-il avec maintenant une expression sarcastique. N'était-ce pas ce qu'on voulait ? Le reste de l'histoire, quels que soient la vérité ou le mensonge, n'intéresse personne.

Il avait fumé sa cigarette jusqu'à se brûler les doigts, ou presque. Il en tira une dernière goulée et laissa tomber le mégot dans le verre, avec le précédent.

– Comment vous sentez-vous ?

Il n'y avait pas trace d'ironie dans sa question.

– Un peu mieux, répondit Falcó. Et je me demande pourquoi je suis encore en vie.

– Oui, fit l'homme, à qui la remarque semblait donner à penser. C'est une question pertinente, il me semble... Si j'étais à votre place, je me la poserais aussi.

Il s'était levé. Dos large et basse stature, constata Falcó, comme il l'avait deviné. La veste croisée le serrait un peu aux épaules. Il ne semblait pas être armé.

– Vous avez encore mauvaise mine. Prendre un peu l'air vous fera du bien, dit-il en glissant un manteau en cuir sur ses épaules, et il montra l'échelle. Allons faire quelques pas, monsieur... ?

Il laissa sa phrase en suspens, indécis. Falcó s'était lui aussi levé, avec précaution, au cas où ses jambes se déroberaient sous lui. Il dépassait d'une vingtaine de centimètres son interlocuteur, qui ne semblait pas s'en soucier.

– Comment préférez-vous que je vous appelle ? Monsieur Gazán ? Monsieur Falcó ?

– Appelez-moi comme vous voudrez.

– Falcó, dans ce cas. En définitive, c'est sous ce nom que vous figurez dans mes archives. Et moi, si vous voulez, vous pouvez m'appeler...

– Pablo, dit Falcó, l'interrompant. J'imagine que je peux vous appeler Pablo.

La Seine coulait, silencieuse, pareille à une brèche noire au bas du quai aux pavés mouillés par la rosée nocturne. Les deux hommes marchaient dans l'obscurité, épaissie par le feuillage des arbres. L'unique lumière était celle d'une lanterne lointaine qui éclairait une arche du pont.

– Ce sont des temps difficiles, conclut Kovalenko.

Falcó réfléchissait encore au fait de se trouver en compagnie du chef des services secrets soviétiques en Espagne. Et surtout à celui qu'il fût encore en vie, au lieu d'être un cadavre emporté par le courant.

– Difficiles et compliqués, insista le Russe.

Son ton était aussi paisible et doux qu'un peu plus tôt, pendant qu'ils descendaient la passerelle et marchaient sur le quai dans l'ombre. Il avait d'abord fait quelques commentaires triviaux sur la situation en Espagne, l'état d'esprit qui régnait à l'arrière, les conflits politiques à Valencia, le désordre républicain menaçant pour l'issue de la guerre. Rien que Falcó ne sût, aussi demeurait-il dans l'expectative.

– Vous devez vous demander pourquoi vous êtes encore vivant.

Falcó se retourna pour regarder, derrière eux, les gardes du corps qui les suivaient à quelque distance, deux masses muettes et anonymes tenues assez loin pour ne pouvoir entendre la conversation. Sans doute devait-il à l'une d'elles la douleur à sa nuque, ce qui ne le surprenait nullement. Russes ou espagnols, s'ils escortaient Kovalenko, c'est que, triés sur le volet, ils étaient des agents rouges d'élite, disciplinés et entraînés.

– C'est en effet une des nombreuses questions que je me pose, admit-il.

– Certaines auront une réponse, d'autres pas. Vous me comprenez ?

– Oui.

Ils firent quelques pas en silence, presque épaule contre épaule.

– On m'a parlé de vous, dit le Russe avant de s'interrompre brièvement, et de reprendre comme pour prévenir quelque remarque que ce soit : peu importe qui l'a fait, pour le moment.

Ils se trouvaient dans l'ombre épaisse des arbres, mais Falcó sut que Kovalenko le regardait.

– Votre route a souvent croisé celle de mes gens, ajouta celui-ci. J'en sais long sur votre compte. Vos activités, votre caractère, vos supérieurs... Est-il vrai que votre chef est appelé le Sanglier ?

Falcó ne répondit pas. Ils avaient atteint un endroit où arrivait la lumière lointaine de la lanterne du viaduc. Comme ils approchaient du tunnel sous le pont du chemin de fer, il en regarda avec appréhension l'entrée obscure. Discrètement, il jeta par-dessus son épaule un regard sur les gardes du corps, évaluant les distances et les possibilités.

– Je crois savoir que vous êtes en train d'unifier vos services secrets, et c'est une mesure prudente, disait Kovalenko. Il faudrait que cela se fasse aussi du côté gouvernemental. Vous ne pouvez imaginer quels efforts nous déployons dans ce sens, qui se heurtent tous aux dissensions et à la haine des uns et des autres. Si les républicains consacraient à l'effort de guerre l'énergie qu'ils gaspillent à se massacrer entre eux, les fascistes auraient été anéantis depuis longtemps... Vous ne croyez pas ?

– C'est très plausible.

Ils étaient tout près du tunnel. Falcó regarda encore furtivement derrière lui. Les deux ombres restaient à l'écart, et Kovalenko ne lui semblait pas être un obstacle insurmontable. Le fleuve était une nouvelle fois la solution la plus rapide, et la montre-bracelet qu'il portait à son poignet était étanche. Mais il n'avait pas envie d'y faire un nouveau plongeon. Et encore moins en pleine nuit.

– J'imagine que vous et ceux qui vous commandent savent ce qui se passe à Moscou, dit Kovalenko. Les procès des traîtres et tout le reste.

– J'en ai eu quelques échos.

Pour l'Union soviétique, les choses ne sont pas plus faciles, insista l'agent russe. Il y avait de grands changements et il devenait difficile de distinguer ses amis de ses ennemis. Chaque nouveau jour apportait son lot de surprises : saboteurs qui passaient aux aveux, infiltrés, ennemis du peuple et autres cas semblables. De nombreux agents étaient rappelés à Moscou, et parfois n'en revenaient pas. Ils disparaissaient dans les prisons ou les camps de travail.

– Je sais que je ne vous révèle aucun secret, conclut-il. Cela se produit avec notre personnel dans toute l'Europe. On ne me dit pas ce que ces gens deviennent, mais je peux le supposer.

Falcó écoutait maintenant avec plus d'intérêt. Il avait arrêté de peser ses chances de survie et prêtait attention à ce que lui disait Kovalenko. Des confidences de ce genre étaient intempestives, estima-t-il. Il n'était pas normal qu'un chef des services secrets soviétiques parle aussi ouvertement à un émissaire ennemi.

– Les gens comme nous, poursuivait celui-ci, quelle que soit la position qu'ils occupent, doivent toujours avancer à pas feutrés. Pas seulement dans ce qu'ils peuvent dire, mais dans leurs moindres gestes, parce qu'il se trouve toujours quelqu'un pour en donner à Moscou une interprétation personnelle. Une plaisanterie sur Staline peut faire déporter une famille entière en Sibérie.

– Je vous croyais à l'abri de tout ça, vu le poste que vous occupez.

– Vous le croyiez ? fit Kovalenko, qui parut en rire, à la lumière ténue de l'éclairage qui tombait sur ses traits. Votre chef peut-il faire une plaisanterie sur le général Franco, par exemple ?

– Ce n'est pas sa spécialité.

– Je suis un vétéran rompu à toutes sortes de conflits nationaux ou internationaux. J'ai planifié des missions, recruté et entraîné des agents, pourchassé des ennemis de l'intérieur condamnés à mort. Je suis décoré de l'ordre de Lénine, de celui du Drapeau rouge et de l'Étoile rouge. J'ai servi dans la Guépéou comme maintenant dans le NKVD, survécu là où d'autres ne l'ont pas pu… Et voulez-vous que je vous dise quelque chose de curieux ?

Ils avaient fait halte juste devant le tunnel. Du coin de l'œil, Falcó s'assura que les deux ombres qui les escortaient s'étaient elles aussi arrêtées.

– Que je sache, poursuivit le Russe, depuis que j'ai rejoint l'Armée rouge en 1917 et jusqu'à ce jour, tous mes chefs ont disparu dans des purges successives. Sous les charges les plus absurdes, mais c'est ainsi… Comme le dit le camarade Staline, là où il y a un homme, il peut y avoir un délit.

Eva Neretva, en conclut Falcó, inquiet. Ce type est en train de tourner de loin autour d'elle, mais je ne comprends pas exactement pourquoi. Il regarda de nouveau la bouche du tunnel et le cours noir du fleuve. En se demandant où était le piège.

– Des membres du haut commandement de l'armée, des héros de la révolution et de la guerre civile, des vétérans du Parti. Et ils sont là, figurez-vous, devant les juges, en train d'avouer qu'ils sont les ennemis du peuple, des espions à la solde de l'étranger… Je suis pour ainsi dire le seul des anciens temps à être encore libre et en vie.

Falcó écoutait, tendu, un peu dérouté. Attentif à la moindre parole, à la moindre nuance. Le ton confidentiel et paisible de Kovalenko ne lui faisait pas perdre de vue que cet individu, cette ombre à peine éclairée qui se tenait tout tranquillement à côté de lui, dirigeait une puissante organisation d'agents politiques et d'assassins. Et que deux de ces derniers étaient là, à une douzaine de pas derrière lui.

– Il y a quelques jours, j'ai reçu de Moscou deux instructions. L'une était d'éliminer physiquement Léo Bayard, contre lequel mes supérieurs avaient obtenu ce qu'ils appellent des *preuves incontestables* : déviationnisme trotskiste, collaboration avec des puissances étrangères, comptes en Suisse et autres détails que vous connaissez.

– Qu'est-ce qui vous le fait supposer ? Que je les connais ?

Le rire serein de Kovalenko se fit de nouveau entendre. À l'éclat de ses yeux, Falcó comprit que l'agent le regardait fixement.

– Ne me prenez pas pour un imbécile. D'autant que nous n'avons pas beaucoup de temps. Le fait est que j'ai reçu, comme je vous le disais, deux ordres quasi simultanés. L'un était de régler l'affaire Bayard... L'autre de me rendre à Moscou, ce qui ne sent pas bon. Dans le contexte que je viens d'évoquer, l'ordre de se présenter là-bas est quelque chose qui ne peut rassurer aucun Soviétique, quel que soit son rang.

– Je doute que vous...

– Les doutes, laissez-les-moi et contentez-vous de m'écouter – bien qu'il eût baissé la voix, son ton était devenu sec. Nous ne faisons pas cette promenade pour que je prête l'oreille à votre opinion, à laquelle je n'accorde pas le moindre intérêt, mais pour que vous écoutiez ce que j'ai à vous dire... Est-ce clair ?

– Ça l'est.

– Bien. Ce « Rentrez à la maison, camarade, il faut que nous parlions », qui est en résumé l'ordre que j'ai reçu, n'a pas fait de moi l'homme le plus heureux du monde. J'ai trop d'expérience pour mordre à l'hameçon... Il est toujours possible que l'on ait simplement l'intention de s'entretenir avec moi, à Moscou ; mais il se peut tout aussi bien que l'on ait décidé de me ranger dans la catégorie de ceux qui finissent par avouer n'importe quoi pour sauver leur famille ou avoir une mort rapide.

Kovalenko se tut pendant quelques instants. Ou, plutôt, ce fut une longue pause voulue. Quasi théâtrale.

– Avez-vous de la famille ? demanda-t-il finalement.

– Je ne m'en souviens pas.

– J'ai une fille.

– Ah, fit Falcó en regardant le Russe avec un regain de curiosité. Je ne le savais pas.

– Eh bien, maintenant, vous le savez… C'est ma fille unique et elle est dans un sanatorium en Suisse. Une maladie pulmonaire. Sa mère est morte, et c'est une de mes sœurs qui veille sur elle.

– Je vois.

– Après avoir mûrement réfléchi, j'ai élaboré un plan. Expédier l'affaire Bayard, mais pas pour mes chefs.

– Là, je ne comprends plus.

– Vous allez vite comprendre. Mon impression est qu'il s'agit d'un montage organisé par vous et les nazis. Avec la collaboration d'autres services.

– Mais alors, pourquoi avoir agi contre Bayard ? Parce que c'est ce que vous avez fait, n'est-ce pas ?

Silence. Peut-être Kovalenko était-il en train d'abattre l'ultime barrière de doutes. Pendant un instant, et pour la première fois, il parut indécis.

– D'une part, dit-il enfin, je gagne ainsi du temps avec mes supérieurs de Moscou. De l'autre, j'offre quelque chose à des tiers. Un cadeau, en signe de bonne volonté.

– À qui ?

– À vous… À vos chefs.

Un train traversa le pont à grand fracas. Falcó attendit que le bruit se fût éloigné. Il était abasourdi.

– Êtes-vous en train de me dire que vous voulez passer de l'autre côté ?

La clarté lointaine de la lanterne éclaira le mouvement de l'agent russe quand il se tourna légèrement pour regarder derrière eux, en direction des hommes de main qui restaient à distance. Et il baissa de nouveau la voix.

– Je préfère le mot déserter… Mais oui. C'est l'idée, même si présentée comme ça elle est trop simplement résumée.

– Et pourquoi du nôtre ?

– Je ne me fie pas aux nazis, ils seraient capables de me livrer à l'Union soviétique en échange de ceci ou de cela. Et je n'aime pas les Italiens. L'Angleterre est trop humide, les poumons de ma fille ne supporteraient pas un pareil climat. Et puis, le sanatorium suisse est très cher.

Avec un effort notable, Falcó tentait de cerner la situation dans son ensemble. De la situer sur un terrain, un socle crédible. De son côté, Kovalenko, l'argument principal exposé, semblait prêt à l'aider. À faciliter l'analyse.

– L'Espagne est parfaite pour moi, remarqua-t-il. Je pense au camp franquiste, bien entendu. Comme je l'ai dit tout à l'heure, la République va perdre. Je lui donne un an, peut-être tiendra-t-elle deux ans, tout au plus. J'ai passé dix mois là-bas et je sais de quoi je parle.

– Je suis surpris de vous entendre dire ça. Je supposais que vous attachiez davantage foi à la lutte finale : une Espagne communiste et prolétaire.

L'agent russe fit claquer sa langue avec dépit.

– Vos compatriotes sont réfractaires à trop de choses. Ils n'adhèrent véritablement ni au fascisme ni au communisme ; j'ai vu dans la Péninsule plus d'opportunistes que de convaincus... Seul l'anarchisme convient à leur caractère, ce qui les rend imprévisibles et dangereux. Même les plus disciplinés ignorent ce que le mot discipline veut dire. Ce qui ne les empêche pas de mourir dignement, en formidables guerriers qu'ils sont... Même si, pour leur malheur, ils seront toujours espagnols.

Après avoir prononcé ces derniers mots, il se tourna vers ses gardes du corps et lança un ordre en russe : impératif, brusque, celui d'un homme habitué à être obéi au doigt et à l'œil. Puis il saisit Falcó par le bras et le conduisit dans le tunnel, où il n'y eut pas d'autre bruit que celui de leurs pas résonnant dans le vide. Kolavenko ne desserra les dents que quand ils furent arrivés à la sortie, après s'être assuré que ses hommes ne l'avaient pas suivi.

– Je veux que vous vous occupiez de tout, dit-il. D'assurer ma vie et celle de ma fille. Imaginez tous les renseignements sur la République que vous pouvez obtenir, en échange. Toutes les informations essentielles que je détiens : liste de leurs agents, structure des services gouvernementaux, intrigues diverses, volontaires étrangers, armement, relations entre communistes, socialistes et anarchistes... Vous faites-vous une idée de ce que je vous offre ?

Falcó n'avait pas le moindre doute.

– Oui, je m'en fais une, admit-il. De l'or pur, bien sûr.

– Oui, c'est exactement ça.

– Et qu'attendez-vous de plus ?

De ce côté du tunnel, il y avait un peu de lumière. Celle de deux réverbères d'une rue proche et de leurs reflets dorés sur les pavés mouillés. Elle dévoilait légèrement mieux les traits du Russe, son nez en lame de couteau et le contour de sa tête presque chauve. La ligne sombre de sa moustache, loin de lui donner plus de personnalité, contribuait à l'annuler. Falcó croyait voir un de ces fonctionnaires qui se tiennent derrière le guichet d'une banque ou d'un bureau quelconque. C'était un visage que l'on pouvait oublier immédiatement.

– Une fois la curiosité des services secrets fascistes satisfaite, j'ai pensé à l'Amérique du Sud, ou peut-être aux États-Unis. Avec ma fille, bien entendu.

– Je ne sais pas s'ils vont vous donner grand-chose, malgré tout. Les gens de mon bord sont plutôt radins.

– Ça ne m'inquiète pas. Je suis un homme prévoyant et j'ai réuni quelques économies. Je ne veux, pour les premiers temps, que protection et infrastructure.

– Et immunité, j'imagine.

– Ah, bien sûr. J'aurais bien assez à faire pour me défendre des agents russes que l'on va envoyer à mes trousses pour devoir en plus protéger mes arrières des nazis et des fascistes. Un seul ennemi à la fois, autant que possible.

Il demeura silencieux pendant quelques instants. Regard tourné en direction du tunnel, il semblait pensif.

– Ensuite, je me débrouillerai seul, dit-il enfin, doucement. Et, bon, il se peut aussi que j'écrive mes Mémoires.

– Ils finiront par vous retrouver, tôt ou tard.

– Peut-être, mais je prendrai mes précautions. Si le camarade Staline m'en laisse le loisir, autant que faire se peut, je garderai par-devers moi certaines choses que je sais sur son compte et sur celui de quelques autres ; des péchés de jeunesse, des choses comme ça... J'ai passé tant d'années parmi eux.

Falcó eut un geste d'indifférence.

– Vous devez savoir ce que vous faites.

– Bien sûr que je le sais. Et voilà, en résumé, la réponse à votre question de tout à l'heure. Si vous êtes encore vivant et ne tenez pas compagnie à Bayard, c'est pour que vous fassiez part au plus vite, avec la plus grande discrétion et seulement à votre chef, de ce que je viens de vous dire... Seulement au Sanglier, ne l'oubliez pas, souligna l'agent russe, dont le ton se durcit de nouveau. Et que celui-ci en parle, sans intermédiaires, au général Franco.

Il avait sorti d'une poche un bristol qu'il remit à Falcó.

– Il suffira d'appeler ce numéro à Paris pour recevoir les instructions nécessaires, ajouta-t-il. Vous avez quarante-huit heures.

– Ils accepteront sans doute.

Kovalenko sortit son porte-cigarettes, en glissa une entre ses lèvres, et remit l'étui dans sa poche.

– Oh oui, fit-il, acerbe. Bien sûr qu'ils le feront.

Il avait craqué une allumette et protégeait la flamme au creux de ses mains. Son visage émacié apparut ; ses yeux vifs et noirs observaient Falcó.

– Encore une question, dit celui-ci. Pourquoi moi ? Pourquoi m'avoir choisi comme intermédiaire ?

Le Russe éteignit l'allumette en la secouant en l'air.

– Où en est votre douleur à la tête ?

– Elle est passée.

– Vous êtes vêtu légèrement... Vous avez froid ?

– Pas trop.

Kovalenko montra un banc en bois sur la berge du fleuve.

– J'en suis heureux, parce que votre dernière question tombe bien. Nous ne nous sommes pas encore tout dit.

Ils ne s'étaient pas assis sur le banc, qui était mouillé, et se tenaient debout devant le cours large et obscur de la Seine, où se reflétaient les lumières de l'autre rive et les phares des automobiles qui circulaient sur la route de Versailles.

– J'en sais beaucoup sur votre compte, dit Kovalenko. Vous êtes peut-être l'agent fasciste que je connais le mieux.

Il regarda Falcó pendant que celui-ci ouvrait son étui à cigarettes et en allumait une d'un clic de briquet.

– Je suppose que vous avez une idée de qui a été ma source, lui dit-il.

Falcó ne répondit rien. Il fuma, muet, pendant environ une demi-minute. Quand il parla enfin, ce fut sans regarder son interlocuteur.

– Elle est retournée à Moscou ?

– Oui, elle a obéi aux ordres, qui à ce moment-là étaient aussi les miens... Elle est allée rendre compte de l'échec de sa mission à Tanger.

– Était-ce nécessaire ?

– Je l'ignore. Mais je sais que c'était inévitable.

Ils restèrent un moment silencieux, à fumer en regardant le fleuve et les lumières de l'autre rive.

– J'étais à Marseille, et je suis allé l'attendre, dit soudainement Kovalenko. C'est là que nous nous sommes retrouvés. Pour toute une soirée et une nuit de conversation. D'interrogatoire.

– D'interrogatoire, répéta Falcó, en essayant de deviner le sens de ce mot.

– Oh, ne l'interprétez pas de travers. Ç'a été une conversation sereine, sans aucune intimidation de ma part... Quand elle s'est terminée, je lui ai dit quels étaient les ordres. Aller à Moscou. À aucun moment elle ne les a mis en question, expliqua Kovalenko, qui s'interrompit ; quand il porta la cigarette à ses lèvres, la braise rutila. Vous savez comment elle était.

– Comment elle était, ou comment elle est ?

Malgré l'obscurité, Falcó s'aperçut que le Russe haussait les épaules.

– Je lui ai dit qu'elle devait aller rendre compte en personne de sa mission, que telles étaient les instructions. Elle n'a pas bronché. Vous l'avez connue, et vous savez de quoi je parle. Elle m'a écouté sans la moindre objection et a acquiescé. Disciplinée et froide.

– Vous l'avez avertie des risques du voyage ?

– Je n'ai pas manqué de le faire. Elle les connaissait très bien. Personne ne l'a trompée, et elle ne se trompait pas elle-même. Elle ne l'a jamais fait.

– C'est vrai.

– Je l'ai laissée sans surveillance pendant un jour entier, jusqu'à ce que nous ayons obtenu son billet de passage pour l'Union soviétique. Elle avait été mon meilleur agent, et j'ai cru que je lui devais bien ça. N'y voyez pas un signe de faiblesse.

Ces derniers mots firent sourire Falcó. Son expression fut vague.

– Jamais l'idée de l'interpréter ainsi ne me serait venue.

– Elle le méritait, vous comprenez ?

– Parfaitement.

– Je lui ai donné ces vingt-quatre heures, et elle n'en a pas profité pour disparaître. Elle s'est présentée, impassible, sans une objection. Sans une protestation. Elle a embarqué sur le *Jdanov* pour Bakou. Et voilà tout.

– Vous l'avez revue ?

– Non.

– Qu'avez-vous appris à son sujet ?

– Rien, fit Kovalenko, avant de s'interrompre brièvement. Le Centre de Moscou a confirmé son arrivée. Puis plus rien.

– Elle est toujours vivante ?

– Je l'ignore. Et je vous dis la vérité.

– Avez-vous cherché à savoir ce qu'elle est devenue ?

– Si les choses avaient tourné mal pour elle, ça n'aurait pas amélioré son sort, mais ça aurait pu empirer le mien. Il était plus sensé, pour moi, de me tenir à l'écart.

– Je vois.

– Plus prudent.

– Je comprends.

– Oui. Je suis sûr que vous comprenez.

Le feu de navigation vert d'une péniche remontait le fleuve, et les cognements de son moteur se firent bientôt entendre.

– Il y a une règle mathématique dans notre métier, dit Kovalenko au bout d'un moment. Ceux qui ont la foi, du courage et sont des patriotes perdent au final beaucoup plus que ceux qui n'ont rien de tout ça.

Ils regardèrent la forme noire glisser devant la berge jusqu'à ce que le feu vert eût cédé place au blanc de poupe.

– Le dernier jour, elle m'a raconté certaines choses à votre sujet, reprit le Russe tandis que l'embarcation disparaissait derrière une boucle du fleuve. Des précisions sur l'opération menée pour libérer le chef de la Phalange, avant l'affaire de Tanger… Elle parlait toujours de vous avec une curieuse froideur, presque excessive. Avec un respect enveloppé d'une sorte de détachement technique qui m'intéressait. Ce qui m'a conduit à lui demander pourquoi vous ne l'aviez pas tuée.

– J'ai essayé.

– Oui. Elle me l'a dit.

Kovalenko tira une dernière fois sur sa cigarette et la jeta dans le fleuve.

– C'est curieux, ce qu'ont ces femmes, n'est-ce pas ? Ce n'est pas la seule, dans ces histoires, que nous avons dans les pattes, vous et moi.

Falcó en fut déconcerté. C'était inattendu.

– Que voulez-vous dire ?

Les lumières de l'autre rive faisaient briller le regard du Russe. Il s'était tourné vers lui et tarda un peu à répondre.

– Elle a dit que vous êtes un bon agent, concéda-t-il enfin. Mais je crois que, pour une raison que j'ignore, elle vous a un peu surévalué. Ne vous êtes-vous jamais demandé quel rôle joue Eddie Mayo dans l'affaire Bayard ?

– Je n'ai eu aucune raison de le faire. En réalité...

– Le Sanglier ne vous en a jamais rien dit ?

– Absolument rien, fit-il, hésitant, en interrogeant sa mémoire. Qu'aurait-il dû me dire ?

– Saviez-vous que les services secrets britanniques ont trempé dans l'affaire Bayard, en confirmant de fausses informations ?

– Oui, j'en sais quelque chose, en effet.

– Les Anglais, avec leur habituel cynisme, jouent la neutralité, mais ils mènent leur propre partie en douce. Pour eux, Hitler est un modèle de renouveau national, et ils sont plus intéressés par le remboursement des crédits que la City lui a accordés que par la rumeur des tambours de guerre... Ils sympathisent avec les fascistes et leur donnent un coup de main quand ils le peuvent, ou quand ça les arrange.

– Et ?

– Et cette fois, ça les arrangeait.

Kovalenko tourna alors les talons et repartit lentement en direction du tunnel. Falcó, déconcerté, jeta son mégot au fleuve et regarda s'éloigner le Russe. Finalement, il réagit et le suivit. Quand il arriva à sa hauteur, celui-ci lui dit :

– Eddie Mayo travaille pour le M16.

Falcó s'arrêta brusquement, comme s'il avait heurté un obstacle invisible.

– Je ne peux pas le croire.

– Eh bien, croyez-le, repartit Kovalenko qui s'était lui aussi arrêté. Elle le faisait déjà l'an passé, quand elle est allée photographier la guerre d'Espagne… J'ignore si sa relation avec Bayard a été sincère ou professionnelle, mais pendant tout ce temps, elle n'a cessé de fournir des renseignements sur son compte aux services secrets britanniques, qui ont communiqué certaines de ces données aux Espagnols et aux Allemands.

Falcó ne bougeait plus. Les dernières pièces isolées trouvaient maintenant parfaitement leur place, et il se sentait tout à fait stupide.

– Je crois qu'elle a toujours su, dit Kovalenko, ou du moins soupçonné que vous étiez un agent fasciste.

Falcó s'interrogeait justement sur ce point.

– Ce qui éclaircirait certaines choses, conclut-il. Certaines de ses attitudes, dit-il, levant son regard du sol luisant pour le diriger sur son interlocuteur. Croyez-vous vraiment que mes supérieurs étaient au courant ?

– Sans aucun doute.

Ils pénétrèrent dans le tunnel. De nouveau, il y eut un bruit de pas dans le vide.

– Nous croyons tout savoir des femmes, et vous voyez, dit Kovalenko. Soudain, nous les considérons plus attentivement, et ce que nous voyons nous glace le sang.

Falcó finit par se décider à poser la question.

– Comment va Eddie, après ce qui est arrivé à Bayard ?

– Je crains qu'elle n'aille plus ni d'une façon ni d'une autre.

Kovalenko l'avait dit sur un ton égal. Sans nuances. Il ne desserra plus les lèvres jusqu'au moment où ils sortirent du tunnel. Les deux gardes du corps attendaient, disciplinés, immobiles au plus obscur de l'ombre des arbres. Là où ils les avaient laissés.

– Il y a quelque chose concernant ma réputation dont il faut tenir compte, reprit Kovalenko. Tout le monde a cru tromper les Soviétiques, vous comprenez ? Ou plus précisément me berner. Vous, les nazis, les Britanniques… Je peux jouer mon rôle, mais je n'aime pas que l'on me prenne pour un imbécile. C'est une question de respect.

Il parlait encore sur un ton impersonnel, apparemment dépourvu de nuances ou de sentiments. Son objectivité restait opaque. Ce qui, se dit Falcó, le rend encore plus sinistre que les propos qu'il peut tenir.

– Il fallait que quelqu'un paie, poursuivit l'agent russe sur le même ton impavide. Ou, du moins, fasse la démonstration que je ne suce pas mon pouce. L'affaire Bayard a été résolue à la satisfaction de toutes les parties. J'avais besoin de vous vivant. Comme messager.

Il s'était arrêté, lui barrant le passage, comme pour lui intimer de ne pas aller plus loin, de rester là où il était. Le regard de Falcó parcourut lentement la silhouette menue et taillée dans la masse qui se découpait sur une perspective de lumière lointaine. Les yeux de Kovalenko, luisants dans la pénombre, avaient un éclat impitoyable. Dur et mortel.

– Il s'agit de ma réputation, comme je vous l'ai dit, ajouta le Russe, l'instant suivant. Une simple affaire de respect entre services. Mais je n'avais pas grand choix… Et comme je vous avais écarté pour faire de vous mon émissaire, il ne m'est plus resté qu'Eddie Mayo.

Quand il eut dit ces derniers mots, il s'éloigna, suivi des deux autres hommes. Et les trois ombres se perdirent dans la nuit.

– Que se passe-t-il ? demanda Falcó au chauffeur.

– Je ne sais pas, monsieur. La rue est barrée.

Il paya les six francs qu'indiquait le taximètre, auxquels il en ajouta un de pourboire, et descendit de l'automobile, dont les phares éclairaient les véhicules immobilisés à l'avant, qui bloquaient la circulation. Il passa le pont Saint-Michel, longea le parapet du fleuve, au-dessus des quais, laissant à sa gauche, sur la rive opposée, la Cité et les tours de Notre-Dame. Sur le trottoir d'en face, deux gendarmes canalisaient les passants. Après le petit square Viviani, il y avait un attroupement de curieux, des voisins penchés aux fenêtres proches. Ce qui lui fit accélérer le pas, inquiet.

– Vous ne pouvez pas vous arrêter là, disait un gendarme.

– Que s'est-il passé ? lui demanda Falcó.

– Circulez... Je vous ai dit de circuler.

Il continua d'avancer, regardant à droite. Devant la maison d'Eddie Mayo, il y avait de nombreux uniformes sombres et un ballet de lanternes. C'est alors qu'il vit le corps, par terre, sur le bord de l'asphalte. Sous une couverture. Il voulut s'arrêter, mais un autre gendarme, le repoussa, irrité.

– Que se passe-t-il ?

– Une femme s'est jetée du quatrième étage. Circulez.

Il se remit en marche entre les gens qui commentaient l'événement. Il le fit de plus en plus lentement, les sourds battements de son cœur rythmant son pas. Un peu plus loin, il s'arrêta, s'appuya contre le parapet de pierre, près de la boîte à livres d'un bouquiniste, et regarda, l'esprit ailleurs, les eaux obscures de la Seine. Kovalenko avait dit que c'était une question de réputation. Une simple affaire de respect.

La bouche de Falcó se tordit en un rictus de lassitude, qui était également amer et cruel, tandis qu'il palpait ses vêtements à la recherche d'une cigarette.

18
ÉPILOGUE

– C'est horrible, dit l'Amiral. Un véritable avorton.

Falcó et lui se trouvaient parmi ceux qui visitaient le pavillon de l'Espagne de l'Exposition internationale des Arts et des Techniques, inaugurée deux jours auparavant. À gauche des grandes baies vitrées qui de ce côté éclairaient le pavillon, sous de grands piliers d'acier qui portaient les poutres du toit, la presque totalité du mur maître était occupée par la géométrie tourmentée tout en gris et en noirs de *Guernica*.

– Un enfant de quatre ans aurait pu peindre ça.

– Il y en a à qui ça plaît.

L'œil de verre et l'œil indemne de l'Amiral lancèrent autour de lui un regard furibond. Le chef du SNIO se mordait la moustache tout en faisant comme s'il cherchait d'un air de défi quelqu'un de conforme à ce propos.

– C'est de l'ordure bolchévique, trancha-t-il. De plus, toi, tu n'as pas la moindre putain d'idée de ce qu'est l'art. Vélasquez, Murillo, Goya… C'est de la peinture, de la vraie. Alors que ça, en revanche, c'est… C'est…

Il s'interrompit, cherchant le mot juste.

– De l'art dégénéré ? suggéra Falcó, malicieux.

– Non, merde. Ça, c'est ce que disent les nazis, ne mélangeons pas tout. C'est, tout simplement, une monumentale fumisterie.

Falcó sourit. Il examinait le tableau avec attention, cherchant les différences avec celui qu'il avait détruit rue des Grands-Augustins. Mais il n'était guère capable d'en trouver. À part quelques coups de pinceau épais qui avaient goutté à cause de l'urgence, il semblait presque identique au premier. Sans doute grâce aux photos de l'original prises par l'amie de Picasso, Dora Maar, qui avaient dû être déterminantes.

– En définitive, on n'a pas pu l'empêcher, dit-il.

L'Amiral n'avait rien à lui reprocher.

– Tu as fait ce que tu pouvais, et c'était très bien. Les rouges ont inauguré leur pavillon avec beaucoup de retard, et ils en ont bavé pour y accrocher ce tableau à temps. On a au moins obtenu de les renvoyer dans les cordes.

Ils firent quelques pas en s'éloignant du tableau, jusqu'aux tables du café-restaurant qui se trouvait à côté. Tandis qu'il prenait du recul pour contempler la toile de loin, par-dessus les têtes des visiteurs, l'Amiral faillit se heurter à une barrière métallique qui entourait une sculpture en forme de fontaine.

– *Fontaine de mercure* de Calder, grogna-t-il, en regardant l'œuvre avec un regain d'exaspération. Encore un fantoche… Comme *Le Faucheur* de Miró, à l'étage au-dessus, qui n'a rien d'un faucheur ni de quoi que ce soit.

– Je vous trouve bien peu tolérant aujourd'hui, monsieur…

– Tolérant et mon cul. Ces charlatans rouges me mettent hors de moi avec leur propagande. Et rappelle-toi ces photos, tout à l'heure : miliciens sauvant le patrimoine artistique des églises détruites par les fascistes… Tu as déjà vu un pareil toupet ?

– Chacun se fait mousser comme il le peut.

– Ferme-la.

– À vos ordres.

– C'est ça. À mes ordres.

Le chef du SNIO sortit d'une poche sa pipe vide et se mit à en mordre sauvagement le bec.

– Que d'esbroufe et que de merde, dit-il.

Puis, après avoir promené un dernier regard censeur tout autour de lui, il fit de la tête un geste pour montrer la sortie.

– Partons d'ici, ça me rend malade.

Ils traversèrent le patio couvert de photomontages, d'affiches et de statistiques sur les réussites de la République, en se dirigeant vers l'escalier qui descendait jusqu'au niveau de la rue. Là, mains sur les hanches, après avoir mis son chapeau, les yeux encore plissés par l'éclat du soleil, l'Amiral s'arrêta près d'un haut totem semblable à un cactus, devant l'affiche placardée sur l'un des murs de l'édifice : *Il y a dans les tranchées plus d'un demi-million d'Espagnols armés de baïonnettes qui ne se laisseront pas piétiner.*

– Ils se discréditent eux-mêmes avec ces inepties. Regarde la tête des gens, ou lis ce que publient les journaux… Tous disent pis que pendre de ce *Guernica*… S'ils cherchent à émouvoir avec ça la classe laborieuse du monde entier, ils sont loin du compte.

– C'est aussi ce que je crois, admit Falcó. Le prolétariat joue un autre air.

– Et comment, qu'il le joue. Il danse même sur cet air.

Ils s'éloignèrent, parmi la foule, les marchands de souvenirs et de cartes postales. Les haut-parleurs faisaient entendre des messages dans une demi-douzaine de langues, l'ambiance était festive et l'allée centrale grouillait de gens des deux côtés des jets d'eau de la grande fontaine centrale, sous les écriteaux indiquant les pavillons les plus proches : Égypte, Pologne, Uruguay, Portugal.

– J'ai une information délectable, dit l'Amiral, sur l'offre que Picasso a faite au président Aguirre de laisser le tableau au gouvernement basque à la fin de l'Exposition. Les commentaires sont à se tordre de rire. Ils ont dit non, merci. Et sais-tu comment Ucelay, le peintre basque commissaire du pavillon en personne, a décrit le tableau ? « Ce sont sept mètres sur trois de pornographie qui chient sur Guernica, l'Euskadi et tout le reste. »

Il se tut, content de ce qu'il venait de dire. En regardant Falcó comme s'il le considérait comme un témoin privilégié de tout cela.

– Mais il est là, et l'on n'y peut rien. Sinon le manger en salade, avec des patates, suggéra-t-il en donnant un petit coup sur l'épaule de Falcó avec le bec de la pipe. Ils voulaient du Picasso, n'est-ce pas ? Eh bien, ils sont servis.

Falcó, bord du panama au-dessus de ses yeux, levait la tête pour contempler les pavillons de l'Allemagne et de l'Union soviétique, situés d'un côté et de l'autre de l'avenue : une énorme tour de ciment sous une aigle dorée avec la svastika entre ses serres, et dans le cercle blanc de deux grands drapeaux rouges, devant une sculpture de près de trente mètres d'un couple d'ouvriers, un homme et une femme, faucille et marteau à la main, annonçant l'avenir radieux prolétaire. Deux totalitarismes face à face.

L'Amiral suivait son regard avec curiosité.

– Qu'en dis-tu ? s'enquit-il.

Falcó réfléchit un instant.

– Symétrie.

– C'est tout ?

– Symétrie sinistre, puisque vous le demandez.

L'Amiral regarda de nouveau les deux pavillons, maintenant avec plus d'attention.

– Tu as raison, conclut-il. Ils font la paire, n'est-ce pas ?

– Oui.

– Sale temps pour l'architecture mineure.

– Vous l'avez dit.

– On va voir comment la pauvre Espagne se tirera de ce qui s'annonce.

– Ou de ce qui est déjà là.

Il y avait une table libre à une terrasse, et ils allèrent s'y asseoir, près des grands jets d'eau de la fontaine monumentale. Au-delà du pont d'Iéna, découpée sur un ciel très bleu au-dessus des pavillons situés sur l'autre rive, se dressait la silhouette de la tour Eiffel.

– Quand rentres-tu en Espagne ? demanda l'Amiral.

– Demain, par l'express d'Hendaye. Et vous ?

– Nous nous verrons à Salamanque la semaine prochaine, parce que j'ai des affaires à régler ici. Présente-toi à mon bureau vendredi.

– À vos ordres, monsieur.

– Jusqu'à ce moment-là, ne te mets pas dans le pétrin en consolant des épouses de guerriers absents... Rappelle-toi que là-bas presque tous les maris portent un pistolet.

Ils commandèrent des Cinzano et se débarrassèrent d'un vendeur qui voulait leur fourguer le catalogue de l'Exposition pour vingt-cinq francs. Trop cher, disait l'Amiral. *Très cher**. Il s'éventait avec son chapeau.

– Tu as fait du bon travail avec Bayard, tu sais ? Ce n'était pas mal du tout.

– Devinerais-je un éloge, Amiral ? Ce n'est pas de vous. Ne me donnez pas de mauvaises habitudes.

– Bon. Que ça ne serve pas de précédent. Mais il t'arrive de te tromper et de faire les choses à moitié, dit-il en regardant autour de lui et en baissant la voix. Tu crois que le corps refera surface un de ces jours ?

– J'en doute.

– Style soviétique. Tu sais. Laisser les choses dans le vague, permettre de croire à une fuite, à une retraite dorée. C'est leur marque de fabrique. Ils viennent d'en faire autant à Barcelone avec un trotskiste qui, disent-ils, serait passé de notre côté. Andrés Nin. À l'heure qu'il est, il doit être aussi mort que ma grand-mère... Le doute est plus dévastateur que les certitudes.

Leurs vermouths arrivèrent, et l'Amiral trempa sa moustache dans le sien. Puis il leva son verre pour le mirer à contrejour et parut satisfait. Il but de nouveau.

– Puis-je vous poser une question, Amiral ?

– Pose-la, et on verra.

– Depuis quand saviez-vous qu'Eddie Mayo était un agent britannique ?

– Depuis le début.

– Et pourquoi ne pas m'avoir mis au courant ?

– Parce que ça ne me disait rien. Cette information ne t'était pas indispensable.

– Était-elle au courant de notre opération Bayard ?

– Nullement… J'ai toujours cru que les renseignements qu'elle fournissait étaient plus ou moins inoffensifs. Que le M16 ne cherchait qu'à garder Bayard sous surveillance.

– N'a-t-elle jamais vu venir le coup que nous préparions ?

– Quand elle a fini par s'en rendre compte, en partie à cause de ton intervention, il était trop tard.

– Y compris pour elle.

– Oui.

– J'aurais pu…

– Tu n'aurais rien pu du tout. Et ça suffit. Ne te mêle pas de ce qui ne te regarde pas.

– Mais ça me regarde, monsieur.

– Et pourquoi ? C'est l'affaire des Anglais, pas la nôtre, dit l'Amiral en lui jetant subitement un regard soupçonneux. Ou serais-tu allé trop loin avec elle ?

– Pas du tout.

– Elle était belle, je crois.

– Vous n'avez jamais vu de photo d'elle ?

– Je ne crois pas.

– Eh oui, dit Falcó en buvant une gorgée de vermouth. Elle l'était.

Méfiant, l'œil indemne de l'Amiral le scrutait encore.

– D'un scélérat comme toi, je m'attends à tout.

– Je vous dis que non, monsieur. Négatif. Manque de contact.

– Tu as reluqué du coin de l'œil, tu es parti et il n'y a rien eu ?

– Il y a eu qu'elle a été assassinée. Sous mon nez.

– Tu n'y es pour rien.

– Ce n'est pas ça, monsieur... Kovalenko en a donné l'ordre presque comme si ça le divertissait, pour se moquer de nous. Et ça m'agace qu'il s'en tire comme si de rien n'était. Sans payer pour ce qu'il a fait.

– Il t'arrive aussi de tuer, petit.

– Je le paierai quand mon tour sera venu.

– Mais le tour de ce caïman soviétique n'est pas venu non plus, pour le moment. Et, quoi qu'il en soit, la mort de cette femme n'est qu'une broutille dans son curriculum. Comme s'il avait écrasé une mouche.

– Je sais.

– Plonge ta tête dans l'eau froide et n'y pense plus.

Ils regardèrent autour d'eux. Près du pont, on voyait les voiles de petits bateaux qui évoluaient sur le fleuve. Des haut-parleurs venait maintenant une chanson de Tino Rossi.

– Je n'ai pas à te raconter quoi que ce soit, dit l'Amiral, mais je peux te dire que ce salaud coopère. C'est un carambolage inattendu, et tu l'as négocié à merveille. Je l'ai bouclé dans une petite maison de campagne, entre des chênes et des cochons élevés à la glandée, sous stricte surveillance. Il nous livre ça au compte-gouttes, en gérant on ne peut mieux son capital ; mais ce qu'il nous donne est de grande valeur : noms, contacts, agents dans notre zone, opérations de grande envergure, secrets gouvernementaux... Nous le pressons dans les règles de l'art.

– Vous le pressez autant qu'il le veut bien.

– Ah. Bien entendu. Il nous a prévenus qu'il gardait certaines choses pour lui. Je suppose qu'il s'agit de son assurance sur la vie avec le Kremlin, ou quelque chose de ce genre… C'est, de toute évidence, un individu remarquable : froid, méthodique, intelligent… Avec cet air de pauvre type qu'il a, à première vue, jusqu'à ce que tu t'assoies en face de lui, que tu le regardes dans les yeux et que tu te rendes compte que c'est un parfait fils de pute, style Parménide, ajouta l'Amiral en jetant sur Falcó un coup d'œil interrogateur. Tu sais qui était Parménide ?

– Aucune idée.

– Peu importe. Rond, je veux dire. Compact et sans pores. C'est de Kovalenko que je parle. C'est à peine si sa fille phtisique le fait broncher.

Un petit train électrique bondé de visiteurs passa en faisant retentir sa clochette. L'Amiral, absorbé, le regarda s'ouvrir un chemin dans la foule, qui se referma une fois qu'il fut passé.

– Quand ce sera fini, c'est-à-dire dans quelques mois, nous ferons ce qui a été convenu… Notre ami commun le colonel Queralt voulait lui mettre la main dessus et le fusiller sans autre forme de procès, fidèle au rude laconisme de son style ; mais nous pouvons compter sur l'appui de Nicolás Franco, qui est un homme pragmatique. Et nous avons l'aval du Caudillo.

– A-t-il dit où il voulait aller ?

– Il penche pour l'Amérique du Sud. De toute façon, ce que nous lui offrons, c'est l'immunité et une couverture, pendant un certain temps. Point à la ligne. Personne ne nous fera changer de position.

– Il a dit qu'il avait de l'argent de côté.

– Oui, en Suisse, il me semble bien. Drôle de phénomène.

L'Amiral termina son vermouth, posa le verre sur la table et s'essuya la moustache du bout d'un doigt.

– Je ne voudrais pas de la vie qu'il va mener, après ça, à toujours regarder par-dessus son épaule, remarqua-t-il au bout d'un moment. Et à se dire, chaque fois qu'on sonne à la porte, que ça pourrait être un tueur envoyé par Staline… Mais, tu vois, chacun trouve son bonheur où il le peut.

Il regarda Falcó comme s'il attendait un commentaire de sa part, mais celui-ci ne dit rien. Peu après, l'Amiral sortit sa montre de gousset et consulta l'heure.

– J'ai des choses à faire… Je te dépose quelque part ?

– Je préfère marcher un peu.

– Accompagne-moi jusqu'à la voiture. Tu as confié ta mallette à mon chauffeur.

– C'est vrai.

– Viens, fit-il, et, comme ils se levaient, il ajouta : Paie, et allons-y.

– C'est seulement cinq francs, monsieur, dit Falcó en comptant quelques pièces dans le creux de sa main. Une misère. Vous pourriez mettre la main à la poche, pour une fois.

– Je la mets pour te payer quatre mille pesetas par mois, plus les frais… Et puis, je n'ai pas de liquide.

Ils allèrent jusqu'à la porte qui donnait sur le quai de Passy, où étaient parquées les automobiles. L'Amiral se tourna deux fois du côté de Falcó, sans rien dire.

– Nous n'avons aucune nouvelle de ton amie Neretva, lui glissa-t-il enfin. Pas la moindre. On a perdu sa trace à Moscou.

Falcó regardait les passants avec une expression indéchiffrable.

– Je ne vous ai rien demandé, à son sujet.

– C'est vrai, tu ne l'as pas fait. Tu es un petit dur, et tout ce qui s'ensuit… Mais, comme je suis ton chef, j'agis à ma guise. Tu saisis ?

– Je saisis.

Ils firent encore quelques pas, en silence. Falcó marchait mains dans les poches, le bord de son chapeau incliné sur le côté. Puis il hocha la tête très lentement, deux fois, comme s'il arrivait au bout d'un raisonnement intime.

– Je sais qu'elle est morte.

– Oui. Kovalenko est du même avis.

Ils se turent, une nouvelle fois. Les sons des haut-parleurs s'éteignaient, derrière eux. Beaucoup de gens quittaient le parc d'exposition en direction de la station de métro voisine.

– Ce qui s'est passé à Tanger…

– Oubliez ce qui s'est passé à Tanger, monsieur. C'était il y a des siècles.

Ils étaient arrivés près de la Mercedes de l'Amiral. Un chauffeur en uniforme gris, avec casquette et jambières, sortit de la voiture et vint ouvrir la portière arrière. Falcó lui demanda aussi d'ouvrir le coffre, et il en sortit la mallette de cuir qu'il y avait laissée avant d'entrer dans le parc.

– J'ai un cadeau pour vous, monsieur.

– Un cadeau ?

– C'est ça. Un souvenir de Paris. De l'Exposition, en fait.

Il demanda au chauffeur de les laisser seuls, puis il sortit un jeu de clefs de sa poche, ouvrit la serrure de la mallette et en remit le contenu dans les mains de l'Amiral : un grand morceau de toile peint en gris, plié sans précaution en deux.

– Bordel. Qu'est-ce que c'est que cette rognure ?

– Un morceau de *Guernica*. La tête du cheval.

Le chef du SNIO sursauta si bien qu'il faillit décoller du sol. Il replia la toile à toute vitesse, en regardant avec tout autant de brusquerie le chauffeur, puis d'un côté et de l'autre.

– Ne déconne pas.

– Je vous le jure : je l'ai découpé avant de poser le pétard sur le tableau.

– Mais pourquoi ?

– Comme preuve du sabotage. Parce que, si quelque chose avait mal tourné, vous ne m'auriez pas cru.

L'Amiral le regardait, stupéfait. Il déplia à moitié le morceau de toile, l'examina, inquiet, puis le replia.

– Et que veux-tu que j'en fasse ?

– Je n'en sais rien, répondit Falcó avec un sourire d'élève insolent. Vous pourriez le faire encadrer et l'accrocher dans votre bureau.

– Dans mon bureau ? Tu perds la tête, mon garçon.

– Considérez-le comme un trophée de guerre.

L'œil de verre et l'œil indemne de l'Amiral convergèrent sur Falcó et se rivèrent sur lui. Sans qu'il fût possible de savoir si c'était un regard de colère ou d'amusement contenu.

– Garde cette saloperie pour toi, tiens, fit-il en lui tapant sur la poitrine avec la toile qu'il lui tendait. Jette-la quelque part dans le coin. Avec discrétion, bien entendu... Qu'elle ne tombe pas dans de mauvaises mains et nous crée des ennuis.

– Je n'en ai pas besoin. J'ai un portrait qu'il a fait de moi.

– Picasso ? De toi ? fit l'Amiral, bouche bée. Un portrait ?

– Comme je vous le dis.

– Putain.

– Oui.

L'Amiral posait toujours le même regard sur lui. Finalement, il ôta son chapeau, glissa la main dans ses cheveux raides et gris, comme s'il avait tout à coup trop chaud.

– Tu n'es pas un catholique pratiquant, n'est-ce pas, mon garçon ? Qui communie et tout ça.

– Pas trop, non.

– Bien entendu, fit le chef du SNIO en hochant la tête, avec compréhension et ironie. Il va pourtant falloir que tu ailles te confesser... Et alors, après t'avoir écouté cinq minutes, le curé quittera la soutane pour écrire un livre qui lui rapportera gros.

Il se tut, remit son chapeau, et tout doute se dissipa : Falcó s'aperçut que l'œil indemne brillait, goguenard. Avec un amusement évident.

– Quoiqu'il y ait une autre possibilité, évidemment : qu'après avoir reçu l'absolution, tu descendes le curé.

Après avoir prononcé ces mots, l'Amiral lui tourna brusquement le dos et s'assit sur le siège arrière. Peu après, Falcó vit la voiture s'éloigner. Quand il l'eut perdue de vue, il retourna sur ses pas et alla doucement jusqu'au bord de la Seine, où il resta un bon moment à regarder les petits bateaux manœuvrer, leurs voiles gonflées par la brise.

Au bout d'un moment, il sortit son étui et son briquet. Avec la cigarette fumante calée à une commissure de ses lèvres, immobile, appuyé contre le parapet au-dessus du fleuve, il avait belle allure : grand, élégamment vêtu, chapeau incliné au-dessus du sourcil droit, costume clair bien coupé, cravate de soie rouge sur une chemise impeccable, visage hâlé et yeux gris qui contemplaient le monde avec une curiosité sereine. Deux jeunes femmes, jolies et bien vêtues, qui passaient dans un des petits sloops, le saluèrent en agitant la main, et il toucha avec deux doigts le bord de son panama, pour leur retourner la politesse, avec un sourire qui parut tracer un splendide trait blanc sur son visage.

Puis il laissa tomber la cigarette, l'écrasa sous la semelle de sa chaussure et s'éloigna lentement, en se perdant dans la foule. Avec la mallette et le morceau de *Guernica* sous le bras.

Buenos Aires, mai 2018